Ina Linger

Lyamar

Vergessene Welt

Band 2: Fluch des Magiers

Impressum
Copyright: © 2018 Ina Linger
www.inalinger.de
Email: ina-linger@web.de
Bestellung und Vertrieb: Nova MD GmbH, Vachendorf
Druckerei: Mazowieckie Centrum Poligrafii Wojciech Hunkiewicz, Ciurlionisa Strasse 4, 05-270 Marki, Provinz. Mazowieckie, Polen
Veröffentlicht durch: I. Gerlinger, Spindelmühler Weg 4, 12205 Berlin
Einbandgestaltung: Ina Linger
Fotos: Shutterstock; Quick Shot; Captblack76
Titelschriften: Roger White and Cutter Design
Lektorat: Faina Jedlin
Co-Lektorat: Christina Bouchard
ISBN: 978-3-96443-915-4

*Für dich, mein lieber Opa, weil du meine Fantasie bereits
als Kind mit märchenhaft schönen
Wanderungen durch die weite Welt und deinem Spaß an
gedanklichen Phantastereien beflügelt hast.
Du fehlst.*

Map

- Nerubia
- Vanesh
- Djamar
- Jamerea
- Avelonia
- Anlegestelle der Sklavenhändler
- Simarin
- Berush
- Nushior
- Zunia

1

Als Malin starb, übertrug er seine Macht und sein Wissen an seine Erben, an den Kreis seiner engsten Vertrauten, die Zauberer, die immer an seiner Seite gewesen und in seinem Sinne gehandelt hatten. Zusammen mit dieser enormen Macht erhielten sie den Auftrag, alles zu schützen, was Malin und sein Leben ausgemacht hatte, und die Welt weiterhin in seinem Namen auf positive Weise zu verändern und zu beeinflussen.

Melina überflog die nächsten Zeilen des alten, dicken Buchs nur noch und gab schließlich mit einem tiefen Seufzen auf. Sechs Stunden saß sie nun schon wieder seit der letzten Pause am Nachmittag in der Bibliothek des Zirkels und kämpfte sich durch die alten Bücher, die sich inhaltlich mit dem Leben und Wirken Malins beschäftigten. Nur wenige von diesen gaben auch Informationen über seinen Tod und das Begräbnis preis und leider widersprachen sich fast alle dieser Aussagen. Das eine Buch behauptete, er sei in Falaysia auf Ezieran verschieden, das andere besagte, er habe seinen letzten Atemzug in Lyamar auf seiner Burg getan und wieder ein anderes beschrieb sein Ableben in ihrer Welt bis ins Detail.

Die verzauberte Kette wurde in keinem der Werke erwähnt und somit gab es auch keinen Hinweis darauf, wie man sie aktivieren und an Malins mächtiges Erbe herankommen konnte. Zu wissen, dass man eine starke Waffe gegen seine Feinde in der Hand hielt und sie nicht nutzen konnte, war furchtbar frustrierend und wie viele Male zuvor, trat Melina gegen eines der Tischbeine und stieß einen leisen Fluch aus, bevor sie sich nach vorn beugte und gestresst die Schläfen rieb.

Das viele Lesen und die nicht allzu frische Luft in dem großen, langgestreckten Raum hatten für stetig stärker werdende Kopfschmerzen und brennende Augen gesorgt, die sie langsam nicht mehr ignorieren konnte. Sie warf einen Blick auf die tickende Wanduhr in ihrer Nähe. Ein Uhr in der Nacht. Es war langsam Zeit, Schluss zu machen, auch wenn es sich nicht gut anfühlte, ohne einen Erfolg nach Hause zu gehen.

Paul hatte sich vor einigen Stunden bei ihr gemeldet und nachgefragt, ob es neue Entwicklungen gab, über die er noch nicht informiert war. Ihr Schwager zeigte sich erstaunlich tapfer und hilfreich, denn wenn er nicht gerade wie heute seiner alltäglichen Arbeit nachgehen musste, begleitete er sie meist in die Bibliothek und half ihr dabei, aus der Menge an Büchern, die die unzähligen Regale füllten, die für sie relevanten herauszusuchen. Das ersparte ihr viel Arbeit und Zeit und immer, wenn sie zusammen Pause machten, konnte sie fühlen, wie sie näher zusammenwuchsen, die alten Feindseligkeiten und Vorwürfe erfolgreich hinter sich ließen.

Anfangs war es noch ein wenig seltsam gewesen, mit ihm zusammenzuarbeiten und dabei auch über alte Zeiten zu plaudern. Die Mauer, die so lange Zeit zwischen ihnen gestanden hatte, war noch spürbar gewesen, obwohl Paul bemüht war, sie für seine Kinder endlich einzureißen.

Auch die Gefühle, die dahinter lagen, waren zunächst schwer zu verdauen gewesen. So viel Trauer und Einsamkeit, trotz der kleinen Familie, die ihn umgab ... Melina hatte sie selbst gespürt, als sie das erste Mal über Anna gesprochen hatten, obgleich es eine schöne Erinnerung gewesen war, die sie teilten. Nach einer gewissen Zeit jedoch hatten die gemeinsamen Empfindungen und die Bilder aus der Vergangenheit ihnen neue Kraft gegeben, sie einander näher gebracht, als sie es jemals für möglich gehalten hätte.

Am vorherigen Abend hatten sie zum ersten Mal gemeinsam gegessen und sich gegenseitig die Einsamkeit genommen. Seitdem wusste Melina: Paul war ebenso Familie wie Jenna und Benjamin und es fühlte sich ausgesprochen gut an.

Ihr Blick fiel auf die filigrane Kette, die sie neben das Buch gelegt hatte, um sie mit den Zeichnungen von magischen Objekten in einigen der Werke abzugleichen. Ihr entwischte ein weiteres Seufzen, bevor sie die Finger danach ausstreckte und mit diesen nachdenklich den geschliffenen Konturen des Anhängers folgte. Wie immer, wenn sie das tat, zeigte sich keinerlei Aktivität in dem magischen Objekt. Der Zugang blieb ihnen weiterhin versperrt.

„Sprich doch mit mir", flüsterte sie. „Ich brauche nur einen winzig kleinen Hinweis."

Nichts. Das Geheimnis blieb verborgen. Stattdessen regte sich plötzlich an anderer Stelle etwas: Nicht allzu weit von ihr entfernt machte sich ein seltsames elektrisches Knistern bemerkbar. Melina hob den Kopf und lauschte stirnrunzelnd. Hatte jemand irgendwo eine defekte Lampe eingeschaltet? Eigentlich durfte niemand mehr in der Bibliothek sein. Peter hatte sie ungefähr vor einer Stunde verlassen, um sich mit seinen Mitarbeitern über die neuesten Entwicklungen auszutauschen, und hatte verkündet, erst morgen wieder die Kraft für weitere Recherche zu haben. Auch die Bibliotheksaufsicht hatte längst Feierabend gemacht und ihr die Anweisung gegeben, die Tür einfach hinter sich ins Schloss zu ziehen, da die Alarmanlage sich danach ganz von allein aktivieren würde.

Normalerweise war Melina kein ängstlicher Mensch, aber nun begannen auch noch die Glühbirnen in allen Lampen zu flackern, als würden sie von einem Energiefeld gestört werden, und das war auch für sie zu viel. Ihr Herz begann schneller zu schlagen. Dies war zwar die Bibliothek einer magischen Vereinigung, jedoch gab es hier mit Sicherheit keine Objekte, die sich von ganz allein aktivierten. Das wiederum konnte nur eines bedeuten: Es musste jemand hier sein, der die elektrischen Störungen erzeugte. Jemand, der nicht hierhergehörte und mit Sicherheit keine guten Absichten hatte.

Melina griff mit angehaltenem Atem nach ihrer Jacke und fummelte fahrig ihr Handy aus der Innentasche. Schnell wählte sie Peters Nummer, doch statt des gewohnten Anruftons vernahm sie nur ein unangenehmes Störgeräusch. Das Knistern wurde lauter. Es kam eindeutig aus Richtung des dunkleren Bereichs des riesigen Raumes, was die ganze Sache noch gruseliger machte. Das Licht der Lampen – auch das der Tischleuchte vor ihr – zuckte noch zweimal, bevor es vollständig erlosch.

Melinas Gedärme verkrampften sich und ihr Herz sprang ihr bis in den Hals. Die Straßenlaternen warfen zwar noch ihren fahlen Schein durch die großen Fenster, dennoch war im ersten Moment kaum mehr etwas um sie herum zu erkennen. Lediglich hinter einem der weiter entfernten Regale breitete sich ein diffuses, bläuliches Leuchten aus.

Sie sprang auf, schnappte sich ihre Jacke und die Kette vom Tisch und wich langsam und so leise wie möglich zurück. Das Leuchten wurde stärker, nahm immer mehr von dem großen Raum ein. Seltsamerweise hatte sie das Gefühl, schon einmal etwas Ähnliches gesehen zu haben. Hatte nicht das Tor auf dieselbe Weise geleuchtet, als sie es geöffnet hatten, um Jenna zurückzuholen? Aber hier gab es kein magisches Tor – oder etwa doch? Peter hätte ihr sicherlich etwas derart Wichtiges nicht verschwiegen. Und selbst wenn – warum sollte es sich von allein aktivieren?

Ein erschreckender Gedanke regte sich in einer Ecke ihres Geistes. Was war, wenn jemand heimlich etwas Ähnliches wie ein Weltentor in der Bibliothek errichtet hatte? In einem der alten Bücher hatte Melina gelesen, dass besonders begabte Magier früher dazu in der Lage gewesen waren, magische Portale herzustellen, die sie innerhalb einer bestimmten Entfernung von einem Ort zum anderen bringen konnten. Bei ihrem letzten und bisher einzigen Kontakt hatte Jenna ihr berichtet, dass sie zusammen mit Leon per Fischerboot genau durch so ein Portal nach Lyamar gereist waren. Warum sollte es hier nicht auch etwas Derartiges geben? Für ihre Gegner wäre das ein äußerst kluger Schachzug, da niemand im Zirkel damit rechnete, dass der Feind in den eigenen Gebäuden auftauchte.

Madeleine wäre ein solches Vorgehen durchaus zuzutrauen, hatte sie doch immer einen sehr intelligenten Eindruck auf Melina gemacht. Mit diesem Geniestreich würden sie und ihre Verbündeten weiterhin ungehindert an die kostbaren Informationen aus den hier gelagerten Werken herankommen, da sie auf diese Weise auch das installierte Sicherheitssystem umgingen. Wenn sie nur nachts zugange waren, bekam niemand etwas davon mit – außer vielleicht jemand, der die Zeit vergaß und sich dadurch in große Gefahr brachte.

Schatten bewegten sich zuckend über die Wände und Melina hatte keinen Zweifel mehr daran, dass sie mit ihrer furchtbaren Vermutung richtiglag. Die *Freien* kamen und wenn diese skrupellosen Menschen sie hier entdeckten, war ihnen alles zuzutrauen.

Sie wich weiter zurück, sah sich dabei hektisch nach einem Fluchtweg um. Der Lesebereich mit seinen sechs Tischen befand sich relativ mittig im Raum. Von ihm aus konnte man problemlos in die vier breiteren Hauptgänge zwischen den Regalen gelangen und von dort aus in die schmaleren Nebengänge. Der Ausgang befand sich zu Melinas rechter Seite. Da sie aber ihren Lieblingsplatz an einem der Tische in der Nähe der Fenster eingenommen hatte, musste sie erst den ganzen Lesebereich durchqueren, um dort hinzugelangen, und würde zwangsläufig für jeden, der den mittigen Hauptgang betrat, sichtbar werden.

Kurzerhand ging sie in die Knie, duckte sich hinter den breiten, antiken Holztisch und spähte unten an dessen mit Ornamenten verzierten Beinen vorbei. Noch war nicht viel zu erkennen, aber sie vernahm jetzt eindeutig Schritte und die flüsternden Stimmen von Menschen. Verzweifelt versuchte sie Ruhe zu bewahren. Sie durfte nicht die Nerven verlieren, musste mit größter Vorsicht vorgehen.

Ein leichter Schmerz in ihrer Handfläche erinnerte sie daran, dass sie noch die Kette in den Fingern hatte. Auf keinen Fall durften die Eindringlinge von der Existenz dieses Schmuckstücks erfahren. Melina dachte nicht lange nach, griff in ihr Hemd und stopfte die Kette in ihren BH, in der Hoffnung, dass niemand so ungehobelt sein würde, sie dort abzutasten, falls man sie doch erwischte.

Mit den Geräuschen der sich nähernden Personen im Ohr wandte sich Melina um, versuchte sich den besten Weg an den anderen Tischen und Regalen vorbei hinüber zum Ausgang zurechtzulegen. Dann erst begann sie sich zu bewegen, geduckt und so leise, wie es ihr möglich war. Als sie den nächsten Tisch erreicht hatte, war schon sehr viel deutlicher zu hören, worüber die Eindringlinge sprachen.

„Vielleicht haben sie es mitgenommen, weil sie rausgefunden haben, dass du dich dafür interessiert hast", sagte ein Mann nicht weit von ihr entfernt.

Mit weichen Beinen und rasendem Puls hielt sie inne.

„Sie denken, dass wir in Schottland sind, um das andere Tor zu suchen", vernahm Melina Madeleines Stimme und erstarrte. Die Frau hatte sich wirklich *persönlich* hierher getraut? Und die *Freien* waren gar nicht in Schottland?!

„Sie fühlen sich völlig sicher und so soll es ja auch sein. Wie du siehst, hat noch niemand bemerkt, dass wir gestern hier waren und so wird es für eine Weile bleiben."

Die Stimme kam viel zu schnell näher und im nächsten Augenblick konnte Melina auch schon die Beine der Eindringlinge sehen, die sich eindeutig auf den Lesebereich und damit auch auf sie zubewegten. Die Starre fiel von ihr ab und sie lief auf leisen Sohlen los, huschte im

Schutz der Dunkelheit hinüber zum nächsten Tisch und duckte sich hinter dessen kurze Seite. Keine Sekunde zu früh, denn Madeleine hatte jetzt den Platz erreicht, an dem Melina zuvor gearbeitet hatte.

„Sie wissen in der Tat, mit welchen Büchern ich gearbeitet habe", hörte sie die verhasste Frau sagen. „Hier liegen zwei davon und das dort – autsch!"

„Was ist?"

„Die Tischlampe ... sie war noch heiß."

Melinas Gedärme verdrehten sich. Sie bewegte sich wieder, huschte hinüber zum nächsten Tisch.

„Und?"

„Die Tischlampen sind nicht mit denen an der Wand gleichgeschaltet. Man muss sie extra ausschalten, wenn man geht."

„Das heißt, es war noch jemand hier, als wir das Portal geöffnet haben!", schloss Madeleines Komplize ganz richtig und Melina eilte weiter, nun auf einen der schmalen Gänge zwischen den Regalen zu. Licht flackerte hinter ihr auf und der Schein einer Taschenlampe flog durch den Raum. Gerade noch rechtzeitig erreichte sie den Schutz der Bücherregale und hockte sich wieder hin, versuchte nicht zu laut nach Atem zu ringen.

„Genau das heißt das", hörte sie Madeleine seltsam lauernd sagen.

„Sollten wir nicht besser verschwinden? Wenn derjenige losgegangen ist, um den Zirkel zu verständigen, sind die mit Sicherheit bald hier."

Melina sah sich hektisch um. Der Gang, in dem sie sich befand, endete leider in einer Sackgasse. Sie konnten nur nach vorne wieder raus und das kam gerade nicht infrage. Alles, was sie tun konnte, war abzuwarten und zu hoffen, dass man sie hier nicht entdeckte.

„Wer immer auch hier gesessen hat, befindet sich noch im Raum", behauptete Madeleine zu ihrem Leidwesen.

„Wie kommst du darauf?", wollte ihr Komplize wissen.

„Das hier ist mein Reich und ich weiß, dass die Eingangstür ein lautes Knarren von sich gibt, wenn man sie öffnet, und sie ist so schwer, dass sie meist mit einem lauten Rumsen ins Schloss fällt, wenn man die Bibliothek verlässt. Hast du so etwas gehört, als wir hier ankamen?"

Damit hatte sie leider recht und da der Mann nichts mehr sagte, glaubte er ihr wohl. Stattdessen wanderte das Licht der Taschenlampe nun sehr viel langsamer über die Regale und sie konnte hören, wie Madeleines Komplizen bereits aktiver nach ihr suchten. Wenn sie jedes Regal einzeln abliefen, würde man sie früher oder später entdecken. Nur was konnte sie dagegen tun?

„Mike, sicher die Tür!", kommandierte Madeleine. „Ich glaube, wir können hier heute einen ziemlich großen Fisch fangen. Oder Melina?"

Melina stockte der Atem. Wie hatte die Frau das herausgefunden?

„Wenn du dich uns freiwillig ergibst, verspreche ich dir, dass dir nichts passieren wird. Ich will mich nur ein bisschen mit dir unterhalten. Und du musst doch einsehen, dass du gar keine andere Wahl hast. Du kommst hier nicht mehr raus. Zumindest nicht ohne einen Kampf."

Kampf? Sie hatte mit Sicherheit nicht vorgehabt, diese Leute anzugreifen. Aber auch aus ihrer Sicht gab es keine andere Möglichkeit, als sich entweder zu ergeben oder zu kämpfen. Sie besaß keinen magischen Stein, der sie beschützte oder gar unsichtbar machen konnte. Ihre Kräfte waren zudem noch nicht genügend trainiert, um es mit mehreren Zauberern auf einmal aufnehmen zu können – wenn das überhaupt jemandem möglich war.

Sie griff noch einmal nach dem Handy in ihrer Jackentasche und überprüfte, ob sie endlich wieder Empfang hatte. Tatsächlich zeigten sich am oberen Rand des Displays zwei kleine Balken. Mit hämmerndem Herzschlag wählte sie Peters Nummer an. Das Tuten, das sogleich ertönte, kam ihr viel zu laut vor und leider nahm ihr Freund den Anruf nicht gleich an.

Nur einen Herzschlag später schien ihr das grelle Licht einer Taschenlampe ins Gesicht.

„Ich hab sie!", hörte sie einen Mann laut rufen, während sie panisch zurückwich. Ganz automatisch aktivierten sich ihre Energien und im nächsten Moment fegte sie dem überraschten Angreifer die Taschenlampe aus der Hand. Dann warf sie sich nach vorn, rammte den um einiges größeren Mann zur Seite und stürzte kopflos auf den Ausgang zu. Weit kam jedoch nicht.

Etwas traf sie hart in den Rücken und ließ sie straucheln. Heiße Wellen breiteten sich von der Auftrittsstelle über ihren ganzen Körper aus, ließen sie zucken und ihre Glieder verkrampfen, sodass sie schließlich zu Boden ging. Den Aufprall fühlte sie gar nicht mehr richtig, denn die Welt um sie herum wurde innerhalb von Sekunden dunkel.

2

Die Stimmen in der Ferne klangen seltsam. Verzerrt und gedämpft. Nicht menschlich. Doch je mehr sich der Nebel um ihren Verstand lichtete, desto deutlicher wurden sie. Es *waren* Menschen. Gefährliche Menschen, denn die Stimme von Madeleine erkannte Melina sehr schnell.

„Das ist kein Risiko, sondern die größte Chance, unseren Plan doch noch in die Tat umzusetzen", hörte sie die Frau sagen. „Das Glück war ausnahmsweise mal auf unserer Seite."

„Du nennst das Glück?" Dem Mann war seine Nervosität anzuhören. „Wir hätten auch Peter selbst direkt in die Arme laufen können!"

„Sind wir aber nicht. Stattdessen haben wir die einzige Nachfahrin Malins, die sich noch in dieser Welt befindet, gefangen nehmen können. Ist das etwa kein Glück?"

„Wenn Peter davon erfährt…"

„Dafür werde ich sogar eigenhändig sorgen. Wie ich schon sagte: Unsere Geisel ist gleich zweifach einsetzbar."

Melinas Magen verdrehte sich. Das klang gar nicht gut. Und soweit sie das fühlen konnte, hatte man sie auch noch an Händen und Füßen gefesselt. Eine Flucht war derzeit unmöglich. Ihr ging es ganz ähnlich wie Benjamin vor zwei Wochen: Alles, was sie tun konnte, war, sich noch eine Zeit lang schlafend zu stellen und dabei so viele Informationen wie möglich zu sammeln.

„Du denkst wahrhaftig, dass er sich auf solch einen Handel einlassen wird?", fragte der Mann nun. „Die Frau ist noch nicht einmal mit ihm verwandt. Warum sollte er so viel für sie riskieren?"

„Glaub mir, sie bedeutet ihm mehr, als er sich anmerken lässt. Zudem braucht er sie, um seinem Sohn in Falaysia beizustehen."

„Und wenn du dich irrst? Nehmen wir mal an, er lässt sich auf den Handel ein und wir machen mit ihm einen Treffpunkt zur Übergabe aus – ist es dann nicht auch gut möglich, dass er uns gemeinsam mit dem Rest des Zirkels eine Falle stellt? Dann sind wir erledigt!"

„Das sind wir auch, wenn wir die Frau einfach so wieder gehen lassen. Wir haben keine andere Wahl."

„Aber wir könnten doch …"

Ein lautes Rumsen ertönte und Melina war sich sicher, dass Madeleine wütend mit der Hand auf eine harte Unterlage geschlagen hatte.

„Kein Aber!", stieß die Frau verärgert aus. „Wir haben Iljanor nicht mehr – verdammt nochmal!"

Melina zuckte kurz zusammen – nicht, weil die Worte sie erschreckten, sondern weil durch den Kettenanhänger in ihrem BH ein leichtes Vibrieren gegangen war. Das erste Lebenszeichen, seit sie ihn hatte, ausgerechnet jetzt, wo sie in Gefangenschaft geraten war!

„Und die Zeit läuft uns davon. Wenn wir noch nach Falaysia reisen wollen, müssen wir das in den nächsten drei Tagen tun. Sonst war es das!"

„Aber Cedric hat sich den Anhänger zurückgeholt", wandte Madeleines Kumpan ein.

„In Falaysia!", fuhr diese ihn an. „Wie soll uns das weiterhelfen?!"

Für einen kurzen Augenblick war es still zwischen den beiden. Dann hörte Melina jemanden tief Luft holen.

„Wir können das Tor hier nur öffnen, wenn wir alle Schmuckstücke wieder beisammen und jeweils einen Magier haben, der Herr über eines der Elemente ist", erklärte Madeleine nun schon wieder etwas ruhiger. „Ich kann das Element Wasser bedienen und du die Luft. Unsere Gefangene ist eine Skiar, aber ich kenne niemanden außer Peter, der das Element Feuer kontrolliert. Oder fällt *dir* jemand ein, den ich noch nicht bedacht habe?"

Der Mann blieb ihr eine Antwort schuldig.

„Das dachte ich mir", hörte sie Madeleine schnippisch sagen. „Wir *brauchen* Peter! Nur er kann uns die fehlenden Schmuckstücke wiederbeschaffen und uns helfen, das Tor zu öffnen. Wie ich schon sagte: Es gibt nur diesen einen Weg. Er ist riskant, ja, aber wenn wir sehr vorsichtig sind und uns gut absichern, können wir immer unser Etappenziel erreichen. Bist du jetzt dabei oder nicht?"

Es dauerte ein paar Sekunden, dann vernahm Melina ein deutliches „Ja!".

„Gut", seufzte Madeleine. Ein Stuhl wurde zurückgeschoben und Schritte näherten sich. Melinas Herz klopfte schneller und es fiel ihr gleich viel schwerer, ruhig weiter zu atmen. Sie konnte fühlen, wie sich jemand über sie beugte, sie prüfend betrachtete.

„Wie viel hast du ihr von dem Zeug verabreicht?", fragte Madeleine mit leichter Sorge in der Stimme.

Zeug? Also hatte gar nicht der Energiestoß sie so ausgeschaltet. Diese Teufel mussten sie im Nachhinein noch unter Drogen gesetzt haben! Wie viel Zeit war wohl schon vergangen? Suchte man bereits nach ihr?

„Nicht so viel, dass sie einen Schaden davonträgt", war die beruhigende Antwort. „Eigentlich müsste sie längst wach sein."

Auch der Mann kam nun näher. „Ich kann ihr aber was zum Aufwachen spritzen."

Kleidung raschelte und Melina entschied sich, sich zu regen, ein langsames Erwachen vorzutäuschen. Sie gab ein leises Stöhnen von sich und bewegte den Kopf.

„Warte! Ist nicht nötig."

Melina blinzelte, sah nach oben und zuckte vor den beiden Gestalten, die sich über sie gebeugt hatten, zurück. Ihre Fesseln sowie die Lehne der Couch, auf der sie lag, gaben ihr nicht viel Spielraum, dennoch versuchte sie, so viel Abstand wie möglich zwischen sich und ihre Feinde zu bringen.

„Hallo Dornröschen!", begrüßte Madeleine sie mit einem gewinnenden Lächeln und für einen kurzen Moment fiel es Melinas schwer, sie als die Feindin zu sehen, die sie für ihre Familie war. „Es tut mir leid, dass wir dich schlafen legen mussten, aber ich hatte in der Bibliothek nicht das Gefühl, dass du mit uns kooperieren wolltest. Vielleicht sieht die Situation ja jetzt etwas anders aus."

„Wohl kaum", brachte Melina etwas heiser heraus und versuchte in eine sitzende Position zu kommen. Madeleines Kumpan fühlte sich berufen, ihr zu helfen und auch wenn das furchtbar unangenehm war, musste sie zugeben, dass sie es ohne ihn nicht geschafft hätte. Rasch sah sie sich um.

Der Raum, in dem sie sich befand, war klein und schäbig. Es gab nur einen Tisch mit Stühlen, ein Bücherregal, eine Kommode und die alte Ledercouch, auf der sie saß. Am Boden rottete ein Teppich vor sich hin, der kaum mehr als solcher zu erkennen war, und an der Decke glühte eine nackte Glühbirne recht schwächlich vor sich hin. Es gab zwar noch ein Fenster, da der Sichtschutz aber heruntergezogen worden war und nur wenig Licht durch die Lamellen fiel, ließ sich nicht erkennen, zu welcher Tageszeit sie erwacht war – oder gar in welcher Gegend sie sich befand.

„Sieh dich ruhig um", forderte Madeleine sie auf, „du wirst hier nichts finden, was dir verrät, wo du bist."

Sie gab ihrem Komplizen – ein hagerer dunkelhaariger Mann mit Brille – einen knappen Wink, den er sofort richtig interpretierte. Er lief zum Fenster und ließ den Sichtschutz noch weiter herunter, sodass nun gar nichts mehr von der Außenwelt in den Raum drang.

„Woher wusstest du in der Bibliothek, dass ich es bin?", wandte sich Melina an Madeleine, ohne auf ihre frustrierende Bemerkung einzugehen.

Die junge Frau lächelte. „Auf dem Tisch lag der Abzug von deinem Familienstammbaum – und wer außer dir sollte in der Nacht fanatisch nach Hinweisen suchen, die vielleicht Jenna und Benjamin zurückbringen könnten?"

Melina sagte nichts dazu. Bedauerlicherweise war Madeleine eine sehr kluge Frau. Das macht es ja so schwer, sie und ihre Anhänger zu bekämpfen. Ebenso schwierig würde es werden, aus dieser heiklen Situation herauszukommen.

„Hör zu", ergriff ihr Gegenüber erneut das Wort. „Es mag dir zwar gerade nicht so erscheinen, aber ich bin nicht der böse Mensch, für den du mich hältst. Und wenn du wüsstest, worum es mir eigentlich geht, würdest du vielleicht sogar *für* anstatt *gegen* mich arbeiten. Wir sind gar nicht so verschieden, wie du denkst."

„Das hier", Melina hob demonstrativ ihre gefesselten Hände, „macht es mir ein bisschen schwer, deine Worte ernst zu nehmen."

„Nun, auch wir müssen uns schützen", erklärte Madeleine in aller Ruhe, gab aber dem jungen Mann neben ihr erneut einen knappen Wink, sodass der ein Klappmesser zückte und zumindest Melinas Fußfesseln aufschnitt.

„Wenn du versprichst, keine Dummheiten zu machen, lösen wir auch deine Handfesseln", versprach Madeleine und sah sie eindringlich an. „Ohne Schlüssel kommst du hier ohnehin nicht raus."

Melina dachte kurz nach, nickte dann aber einsichtig. Sie streckte ihre Hände nach vorne und nach einem kurzen Blickaustausch mit Madeleine entfernte deren Gehilfe auch diese Fesseln.

Melina rieb sich die schmerzenden Handgelenke und bewegte ihre etwas taub gewordenen Finger ein paar Mal, bevor sie den Blick wieder auf ihre Gegnerin richtete. „Warum bin ich hier? Was willst du von mir?"

„Was ich von dir will?" Madeleines Brauen hoben sich ein Stück, bevor sie in ihre Jackentasche griff und eine goldene Kette mit einem kitschigen Cupido-Anhänger daraus hervorholte. „Nun, als erstes möchte ich, dass du dieses schöne Schmuckstück hier trägst und danach sehen wir weiter."

Sie ließ die Kette direkt vor Melinas Nase baumeln und diese brauchte nicht lange, um zu verstehen, worum es sich hier in Wahrheit handelte.

„Das ist ein Hiklet, nicht wahr?", fragte sie, während sich ein harter Klumpen in ihrem Magen bildete. Wenn ihr der Zugriff auf ihre Kräfte genommen wurde, gab es für sie keinerlei Möglichkeit mehr, Hilfe zu holen oder auch nur Peter zu warnen.

Madeleine nickte, öffnete den Verschluss des Schmuckstücks und legte es Melina um, ohne dass diese etwas dagegen tun konnte.

„Wir wollen ja nicht, dass du auf die Idee kommst, uns mit ein bisschen schlecht angewandter Magie zu verärgern", setzte sie erklärend hinzu, obgleich das nicht nötig war.

„Und du glaubst, *dadurch* gewinnst du mein Vertrauen?", gab Melina verbittert zurück.

„Nein", gestand die Verräterin ganz offen. „Der Zeitmangel erlaubt es mir nicht, dich von meinen Ideen zu überzeugen, deswegen muss ich leider genau so vorgehen, wie die Bösen es üblicherweise immer tun. Dennoch hoffe ich, dass du eines Tages verstehen wirst, warum ich so handeln musste."

Melina bedachte Madeleine mit einem ungläubigen Kopfschütteln. Mehr fiel ihr dazu nicht ein.

„Gut", äußerte diese und erhob sich. „Kommen wir zu den wirklich wichtigen Dingen." Sie lief zu dem einzigen Tisch im Raum und wies mit einem deutlichen Nicken auf einen der beiden Stühle.

Melina zögerte einen Moment, doch dann erhob sie sich schwankend und lief mit wackeligen Beinen auf den Tisch zu. Ihr Kreislauf hatte noch mit dem Betäubungsmittel zu kämpfen, weshalb sie für die Möglichkeit, ordentlich zu sitzen, fast dankbar war. Auf dem Tisch lagen Pläne von Ortschaften und Gebäuden, allerdings war es schwer, auf den ersten Blick festzustellen, worum genau es sich dabei handelte, zumal die Linien und Wörter auch noch vor Melinas Augen verschwommen. Das Handy, das ebenfalls auf dem Tisch lag, bemerkte sie erst, als Madeleine es auf sie zuschob.

„Ich möchte, dass du Folgendes für mich tust", begann die Verräterin zu erklären. „Du wirst Peter anrufen und ihm sagen, dass du etwas sehr Wichtiges herausgefunden hast. Du kannst ihm das nicht am Telefon erklären, sondern müsstest dich mit ihm dazu in der Bibliothek treffen. Das wird er dir mit Sicherheit glauben, weil du dort ja offenbar in den letzten Wochen viel Zeit verbracht hast. Keine Sorge, wir werden ihm nichts antun. Wir wollen nur mit ihm reden und ihn um einen kleinen Gefallen bitten."

„Der da wäre?", hakte Melina nach, obwohl sie nicht glaubte, dass ihr Gegenüber auf die Frage antworten würde.

„Das wirst du dann schon sehen", lächelte Madeleine und Melina verspürte das starke Bedürfnis, die Frau zu packen und zu würgen. „Also?"

Das Handy bewegte sich noch ein Stück auf sie zu.

„Das werde ich nicht tun", gab Melina entschlossen zurück. „Mir ist es gleich, was ihr mit mir anstellt, aber ich lasse mich nicht zu eurer Marionette machen."

Madeleine legte den Kopf schräg und musterte Melina mit einem seltsamen Lächeln auf den Lippen. „Ja, ... Demeon sagte schon vor Jahren zu mir, dass du schwer zu knacken seist. Aber er kannte deine Schwächen, deine Druckpunkte und da ich lange Zeit seine Verbündete war ..."

Sie ließ den Satz unausgesprochen in der Luft stehen, aber es brauchte kein Genie, um zu wissen, wie er weiterging. Melinas Herz pochte hart gegen ihre Rippen und ihre Kehle verengte sich.

„Ich könnte jetzt versuchen, dich mit dem guten Paul unter Druck zu setzen", überlegte Madeleine laut und begann langsam um den Tisch herumzulaufen. „Aber ich bin mir nicht sicher, ob du ausgerechnet für *ihn* zu unserer – wie sagtest du? – Marionette werden würdest."

Sie hielt inne, verengte die Augen und schüttelte schließlich den Kopf. „Nein. Das beste Druckmittel bleibt immer noch Jenna. Mit ihr konnte Demeon dich zurück ins Spiel holen und auch wir werden damit am besten bei dir durchkommen."

„Jenna ist in Falaysia", hielt Melina dagegen und bewunderte sich selbst dafür, dass ihre Stimme kaum zitterte. „Ihr kommt nicht an sie heran."

„Momentan noch nicht, das mag sein", gab Madeleine zu, „aber das wird sich sehr schnell ändern. Cedric ist mittlerweile auf dem Weg nach Lyamar. Wir haben ihn mit einem Scharfschützengewehr ausgerüstet, damit er Marek aus der Ferne erschießen kann, ohne selbst in Gefahr zu geraten. Eine einzige Kontaktaufnahme genügt, um ein oder sogar zwei Personen mehr auf die Abschussliste zu setzen. Bist du wahrhaft davon überzeugt, dass deine Nichte bei ihren Freunden vor einer solchen Attacke sicher ist?"

Melina wich dem prüfenden Blick dieser furchtbaren Frau aus und betrachtete stattdessen mit zusammengebissenen Zähnen die Pläne vor sich. Jetzt erst konnte sie erkennen, welche Überschrift auf einem von ihnen prangte: Shivade.

Die Zeichnung zeigte nicht nur den großen Raum mit dem Tor, sondern auch alle Nebengänge, die in verschiedene kleinere Höhlen führten. Zwei davon waren Melina bekannt, von der Existenz der anderen hatte sie bisher allerdings nichts gewusst. Wahrscheinlich wollten die *Freien* über einen dieser geheimen Zugänge in die große Höhle gelangen und damit die Wachen umgehen, die der Zirkel vor dem Hauptzugang postiert hatte.

„Wenn du mit dem Rest deiner Anhänger ebenfalls nach Falaysia reist", gelang es Melina schließlich doch noch zu sagen, „sind Benjamin und Jenna erst recht nicht sicher, denn ihr werdet mit Sicherheit nicht unbewaffnet dorthin gehen, oder?"

„Ich bin kein Unmensch", gab Madeleine prompt zurück. „Das versuche ich dir schon die ganze Zeit klarzumachen. Wenn du uns hilfst und tust, was ich dir sage, verspreche ich dir nicht nur, dass ich deinen Angehörigen nichts tue, sondern auch, dass ich sie zu dir zurückschicke, hierher in diese Welt."

Melina hob den Blick. In ihrem Inneren rangen die unterschiedlichsten Gefühle miteinander. Bedauerlicherweise waren Hilflosigkeit und Verzweiflung die dominantesten. Sie war auch nur ein Mensch und ihre eigene Familie war ihr wichtiger als alles andere in der Welt. Sie würde in der Tat *alles* tun, um diese zu schützen. Schon wieder. Die Frage war nur, ob sie Madeleine in dieser Hinsicht wahrhaftig trauen konnte und sie zu ihrem Wort stand. War es nicht furchtbar dumm, einen solchen Handel mit einer Verräterin wie ihr einzugehen?

Die junge Frau schien den Kampf in Melinas Innerem zu erkennen, denn sie legte nun eine Hand auf ihrer Schulter und drückte sie sanft.

„Ich habe noch nie ein Versprechen gemacht, das ich nicht gehalten habe", sagte sie mit Nachdruck und da war etwas in ihrer Stimme, das Melina an diese Worte glauben ließ.

Sie holte tief Luft und konnte nichts dagegen tun, dass sich ihr Herz verkrampfte und ihre innere Stimme sie mit den schlimmsten Beschimpfungen betitelte. „Ich mache es", brachte sie mit Mühe heraus. „Unter einer weiteren Bedingung: Ihr werdet Peter nichts antun. Weder jetzt noch später."

Madeleine legte den Kopf schräg und schien kurz über diese Forderung nachzudenken. Dann nickte sie.

„Abgemacht", sagte sie und bot ihrer Geisel die Hand an.

Es kostete Melina große Überwindung, aber schließlich griff sie zu und ihre Gedärme verknoteten sich noch weiter. So fühlte es sich wohl an, wenn man Geschäfte mit dem Teufel machte.

3

Es war Verrat. Ganz gleich, wie sie die Situation drehte und wendete, wie viele Argumente sie dafür fand, dass sie keine andere Wahl hatte – sie verriet ihren einzigen und dazu noch wichtigsten Verbündeten.

Dennoch tat Melina, was Madeleine ihr aufgetragen hatte, bestellte Peter unter einem Vorwand in die Bibliothek und ließ sich auch noch dorthin fahren, um sich an ihren Stammtisch zu setzen, die gefesselten Hände unter dem Tisch verborgen. Sie fühlte sich schrecklich dabei, schwach und zittrig, und hatte Unmengen an harten Knoten im Bauch. Trotzdem brachte sie nicht die Kraft auf, sich zu erheben und gegen ihre Entführer aufzulehnen, selbst nicht, als sich die schwere Tür der Bibliothek knarrend öffnete und Peter eintrat.

Er wirkte verwundert und ein wenig aufgewühlt, eilte zu ihr hinüber, als wäre er in großer Sorge um sie. Der Warnruf lag ihr schon auf der Zunge, doch ein Blick hinüber zu den Regalen, hinter denen sich Madeleine mit ihren beiden Leibwächtern versteckte, genügte, um ihre Kehle zuzuschnüren. Sie presste die Lippen zusammen und wartete, bis Peter sie erreicht hatte. Seltsamerweise blieb sein gehetzter Blick nicht lange bei ihr, sondern flog durch den Raum, um genau dort hängen zu bleiben, wo sich ihre Feinde verbargen.

„Es wird alles gut", waren die leise gemurmelten Worte in ihre Richtung, während er in seine Jackentasche griff.

„Das würde ich nicht tun!", hallte Madeleines Stimme durch den Raum und nur einen Atemzug später trat die junge Frau aus ihrer Deckung.

Melina verstand gar nichts mehr, sah nur verwirrt von einem zum anderen, während ein kleiner Funken Hoffnung in ihrem Herzen aufglomm. Hatte Peter etwa alles durchschaut?

„Warum nicht?", fragte ihr Freund und zog aus der Tasche ein kleines Gerät hervor, an dem ein paar Lichter blinkten. Sein Daumen schwebte über einem rot leuchtenden Knopf.

„Weil sie dann sterben wird." Madeleine wies auf Melina, die nur verwirrt die Brauen zusammenzog. Seltsamerweise fühlte sie sich nicht besser als zuvor, als sie noch geglaubt hatte, Peter in eine Falle zu locken, sondern noch schwächlicher, fast benommen.

Ihr Freund sah mit gerunzelter Stirn auf sie hinab, musterte sie eindringlich. „Haben sie dir irgendwas eingeflößt?", fragte er besorgt.

Sie schüttelte den Kopf. Das hätte sie wohl besser nicht tun sollen, denn nun wurde sie auch noch von einem Schwindel erfasst, der ihren Oberkörper ein Stück nach vorn schwanken ließ. Rasch stützte sie sich auf dem Tisch ab, versuchte ihre plötzliche Benommenheit wegzublinzeln.

Eine Hand packte sie an der Schulter, richtete sie etwas auf und sie hob den Blick, sah in Peters warme Augen, die jedoch ihre Brust fixierten.

„Was ist das?", stieß er alarmiert in Madeleines Richtung aus und berührte die Kette, die Melina trug, nur um seine Hand sofort mit einem Schmerzenslaut zurückzuziehen.

„Ein Hiklet?", schlug Madeleine lächelnd vor und wagte es nun, näher zu kommen, ihre Begleiter dicht hinter sich.

Peter schüttelte mit einem bitteren Zug um die Lippen den Kopf. „Nein", sagte er und erzeugte damit ein flaues Gefühl in Melinas Magen. „Das ist viel mehr. Stärker, gefährlicher."

„Du bist *so* ein schlaues Kerlchen", lobte Madeleine ihren ehemaligen Vorgesetzten überschwänglich und blieb mit einem respektvollen Abstand zu ihm stehen. „Wie hast du herausgefunden, dass wir dir eine Falle stellen? Melina war meines Erachtens *sehr* überzeugend."

„Wir telefonieren seit Jennas und Benjamins Verschwinden mehrmals täglich miteinander", erklärte er nach kurzem Zögern, „und sie ist *immer* erreichbar. Wenn nicht über die Technik, dann wenigstens mental. Ihr musste etwas zugestoßen sein und da sie eindeutig nicht zu Hause gewesen ist und auch ihr Schwager bereits besorgt war, haben wir hier nach Spuren gesucht und das Portal gefunden."

Erleichterung durchströmte Melina und wenn sie sich nicht so matt gefühlt hätte, hätte sie vielleicht sogar gelächelt.

„Das heißt dann wohl auch, dass deine Leute die Bibliothek längst umstellt haben", erriet Madeleine mit erstaunlicher Gelassenheit. „Und du dachtest, du bräuchtest nur noch das Portal mit dem Elektromagneten zerstören, den du sicherlich in einem der Regale versteckt hast, um uns eine Flucht unmöglich zu machen."

„Ehrlich gesagt, denke ich das immer noch", erwiderte Peter, warf jedoch einen knappen Blick auf Melina, der seine weiterhin große Sorge um sie genau verriet.

‚Tu es!', wollte sie sagen, doch ihre Stimmbänder gehorchten ihr nicht mehr. Stattdessen zog ein heftiger Schmerz in ihre Schläfen, der sie einen gequälten Laut ausstoßen und noch weiter nach vorne sinken ließ. Da war etwas … etwas Fremdes, das stärker war als ihr eigener Wille. Panik wallte in ihr auf, aber sie konnte nichts tun, war nicht stark genug, um gegen den fremden Zugriff anzukämpfen. Und der Schmerz … er war unerträglich …

„Hör auf damit!", entfuhr es Peter aufgeregt und er machte einen drohenden Schritt auf Madeleine zu, die sogleich zurückwich.

„Bleib, wo du bist, oder sie wird noch mehr leiden!", stieß die junge Frau aus und ihre Fassade der Gelassenheit löste sich vollkommen in Luft auf. Wut und Angst waren aus ihrem Gesicht zu lesen, aber auch eine gefährliche Entschlossenheit, die Peter dazu brachte, wieder seinen Platz an Melinas Seite einzunehmen. Der Druck in Melinas Schädel wurde schwächer und auch die Schmerzen ebbten etwas ab.

„Du bist nicht der einzige, der vorausdenken und sich absichern kann", fuhr Madeleine fort. „Ich war darauf vorbereitet, dass du meinen Plan eventuell durchschaust. Melina ist mein Pfand und wenn ich richtigliege, eines, mit dem ich immer noch zu meinem Ziel kommen kann.

Immerhin hast du ja auch noch nicht den Magneten aktiviert."

„Was genau hast du ihr da um den Hals gelegt?", verlangte Peter von ihr zu wissen, ohne auf ihre Äußerung einzugehen.

„Es nennt sich Sumbaj", antwortete Madeleine bereitwillig.

Peter schnappte nach Luft und das konnte nichts Gutes bedeuten. Melina wandte sich Madeleine zu und bewegte die Lippen, doch kein einziges Wort kam aus ihrem Mund.

Madeleine verstand sie trotzdem. „Ja, ich weiß, ich sagte dir, es sei ein Hiklet, aber … ich habe gelogen." Sie zuckte die Schultern, als wäre das keine große Sache. „Vielleicht will Peter dir erklären, wie dieses kleine magische Hilfsmittel funktioniert?"

Sie sah ihn an und hob die Brauen. Peter presste jedoch die Lippen zusammen und schwieg, starrte sie nur voller Verachtung und Hass an.

„Nein?" Madeleine setzte sich halbwegs auf den Tisch neben Melinas Platz und betrachtete sie mit einem undefinierbaren Gesichtsausdruck. „Dann werde ich es tun, um unserem gemeinsamen Freund vielleicht auch nochmal ins Gedächtnis zu rufen, was passiert, wenn er den Knopf drückt, über dem sein Daumen immer noch schwebt."

Sie holte tief Luft.

„Ein Sumbaj funktioniert ähnlich wie ein Hiklet: Es sorgt dafür, dass sein Träger seine Energien nicht nach außen abgeben, also nicht in Kontakt mit seinem Element kommen und daher auch nicht zaubern kann. Es ist allerdings sehr viel mächtiger, da es zugleich einen Zugang in die Aura des Trägers schlägt und es demjenigen, der es hergestellt und mit Magie versehen hat, ermöglicht, jederzeit auf den Geist und die Körperfunktionen des Trägers zuzugreifen. Damit kann ich verhindern, dass du, liebe Melina irgendetwas sagst, das ich nicht von dir hören will, aber auch deinen Körper dazu bringen, bestimmte Aktivitäten einzustellen. Nehmen wir mal das Atmen…"

Melina riss entsetzt die Augen auf, denn ihre Lunge stellte ihre Arbeit ein. Sie konnte noch nicht einmal mehr nach Luft schnappen, fühlte nur, wie ihr Körper danach rang und ihr ganz langsam die Sinne schwanden.

„Nein! Nicht!", hörte sie Peter aus der Ferne rufen. „Bitte!"

Ihre Brust dehnte sich und schon strömte rettender Sauerstoff in ihre Lunge, ließ sie wieder zu sich kommen und auch ihre Umwelt wieder wahrnehmen. Peter war bei ihr, stützte sie und brachte sie zurück in eine sitzende Position, weil sie wohl, ohne es zu merken, vom Stuhl gerutscht war.

„Du bist kein Mensch!", stieß er erschüttert aus und funkelte Madeleine voller Zorn an. „Du bist ein Teufel, ein Monster!"

„Nein!", zischte die junge Frau zurück. Erstaunlicherweise schienen seine Worte sie getroffen zu haben. „Ich weiß nur ganz genau, was ich will, und besitze den Verstand und die nötige Skrupellosigkeit, um mein Ziel zu erreichen."

Sie reichte einem ihrer Gehilfen etwas, das sie in ihrer Hand hielt, und erst jetzt erkannte Melina, dass es sich um Peters Gerät handelte: Die Fernbedienung, mit der er den

Elektromagneten hätte aktivieren können. Er musste es ausgehändigt haben, um zu verhindern, dass sie erstickte.

Melinas hämmerndes Herz zog sich nun auch noch schmerzhaft zusammen. Sie schämte sich so sehr dafür, ihren Freund in eine solch schlimme Lage gebracht zu haben, dass ihr Tränen in die Augen stiegen. Jetzt war nicht nur sie eine Marionette dieser furchtbaren Frau, sondern auch noch er. Gab es überhaupt einen Ausweg aus dieser verfahrenen Situation?

„Die Sache ist ganz einfach, Peter", eröffnete Madeleine ihm selbstbewusst. „Du bringst uns, was wir wollen, und hilfst uns, das Tor zu aktivieren, und ich entferne im Gegenzug den Sumbaj von Melinas schönem Hals und lasse sie gehen, sodass sie ihr Leben hier in Frieden weiterführen kann. Dasselbe gilt auch für dich. Klingt das für dich nach einem Monster?"

Peter sagte nichts dazu. Seine Augen fixierten Madeleine voller Hass und die Muskeln seines Kiefers zuckten vor lauter Anspannung.

Madeleine seufzte theatralisch und rutschte wieder vom Tisch herunter, um sich ihm zu nähern.

„Das hier kann nur auf zwei Arten ausgehen", verkündete sie sanft. „Entweder du gehst auf mein Angebot ein und rettest das Leben deiner lieben Freundin hier oder du tust es nicht und riskierst einen Kampf, bei dem nicht nur Melina sterben wird, sondern vielleicht auch andere Helfer aus deinem Team – vielleicht sogar du selbst. Unterschätze nicht unsere Wehrhaftigkeit."

Sie schob ihren langen Mantel zur Seite und entblößte dabei nicht nur eine kugelsichere Weste, sondern auch eine Schusswaffe in einem Holster sowie ein Kampfmesser an einem Gürtel. Mit Sicherheit waren auch die anderen beiden Männer an ihrer Seite mehr als ausreichend bewaffnet.

„Wir sind selbstverständlich auch nicht nur zu dritt hergekommen", klärte sie ihn weiter auf und der drohende Unterton in ihrer Stimme war nicht zu überhören. „Draußen warten andere aus meiner Gruppe auf ein Signal von mir und sie werden genauso hart und verbittert kämpfen wie wir hier drinnen. Willst du es wirklich darauf ankommen lassen?"

Es dauerte eine ganze Weile, bis Peter auf ihre Ansage reagierte und als er es tat, konnte Melina fast fühlen, wie sehr der Zorn in seinem Inneren brodelte, wie groß sein Bedürfnis war, die junge Frau vor ihm anzugreifen.

„Und was genau soll ich dir bringen?", brachte er unter großer Anspannung heraus.

Für den Bruchteil einer Sekunde leuchteten Madeleines Augen erfreut auf, dann hatte sie sich wieder im Griff, setzte eine souveräne Miene auf. „Das, was ihr uns entwendet habt: Die Schmuckstücke, die man braucht, um das Tor zu öffnen."

Peter stieß ein freudloses Lachen aus und schüttelte fassungslos den Kopf. Melina griff nach seiner Hand, die immer noch auf ihrer Schulter ruhte, und wollte so wie er den Kopf schütteln, ihm irgendwie verständlich machen, dass er das nicht tun durfte, nicht für sie, für ihre Dummheit, doch ein weiterer scharfer Schmerz in ihren Schläfen hielt sie davon ab.

„Kann ich davon ausgehen, dass du den friedlichen Weg wählst?", fragte Madeleine etwas angestrengt. Gedankenkontrolle war allem Anschein nach nicht ganz so einfach, wie sie tat.

Für einen langen Augenblick blieb es furchtbar still in dem großen Raum und man konnte nur das laute Ticken der Wanduhr vernehmen.

„Unter einer Bedingung", durchbrach Peters Stimme schließlich die Stille. „Ihr lasst meinen Sohn am Leben."

Madeleine gab einen entrüsteten Laut von sich. „Was?!"

„Du hast mich schon verstanden", erwiderte Peter schneidend, „und tu nicht so, als wüsstest du nicht, wer er ist. Demeon hat dir mit Sicherheit alles Wichtige über ihn erzählt, als du noch vorgegeben hast, mit ihm zusammenzuarbeiten."

„Meine Forderungen geben keinen Raum für weitere Verhandlungen", konterte Madeleine scharf. „Entweder du nimmst sie so an, wie sie …"

„NEIN!", schnitt Peter ihr streng das Wort ab und machte einen derart drohenden Schritt auf die Frau zu, dass sie erschrocken vor ihm zurückwich und nach ihrer Waffe griff. „Wir spielen hier nicht nach deinen Regeln und dass ich dir überhaupt Raum für derartige Verhandlungen gebe, widerspricht jedwedem Verhalten, das ich sonst an den Tag lege und das weißt du genau! Du kennst mich gut genug, um zu wissen, dass auch ich skrupellos und äußerst hart gegen Verbrecher wie dich vorgehen kann und das bisher auch *immer* getan habe! Hierherzukommen und mich derart unter Druck zu setzen, war ein enormes Risiko, das du wider besseres Wissen eingegangen bist – also wage es nicht, mich noch weiter zu provozieren!"

Madeleine strengte sich sichtbar an, ihre Ruhe zu bewahren, weiterhin die kühle, unerschrockene Gegnerin zu spielen, aber da war eindeutig Angst in ihren Augen,

Verunsicherung und Nervosität in ihrer Körperhaltung, Mimik und Gestik.

„Deinen Sohn am Leben zu lassen, bedeutet unseren Plan in Gefahr zu bringen", brachte sie nicht besonders laut heraus.

„Es gibt andere Mittel und Wege einen Zauberer lahmzulegen", erinnerte Peter sie ungeduldig. „Selbst einen wie ihn. Und ihr habt genau die richtigen Personen dort drüben in Falaysia, um ihn, Jenna und Benjamin zurück in diese Welt zu schicken. Dann seid ihr sie alle los und könnt in der anderen Welt machen, was ihr wollt. Was schert es mich dann weiter."

Melina sah den Mann an ihrer Seite fassungslos an, konnte kaum glauben, was er da sagte, doch er schien entschlossen, fixierte Madeleine mit eisernem Blick. Offenbar war sie nicht die einzige, die einfach *alles* für ihre Familie tun würde.

Dieses Mal war es Madeleine, die einige Zeit brauchte, um zu einem Entschluss zu kommen. Zu einem, der ebenfalls mit einem Nicken verkündet wurde.

„Gut, ich verspreche, mein Möglichstes zu tun, um deinem Wunsch nachzukommen", sagte sie und hob rasch die Hand, als Peter verärgert Luft holte. „Die Entscheidungsgewalt bei den *Freien* hier und in Falaysia liegt nicht allein in meinen Händen. Ich habe viel zu sagen, aber es gibt noch jemand anderen, der mindestens dieselbe Macht besitzt wie ich. Ich werde mein Bestmöglichstes tun, um deinen Sohn zu schützen, aber das ist alles, was ich versprechen kann."

Sie meinte das ernst, war eindeutig zu nervös, um Zweifel an ihren Worten aufkommen zu lassen. Beide Seiten hatten nun viel zu verlieren und wussten genau, dass sie den Gegner nicht weiter reizen durften, wenn sie eine gefährliche Eskalation der Situation vermeiden wollten.

‚Bitte gehe darauf ein', flehte Melina Peter innerlich an, obwohl sie genau wusste, dass er sie nicht hören konnte. ‚Bitte tue es! Bitte!'

„Gut", vernahm sie seine Stimme nur eine halbe Sekunde später, „dann muss ich das so hinnehmen. Aber wehe, ich finde heraus, dass du mich hintergehst, Madeleine. Glaub mir, meine Macht reicht viel weiter, als dir das bewusst ist. Du wirst in Falaysia nicht sicher vor mir sein, solltest du mich betrügen!"

„Das werde ich nicht", sagte die junge Frau mit fester Stimme und sah Melina auffordernd an.

Die bewegte sich nicht. Es widerstrebte ihr zutiefst, dieser furchtbaren Frau zu folgen, sich ein weiteres Mal in die Hände des Feindes zu begeben. Doch sie hatte keine andere Wahl: Sie erhob sich, ohne einen Einfluss darauf zu haben, und begab sich brav an Madeleines Seite, weil auch Peter keine Anstalten machte, sie festzuhalten.

„Wir sehen uns in drei Stunden wieder", verkündete Madeleine. „Die Koordinaten des Ortes schicke ich dir noch."

Sie packte ihre Geisel am Arm und schob sie vorwärts. Alles, was Melina noch übrigblieb, war einen letzten verzweifelten Blick auf ihren Freund zu werfen.

‚Wir schaffen das', formten seine Lippen trotz allem stumm und seltsamerweise kehrte damit ein Funken Hoffnung in ihr Herz zurück.

Lyamar

Avelonia

Camlor
Harik ya   Menjak
N'gushihi   Höhlen

Sumpf   Anlegestelle der
         Sklavenhändler

Erbgut

Jenna hätte es nie für möglich gehalten, aber sie vermisste die kühle Brise, die oft durch die Straßen Salisburys wehte. Normalerweise war sie keine Freundin sonnenloser, kalter Tage, doch gerade jetzt sehnte sie sich regelrecht nach der heimatlichen Schlechtwetterfront. Sogar ein wenig Sprühregen wäre ihr sehr willkommen gewesen.

Seit dem frühen Morgen waren sie nun schon wieder unterwegs und kämpften sich mühsam durch den Dschungel Lyamars. Die Vorhut bildeten Marek und Enario und seit ein paar Stunden leider auch Jennas Bruder Benjamin, während Sheza ihre Rücken deckte. Zusammen mit Silas und Kilian bildeten Leon und sieden Mittelteil ihres kleinen Trupps, der das Gepäck bei sich hatte. Die beiden jungen Männer hielten beim Laufen aber so viel Abstand zu allen anderen, dass sie sich leise unterhalten konnten, ohne jemand anderen viel von ihrem Gespräch aufschnappen zu lassen. Da sie sich aber nicht besonders verdächtig verhielten und ab und an sogar ein Lachen an Jennas Ohren drang, machte sie sich darüber keine Sorgen.

Wenn sie ehrlich war, hatte sie auch weder Kraft noch Nerven dafür. Dabei hatte sie sich anfangs noch ganz gut gefühlt – trotz der schwülen Luft und Wärme. Wahrscheinlich war dies auch der Tatsache zu schulden gewesen, dass sie all ihre Freunde und vor allen Dingen ihren Bruder wieder um sich hatte. Das Gefühl, nicht allein zu sein, konnte ein ganz wunderbarer Motivator sein. Nach den vielen Stunden des Laufens lief ihr jedoch nun der Schweiß in Bächen über die Haut und ihre Kleider klebten wie eine zweite Haut an ihrem Körper – zumindest die, die sie noch anbehalten hatte. Das war bis auf ihre lange Hose und das von den Ärmeln befreite Hemd nichts weiter. Und dennoch fühlte es sich zu viel an. Wenn sie nicht von lauter Männern umgeben gewesen wäre, hätte sie sich bis auf Slip und BH ausgezogen – obgleich das vielleicht nicht so schlau gewesen wäre, weil einige der Pflanzen um sie herum Dornen besaßen.

Auch ihre männlichen Begleiter hatten sich nicht gänzlich entkleidet, sondern lediglich ebenfalls ihre Hemden um die Ärmel reduziert und weit aufgeknöpft. Niemand in ihrer Truppe wollte sich gern die Haut zerkratzen lassen und Jenna war zumindest in Bezug auf Marek dankbar, dass er nicht halbnackt vor ihr herumlief. Schließlich hatten sie ja beschlossen auf unbestimmte Zeit nichts weiter als Freunde füreinander sein.

Bei diesem Gedanken richteten sich Jennas Augen gleich wieder auf Mareks breiten Rücken, an dem das graue Hemd, das er trug, ebenso klebte wie der Stoff an ihrem Körper. Wenn man es genau nahm, *war* er bereits nackt, denn man konnte jedes Detail seiner Muskulatur erkennen und die war leider immer noch recht ausgeprägt und ästhetisch anzusehen.

‚Reiß dich zusammen!', befahl Jenna sich selbst, weil das Sehnen nach Mareks Nähe sofort wieder in ihr aufflammte, und schlug ungnädig eine besonders vorwitzige Schlingpflanze aus dem Weg. ‚Freunde. Ihr seid nur Freunde.'

Sie biss die Zähne zusammen und statt ihrer Sehnsucht nisteten sich Trauer und Verärgerung in ihrer Brust ein. Es war vernünftig gewesen, ihre Aussprache erst einmal zurückzustellen und ihre Beziehung in den Bereich der Freundschaft zu verschieben, nur konnte sie das Gefühl nicht loswerden, dass Marek sie immer noch mied, sich stets darum bemühte, nicht allein mit ihr zu sein und möglichst wenig mit ihr zu sprechen. Freundschaft sah in ihren Augen anders aus und es schmerzte sie, dass er weiterhin künstlich Distanz zu ihr hielt, obwohl das gar nicht mehr nötig war. Wenn sie alle zusammenarbeiten wollte, *musste* er zulassen, dass sie ihm wieder näherkam.

„Das wird schon wieder", vernahm sie eine sanfte Stimme neben sich und sah auf, in Leons warme blaue Augen. Auf ihr Stirnrunzeln hin wies er mit dem Kinn in Mareks Richtung, der gerade zusammen mit Enario und Benjamin ein paar weitere Pflanzen aus dem Weg räumte. Sie wusste nicht genau, wie Marek es geschafft hatte, aber ihr kleiner Bruder schien einen regelrechten Narren an dem Krieger gefressen zu haben und suchte ständig Kontakt zu ihm. Vielleicht lag diese Schwäche für den Mann ja in ihrer Familie ... Wenigstens wurde *er* nicht von seinem ‚Idol' zurückgewiesen.

„Oh – ich denke nicht über ihn nach", log sie schnell, weil es ihr etwas peinlich war, dass ihr Freund sie so leicht durchschauen konnte.

„Nicht?" Er war erstaunt. „Ich dachte nur, weil du so traurig aussahst ..."

„Ja, ich … ich habe an das Amulett gedacht", fand sie die perfekte Ausrede und damit auch eine weitere Sache, die ihr große Bauchschmerzen bereitete. „Es war dumm, es zurück nach Falaysia zu bringen."

„Du brauchtest es doch aber, um hierher zu reisen", erinnerte Leon sie. „Und vor allen Dingen, um nachher wieder nach Hause zu kommen."

„Ja, und vielleicht hätte ich gerade diese Reise nicht machen sollen", sprach sie zähneknirschend einen der Gedanken aus, die sie schon eine ganze Weile belasteten. „Vielleicht wäre es besser gewesen, auf die Hilfe meiner Freunde hier zu vertrauen. Marek war die ganze Zeit an Bennys Seite und hat ihn nicht nur beschützt, sondern auch befreit. Und auch ihr wart schon auf dem Weg hierher. Wahrscheinlich wärt ihr …"

„Jenna", unterbrach Leon sie ungeduldig, „wir *alle* brauchen dich hier – nicht nur Benny. Du hast das gestern Abend ganz richtig gesagt: Wir sind nur wahrhaft stark, wenn wir alle zusammenhalten. Und dieses ‚Alle' hat dich schon immer miteingeschlossen – auch ohne Cardasol. Insbesondere, weil du die einzige in unserer Runde bist, die sowohl über eine magische Begabung als auch über die Fertigkeit verfügt, eine gewisse, des Öfteren recht ungestüme Person im Zaum zu halten."

Seine Augen wanderten so auffällig zu Marek hinüber, dass Jenna ein leises Lachen entwischte.

„Gräm dich nicht wegen des Verlusts des Amuletts", fuhr Leon sanft fort. „Niemand hätte verhindern können, dass die M'atay es uns abnehmen. Noch nicht einmal Marek. Diese Pollen waren teuflisch und auch ein Zauberstein wie Cardasol macht dich nicht unantastbar."

„Das haben mir auch schon Kychona und Marek immer wieder gesagt", seufzte Jenna. „Es fühlt sich trotzdem furchtbar an, den Stein verloren zu haben."

„Nicht für immer, Jen", tröstete Leon sie und legte einen Arm um ihre Schultern, um sie kurz an sich zu drücken. „Nicht für immer."

Bei Einbrechen der Dämmerung erreichten sie die nächste, mit einem magischen Schutzzauber belegte Ruine und schlugen dort, wie geplant, ihr Nachtlager auf. Im Schutz des Zaubers der N'gushini war es ihnen sogar möglich, ein kleines Feuer anzuzünden, um ein seltsames Tier zu braten, das Ilandra, die ihnen als Späher vorausgelaufen war, auf dem Weg erlegt hatte. Es sah aus wie eine Art kleines Schwein, schmeckte aber wie Hühnchen und füllte ihre Mägen relativ schnell. Brot und Früchte aus dem Wald taten ihr Übriges, sodass sich die Stimmung in ihrem Trupp deutlich besserte. Die Anstrengungen des straffen Marsches durch den Dschungel fielen sichtbar von allen ab und man begann sich zu entspannen – selbst Marek, der die manchmal doch recht vorwitzigen Bemerkungen ihres Bruders gegenüber den Erwachsenen hin und wieder mit einem versteckten Schmunzeln belohnte.

Es sah ganz danach aus, als wären die Sympathien nicht nur einseitig vorhanden. Die Gefahr und der Stress während der Zeit in Gefangenschaft hatte ein Band zwischen den beiden entstehen lassen, das bereits erstaunlich eng war und Jennas Herz gegen ihren Willen mit Wärme füllte. Sorge bezüglich dieser Entwicklung wäre die richtige emotionale Reaktion gewesen, weil sie genau wusste, wie schnell Marek Beziehungen wieder abbrechen konnte und ihrem Bruder diesen Schmerz besser ersparen sollte.

Das Gefühl ließ sich jedoch nicht künstlich verstärken, auch wenn es ebenfalls bereits vorhanden war.

„Wie weit ist es noch bis Avelonia?", wandte sich Kilian, der gerade den letzten Happen seiner Mahlzeit verspeist hatte, an Ilandra. Da Marek das Hauptlager des Feindes mittlerweile ebenfalls in diesem Landstrich Lyamars vermutete, hatten sie sich am gestrigen Tag darauf geeinigt, erstmal zusammen dorthin zu reisen.

„Noch drei Sonnenuntergänge", gab die junge M'atay bekannt und Jenna entging Mareks Stirnrunzeln nur nicht, weil sie ihn schon wieder viel zu lange angestarrt hatte. Verdammt!

„Also drei ganze Tage?", hakte Silas wenig begeistert nach und Ilandra nickte.

„Nicht, wenn wir den direkten Weg nehmen", mischte sich Marek jetzt in das Gespräch ein und dieses Mal waren es Ilandras Brauen, die sich zusammenzogen.

„Direkten Weg?", wiederholte sie. „Du meinst durch Menjak-Höhlen? Keine gute Idee."

„Weil sie verflucht sein sollen?", fragte Marek mit einem kleinen Schmunzeln und die M'atay nickte. „Das ist Aberglaube."

„Nein, ist nicht!" Ilandra schüttelte nachdrücklich den Kopf. „Die Höhlen sind heilig und dürfen nicht von normale Menschen betreten werden."

„Kann mir mal einer erklären, wovon ihr sprecht?", forderte Enario und Jenna war ihm wirklich dankbar dafür. Auch ihr war nicht ganz klar, was hier los war.

Marek antwortete nicht gleich, sondern griff an seinen Hosenbund und fummelte mit ein paar schnellen Griffen eine kleine Papierrolle daraus hervor, die er sogleich vor sich ausbreitete. Es schien die sehr kleine Version einer

Landkarte zu sein – zumindest *bevor* er mit den Händen zwei Halbkreise darüber beschrieb und das Pergament unter den großen Augen aller Anwesenden zu einer ordentlichen Größe heranwuchs.

„Wir sind ungefähr hier", sagte er, ohne den verblüfften Lauten der anderen Beachtung zu schenken, und wies auf einen Punkt mitten im Wald „und wir müssen *dort* hin."

Er wies auf eine andere Stelle der Karte, nicht allzu weit von ihrem derzeitigen Aufenthaltsort entfernt. Jenna konnte sich allerdings nicht richtig darauf konzentrieren, weil sie immer noch verarbeiten musste, was sie gerade eben gesehen hatte.

Es war schwer vorstellbar, dass der überaus zauberwillige Mann vor ihr derselbe war, der die Magie noch vor nicht allzu langer Zeit als bösartige Krankheit bezeichnet hatte. Noch vor ihrer Abreise vor zwei Jahren hatte er seine eigenen Kräfte und die Cardasols als Gefahr angesehen und nun benutzte er sie großzügiger als jeder andere Magier, den sie bisher kennengelernt hatte. Was hatte sich geändert? Und wie kam es, dass er seine Gaben auch ohne ihre Hilfe besser beherrschte als jemals zuvor?

„Gerade *weil* jedermann hier denkt, die Höhlen seien verflucht, und wir wahrscheinlich schon gesucht werden, sollten wir durch das Höhlensystem der Menjak-Höhen gehen", fuhr Marek fort, als er seinen Mitstreitern rasch gezeigt hatte, woher sie gekommen waren und wo der Hauptweg war, den die *Freien* sich im Dschungel gebahnt hatten. „Die meisten Zauberer sind abergläubisch. Sie werden diesen Ort meiden oder zumindest nicht glauben, dass sich jemand anderes dort hindurchwagt."

„Niemand ist jemals aus Höhlen wieder rauskommen", brachte Ilandra mit wachsender Nervosität an. „Niemand. Dort geschehen schreckliche Sachen."

„Heißt das, du kennst jemanden, der das getan hat, persönlich?", hakte Marek nach und in seinem Gesicht war zu lesen, dass er die Antwort auf die Frage bereits zu kennen glaubte.

Ilandra zögerte, schüttelte aber schließlich den Kopf. „Aber frühere Schamanen der M'atay ..."

„Ich kann mir gut vorstellen, dass Malin und seine Anhänger diese Geschichten über das Höhlensystem verbreitet haben", unterbrach Marek sie ungeduldig, „ganz einfach, weil sie nicht wollten, dass irgendwer den Weg nach Avelonia zu schnell hinter sich bringt. Malins Burg Camilor liegt in diesem Landstrich und allein schon aus diesem Grund wurden Fremde dort nicht gern gesehen. Gewiss gibt es in den Tunneln die ein oder andere Falle, aber das ist immer noch besser, als unseren Feinden in die Arme zu laufen. Auch meine Kräfte sind begrenzt und ich kann mit Sicherheit nicht allzu viele Magier auf einmal abwehren. Was Höhlensysteme und deren Fallen betrifft, kenne ich mich hingegen sehr gut aus. Ich kann meine Magie dort ganz vorsichtig und punktuell einsetzen und muss nicht ständig Ausschau nach unseren Feinden halten. Glaubt mir ...", er sah nun auch die anderen in ihrer kleinen Runde an, „... *das* ist der sicherere Weg nach Avelonia *und* nach Camilor, wo sie wahrscheinlich ihr Basislager haben."

Er wies nachdrücklich auf die Karte und Silas war der erste, der zustimmend nickte.

„Ich glaube auch nicht an Flüche", sagte er, „aber ich weiß, wie stark die *Freien* sind, wenn sie ihre Magie zusammen benutzen. Ihnen auszuweichen und dabei noch unseren Weg zu verkürzen, klingt überaus sinnvoll."

Enario stimmte ihm mit einem Brummlaut zu, während Sheza ebenfalls nickte.

„Kurzer Weg klingt gut", merkte die Kriegerin an. „Und ich vertraue mal darauf, dass wir mit gleich vier magisch Begabten unter uns vor möglichen Flüchen einigermaßen geschützt sind. Schlimmer als die Schiffsreise kann es für mich wohl nicht werden."

„Ich … ich gehe nicht rein!", hielt Ilandra trotz des Zuspruchs von allen Seiten weiter an ihrem Standpunkt fest. „Die Götter werden uns töten! Der lange Weg ist besserer und ich gehe ihn."

„Das ist schön", erwiderte Marek mit einem Lächeln, das dieses Mal wohl so ernst gemeint war wie seine Worte. „Dann scheiden sich unsere Wege wohl schon sehr bald. Wie schade."

Fast erfreut wandte er sich den anderen zu, die noch nichts zum neuen Plan gesagt hatten. „Noch jemand, der keine Lust hat, durch dunkle, verfluchte Tunnel zu klettern und in einer gefährlichen Falle zu verrecken? Ihr habt mein vollstes Verständnis und könnt gern zum Strand zurücklaufen."

Er sah nun vor allem Benjamin an und Jenna war ihm fast dankbar dafür, doch der Junge schüttelte prompt den Kopf. „Ich glaub auch nicht an Flüche und wie meine Schwester schon gesagt hat: Zusammen sind wir am stärksten."

Mareks Miene verfinsterte sich, weil sein Plan, ihre Gruppe noch weiter zu verkleinern, nicht aufging. Er hatte sich gleichwohl schnell wieder im Griff.

„Schön, dann reisen wir wohl morgen zu acht weiter", stellte er fest. „Auch gut."

Während Ilandra ihn fassungslos anstarrte, beschrieben seine Hände ein weiteres Mal einen Kreis über der Karte und diese schrumpfte auf ihr vorheriges handliches Format zusammen, das sehr viel leichter zu verstecken war.

„Woher kannst du das?", kam es Benjamin staunend über die Lippen und Jenna konnte ihrem Bruder ansehen, dass es ihm in den Fingern juckte, diese Art von Zauberkunst ebenfalls zu erlernen. Im Gegensatz zu ihr hatte er sich in den letzten beiden Jahren fast gierig auf alles gestürzt, was mit Magie zu tun hatte.

„Ich meine nicht nur das gerade eben", wurde er genauer, „sondern auch all den anderen Kram, den du bisher gemacht hast. Das ist irre!"

Marek bedachte ihn mit einem scheelen Blick von der Seite, während er die Karte zusammenrollte, um sie anschließend wieder in seinem Hosenbund zu verstecken. Er schien keine Lust auf diese Art von Gespräch zu haben, denn er blieb Benjamin eine Antwort schuldig, griff stattdessen nach seiner Tasche und begann seine Schlafsachen auszupacken. Ihr Bruder ließ sich davon jedoch nicht abschrecken.

„Hast du das aus den Büchern Hemetions oder hast du es dir allein beigebracht?", fragte Benjamin weiter und nahm die Decke entgegen, die Kilian ihm schmunzelnd reichte. Auch die übrigen ihrer Freunde hatten damit begonnen, sich auf die Nachtruhe vorzubereiten.

Marek sah Benny stirnrunzelnd an, bevor sich sein Blick auf Jenna richtete. „Hast du ihm von Hemetion und den Büchern erzählt?"

„Er ist mein Bruder und hat uns allen sehr geholfen, als ich das letzte Mal in Falaysia war", verteidigte sie sich, „*natürlich* habe ich ihm im Nachhinein alles erzählt."

„Nur ihm?", bohrte Marek weiter nach.

„Wenn du darauf hinauswillst, dass *ich* in irgendeiner Weise an unserer jetzigen Situation schuld bin, sprich es ruhig aus!", giftete sie ihn an, weil sein Verhalten ihren Frust noch weiter verstärkte. „Aber ich halte das für ausgeschlossen, weil ich meinem Bruder, Melina und Peter absolut vertraue!"

„Peter?", reagierte Marek leider direkt auf ihren kleinen Patzer und ihr Magen verkrampfte sich. Sie konnte schwer einschätzen, inwieweit sich Marek noch an seinen Vater erinnerte und da Peter kein ungewöhnlicher Name war, musste er nicht zwangsläufig die richtige Schlussfolgerung ziehen. Der Gedanke, dass es *möglich* war, genügte aber schon, um sich unwohl zu fühlen. Gerade war nicht der richtige Zeitpunkt, um den Krieger auch noch mit seiner komplizierten Familiengeschichte zu belasten.

„Niemand von uns ist an dem, was geschehen ist, schuld", versuchte Leon die Situation zu retten. „Die *Freien* haben das von langer Hand geplant, bevor wir überhaupt wussten, dass sie existieren. Wir sollten froh sein, dass wir zumindest früh genug von ihrem Treiben erfahren haben, um noch etwas dagegen tun zu können. Und das ist es doch, was wir alle wollen, oder?"

Marek presste fest die Lippen zusammen und Jenna tat dasselbe. Ihr gemeinsamer Freund hatte recht: Streit und Schuldzuweisungen brachten niemanden weiter – genauso wenig wie Mareks wiederholte Versuche, seine Begleiter doch noch dazu zu bringen, ihn allein in den Kampf gegen die *Freien* ziehen zu lassen.

„Und Marek", wandte sich Leon noch einmal überraschend an den Krieger, „... du musst damit rechnen, dass wir nachfragen, wenn wir dich solche magischen ... ‚Kunststückchen' vollbringen sehen. Wir sind einfach nicht daran gewöhnt, dich sowas freiwillig und mit solcher Leichtigkeit tun zu sehen."

Jenna sah ihrem Freund an, dass auch ihm die Frage auf der Zunge lag, wer mit Marek trainiert hatte, aber er schluckte sie tapfer hinunter. Der Krieger machte nicht den Eindruck, als wolle er darüber reden, sah ihn stattdessen nur mit ausdrucksloser Miene an und gab Jennas Ärger damit wieder neues Futter. Er konnte sich gern stur stellen und in geheimnisvolles Schweigen hüllen – sie würde dennoch herausfinden, mit wem er zusammengearbeitet hatte. Schließlich kamen da nicht mehr sehr viele Magier in Frage, wenn man alle Mitglieder des Zirkels ausschloss. Genau genommen nur zwei: Kaamo und Kychona.

„Tut mir leid, dass ich nachgefragt habe", raunte Benjamin ihr von der Seite zu, während er sein Schlaffell neben ihrem ausrollte. „Ich wollte nicht, dass ihr euch streitet."

Jenna deutete ein Kopfschütteln an und murmelte ein leises „Schon gut", weil sie ihren Gedankenfaden nicht verlieren wollte. Kaamo besaß nur geringfügige Kräfte und Erfahrungen – hieß das tatsächlich, dass Marek sich freiwillig von Kychona hatte schulen lassen? Und die Zauberin auch noch niemandem etwas davon gesagt hatte?

Kychona! Die Erinnerung traf Jenna wie ein Blitz und sie schnappte so laut nach Luft, dass sich alle Augen auf sie richteten.

„Gott, das habe ich bei all der Aufregung ganz vergessen!", stieß sie aus und sorgte damit nur für noch mehr Stirnrunzeln. Sie wandte sich Leon zu. „Ich hatte doch Kontakt mit Kychona, bevor wir die Insel betreten haben, erinnerst du dich?"

Die Augen ihres Freundes verengten sich. „Ja, aber was ..."

„Sie sagte mir, dass wir eine Informationsquelle bei uns haben, die den *Freien* definitiv nicht bekannt ist und die uns ungemein helfen könnte: Dich."

Stille machte sich unter ihnen breit und Leon blinzelte verwirrt, während Marek sich hinter ihm auf seinem Schlafplatz aufrichtete und als einziger zu begreifen schien, wovon sie sprach. „Das ist in der Tat ausgesprochen klug", verkündete er ungewohnt begeistert.

„Ja, ganz fantastisch!", stimmte Kilian ihm übereifrig zu, ließ dann aber seine Maske fallen und gab ein ungeduldiges „Hä?" von sich.

„Ich stimme Kilian zu", sagte Leon und sah Jenna nachdrücklich an. „Hä?"

„Narians Erinnerungen", erklärte Jenna. „Sie befinden sich immer noch in deinem Kopf."

„Der Mann hat lange Zeit zum Zirkel gehört, kannte vielleicht dessen größere Pläne", ergänzte Marek. „Warum bin ich da nicht selbst drauf gekommen?"

„Oh – das hatte ich ganz vergessen", gab Leon erfreut von sich, zog aber sogleich wieder seine Brauen zusammen. „Aber Kychona hat die mit einem Zauber belegt, um zu verhindern, dass sie mit Narians Energie von dem

Kraftfeld des Tores aufgesaugt werden. Einen Zauber, den nur sie ..."

„... oder ein noch mächtigerer Zauberer als sie auflösen kann", beendete Marek seinen Satz, packte Leons Schlafunterlage und zog ihn mit einem Ruck dichter an sich heran.

Ihr gemeinsamer Freund riss etwas überrascht die Augen auf und lehnte sich instinktiv zurück, weil ihm wohl die plötzliche Nähe zu seinem ehemaligen Feind nicht geheuer war. „Was ... was ... *jetzt*?", stammelte er. „Du willst das *jetzt* tun?"

„Was ist das Problem?" Marek hob die Brauen und einer seiner Mundwinkel zuckte kurz nach oben. „Zu unromantisch vor all den anderen?"

Jenna unterdrückte ein Prusten und rutschte stattdessen ebenfalls näher an ihren Freund heran. „Je früher, desto besser", sagte sie und suchte Mareks Blick. „Brauchst du meine Hilfe dafür?"

„Stopp, stopp, stopp!", stieß Leon aus, bevor der Krieger antworten konnte. „Das geht mir ein bisschen zu schnell. Was *genau* wirst du tun?"

Marek sah ihn an, als hätte er ein begriffsstutziges Kind vor sich. „Das, was ich gesagt habe: Ich löse Kychonas Schutzzauber um Narians Erinnerungen herum auf. Entspann dich einfach." Ein weiteres Mal konnte er sich das Schmunzeln nicht verkneifen. „Ich werde auch ganz sanft sein – versprochen."

„Witzig", kommentierte Leon trocken und wandte sich Jenna zu. „Du passt mit auf?"

Sie nickte geschwind und war überrascht, dass Marek sich weder beschwerte noch seine Augen verdrehte.

„Es kann nicht schaden, wenn du ihn mental stützt", merkte der Krieger jetzt sogar an und beugte sich vor, um seine Fingerspitzen an Leons Schläfen zu legen.

„Ich verstehe ehrlich gesagt immer noch nicht so ganz, was die da machen wollen", hörte Jenna Kilian flüstern, während sie versuchte, sich zu entspannen und einen mentalen Kontakt zu Leon herzustellen. Es war trotz des leisen Gemurmels ihrer verwirrten Freunde im Hintergrund nicht allzu schwer, da ihr letzter Kontakt mit ihm nicht lange her war und er ihr ohnehin bedingungslos vertraute. Es gab keine Gegenwehr.

Sehr viel schwieriger war es für sie, Mareks knisterndes Energiefeld zu ignorieren, weil alles in ihr danach schrie, sich mit ihm zu vereinen, ihn endlich wieder wie früher zu spüren und dabei gleichzeitig herauszufinden, was zur Hölle mit ihm los war.

„Jenna …", vernahm sie seine tiefe, mahnende Stimme aus der Außenwelt und bemerkte jetzt erst, dass ihre Energie ganz unbewusst in seine Richtung gegriffen hatte. Sie zog sich zurück, verband sich stattdessen ganz behutsam weiter mit Leon.

Das Knistern aus Mareks Richtung wurde stärker und Jenna fühlte mit einem Mal eine andere vertraute Kraft. Sie war nicht so präsent wie die Mareks, war starr und ruhig. Das musste Kychonas Zauber sein, der sich jetzt erst bemerkbar machte, weil er mit anderen magischen Kräften in Berührung kam.

Jenna ließ ihre Energie in dessen Richtung fließen und zuckte zurück, weil im Moment des Kontakts ein scharfer Schmerz durch ihre Schläfen zog. Die Mauer war noch stark – *zu* stark für einen mäßig begabten Menschen wie sie.

‚Halt dich da raus!', vernahm sie zum ersten Mal seit langer Zeit wieder Mareks mentale Stimme und erschauerte. Warum nur musste *alles*, was ihn betraf, immer eine derart angenehme Wirkung auf sie haben?!

Mareks Energiefeld wurde derweil immer stärker und wärmer, Lichtblitze zuckten aus seiner Richtung auf sie zu und sie fühlte, wie Leon sich verspannte.

‚Alles ist gut', beruhigte sie ihren Freund, obwohl sie das gar nicht wissen konnte. ‚Er schafft das schon.'

Kychonas magischer Wall leuchtete stärker, wurde immer heller und es zeigten sich erste Bewegungen in ihm. Er schien sich auszudehnen und wieder zusammenzuziehen, um schließlich mit einem Ruck auseinanderzureißen. Die Energie verteilte sich auf sie drei und Leon schnappte hörbar nach Luft, sodass Jenna sofort mental nach ihm griff und half, die auf ihn wirkenden Kräfte wieder zur Ruhe zu bringen. Erst als seine Aura wieder vollkommen im Lot zu sein schien, ließ sie ihn los und öffnete die Augen.

Marek saß noch genauso da wie zuvor, hatte nur seine Hände zurückgezogen und atmete so tief und schnell, dass man meinen konnte, er habe gerade einen rasanten Spurt hinter sich gebracht. Sonst schien alles gutgegangen zu sein, denn er hatte schon wieder die Kraft und Muße Leons Gesicht zu studieren und fragend die Brauen zu heben. „Und? Fühlst du schon irgendwas?"

Ihr Freund schüttelte sich etwas benommen und verengte in dem Versuch, in sich zu gehen, die Augen. „Ich weiß nicht ... außer, dass mir schwindelig ist und sich heftige Kopfschmerzen entwickeln, eigentlich nicht."

Wenn Marek über die Information enttäuscht war, ließ er es sich zumindest nicht anmerken. Stattdessen nickte er sogar. „Wahrscheinlich braucht es einen Reiz von außen, um Narians ‚Erbgut' zu aktivieren", überlegte er. „Etwas, das in einer der Erinnerungen vorkommt."

„Und was soll das sein?", fragte Jenna ungeduldig. Sie hatte sich von der ganzen Aktion irgendwie mehr erhofft.

„Keine Ahnung", war die ernüchternde Antwort. „Das kann alles sein – von einer winzigen Kleinigkeit bis hin zu einer Notsituation. Wir werden wohl geduldig sein müssen."

„Bist du sicher, dass der Schutzzauber vollständig weg ist?", hakte Leon nach und fing sich sogleich einen empörten Blick aus Mareks Richtung ein, der ihn dazu bewog, defensiv die Hände zu heben.

„Schon gut", beruhigte er ihn. „Ich glaub dir ja. Ich verspüre ohnehin keine besonders große Lust, nochmal jemanden in meinem Kopf herumwühlen zu lassen. Schlaf wird wohl das beste Mittel sein, um meinen Geist zur Ruhe kommen zu lassen und irgendwann einen Erfolg zu erzielen."

„Die Geister der Ahnen danken es dir", setzte Ilandra hinzu. „Weitere Zauberei machen sie nur wütend."

Marek verdrehte die Augen. „Und wir wollen ja nicht, dass sie uns verfluchen", setzte er hinzu und streckte sich auf seinem Schlaflager aus.

„So ist es!", brummte Ilandra etwas verärgert, fügte aber nichts weiter hinzu, sondern legte sich ebenfalls hin, um zu schlafen. Lediglich Enario bewegte sich an den Rand der Ruine, um seine Wachschicht anzutreten.

Jenna fiel es nicht leicht, sich dem Wunsch der M'atay zu fügen. Sie hätte gern noch mehr getan, versucht, gemeinsam mit den ihren Freunden zu überlegen, welche Trigger es vielleicht gab, um den Geist Narians in Leons

Verstand zu aktivieren. Doch wenn alle sich fügten, konnte sie ja nicht als Einzige aus der Reihe tanzen. Also legte auch sie sich hin, drehte sich aber so, dass sie Marek den Rücken zukehrte und stattdessen ihren Bruder vor sich hatte. Er sah müde aus, hatte die Lider halb geschlossen, brachte es aber dennoch zustande, ihr ein optimistisches Lächeln zu schenken.

„Ich wette, schon morgen sieht alles ganz anders aus", flüsterte er ihr zu. „Leon wird sich bestimmt erinnern können und wir wissen dann sehr viel mehr über die Pläne der *Freien*."

Jenna nickte, obwohl sie seinen Optimismus noch nicht teilen konnte. Sie streckte eine Hand nach ihm aus und legte sie auf seine.

„Es tut mir so leid, dass du in die ganze Sache reingezogen wurdest", wisperte sie. „Du gehörst hier nicht her."

„Du doch auch nicht", flüsterte Benjamin zurück. „Und trotzdem bist du hier. Zum zweiten Mal."

„Natürlich! Du bist mein Bruder! Ich könnte dich nie im Stich lassen!"

„Das weiß ich. Und ich bin wirklich froh, dass du hier bist." Benjamin schluckte schwer und sie konnte sehen, wie sich seine Augen mit Tränen füllten. „Als ich dich sah, wusste ich, dass alles wieder gut werden würde. Und so ist es immer noch. Nur musst du selbst auch endlich daran glauben. Kannst du das versuchen?"

Jenna gab ein Geräusch von sich, das nur wenig an ein Lachen erinnerte.

„Für mich?", setzte ihr Bruder mit einem unnachahmlichen Hundeblick hinzu und dieses Mal kam ein echtes Lachen über ihre Lippen.

„Okay", gab sie ihm nach. „Und jetzt schlaf endlich. Der morgige Tag wird nicht weniger anstrengend werden als der heutige. Und wenn wir unsere Gegner schlagen wollen, müssen wir ausgeruht und wachsam bleiben."

Benjamin drückte ihre Hand und schloss endlich die Augen. Jenna tat dasselbe, obwohl sie ganz genau wusste, dass der Schlaf nicht so schnell über sie hereinbrechen würde. Dafür plagten sie noch zu viele Sorgen. Insbesondere Mareks Unfähigkeit zu akzeptieren, dass sie nun als Gruppe zusammenarbeiteten. Die Angst, dass sie eines Tages erwachte, und er nicht mehr da war, weil er meinte, besser allein gegen den Feind kämpfen zu können, ließ sich nicht abschütteln und wurde am Tage durch sein abweisendes Verhalten ihr gegenüber noch geschürt.

Wenn er sich morgen wieder so verhielt, würde sie noch einmal das Gespräch mit ihm suchen müssen, auch wenn sie etwas anderes abgesprochen hatten. Vor zwei Jahren waren Marek und sie ein eingespieltes Team gewesen und nur deswegen war es ihnen gelungen, Demeon und Alentara zu besiegen. Jenna war sich sicher, dass sie den Feind auch dieses Mal nur würden schlagen können, wenn Marek und sie wieder eng zusammenarbeiten. Und um das zu tun, durfte er sie nicht mehr ignorieren. Blieb ihr denn da etwas anderes übrig, als ihn zur Rede zu stellen?

Es war dieser Gedanke, der schließlich doch noch den Schlaf über sie kommen ließ. Mareks Verärgerung auf sich zu ziehen, war anscheinend ein besseres Gefühl, als von ihm nicht wahrgenommen zu werden, und ließ sie sogar mit einem kleinen Lächeln auf den Lippen einschlafen.

Bedroht

Viel hatte sich am nächsten Morgen nicht geändert – außer vielleicht, dass jeder in ihrer Gruppe beim Verlassen der schützenden Ruine noch angespannter war als am Vortag. Ihnen allen war bewusst, dass sie sich nicht nur tiefer in den Dschungel Lyamars hineinbewegten, sondern auch mit jedem Schritt ihren Feinden näher kamen.

Die Gespräche zwischen ihnen reduzierten sich dadurch nur auf das Notwendigste und *wenn* man sich austauschte, tat man das nur noch sehr gedämpft und mit den Menschen, die direkt neben einem liefen. Für Jenna hieß das, sich hauptsächlich nur mit Benjamin und Leon unterhalten zu können, weil Sheza ohnehin nicht die kommunikativste Person war, Kilian und Silas ihr noch zu fremd waren und Enario Mareks Gesellschaft bevorzugte. Der wiederum sorgte weiterhin für einen möglichst großen Abstand zu ihr und ignorierte sie auch anhaltend während der kurzen Pausen, die sie ab und an machten, um nicht zu erschöpft für einen möglichen Kampf zu sein.

Obwohl sich Jenna große Mühe gab, sich ihre Laune nicht verderben zu lassen, schwoll ihr Ärger über das Verhalten des Kriegers immer weiter an, bis sie es schließlich kurz vor Erreichen der Menjak-Höhlen nicht mehr aushielt, die Schultern straffte und auf Marek zuging. Ihre Gruppe hatte sich am Rand der weiterhin üppig bewachsenen, höher liegenden Regionen Lyamars unter einen großen Felsvorsprung zurückgezogen, um eine letzte Pause vor Betreten der Höhlen einzulegen. Selbstverständlich hatte der Bakitarer einen Platz für sich ausgewählt, der möglichst weit von Jennas entfernt war.

Sie wusste nicht genau, ob er ihr Vorhaben bereits aus der Ferne durchschaut hatte oder es nur Zufall war – aber kurz bevor sie ihn erreichte, schulterte er sich seine Tasche und verkündete laut für alle, dass er sich schonmal den Eingang zum Höhlensystem und die ersten Meter des Tunnels ansehen wolle. Nur um sicherzugehen, dass sie nicht gleich zu Beginn in Schwierigkeiten gerieten.

Jenna hielt mitten in ihrer Bewegung inne und konnte es sich nicht verkneifen einen frustrierten Laut von sich zu geben, als der Krieger seinen Plan postwendend in die Tat umsetzte. Der Ärger, der in ihr köchelte, blubberte gleich noch höher.

„Die Götter werden zürnen", sagte Ilandra, die sie trotz ihrer zuvor geäußerten Bedenken zumindest bis hierher begleitet hatte, laut und deutlich. Nur deswegen blieb Jenna stehen und folgte Marek nicht sofort hinein ins Dickicht.

„Noch könnt ihr Böses verhindern", fuhr die M'atay mahnend fort, „wenn ihr kommt mit mir. Ich euch sicher fuhre nach Avelonia."

„Ach ja?", fragte Silas argwöhnisch. „Und warum solltest du das tun? Dein Volk hat diesen komischen Zauberstein gestohlen, um ihn an Ano zurückzugeben. Warum solltest du uns helfen, ihn zurückzuholen?"

„Da hat er nicht unrecht", stimmte Enario ihm mit einem kleinen Schmunzeln zu. „Es ist schon seltsam, dass du uns sowas anbietest."

„Ich helfe nicht, um Cardasol zurückholen", verteidigte sich die M'atay und auch in ihren Augen blitzte Verärgerung auf. „Ich helfe, um von Ma'harik zu lernen."

„Aber müsstest du dann nicht mit ihm in die Tunnel gehen?", wandte Silas spitzfindig ein.

„Ich kannen ihn auch finden, wenn ihr wieder rauskommt", erwiderte Ilandra stolz. „Ich bewegen mich schneller im Dschungel als ihr."

„Aber nicht, wenn du uns mitnimmst", mischte sich nun auch Sheza mit kritisch zusammengezogenen Brauen ein. „Warum willst du das also tun?"

Das Misstrauen der M'atay gegenüber schien mit jedem Wort, das gesprochen wurde, zu wachsen und Jenna sah rasch hinüber zu der Stelle, an der Marek in den Dschungel verschwunden war. Seine Abwesenheit tat keinem von ihnen gut.

„Hey", ging nun glücklicherweise Leon dazwischen und hob in einer beruhigenden Geste die Hände. „Ilandra hat uns bisher wunderbar geholfen und ich glaube ihr, wenn sie sagt, dass sie das weiterhin tun will. Also beruhigt euch wieder. Niemand *muss* mit ihr mitgehen. Es war nur ein nett gemeinter Vorschlag."

„... verbunden mit der Drohung, dass die Götter uns sonst bestrafen werden", setzte Kilian leider hinzu und Silas pflichtete ihm auf der Stelle bei.

Jenna schüttelte frustriert den Kopf und lief einfach los. Sie glaubte zwar nicht, dass die Situation *extrem* eskalieren würde, aber sie brauchten Marek jetzt und wenn sie ohnehin kurz mit ihm allein war, konnte sie ihn auch gleich auf seine unnötige Distanz zu ihr ansprechen. So ging das ja nicht weiter.

„Keine Drohung – Warnung", konnte sie Ilandra noch sagen hören, bevor sie außer Hörweite war.

Den Eingang zum Höhlensystem in der nicht allzu steilen Felswand vor ihr zu entdecken, war nicht sonderlich schwer. Zwar wuchsen auch um ihn herum viele Pflanzen, aber Marek hatte sich seinen Weg dorthin teilweise mit dem Schwert gebahnt und dadurch eine Art Wegweiser erschaffen. Von dem Krieger war nichts mehr zu sehen, also musste er wohl bereits im Eingang verschwunden sein.

Jenna zögerte nicht lange und begann den Hang relativ zügig zu erklimmen. Wut war offenbar ein guter Ansporn und konnte einem mehr Kraft geben, als man noch zu besitzen meinte. Sie hatte die Tunnelöffnung fast erreicht, als Marek wieder aus dieser herauskam. Seine Hand zuckte kurz zum Schwert, dann hatte er sie auch schon erkannt und runzelte verärgert die Stirn. Als ob *er* ein Anrecht darauf hatte!

„Warum bist du nicht bei den anderen?!", fuhr er sie von oben an. Seine Augen blieben jedoch nicht lange bei ihr, suchten stattdessen rasch die Umgebung ab.

„Weil wir dich da unten brauchen!", erwiderte sie geradeheraus. „*Und* weil ich mit dir reden muss!"

„Geh zu den anderen!", forderte er, als hätte er ihre Antwort gar nicht vernommen, und sah sich erneut um.

„Nein!", stieß sie aus und kletterte weiter zu ihm hinauf. „Nicht, bevor du mir erklärt hast, warum du mir ständig aus dem Weg gehst!"

„Das hatten wir doch geklärt", brummte er zurück. „Wir haben keine Zeit, um über uns zu reden! Daran hat sich nichts geändert!"

„Wir haben beschlossen *zusammenzuarbeiten* und erst einmal wie *Freunde* miteinander umzugehen", erinnerte sie ihn verärgert und hatte endlich die Ebene erreicht, auf der er sich befand. „Aber das tust du nicht. Weder das eine *noch* das andere. Du ignorierst mich und das habe ich nun wirklich nicht verdient!"

Marek schloss resigniert die Augen und schüttelte den Kopf. „Ich ignoriere dich nicht", belog er sie und sich selbst und machte prompt einen Schritt zurück, als sie noch näher kam.

„Doch, tust du!", korrigierte sie ihn. Es fiel ihr immer schwerer, sich zu beherrschen, den Schmerz zu bekämpfen, den sein Verhalten in ihr erzeugte.

Marek kniff die Lippen zusammen und atmete tief durch. „Selbst wenn – wir können das nicht *jetzt* diskutieren."

„Warum nicht?", stieß sie fast trotzig aus.

„Weil irgendwas hier nicht stimmt", war die überraschende Antwort und da war er wieder, der Rundumblick, dem eine leichte Nervosität innewohnte.

Jenna öffnete den Mund, brachte aber nichts heraus. Stattdessen sah sie sich ebenfalls rasch um, versuchte sich auf die Außenwelt zu konzentrieren. Es war nichts Verdächtiges zu sehen oder zu hören, dennoch überkam auch sie mit einem Mal das Gefühl, dass etwas nicht in Ordnung war. Sie schloss die Augen, um mental ihre Umwelt abzusuchen und schrak zusammen, weil Marek sie plötzlich am Arm packte.

„Nicht!", raunte er ihr zu und schüttelte nachdrücklich den Kopf. „Wenn die *Freien* tatsächlich in der Nähe sind, wie ich glaube, spüren sie dich."

Jenna wusste, dass es Wichtigeres gab, worauf sie sich jetzt konzentrieren musste, aber Mareks warme Hand, die ihren Unterarm umschloss, brachte sie vollkommen aus dem Takt. Sie starrte diese an, die langen Finger, die Sehnen, die sich unter der braunen Haut abzeichneten, und unverzüglich kamen Erinnerungen in ihr auf, die äußerst unangebracht waren.

Der Krieger ließ sie ruckartig los, allerdings nicht, weil es ihm genauso ging wie ihr, wie sie mit einem Blick in sein plötzlich schmerzverzerrtes Gesicht feststellte.

„Marek!", stieß sie erschrocken aus, als er sich auch noch zusammenkrümmte, die Hände auf die Schläfen presste und mit dem Oberkörper nach vorn kippte. Sie packte ihn an den Schultern, stützte ihn, so gut es ging, und sah voller Sorge in sein zuckendes Gesicht. Ein lautes Krachen im Hang weit über ihnen ließ sie erschrocken zusammenfahren und mit dem nächsten Atemzug begann der Boden unter ihren Füßen zu beben.

Mit einem entsetzten Keuchen kam Marek ruckartig zu sich, packte sie und stürzte los, auf den Höhleneingang vor ihnen zu. Jenna lief kaum selbst, wurde einfach von ihm mitgerissen, trotzdem trafen sie ein paar Steine schmerzhaft an Schultern und Kopf, bevor sie den Schutz der Höhle erreichen konnten. Sie schrie auf und stolperte, wurde wieder hochgerissen und prallte gegen Mareks Körper, der sogleich einen Satz nach vorne machte und sich schließlich mit ihr zusammen zu Boden warf. Sie fühlte seine Hände an ihrem Rücken und Oberschenkel, wurde noch einmal herumgewirbelt, sodass Marek auf ihr zu liegen kam, und kniff mit einem unterdrückten Schrei die Augen zusammen, als dicht neben ihnen massive Gesteinsbrocken aufschlugen, dabei Sand und kleinere Steine durch die Luft schleuderten.

Keiner davon traf Jenna, weil Mareks Körper ihren vollkommen abschirmte und er auch noch seine Arme schützend um ihren Kopf gelegt hatte, gleichwohl ließ der ohrenbetäubende Krach ein leises Wimmern über ihre Lippen dringen. Die Erde unter ihnen bebte noch kurz nach, dann war der Spuk halbwegs vorbei und sie konnte nur noch das Rieseln von kleinerem Geröll und Sand vernehmen. Gleich die Augen zu öffnen, wagte sie dennoch nicht. Stattdessen klammerte sie sich panisch an Marek, als wäre er der letzte Halt, den es in dieser Welt für sie gab. Ihr Herz raste und sie musste immer wieder husten, weil ihr trotz des menschlichen Schutzschildes über ihr feiner Staub in Nase und Mund drang.

Es war Marek, der als erster wieder zu sich fand, sich auf seine Unterarme stützte und eine Hand an ihre Wange hob, um ihr vorsichtig das Haar aus dem Gesicht zu streichen. „Jenna?", keuchte er besorgt. „Bist du okay?!"

Sie blinzelte und fühlte, wie Sandkörner in ihre Augen fielen, dort für ein unangenehmes Brennen sorgten.

„Ich … ich denke schon", krächzte sie und hob den Kopf, sah fassungslos hinüber zum Eingang der Höhle, während sie fühlte, wie Marek erleichtert ausatmete.

Was sie dort sah, ließ jedoch das Blut in ihren Adern gefrieren. Es gab keinen Eingang mehr. Große und kleine Felsen türmten sich aufeinander bis hin zum obersten Rand der Öffnung. Lediglich ein ungefähr handbreit großer Spalt und ein paar andere kleinere Lücken in der neu entstandenen Wand ließen noch ein bisschen Tageslicht ins Innere des Ganges fallen.

„Oh, nein, nein, nein!", kam es Jenna panisch über die Lippen und sie drückte Marek von sich weg, sodass er auf die Knie kam. Innerhalb eines Wimpernschlags war sie auf den Beinen, taumelte hinüber zu dem Geröllhaufen. Sie waren eingesperrt, von den anderen abgeschnitten! Den anderen ... Ihr wurde ganz kalt und ihre Brust zog sich zusammen. Die anderen ... Die Lawine hatte mit Sicherheit nicht bei ihnen Halt gemacht ...

„Jenna", vernahm sie Mareks Stimme, spürte, dass er hinter sie trat, während das Gefühl von ihr Besitz ergriff, nicht mehr richtig atmen zu können. Sie rang nach Luft. Steinschläge waren tödlich, wenn man sie nicht kommen sah.

„Da gibt es kein Durchkommen mehr", hörte sie ihren Begleiter wie aus weiter Ferne sagen.

Ihr Bruder! Leon! Die anderen! Wenn die Lawine sie unten genauso überrascht hatte wie sie hier oben ...

„Nein, nein, nein!", gab sie mit erstickter Stimme von sich, wehrte sich gegen die schrecklichen Vorstellungen, die in ihren Geist drangen. Hektisch begann sie die Steine abzutasten, gegen sie zu drücken. Sie musste hier raus, musste mit eigenen Augen sehen, was passiert war! Aber nichts bewegte sich und ihre Verzweiflung wuchs.

„Jenna", versuchte Marek weiter zu ihr durchzudringen, „das macht keinen Sinn."

„Oh Gott! Oh Gott!", stieß sie aus, ohne auf ihn zu reagieren. Stattdessen zog und zerrte sie weiter an den Steinen, obwohl sich nur die kleinsten von ihnen herauslösten, ohne dass sich der Rest der Wand bewegte. Bald schon sah sie nur noch verschwommen, weil die Tränen nicht zurückzuhalten waren. Ihr Bruder! Sie hatte ihn doch gerade erst wieder in die Arme schließen können! ... Wenn ihm etwas zugestoßen war ... Wenn die Lawine ihn und die anderen unter sich begraben hatte ...

„Jenna", Marek berührte sie an der Schulter, doch sie schlug mit einem Schluchzen seine Hand weg, warf sich gegen den Geröllhaufen, sodass ein paar größere Steine in Bewegung gerieten und zu ihr hinunterpolterten. Einer fiel ihr dabei auf die Füße, aber der Schmerz, der ihr Bein durchfuhr, war nichts im Vergleich zu dem, der in ihrer Brust tobte. Sie hatte ihren kleinen Bruder verloren!

„Benny!", schluchzte sie und riss einen weiteren Stein aus der Wand. „Benjamin!"

„Jenna!" Sie wurde gegen ihren Willen herumgedreht und obwohl sie sich dagegen wehrte, umfassten Mareks Hände ihr Gesicht, hielten es eisern fest, sodass sie gezwungen war, ihn anzusehen. „Er ist nicht tot! Hörst du! Er ist *nicht* tot!"

Sie wollte ihm so gern glauben, doch die Panik und Verzweiflung, die an ihren Nerven rissen und zehrten, ließen sie nicht klar denken. Sie schluchzte nur weiter, zitterte am ganzen Leib und konnte kaum atmen.

„Jenna – wo waren die anderen, als du sie verlassen hast?", verlangte Marek zu wissen und seine Augen hielten ihren Blick fest, machten es unmöglich, wegzusehen. „Wo haben sie gesessen?"

Ihr Verstand regte sich wieder, brachte die Bilder der letzten Minuten mit Benjamin und den anderen zurück. „U-unter einem ... einem Felsvorsprung", brachte sie stockend heraus.

„Ganz genau", stimmte Marek ihr zu. „Unter einem großen, festen Felsvorsprung, den die Lawine mit Sicherheit nicht zerstören konnte, denn so groß war sie nicht."

Jenna atmete stockend ein und wieder aus. Ganz langsam sanken seine Worte und deren Bedeutung in ihr Bewusstsein. Felsvorsprung. Nicht tot. Nicht tot ...

Sie schloss die Augen und fühlte, wie weitere Tränen ihre Wangen hinunterrollten, bevor Marek sie sanft in seine Arme zog. Ihr Kopf sank von ganz allein nach vorn, gegen seine Brust, während ihre Hände Halt an seinem breiten Rücken suchten. Das Gefühl von absoluter Sicherheit, das sie in seinen Armen auch schon früher verspürt hatte, breitete sich unaufhaltsam in ihrem Inneren aus und ganz langsam kehrte ein wenig Ruhe in sie zurück. Vergessen waren alle negativen Gefühle der letzten Tage und die Zeit der Trennung. Sie war geschützt, geborgen ... zuhause.

„Ich ... ich dachte, ich hätte ihn verloren", nuschelte sie in sein Hemd und sog dabei tief seinen Duft in ihre Nase. Gott, tat das gut!

„Ich weiß", gab er leise zurück und sie hob den Kopf, sah ihm ins Gesicht, das ihrem viel zu nah war. Da waren die türkisfarbenen Sprenkel in seiner Iris, die seinen Augen diese intensive Farbe, diese Ähnlichkeit mit Eiskristallen gaben. Kalt waren sie augenblicklich nicht, sondern so warm, dass sich Jennas Kehle schon wieder zuschnüren wollte.

Marek lehnte sich zurück und sie ließ ihn ganz automatisch los, obwohl der größte Teil ihrer selbst umgehend dagegen protestierte.

„Ich bin mir sicher, dass es allen gutgeht", setzte er hinzu und wandte sich rasch von ihr ab, fuhr sich dabei etwas fahrig mit einer Hand durch das lockige Haar. „Wir finden schon wieder zueinander."

Seine Zuversicht tat ihr gut und obwohl er es mit Sicherheit nicht so gemeint hatte, keimte auch in ihr ein Fünkchen Hoffnung auf, dass sich seine letzten Worte nicht nur auf ihre gemeinsamen Freunde bezogen.

„Wir sollten jetzt bloß nichts überstürzen", setzte er hinzu, während er mit in die Hüften gestemmten Händen den zugeschütteten Eingang der Höhle betrachtete.

Das war aus Jennas Sicht leichter gesagt als getan, denn trotz Mareks beruhigenden Äußerungen konnte sie ihre Sorge um die anderen nicht vollkommen abschütteln.

„Sollten wir nicht lieber gleich überprüfen, ob die anderen …", begann Jenna, aber Marek schüttelte sofort den Kopf.

„Kein Einsatz von magischen Kräften", hielt er dagegen, bevor sie ihren Gedanken ausformuliert hatte. „Nicht, solange die *Freien* uns so nahe sind."

„Meinst du, dass sie die Lawine ausgelöst haben?", fragte sie beklommen und sah hinter sich in den dunklen Höhlengang – auch wenn ihre Feinde wohl kaum von dort kommen würden.

Marek nickte. „Ich bin mir sogar sicher."

„Wie konnten sie uns entdecken? Wir waren doch so achtsam. Und warum haben sie gleich versucht uns zu töten?"

„Ich glaube nicht, dass das ihr Ziel war."

Jenna zog verwirrt die Brauen zusammen. „Nicht?"

Der Krieger antwortete nicht, stattdessen hob er plötzlich warnend den Zeigefinger an den Mund und lehnte sich zum Geröllhaufen vor. Es dauerte einen Moment, bis Jenna die Geräusche hörte, die sein geschultes Gehör schon viel früher vernommen hatte: Schritte und Stimmen, gedämpft durch die Mauer aus Steinen vor ihnen.

Mareks Handbewegung war nur minimal, sie genügte jedoch, um Jenna dazu zu bewegen, schnell in die Hocke zu gehen, sodass man sie durch die wenigen Lücken im Geröll nicht erkennen konnte. Nicht für eine Sekunde hatte sie daran geglaubt, dass es ihre Freunde waren, die sich ihnen näherten.

„Da kommt keiner mehr durch", sagte ein Mann draußen und die Geräusche, die dabei ertönten, ließen darauf schließen, dass er sogar ein Stück weit auf den Gesteinshaufen kletterte. „Da bewegt sich nichts mehr. Sitzt fest wie gemauert."

„Es sei denn, man benutzt magische Kräfte wie wir", wandte ein anderer ein.

„Uns soll das recht sein", erwiderte der erste Sprecher, „denn in diesem Fall können wir sie noch viel besser orten. Kommt jetzt. Wir müssen ausschwärmen."

Die Schritte entfernten sich wieder und Jenna richtete sich schnell auf, suchte panisch Mareks Blick. „Wir müssen etwas unternehmen, die anderen warnen!", zischte sie ihm zu.

Sein Kopfschütteln verstörte sie. „Die Lawine sollte ihnen Warnung genug gewesen sein", gab er zu ihrem Unmut zurück. „Wir kommen hier nicht schnell genug raus, um etwas für sie tun zu können."

Jenna starrte mit wieder viel zu schnell schlagendem Herzen den Steinhaufen an, streckte die Hand in dessen Richtung aus und ließ sie doch wieder sinken. „Aber wir … wir *müssen* etwas tun!", stammelte sie, obwohl sie genau wusste, dass ihre Handlungsmöglichkeiten gegenwärtig extrem begrenzt waren.

„Ja – wir suchen uns den schnellsten Weg aus dem Höhlensystem hinaus", erwiderte Marek und wandte sich in die entgegengesetzte Richtung um.

„Wie lange wird das dauern?", kam es Jenna besorgt über die Lippen, während sie nur halbherzig einen Schritt auf ihn zumachte. Es widerstrebte ihr zutiefst, sich in einer Situation wie dieser noch weiter von ihren Freunden zu entfernen.

„Keine Ahnung", musste Marek nun auch noch sagen und ihr Herz verkrampfte sich. „Wahrscheinlich ein paar Stunden …"

„Ein paar *Stunden*!!", kam es etwas schrill über ihre Lippen und sie wandte sich wieder dem zugeschütteten Eingang zu. „So viel Zeit haben die anderen nicht! Du hast doch gehört, was die *Freien* gesagt haben: Sie werden ausschwärmen und unsere Freunde einkreisen! Wir … wir *müssen* unsere Kräfte benutzen – wenigstens, um sie zu warnen!"

Jenna schloss bereits ihre Augen, um sich zu konzentrieren und ihre Energien zusammenfließen zu lassen, doch Marek war mit einem Mal wieder neben ihr und packte sie am Arm. „Nein!", raunte er ihr zu. „Wenn du das tust, werden sie uns *alle* erwischen!"

Sie schüttelte verzweifelt den Kopf, wollte sich nicht eingestehen, dass er recht hatte. „Selbst wenn sie uns orten – der Eingang der Höhle ist zugeschüttet! So schnell kommen die nicht zu uns durch", entgegnete sie, „wir können dann immer noch fliehen und im Anschluss versuchen …"

„Die *Freien* sind schon sehr viel länger als wir in Lyamar", ließ Marek sie schon wieder nicht ausreden,

„meinst du nicht, sie kennen das Tunnelsystem und seine Ausgänge?"

„Aber ... sie würden nicht wissen, aus welchem wir herauskommen", kämpfte Jenna weiter, obwohl sie genau fühlte, dass es umsonst war. „Und zusammen sind wir stark. Deine Kräfte sind enorm und ..."

„Ich kann aber auch nicht ein Dutzend Zauberer auf einmal aufhalten und das weißt du genau!" Marek sah sie drängend an und sie hielt seinem Blick nicht lange stand, sah betrübt zu Boden. Er hatte einfach die besseren Argumente auf seiner Seite.

„Und wenn sie sie töten?", sprach sie mit dünner Stimme ihre schlimmste Sorge aus.

„Das werden sie nicht tun", behauptete er.

„Aber genau das *haben* sie gerade eben versucht!", zischte Jenna, obwohl ihr eigentlich zum Schreien zumute war. Nichts tun zu können, während der Feind auf ihre Freunde Jagd machte, war ein entsetzliches Gefühl.

„Nein!", widersprach Marek ihr. „Das war mit Sicherheit *nicht* ihr Ziel. Ich denke eher, dass sie uns den Weg in die Tunnel versperren wollten. Sie wollen uns fangen, nicht töten."

„Soll mich das trösten?", stieß Jenna bitter aus, obwohl sie zugeben musste, dass es das zumindest ein Stück weit tat. „Mein Bruder war erst vor ein paar Tagen eine Geisel dieser Leute und sie haben ihn alles andere als gut behandelt!"

„Ich weiß, denn ich war dabei", erinnerte Marek sie mit leichtem Ärger in der Stimme.

„Aber jetzt bist du es nicht mehr!", brachte sie mit belegter Stimme heraus und feuerte ihre Sorgen damit noch weiter an. „Wer weiß, was sie ihm antun, allein schon, weil er bereits einmal geflohen ist. Er ist doch noch ein Kind!"

„Jenna, unsere Freunde sind schlau", wandte der Krieger nun schon wieder etwas verständnisvoller ein. „So leicht lassen die sich nicht fangen. Und sie haben Ilandra an ihrer Seite. Niemand kennt sich in Lyamar besser aus als die M'atay. Sie wird ihnen helfen, sich zu verstecken. Niemand wird heute den *Freien* in die Falle gehen."

Sie hatte große Mühe, seinen Worten zu glauben und ihre enorme Angst um ihre Freunde und ihren Bruder unter Kontrolle zu bringen. Die Unwissenheit darüber, was mit ihnen geschehen war und ob sie den *Freien* auch allein gewachsen waren, war zermürbend und erschwerte es, ihren Verstand zu aktivieren.

„Und wenn doch?", brachte sie nur sehr kläglich hervor.

„Dann werden wir sie befreien, sobald wir aus dem Höhlensystem heraus sind", bemühte Marek sich weiter darum, sie zu beruhigen. „Das können wir allerdings nur, wenn wir unentdeckt bleiben und nicht auch noch in Gefangenschaft geraten."

Jenna gab einen frustrierten Laut von sich und schloss die Augen, versuchte ruhiger zu atmen und damit das Gefühlschaos in ihrem Inneren in den Griff zu bekommen. Sie konnte Marek vertrauen. Meistens wusste er ganz genau, was er tat, und war nicht nur ein Magier und Krieger, sondern auch ein hervorragender Stratege. Früher hatte sie sich auch immer auf ihn verlassen. Sie durfte ihr Urteilsvermögen nicht durch die Enttäuschung über seinen Rückzug vor zwei Jahren und ihre eigenen dünnen Nerven trüben lassen.

„Versprichst du mir bitte, dass du nicht versuchst, deinen Bruder oder Leon zu kontaktieren?", vernahm sie Mareks Stimme und hob die Lider um ihn anzusehen. „Auch nicht, wenn ich mal unaufmerksam bin?"

Sein Blick war ernst und prüfend. Sie schluckte schwer, musste noch einmal tief einatmen, um nicken zu können.

„Gut", sagte er und wenn sie sich nicht täuschte, atmete er sogar erleichtert auf, bevor er sich zur dunkleren Höhlenseite umwandte. „Ich weiß, dass du es jetzt mit Sicherheit sehr eilig hast, aber wir müssen auch hier in den Höhlen sehr besonnen vorgehen."

„Wieso? Glaubst du jetzt plötzlich an Ilandras Schauergeschichten?", fragte sie etwas zu schnippisch.

Marek sah sie von der Seite an. Seine Brauen bewegten sich aufeinander zu. „Ich glaube nicht an Flüche – aber ich weiß von dem Talent der alten Zauberer, äußerst intelligente und gefährliche Fallen zu bauen."

Das hatte sie schon fast wieder ganz vergessen. Auch sie beide waren hier nicht wirklich sicher.

Jenna seufzte tief und schüttelte frustriert den Kopf. „Lass uns einfach den schnellsten Weg hier raus finden", sagte sie zu ihm. Ihre Augen richteten sich auf das Dunkel vor ihnen. „Hätte ich bloß meinen Rucksack mitgenommen."

„Warum? Um ihn uns voran zu werfen, damit die möglichen Fallen ihn und nicht uns erwischen?", schmunzelte Marek.

Jenna verdrehte die Augen, auch wenn sie ihm dafür dankbar war, dass er versuchte, sie aufzuheitern. „Nein, du Scherzkeks – weil darin unter anderem ein Feuerzeug zu finden ist."

„Oh."

„Ja – oh!", bestätigte sie. „Ich habe nicht umsonst darauf gedrängt, ihn von den M'atay wiederzubekommen. Dieses Mal bin ich nämlich ziemlich gut ausgerüstet hergekommen."

„Toll", merkte er wenig enthusiastisch an.

„Mehr fällt dir dazu nicht ein?"

„Doch: schön wär's gewesen." Er schenkte ihr ein knappes Lächeln, bevor er langsam weiter auf die Dunkelheit zuging, und Jenna folgte ihm nur zögerlich. Wenn es hier Fallen gab, war es äußerst gefährlich, weiterhin sprichwörtlich im Dunkeln zu tappen.

Marek schien das ähnlich zu sehen, denn er hielt nicht auf die Mitte des Ganges zu, sondern blieb so nahe an einer der Wände, dass er diese problemlos beim Laufen mit der Hand abtasten konnte. Erinnerungen kamen in Jenna hoch und sie tat es ihm nach, ließ ihre Finger über die Felswand auf der anderen Seite gleiten. Ihr Herz machte einen kleinen Sprung, als sie den Anfang einer tiefen, langen Rille ertastete, die jemand dort vor langer Zeit in den Felsen gehauen haben musste. In der Rille befand sich eine Art Sand und als sie die Finger an ihre Nase brachte, wusste sie, dass sie gefunden hatte, wonach Marek suchte.

„Hier drüben!", rief sie ihm zu, während sie am Anfang der Einbuchtung zwei glatte Steine erfühlte und diese herausnahm.

„Wenn man einmal eine Sache erfunden hat, die funktioniert …", murmelte Marek, nahm ihr die Steine aus der Hand und schlug sie in der Einbuchtung aneinander, bis einer der dabei entstehenden Funken das Schwarzpulver nebst Brennmaterial in Brand setzte. Mit einem lauten

Zischen fraß sich eine leuchtende Linie aus kleinen Flammen an der Felswand entlang und erhellte den langen Gang vor ihnen.

„Zauberer ... zu faul, um innovativ zu sein", setzte Marek kopfschüttelnd hinzu, aber sie brauchte ihn nur anzusehen, um zu wissen, dass er sich so wie sie über ihren ersten kleinen Fortschritt freute. Er suchte ihren Blick.

„Bereit, mal wieder dein Leben für die Rettung der Menschheit zu riskieren?", fragte er mit einem kleinen Schmunzeln.

Jenna sah in den Tunnel, der nun zwar nicht mehr ganz so dunkel, aber immer noch nicht besonders vertrauenerweckend aussah, schluckte jedoch ihr Unbehagen tapfer hinunter.

„Mit dir zusammen immer!", erwiderte sie und machte sogar den ersten Schritt hinein ins Ungewisse.

Vertrauenssache

Erwachsene benahmen sich manchmal sehr seltsam. So sehr sie immer darauf pochten, vernünftiger und klüger als jedes Kind zu sein – sobald persönliche Befindlichkeiten in den Vordergrund gerieten, fingen sie an, aus den kleinsten Dingen riesengroße Probleme zu machen. Nicht, dass Kinder das nicht auch taten, aber die wurden dafür ja immer gemaßregelt.

Benjamin hatte sich bisher aus der Diskussion über Ilandras Vertrauenswürdigkeit herausgehalten, aber als Kilian und Silas schließlich von der M'atay forderten, einen Schwur, ihnen allen treu ergeben zu sein, abzuleisten, konnte er nicht mehr an sich halten.

„Am besten legt ihr ihr noch eine Kette um den Hals und führt sie an der Leine Gassi!", rief er in die Runde, als eine kurze Pause entstanden war, und erhob sich von seinem Platz. „Mann, Silas, du bist doch gerade selbst den Sklavenhändlern entkommen – wie kannst eine derartige Unterwürfigkeit von jemand anderem verlangen?!"

Der junge Mann öffnete den Mund, brachte allerdings nichts zu seiner Verteidigung heraus. Stattdessen lief sein Gesicht rot an und auch Kilian senkte den Blick, betrachtete eingehend seine Füße.

„Ganz die Schwester", kommentierte Sheza trocken. „Einer muss ja immer als edler Ritter für die Schwachen in die Bresche springen."

„Hättest du ja auch machen können", konterte Benjamin, „aber stattdessen schließt du dich dem Mobbingteam an. Hätte ich von 'ner Frau echt nicht erwartet."

„Was?!" Sheza zog verärgert die Brauen zusammen.

„Na, ihr wisst doch, wie es ist, unterdrückt zu werden und gegen Vorurteile anzukämpfen!", erklärte er alles andere als geduldig und bemerkte, dass Leon neben ihm ein Schmunzeln hinter seiner Hand verbarg. „Dass du trotzdem da mitmachst ..."

„Pass mal auf, mein Junge ...", begann Sheza, wurde jedoch sofort von Leon abgewürgt.

„Er hat recht! Und das wisst ihr alle! Misstrauen und seltsame Forderungen ...", er sah dabei Kilian und Silas verärgert an, „... an unsere Helfer haben hier bei uns nichts zu suchen und machen uns nur zusätzlich das Leben schwer. Wie ich schon sagte: Niemand ist gezwungen, Ilandra zu folgen, und wenn sie alleine geht und später wieder zu uns stößt, ist das auch in Ordnung."

„Das beschließt du jetzt für uns alle, oder wie?", wurde Silas schon wieder aufmüpfig. „Bist du unser Anführer? Ich kenne dich genauso wenig wie sie!" Er wies auf die M'atay, die nur noch stirnrunzelnd an ihrem Platz stand und schon seit einer kleinen Weile nichts mehr gesagt hatte. „Nur weil du ein Freund von Benjamins Schwester bist, heißt das nicht, dass du auch gleich meiner bist!"

„Heißt das, du hast auch Probleme, *mir* zu vertrauen?", hakte Leon ungläubig nach.

Silas hob die Schultern. „Vielleicht?"

Benjamin stöhnte entnervt auf. „Mir reicht's! Ich hole jetzt meine Schwester und Marek. Die räumen hier ganz schnell auf!"

Er lief entschlossen los, aber es war überraschenderweise Ilandra, die sich ihm in den Weg stellte und beide Hände hob. „Warte!", stieß sie mit geweiteten Augen aus. Im nächsten Moment verzog sich ihr Gesicht schmerzerfüllt und sie taumelte stöhnend nach vorn.

Benjamin packte sie reflexartig an den Armen, hörte, wie Silas einen Warnruf abgab und das Klappern eines Waffengürtels.

„Nicht!", schrie Leon und einen Atemzug später war ein Krachen aus dem Gebirge über ihnen zu vernehmen, das jeden in ihrer Gruppe heftig zusammenzucken ließ.

Innerhalb des Bruchteils einer Sekunde kehrte Leben in Ilandra zurück und Benjamin wurde herumgewirbelt, krachte schmerzhaft gegen die Felswand, die auf einmal wieder hinter ihm war, und wurde mit erstaunlicher Kraft weiter dagegen drückte. Schnell wurde ihm klar, was das Ganze sollte, denn das Rumpeln über ihnen wurde noch sehr viel lauter, bis etwas Schweres auf den Felsvorsprung krachte und sogar den Boden unter ihren Füßen erschütterte.

Leon, Enario und Sheza hatten ebenfalls noch schnell genug reagiert und sich unter den Vorsprung gerettet, doch Silas und Kilian wurden von einigen, glücklicherweise nicht allzu großen Steinen getroffen, bevor sie die Wand erreichten. Es war nur Leons und Shezas beherztem Zugreifen zu verdanken, dass sie nicht vollständig unter der Lawine begraben wurden, die dicht vor ihnen herniederging.

Benjamin kniff entsetzt die Augen zusammen, weil einige kleinere Steine bis zu ihnen hinübersprangen und Unmengen an Staub und Sand aufgewirbelt wurden, und hielt sogar für eine Weile den Atem an. Erst als sich der größte Tumult gelegt hatte, öffnete er vorsichtig seine Lider.

Die Lawine hatte zumindest in und um ihren Rastplatz herum alles verwüstet. Ganze Bäume waren abgeknickt worden und wo vorher die vielen Pflanzen des Dschungels Schatten gespendet hatten, brannte jetzt die Sonne gnadenlos auf alles hernieder. Da das Gelände auch hier schon etwas abschüssig war, waren nicht alle Felsstücke und Steine der Lawine liegen geblieben, aber es waren noch genügend, um ihren Schutzraum nicht ohne Kletterei verlassen zu können.

„Wo ... wo kam das her?", stammelte Silas fassungslos und wischte sich das Blut, das ihm von einer Kopfverletzung in die Stirn lief, unwirsch aus dem Gesicht. Seine Augen richteten sich auf Ilandra, die es erst jetzt wieder wagte, Benjamin loszulassen. „Warst du das?!"

„Eine M'atay zerstört niemals die Natur!", gab die junge Frau angespannt zurück und sah hinauf zur Anhöhe. „Unser Feind war das – und er wird bald hier sein!"

„Dann müssen wir auf der Stelle von hier weg!", stieß Enario alarmiert aus, ergriff seine Tasche und warf Sheza ihre zu.

„Wartet! Was ist mit meiner Schwester?!", platzte es aus Benjamin heraus und ihm wurde ganz flau im Magen. Sie war Marek gefolgt, war nach oben geklettert, wo die Lawine hergekommen war.

„Sie ist gut", versicherte Ilandra ihm und ergriff seinen Arm, zog ihn mit sich mit.

„Woher willst du das wissen?!", sprach Leon die Frage aus, die auch Benjamin schon auf der Zunge brannte, aber auch er blieb nicht tatenlos stehen, schulterte sich seinen und Jennas Rucksack und folgte ihnen.

„Ma'harik ist bei ihr", sagte Ilandra, als ob das genügte, um sich keine Sorgen mehr machen zu müssen.

„Und?!", stieß Benjamin etwas schrill aus, sodass sie sogar mahnenden einen Finger an die Lippen hob.

„Er ist M'atay – er hat Anos Warnung gehört wie ich."

Benjamin blinzelte verwirrt, erinnerte sich dann aber an Ilandras schmerzverzerrtes Gesicht, kurz bevor die Lawine ausgelöst worden war. Sollte das die Warnung gewesen sein?

„Ano sagt mir, dass beide noch leben", setzte Ilandra hinzu und Benjamin beschloss, ihr einfach zu glauben. Alles andere war zu schrecklich, um es sich überhaupt vorstellen zu können. Seiner Schwester durfte nichts passiert sein und die M'atay hatte recht – Marek an seiner Seite zu haben, war schon fast wie mit Airbag durch diese Welt zu reisen.

„Wenn der Feind in der Nähe ist – warum rennen wir dann wie aufgescheuchte Hühner durch die Gegend?", fragte Kilian gehetzt, der soeben zu ihnen aufschloss. „Sollten wir uns in diesem Fall nicht besser verstecken?"

„Ja, aber nicht dort", gab Ilandra knapp zurück. „Das ist mein Land. Ich kanne alles besser als ihr. Besser als der Feind. Mein Versteck kannen sie nicht finden."

Kilian verzog das Gesicht. „Können", verbesserte er sie.

Die M'atay reagierte jedoch nicht auf ihn, wies stattdessen auf einen Bereich vor ihnen, der nicht nur noch dichter bewachsen war als der Dschungel, durch den sie sich bisher gekämpft hatten, sondern aus dem sich auch noch seltsam aussehende Nebelschwaden schlängelten.

„Dort ist bestes Versteck!", verkündete sie.

„Nie im Leben!", keuchte Kilian und hielt inne, sodass Leon von hinten in ihn hineinrannte.

„Los! Marsch!", kommandierte Jennas Freund verärgert und der Jüngere gehorchte, ließ sich von ihm vorwärtsschieben.

„Ist das ein Sumpf?", hörte Benjamin auch Enario wenig begeistert nachhaken.

„Ja, aber nicht gefährlich, wenn ihr folgt mir", antwortete Ilandra rasch. „Nur gefährlich für unser Feind. Sie werden uns nicht folgen dorthin."

Die Idee, in einen Sumpf zu laufen, löste auch bei Benjamin keine Begeisterungsstürme aus, aber es klang immer noch besser, als erneut von den *Freien* gefangengenommen zu werden und deren grober Behandlung und Willkür ausgeliefert zu sein.

Der Boden unter ihren Füßen wurde schnell weicher und als sie in den Nebel eilten, stand ihnen das Wasser bereits bis zu den Knöcheln. Der Matsch erschwerte das Weiterkommen ungemein, zog an ihren Schuhen, die in Benjamins Fall vollkommen durchweichten, und ließ auch in ihm erste Zweifel in Bezug auf Ilandras Entscheidung aufkommen. Was war, wenn sie tatsächlich nicht so gut und hilfsbereit war, wie sie vorgab, und in Wahrheit nur darauf gewartet hatte, sie alle auf einmal loszuwerden? Was war, wenn es gar keine *Freien* hier gab und eine Flucht gar nicht notwendig war? Lawinen gehörten zu den Naturkatastrophen und mussten nicht unbedingt von Menschenhand ausgelöst werden.

„Wie weit denn noch?", schnaufte Sheza hinter ihnen und als Benjamin einen Blick auf sie warf, bemerkte er, dass sie bereits eine Hand am Knauf ihres Schwertes hatte. Das erneut wachsende Misstrauen war ihr buchstäblich ins Gesicht geschrieben und ließ sich auch in der Mimik der anderen finden – selbst in der Leons.

„Nicht weit – gleich da", erwiderte Ilandra angespannt und umfasste Benjamins Arm so fest, dass es fast wehtat.

Neben den saugenden und schmatzenden Geräuschen, die ihre eigenen Füße verursachten, vernahm er nun auch noch ein seltsames Zischen und Platschen und zwar aus allen Richtungen gleichzeitig

„Schnell!", raunte Ilandra ihm zu, packte ihn überraschend unter den Achseln und hob ihn im Laufen ein Stück an. Seine Füße setzten plötzlich auf festerem Boden auf und nicht weit von ihnen entfernt erkannte er die Umrisse einer weiteren Ruine. Die Wurzeln der knorpeligen Bäume und Büsche, die hier wuchsen, hatten sich so verdichtet, dass sich darauf Erde und Moos abgelagert hatten und es einigen grünen Pflanzen und Schilfgräsern ermöglichten, hier wieder üppiger zu wachsen.

Benjamin taumelte noch ein paar Schritte weiter, blieb jedoch ruckartig stehen, als er dicht an der Ruine eine dunkle Gestalt im Nebel ausmachte.

„Da ist jemand!", stieß er entsetzt in Leons Richtung aus, der zusammen mit Ilandra den anderen dabei half, auf die rettende kleine Insel inmitten des Sumpfes zu klettern.

Jennas Freund war mit wenigen Schritten bei ihm und zog kampfbereit sein Schwert, gefolgt von Enario und Sheza. Die Gestalt regte sich allerdings nicht, starrte sie nur unter ihrer tief ins Gesicht gezogenen Kapuze an.

„Wer ist das?", hörte Benjamin Silas fragen.

„Malin", antwortete Ilandra mit einem kleinen Schmunzeln und lief vollkommen angstfrei auf den Kapuzenmann zu. „Kommt! Er wartet schon auf uns."

Benjamin blinzelte perplex, setzte sich aber sogleich in Bewegung, obwohl Leon den Kopf schüttelte und ihn mahnend ansah. Malin konnte nicht mehr am Leben sein, also musste es sich wohl um einen Scherz handeln – auch wenn die M'atay bisher keinen besonders humorvollen Eindruck gemacht hatte. Aber Menschen waren ja bekanntlich recht facettenreich – ganz gleich aus welchem Land oder welcher Welt sie kamen.

Wie Benjamin schnell feststellte, hatte er richtiggelegen, denn die bedrohliche Gestalt entpuppte sich mal wieder als Statue, die, nach Ilandras Worten zu urteilen, dieses Mal wohl Malin selbst darstellen sollte: Ein Mann mit einem Vollbart und einem langen Stab in der Hand, wie man sie von Zauberern aus Märchenbüchern kannte.

„Sehr witzig", kommentierte Kilian, als auch er die Statue erreicht hatte, doch Ilandra hatte schon längst wieder andere Dinge im Kopf und winkte die Nachzügler eilig herbei.

„Schnell!", rief sie laut, „ihr müsst hinter Malin seien! Schnell, schnell!"

Ihr merkwürdiges Verhalten begann einen Sinn zu machen, als Benjamin im Nebel Bewegungen ausmachte. Schlängelnde Bewegungen. Am Boden.

„Sind das …", begann Silas.

„Schlangen!", stieß Kilian entsetzt aus und wich gleichzeitig mit den übrigen Mitstreitern weiter zurück.

Benjamins Augen weiteten sich und ihm stockte der Atem. Es war nicht nur ein Tier, sondern gleich mehrere.

Zudem waren sie riesig, reckten sich ab und an nach oben und stießen seltsame Laute aus, die er niemals einer Schlange zugeschrieben hätte.

Ilandra war auf die Knie gesunken und zeichnete in Windeseile vor sich ein Symbol auf den Boden, während sie leise in einer Sprache vor sich hinmurmelte, die Benjamin nicht kannte. Ein Knistern machte sich in der Atmosphäre um sie herum breit und Benjamin fasste sich an die Schläfen, weil er dort einen leichten, ziehenden Schmerz verspürte.

„Haltet euch bereit!", rief Enario und jetzt erst bemerkte Benjamin, dass die anderen ihre Waffen gezogen hatten und sich in Kampfposition brachten.

„Nein!", zischte Ilandra ihnen über die Schulter zu und gab mit einem Wink zu verstehen, dass sie sich noch weiter zurückziehen sollten.

Obwohl einige in ihrer Gruppe zuvor deutlich gemacht hatten, dass sie der M'atay misstrauten, reagierten sie doch alle auf ihre Anweisung und bewegten sich langsam zurück, weiter auf die Ruine zu, die wohl einst eine Hütte aus Stein und Holz gewesen war. Ilandra blieb als einzige neben der Statue hocken, den Blick starr auf die monströsen Schlangen gerichtet und in einen leisen Singsang verfallend, der gruselig und zur selben Zeit wunderschön war.

Die Riesenschlangen, die bei genauerem Hinsehen etwas von beinlosen Krokodilen hatten, schienen dasselbe Empfinden zu haben, denn sie wurden deutlich langsamer, richteten sich vermehrt auf und legten dabei immer wieder die Köpfe schräg, so als versuchten sie die M'atay besser zu verstehen. Schließlich hielten sie ganz inne, aufgerichtet und ein wenig hin und her wankend, wie

Grashalme im Wind. *Große* Grashalme, denn Benjamin war sich sicher, dass sie ungefähr auf seine Augenhöhe kamen. Glücklicherweise befanden sie sich noch in einem Abstand von drei Metern zu ihnen, sonst hätte er sich gewiss vor Angst in die Hose gemacht.

Es dauerte noch ein paar Minuten, bis sich die erste Schlange abwandte und den Rückzug antrat, gefolgt von ihren drei Artgenossen. Benjamin wagte es aber erst, erleichtert auszuatmen, als sie außer Sicht- und Hörweite waren und Ilandra sich zu ihm und den anderen gesellte.

„Du bist ja eine Schlangenbeschwörerin", stellte Kilian voller Respekt fest und steckte wie der Rest ihres Trupps sein Schwert weg.

„Das keine Schlangen", verbesserte Ilandra ihn, „sondern junge Valejas."

Kilian blinzelte verwirrt. „Was bitte?"

Ilandras Stirn legte sich in Falten, während sie nach den richtigen Worten zu suchen schien. „Wasser... Trachjen?"

Trachjen... Jenna hatte ihm doch davon erzählt!

„Drachen?", stieß Benjamin synchron mit Sheza aus, nur klang er im Gegensatz zur Kriegerin begeistert. Er hatte seine ersten Drachen gesehen!

„Das waren keine Drachen!", entfuhr es Silas mit einem Lachen. „Wo waren denn die Fl..."

Er konnte nicht weitersprechen, weil Ilandra ihm rasch eine Hand auf den Mund gepresst hatte. „Still jetzt!", zischte sie. „Wir haben nicht geflohen vor den Valejas! Unser Feind kommt!"

Benjamin wandte sich rasch um, starrte mit neuer Anspannung in den dichten Nebel. Zu sehen war noch nichts, aber er konnte Stimmen in der Ferne vernehmen und das Platschen von Wasser.

„Sagtest du nicht, niemand würde sich in den Sumpf hineinwagen?!", raunte Sheza Ilandra zu.

„Das werden sie auch nicht", flüsterte Ilandra zurück. Sie schien sich ihrer Sache ganz sicher zu sein. Benjamin hatte jedoch seine Zweifel, denn die Geräusche kamen eindeutig näher und die Stimmen waren so deutlich zu verstehen, dass man der Unterhaltung zwischen den *Freien* auch von ihrem Standort aus gut folgen konnte.

„Ich sage dir, das ist Wahnsinn!", stieß ein Mann gerade schnaufend aus. „Wir haben diesen Sumpf nicht ohne Grund immer gemieden. Glaub mir, den Kreaturen, die hier hausen sollen, *will* man nicht begegnen."

„Das weiß ich doch auch!"

„Und warum laufen wir trotzdem mitten ins Verderben?"

„Weil die Spuren hier reingeführt haben, Trottel!", wurde der Fragende von einem anderen Mann angeschnauzt. „Wir sind ihnen dicht auf den Fersen!"

„Ja, und *uns* sind bestimmt bald ganz andere Geschöpfe auf den Fersen!", mischte sich eine weitere Person ein, bei der sich Benjamin nicht sicher war, ob es sich um einen sehr jungen Mann oder eine Frau handelte. „Ich bin Alens Meinung. Weiter in den Sumpf zu laufen ist in der Tat Wahnsinn. Da kommen wir nicht mehr lebend raus."

„Ja, genau – das ist mit Sicherheit nur ein Trick, um uns ein für allemal loszuwerden!", hörte er einen der früheren Sprecher sagen – vermutlich Alen. „Niemand betritt dieses Gebiet freiwillig. Noch nicht mal jemand wie Marek – so dumm ist er nicht. Und wenn er und seine Freunde es getan *hätten*, würdest du sie jetzt in ihrem

Todeskampf schreien hören. Diese Drachenviecher verteidigen ihr Revier gnadenlos. Und das sind nicht die einzigen Biester, die dort wohnen. Es soll sogar noch schlimmere Sumpfkreaturen geben."

„Er ist der mächtigste Magier, den es gibt", konterte der Entschlossenste unter ihren Verfolgern. „Meinst du nicht, er kann es mit ein paar Schlangendrachen aufnehmen."

„Hast du denn seine Magie gerade eben gefühlt?"

Auf die Frage folgte keine Antwort.

„Na, siehst du! Ich gehe da nicht weiter rein, solange nicht sicher ist, dass er wirklich da drinnen ist."

„Und wenn die anderen ohne ihn da rein sind? Sie könnten sich auch getrennt haben."

„Dann sind sie jetzt tot. Für die riskiere ich erst recht nicht mein Leben. Außerdem hat sich Roanar klar ausgedrückt: Das Wichtigste ist, Marek und diese Jenna aufzuspüren."

Benjamins Herz zog sich zusammen. Woher wussten diese Leute von Jennas Auftauchen in Lyamar? Es war doch Marek gewesen, der im Dorf der M'atay gezaubert und damit verraten hatte, dass ein magisch Begabter, der nicht zu den *Freien* gehörte, auf freiem Fuße war. Nun Jennas Namen zu hören, war mehr als merkwürdig. Ein Blick in Leons Gesicht genügte, um zu wissen, dass sie diesen Gedanken teilten.

„Seid ihr alle Alens Meinung?", war nun wieder die Stimme des Mutigsten zu hören und seinen Worten folgten einige zustimmende Laute, die wiederum ein resigniertes Seufzen nach sich zogen. „*Ihr* erklärt das nachher Roanar. Gut, lasst uns außerhalb des Sumpfes nach weiteren Spuren suchen."

Die folgenden Geräusche verrieten, dass sich der Feind wieder entfernte und Benjamin schloss erleichtert die Augen. Um ihn herum legte sich die Anspannung fühlbar und er hörte einige seiner Mitstreiter laut ausatmen.

„Meint ihr, die kommen wieder?", fragte Silas in die Runde, während sie ein bisschen dichter zusammenrückten.

„Wenn sie keinen Erfolg haben, wäre es schon möglich", überlegte Enario laut. „Deswegen sollten wir…"

„Hallo?!", unterbrach Benjamin den Krieger ungeduldig. „Bin ich der einzige, der den Leuten richtig zugehört hat? Sie jagen Marek und meine Schwester! Und seht ihr die hier bei uns?!"

Alle Augen richteten sich auf ihn, allerdings sagte keiner etwas.

„Wir müssen sie warnen!", half er ihnen, zu begreifen, was jetzt zu tun war. „Oder sie am besten gleich hierher lotsen."

„Und wie willst du das machen?", wandte sich Kilian an ihn. „Laut schreiend verkündeten, wo wir sind?"

„Natürlich nicht!", brummte Benjamin und sah Leon an. „Meinst du, wir können Jenna vielleicht zusammen mental erreichen?"

„Nein!", ging Ilandra aufgeregt dazwischen. „Keine Magie! Dann finden sie uns *und* die anderen."

„Aber du hast doch gerade eben auch Magie verwendet!", erinnerte Benjamin sie ebenso aufgeregt, stutzte aber, weil die M'atay längst den Kopf schüttelte.

„Magie ist hier immer", erklärte sie, „habe nur alten Schutz auf uns erweitert."

„Und der Gesang?", wollte Sheza wissen.

„Ein altes Gebet an Ano", war die erstaunliche Antwort.

„Du hast gebetet?!", entfuhr es Killian ungläubig. „Dann hatten wir ja nur Glück!"

„Nein, Ano und Malins Zauber haben uns geschützt", erklärte Ilandra ganz ruhig. „Aber wenn wir nicht bald weg sind, sie können uns auch nicht mehr helfen."

„Aber was ist mit Jenna und Marek?!", brachte Benjamin die anderen zu dem aus seiner Sicht einzig wichtigen Thema zurück.

„Die kommen schon klar", sagte Sheza schlicht.

„Wie kannst du so was behaupten?!", regte sich Benjamin auf. „Wir wissen noch nicht einmal, was mit ihnen passiert ist, ob die Lawine ihnen nicht doch irgendwie geschadet hat."

„Das mag sein", gab Enario offen zu, „Aber wir kennen Marek. Der ist ein Überlebenskünstler und hat sich und Jenna bestimmt längst in Sicherheit gebracht. Glaub mir – wir sind momentan in größerer Gefahr als die beiden."

„Das sehe ich auch so", stimmte Sheza ihm zu.

Benjamin wandte sich zu Leon um, forderte ihn stumm auf, auch etwas zu sagen, aber der Ausdruck in den Augen seines Gegenübers verhieß nichts Gutes.

„Ich weiß, dass es für dich schwer ist, uns zu glauben", sagte Jennas Freund sanft und legte tröstend eine Hand auf seine Schulter, „aber die anderen haben recht. Jenna ist bei Marek gut aufgehoben und wir müssen jetzt erstmal dafür sorgen, dass wir selbst in Sicherheit sind. Erst danach können wir darüber nachdenken, wie wir Marek und Jenna erreichen, ohne dass die *Freien* etwas davon bemerken."

„Aber...", begann Benjamin, brach jedoch ab, als der Druck von Leons Hand auf seine Schulter sogleich stärker wurde.

„Wenn du trotzdem versuchst, Jenna zu erreichen, bringst du uns alle in Gefahr", mahnte er ihn und sah ihn eindringlich an, „denn wir wissen nicht, wie wertvoll wir anderen für unsere Gegner sind. Enario, Killian, Sheza und ich haben keinerlei magische Kräfte – und wir alle wissen, dass die *Freien* nur magisch Begabte hier in Lyamar brauchen. Es wäre gut möglich, dass man uns auf der Stelle tötet, wenn wir doch noch gefunden werden. Das sollte dir bewusst sein."

Benjamin presste die Lippen zusammen und verkniff sich eine weitere Erwiderung. Selbstverständlich wollte er niemanden gefährden – schon gar nicht Jennas Freunde, ohne die sie vor zwei Jahren nicht überlebt hätte – und wahrscheinlich hatten sie auch recht und Marek und Jenna hatten sich längst in Sicherheit bringen können. Es war nur schwer zu ertragen, nicht zu wissen, was mit ihnen nach der Lawine passiert war.

„Wir müssen jetzt alle zusammenhalten, um diese Situation zu bewältigen", fuhr Leon mit Nachdruck fort. „Kann ich mich darauf verlassen, dass du nichts ohne genaue Absprachen mit uns unternimmst?"

Es kostete ihn einiges an Überwindung, doch letztendlich nickte Benjamin schweren Herzens.

„Gut, dann hätten wir das ja endlich geklärt", mischte sich Kilian mehr als ungeduldig ein, während er sich mit zwei Fingern angestrengt die Schläfe rieb, „und wie kommen wir jetzt aus dem Sumpf raus, ohne von monströsen Kreaturen gefressen zu werden?" Er wandte sich mit dieser Frage vor allem Ilandra zu.

Die M'atay wies nach kurzem Nachdenken hinüber zu den Überresten der alten Hütte. „Da ist einen Weg hinter den Hütte, der uns aus dem Sumpf fuhrt, aber weiter weg von die Bergen."

„Also auch weiter weg von Jenna und Marek", schloss Leon mit einem gequälten Gesichtsausdruck.

Benjamins Inneres verkrampfte sich noch weiter. Es widerstrebte ihm zutiefst, noch mehr Abstand zwischen sich und seine Schwester zu bringen. Er hatte sie doch gerade erst zurückgewonnen.

„Ich finde sie wieder", versprach Ilandra. „Da gibt viele Wege, die Zeit sparen und ich fuhre euch zu ihnen."

Leon sah sich in ihrer kleinen Runde fragend um und erhielt von den meisten ein zustimmendes Nicken. Benjamin presste die Lippen zusammen und versuchte sich zu beherrschen. Vor den anderen in Tränen auszubrechen, weil er seine Schwester nicht schleunigst suchen gehen konnte, würde ihm mit Sicherheit nur den Ruf einbringen, noch ein unreifes, kleines Kind zu sein, das eher eine Last als eine Stütze für die Gruppe war. Niemand würde ihm danach noch etwas zutrauen, ihn ernst nehmen oder in Abstimmungen miteinbeziehen und das durfte auf keinen Fall geschehen.

„Dann lasst uns keine weitere Zeit verschwenden und losgehen", stieß er aus, bevor Leon noch etwas sagen konnte und marschierte geschwind los, auf die alte Hütte zu.

Ilandra holte ihn schnell ein und sah ihn mahnend von der Seite an. „Nicht allein gehen, sondern dort, wo ich gehe", sagte sie streng. „Der Weg ist von Magie beschutzt, aber du kannst ihn verfehlen und so wird Sumpf gefahrlich."

„Dann geh du vor", gab Benjamin nur allzu gern seine Führungsposition auf und drosselte sein Tempo.

„Du vertrau mir?", fragte Ilandra mit einem kleinen Lächeln.

Benjamin ging kurz in sich und nickte schließlich überzeugt. „Ja, ich vertraue dir", bestätigte er zuversichtlich und Ilandras Lächeln wurde gleich sehr viel deutlicher, bevor sie sich an die Spitze der Gruppe setzte.

Benjamin sah nach vorn in den Nebel, der träge durch die gruselige Landschaft waberte und ihre Sicht weiterhin stark einschränkte. Hoffentlich bereute er seine Worte nicht bald schon wieder, denn ein Sumpf war nun wahrlich kein Ort, an dem man in Schwierigkeiten geraten wollte.

Erleuchtung

Im Endeffekt konnten sie darüber froh sein, dass Zauberer so einfallslos waren, was ihre speziellen Ideen anging, denn dies bezog sich nicht nur auf den ‚Trick', Licht zu machen, sondern auch auf diverse tückische Fallen in Höhlensystemen.

Marek und Jenna waren nicht lange gelaufen, als der Krieger zum ersten Mal warnend seine Hand in ihre Richtung ausstreckte und sie beide alarmiert innehielten. Jenna selbst konnte beim besten Willen nichts Verdächtiges in dem langen zerklüfteten Gang entdecken, doch aus Erfahrung wusste sie, dass man sich auf Mareks Instinkte verlassen konnte.

Der Krieger nahm seine Tasche vom Rücken, holte daraus ein Stück Stoff hervor – vermutlich einen der abgetrennten Ärmel seines Hemdes – knüllte es zusammen und warf es vor sich in den Tunnel. Aus beiden Seiten der Wand schossen merkwürdige Gebilde heraus, die Jenna erst auf den zweiten Blick als mit langen Dornen bewaffnete Schlingpflanzen identifizieren konnte. Schlingpflanzen, die zischten und Mäuler besaßen, mit denen sie sich in dem Stofffetzen verbissen.

„Grundgütiger!", stieß sie entsetzt aus und griff ganz automatisch nach Mareks Arm, um ihn davon abzuhalten, weiter in den Gang zu gehen. „Was zur Hölle ist das?!"

„Meladien", gab er knapp zurück. Trotz ihrer panischen Umklammerung fand seine Tasche zurück auf seinen Rücken. „Fleischfressende Pflanzen, die sich derart gut an ihre Umgebung anpassen können, dass sie nahezu unsichtbar werden. Hochgiftig für jedes Lebewesen."

„Aber wie konntest du wissen, dass sie da sind?", staunte Jenna.

„Es gibt sie auch im Höhlensystem von Jala-Manera", erklärte Marek, den Blick nun auf ihre Finger gerichtet, die sich immer noch in seinen Unterarm krallten. „Nefian hat mich darauf trainiert, die Geräusche zu erkennen, die sie ab und an von sich geben. Außerdem sieht der Untergrund, auf dem sie wachsen anders aus als der Rest."

Er wies hinüber zu der Stelle und Jenna bemerkte jetzt, dass die Wand genau dort sehr viel dunkler und feuchter war. Am Boden hatten sich sogar einige kleinere Pfützen gebildet.

„Es scheint so, als hätten sich Malin und seine Anhänger ein bisschen an den Fallen im Kesharu orientiert", setzte der Bakitarer hinzu. „Oder anders herum."

„Und wie kommen wir daran vorbei?", fragte Jenna mit Bangen.

„Lass mich überlegen ..." Er sah nachdenklich nach oben und dann wieder sie an, breit grinsend. „Als erstes müsstest du mich loslassen, denke ich ..."

„Oh." Jenna kam seinem Wunsch verlegen lächelnd nach und fühlte, wie ihr das Blut in Ohren und Wangen schoss.

„... und dann laufen wir einfach los", setzte der Krieger hinzu, „und steigen über die Meladien drüber."

Unter Jennas entsetztem Blick setzte er seinen Plan sogleich in die Tat um und war den Pflanzen innerhalb von Sekunden bereits viel zu nahe, um ihn noch wegziehen zu können.

„Keine Sorge, die können das Stoffstück nicht so schnell wieder loslassen", erklärte er ihr, „aber du solltest dich ein bisschen beeilen – länger als fünf Minuten hält dieser Zustand nicht an."

Mit einem Bein schon über den verhakten Pflanzen stehend, streckte er auffordernd die Hand nach Jenna aus und sie griff beherzt zu, ließ sich von ihm über die erste tückische Falle helfen. Wie gut sich ihre Hand in seiner anfühlte, versuchte Jenna möglichst zu ignorieren, obgleich ihr das nicht vollständig gelang und es wie immer fast schmerzhaft war, ihn danach wieder loslassen zu müssen.

„Meinst du, alle Fallen hier sind dieselben wie in Jala-Manera?", fragte sie ihn, nachdem sie bereits ein kleines Stück weitergegangen waren.

Marek hob die Schultern. „Wenn wir Glück haben. Aber wir sollten uns nicht zu sehr darauf verlassen und die Augen weiterhin aufhalten."

„Auf was genau muss ich achten?", wollte Jenna wissen.

„Auf Veränderungen an Wänden, Decke und Boden", erklärte er, „… merkwürdige Geräusche … dein Bauchgefühl. Das Wirken von Menschenhand hinterlässt immer auf die eine oder andere Weise Spuren. Man muss nur lernen, sie zu erkennen."

„Wofür ich ja jetzt unheimlich viel Zeit habe", brummte sie und fühlte erneut den Ärger in sich aufwallen, der schon seit der Lawine in ihr schwelte.

„Du kannst das doch ", gab Marek zuversichtlich zurück. „Dein Bauchgefühl hat dich schon früher immer ganz gut geleitet."

„Außer heute", blieb sie pessimistisch, „da hat es mir gesagt, dass ich dir nachlaufen soll und nun sitzen wir hier drinnen, umgeben von gefährlichen Fallen und nicht fähig, unseren Freunden zu helfen."

„Immerhin leben wir beide noch", erinnerte er sie, „und das wäre vielleicht nicht der Fall, wenn du nicht zu mir hinaufgeklettert wärst. Mitten auf dem Hang hätte es wahrscheinlich keine Möglichkeit gegeben, sich vor den Felsen zu schützen und ich war in der Tat im Begriff, zu euch zurückzukehren."

Jenna sah ihn perplex an. So hatte sie die ganze Sache noch gar nicht gesehen.

„Also: Vertrau weiter auf dein Bauchgefühl", riet er ihr mit einem warmen Lächeln, „dann kommen wir hier auf jeden Fall unversehrt raus."

Jenna wusste nicht, was sie dazu sagen sollte – zumal sie jetzt auch noch mit Bildern von seinem möglichen Tod zu kämpfen hatte. Marek wartete allerdings gar nicht auf eine Antwort, sondern lief einfach weiter, den Blick nun wieder auf den Weg vor sich gerichtet.

Auch sie versuchte sich zurück auf ihre so wichtige Aufgabe zu konzentrieren, doch fiel es ihr nun noch schwerer als zuvor. Der Gedanke, dass sie nicht nur ihren Bruder und Leon, sondern auch Marek schon heute hätte verlieren können, schnürte ihr die Brust zusammen und ihr Hass auf die *Freien* wuchs wieder an. Diese dummen Menschen! Wie konnte man eine Lawine auslösen, nur um jemandem den Weg zu versperren?! Als erwachsener Mensch musste einem doch bewusst sein, wie schnell dabei jemand verletzt werden oder gar umkommen konnte! Diese Zauberer waren Menschen ohne Gewissen, ohne Skrupel. Sklavenhändler, Ausbeuter, Mörder. Sie hatten es verdient, eingesperrt und bestraft zu werden. Und noch viel mehr.

„Was ist los?", vernahm sie Mareks erstaunte Stimme und bemerkte jetzt erst, dass sie in ihrer Wut mit geballten Fäusten zu dem Krieger aufgeschlossen hatte und im Begriff war, ihn sogar zu überholen.

„Ich werde sie töten!", stieß sie zwischen den Zähnen hervor, getrieben von dem unbändigen Zorn, der in ihrem Inneren kochte. „Jeden einzelnen von ihnen!"

Marek stutzte sichtbar, hob dann das Kinn und betrachtete von oben eingehend ihren Scheitel.

„Was?", kam es irritiert über ihre Lippen.

„Ach, ich überprüfe nur, ob dich vorhin bei der Lawine doch irgendwas am Kopf getroffen hat", erwiderte er leichthin, „anders sind diese Worte aus deinen Mund nicht zu erklären."

Gegen ihren Willen schrumpfte ihr Ärger mit dieser einen Bemerkung erheblich zusammen. Sie schnitt ihm dennoch eine Grimasse und stieß ihn mit dem Ellenbogen an, sodass er ein leises Lachen von sich gab.

„Ha, ha", setzte sie hinzu, obwohl sie längst selbst schmunzelte. „Ich meine das ernst. Niemand bedroht ungestraft das Leben meines Bruders und meiner Freunde."

‚Und ganz bestimmt nicht deins', setzte sie innerlich hinzu.

„Da sind wir wohl einer Meinung", erwiderte Marek, den Blick wieder konzentriert nach vorn gerichtet. „Nur über den Zeitpunkt müssen wir noch verhandeln – obwohl klar sein sollte, dass ein ‚Jetzt' unmöglich ist."

„Du könntest die Übeltäter also nicht herzaubern?", neckte sie ihn.

„Niemand kann so etwas. Dazu bräuchte man schon ein Portal, durch das sie freiwillig zu uns kommen müssten."

„Malin konnte das bestimmt."

„Auch der nicht."

„Und sich selbst von einem zum anderen Ort zaubern?", schlug sie als nächstes vor. So einen Zauber hätten sie wirklich gut gebrauchen können.

Marek sah sie stirnrunzelnd an. „Wie kommst du nur auf solche Ideen?"

„Film und Fernsehen", gestand sie. „In manchen Büchern kommt das auch vor – sogar bei Harry Potter."

Mareks Verwirrung wuchs sichtbar. „Harry wer?"

„Vergiss es", winkte sie ab, „obwohl du die Bücher mal lesen solltest, wenn du Gelegenheit dazu hast. Da lernst du, wie du dich als Auserwählter und Held zu benehmen hast."

„Ich bin weder das eine noch das andere – also: Nein, danke", gab Marek trocken zurück und im nächsten Moment lief sie gegen seinen plötzlich ausgestreckte Arm.

Voller Bangen richtete sich ihr Blick auf die Biegung des Tunnels vor ihnen. Tatsächlich hatte eine der Wände dort eine andere Färbung ... irgendwie gesprenkelt ... Oh! War das getrocknetes Blut?

„Hier ist eindeutig schon mal jemand langgekommen, der nicht so achtsam war wie wir", bestätigte Marek ihre Vermutung trocken, zog sein Schwert und hielt es vor sich, während er nun sehr viel vorsichtiger weiterlief.

Genau an der Biegung befanden sich einige tiefe Rillen in einer der Wände, die verdächtig nach den Spuren von scharfen Messern aussahen. Marek blieb stehen und ließ sein Schwert vor sich einmal von oben nach unten durch die Luft wandern. Nichts tat sich.

„Wie oft kann solch ein Mechanismus ausgelöst werden?", flüsterte Jenna. Warum sie das tat, wusste sie auch nicht. Schließlich hatten diese Fallen bisher nicht auf Geräusche reagiert.

Marek hob die Schultern. „Kann ich dir nicht sagen. Ich habe das nie ausprobiert. Aber ich denke nicht, dass die Anzahl an Klingen, die man in einer solchen Wand deponieren kann, besonders groß ist."

„Und wenn du dich irrst?", fragte Jenna mit Bangen, weil Marek sich schon vorwärtsbewegte.

Er warf ihr einen Blick über die Schulter zu und grinste schief. „Dann können wir nur noch hoffen, dass deine Heilungskräfte auch ohne Cardasol funktionieren."

Das entsetzte ‚Warte!' blieb ihr im Halse stecken, als der Bakitarer mit einem beherzten Schritt direkt vor die Falle trat. Aus dem Felsen ertönte ein mechanisches Geräusch, doch es geschah nichts weiter – außer, dass ihr Herz fast aus ihrer Brust heraussprang. Dass auch Marek sich erschreckt hatte, bewies sein tiefes Ausatmen und die leichte Blässe um seine Nase herum. Er hatte wahrscheinlich nicht damit gerechnet, überhaupt etwas auszulösen.

„Komm!", forderte er sie auf und blieb dabei direkt vor dem Auslösemechanismus der Falle stehen, wohl um sicherzustellen, dass nicht doch noch etwas passierte, wenn *sie* an der Falle vorbeilief.

Kälte kroch von ihrem Nacken aus über ihren Rücken, während sie sich vorwärtsbewegte und an der Wand das ganze Ausmaß der Begegnung anderer Menschen mit dieser Falle betrachten konnte. Es waren nicht nur ein paar wenige Blutspritzer. Im Grunde war das Gestein an dieser Stelle über und über mit Blut verschiedenen Alters bespritzt. Hier waren nicht nur zwei oder drei Menschen gestorben, sondern weitaus mehr und Jenna tat dies unendlich leid. Ganz gleich, wer sie gewesen waren, niemand verdiente es, auf eine solch bestialische Weise zu sterben. Selbst nicht ihre Feinde und sie schämte sich schon fast wieder für die harten Worte, die sie zuvor ausgesprochen hatte.

Ein paar Herzschläge lang blieb es still zwischen ihnen, während sie weiterhin sehr wachsam durch den Tunnel liefen – bis Jenna nicht mehr an sich halten konnte.

„Du weißt, dass ich niemanden umbringen werde, nicht?", fragte sie ihren Begleiter leise.

„Natürlich", gab Marek schmunzelnd zurück. „Das mache *ich* für dich."

Jenna verdrehte die Augen. „So meine ich das nicht."

„Ich weiß, aber *ich*." Mareks Schmunzeln wurde zu einem breiten Grinsen und Jennas schlechtes Gefühl schwand schnell dahin, weil sie spürte, dass er sie damit aufheitern wollte. Sie sah ihn gespielt streng an.

„Was?", erwiderte er. „Sie müssen ohnehin sterben und warum sollte es dann nicht jemand tun, der auch noch Spaß daran hat?"

„Du *hast* keinen Spaß daran", wusste sie es besser.

„Kommt darauf an, wie du Spaß definierst", konterte er und sie buffte ihm erneute mit dem Ellenbogen in die Seite, weil ihr bewusst war, dass nicht alles, was er gesagt hatte, Spaß war.

Sein Hass auf die *Freien* war groß, größer als der ihre, denn eigentlich handelte es sich bei dieser neuen Organisation immer noch um Mitglieder des *Zirkels der Magier*. Ein anderer Name änderte nichts an ihrer Herkunft und ihr derzeitiges Handeln musste Marek darin bestätigen, dass sein altes Ziel, alle Mitglieder dieser Gruppe zu töten, das richtige gewesen war. Soweit sie informiert war, hatte er zwar in den letzten Jahren nicht so brutal gemordet wie zuvor, aber es waren immer noch Menschen durch seine Hand gestorben. Verbrecher, ja, aber aus ihrer Sicht gehörten diese Leute vor ein ordentliches Gericht. Davon abgesehen tat es Marek sicherlich nicht gut, immer wieder die Rolle des Rächers oder gar Henkers auszufüllen, auch wenn er Gegenteiliges behauptete.

„Wir sollten auch *das* erst besprechen, wenn wir hier raus sind", schlug er nun vor, da er wohl eine ungefähre Ahnung davon hatte, was gerade in ihrem Kopf vor sich ging.

Sie stimmte ihm rasch zu, ohne weiter darüber nachzudenken, denn da war plötzlich etwas anderes, das ihre Aufmerksamkeit in Anspruch nahm. Vor ihnen teilte sich der Tunnel in zwei weitere auf. Beide waren unbeleuchtet, sodass man nicht genau sehen konnte, wohin sie führten.

„Na wunderbar!", stöhnte Marek resigniert und blieb unschlüssig vor der Abzweigung stehen. „Wenn nicht nur die Fallen und die Beleuchtungsmethode, sondern auch noch das ganze Tunnelsystem das gleiche wie im Berg Kesharu wäre, wäre uns jetzt geholfen. Aber so ... können wir nur losen."

Jennas Augen wanderten langsam über die Torbögen, die den Eingang zu jedem Tunnelabschnitt markierten und eindeutig von Menschenhand modelliert worden waren. Als sie in der Mitte der Bögen eine Gravur entdeckte, kniff sie die Augen zusammen. Das Symbol links war ihr nicht vertraut, aber das rechte kannte sie sehr gut.

„Wir müssen dort lang", sagte sie und wies auf den rechten Tunneleingang.

Marek konnten nur wenige Dinge überraschen, ihren Worten gelang dies aber hervorragend. „Wie kommst du darauf?", fragte er verblüfft.

„Das ist Malins Zeichen", erklärte sie mit dem Finger nach oben weisend.

Seine Verwirrung schien jedoch nur weiter zu wachsen. „Wovon zur Hölle sprichst du?", verlangte er zu wissen. „Da ist kein Zeichen!"

Nun war es an ihr, irritiert die Stirn zu runzeln. „Du siehst es nicht?"

Er antwortete nicht, sah sie nur weiterhin verständnislos an. Mit einem Schritt war sie direkt unter dem Bogen, hob ihre Hand an das Zeichen und folgte den feinen Linien mit den Fingern, um ihm zu veranschaulichen, wovon sie sprach. Womit sie nicht gerechnet hatte, war, dass die Gravur rot zu leuchten anfing und sich auch im Inneren des Tunnels etwas tat: Ein seltsames Puffen ertönte und nur zwei Meter von ihnen entfernt entzündete sich eine Fackel, die in einer Halterung an der Wand hing. Sie blieb nicht die einzige. Nach und nach wurde es heller im Tunnel und der Weg für sie klar ersichtlich.

Sprachlos und mit großen Augen wandte sich Jenna zu Marek um. Der Krieger sah ganz ähnlich aus wie sie selbst – vollkommen überwältigt, wenn nicht sogar schockiert.

„Du … du bist wahrhaftig eine Nachfahrin Malins", kam es ihm fassungslos über die Lippen.

„Na ja, das … war zumindest die Vermutung", gab sie etwas kurzatmig zu und betrachtete kurz ihre Hand, die jetzt ein wenig prickelte.

Marek schüttelte den Kopf und wies auf das immer noch rot glühende Zeichen über ihr. „Das ist eine *Tatsache*, denn *ich* konnte das im Gegensatz zu dir vorher nicht sehen. Malin hat das nur für seine Nachfahren installiert. Er wollte nicht, dass jemand anderes diesen Tunnel betritt, und wenn du genau hinsiehst, wird dir auffallen, dass sein Verlauf jetzt ganz anders aussieht als zuvor."

Sie wandte sich erstaunt um und stellte fest, dass er recht hatte. Dicht neben dem hell erleuchten Bereich gab es noch einen anderen dunkleren Abzweig des Ganges und jeder andere hätte mit Sicherheit diesen betreten, weil von dort her ein frischer Luftzug kam, als würde man durch ihn am schnellsten nach draußen gelangen. Dass hier zwei Durchgänge dicht nebeneinander lagen, hatte man in der Dunkelheit nicht sehen können und wahrscheinlich hatte der Zauber den Zugang zum *sicheren* Weg ohnehin zuvor versperrt.

„Ich wette, dort läuft man direkt in sein Verderben", mutmaßte Marek.

„Und dort nicht?", fragte Jenna hoffnungsvoll mit einem Nicken in den erleuchteten Gang.

„Nun, wenn wir davon ausgehen, dass Malin keinen unbändigen Hass auf seine zukünftigen Nachkommen verspürte, als er das hier alles bauen ließ", erwiderte der Bakitarer mit einem kleinen Schmunzeln, „würde ich vermuten, dass wir dort relativ sicher sind. Die Frage ist nur, wohin uns der Gang führt."

„Ich hoffe doch nach draußen", seufzte Jenna. Obwohl sie ihre Sorge um die anderen momentan ganz gut im Griff hatte, war sie immer noch da und je schneller sie aus den Bergen heraus waren, desto eher konnten sie anfangen nach ihnen zu suchen.

Marek verzog kritisch die Lippen und seine Augen verengten sich. „Ich weiß nicht", überlegte er. „Beschützt man einen simplen Ausgang auf diese Weise?"

Das war ein gutes Argument und Jennas Herz wurde prompt schwerer.

„Hast du dich nicht auch schon gefragt, warum die *Freien* unbedingt verhindern wollten, dass wir durch das Tunnelsystem laufen?", fuhr Marek fort. „Vielleicht ging es nicht nur darum, uns die Abkürzung zu nehmen, sondern vielmehr darum, zu verhindern, dass wir etwas finden, wonach sie selbst schon lange erfolglos gesucht haben."

Sie schürzte nachdenklich die Lippen. „Das würde zumindest erklären, warum sie so wenig Rücksicht auf uns alle genommen haben. Uns gefangen zu nehmen, war nur zweitrangig."

„Ganz genau!", stimmte der Krieger ihr zu und machte einen weiteren Schritt auf den Tunnel zu. „Das macht es umso dringender notwendig, nachzusehen, was hier versteckt ist."

„Oder sie wussten nichts von diesem versteckten Gang und wollten nur verhindern, dass wir an einer bestimmten Stelle aus dem Berg herauskommen", sagte Jenna schnell, weil es ihr widerstrebte, das Höhlensystem ohne ihre Freunde weiter zu erforschen. Sie konnten Malins Geheimnis auch noch auf die Schliche kommen, wenn sie wieder beisammen waren. „Vielleicht hatten sie Angst, dass wir dort draußen etwas sehen könnten, das niemand sehen darf? Dann sollten wir uns lieber den anderen Gang auf der linken Seite ansehen."

Marek wandte sich ihr zu und musterte sie kurz. „Und wenn *Malins* Weg uns einen großen Vorteil verschafft, durch den wir alle besser geschützt sind und schneller vorankommen?", fand er genau die richtigen Worte, um sie ins Wanken zu bringen. Verdammt! Er wusste immer noch genau, welche Knöpfe er bei ihr drücken musste, um sich durchzusetzen!

„Wir wissen ja auch noch gar nicht, ob uns der Gang nicht doch nur auf dem schnellsten Weg nach draußen bringt", bearbeitete er sie weiter. „Wahrscheinlich ist er sogar kürzer *und* sicherer als jeder andere hier."

Jenna schloss die Augen und seufzte resigniert, bevor sie sich an seine Seite gesellte. „Eins sag ich dir: Wenn du dich irrst und alles nur noch schlimmer wird, bezahlst du dafür!"

Sie konnte Marek ansehen, dass ihm eine unanständige Bemerkung auf der Zunge lag, doch er bekämpfte den Drang erfolgreich, presste die Lippen zusammen und nickte nur. Jenna war fast enttäuscht, obgleich ihr bewusst war, dass sein Handeln dem Bedürfnis entsprang, die Atmosphäre zwischen ihnen nicht unnötig aufzuheizen. Schließlich wollten sie ja nur Freunde sein.

Leon machte sich Sorgen. Große Sorgen. Nicht nur um Jenna und Marek, sondern auch um die Gruppe, in der er sich selbst befand, denn augenblicklich machte sie einen alles andere als stabilen Eindruck. Zum großen Teil waren daran Kilian und Silas schuld, weil die beiden zwar ein eingespieltes Team waren, allerdings noch kein rechtes Vertrauen zu den anderen gefasst hatten und dies immer wieder ganz offen zeigten.

Bisher war es zwar meist Ilandra gewesen, die unter ihrem abweisenden Verhalten hatte leiden müssen, aber Leon war sich sicher, dass sich dies ganz schnell ändern konnte, sobald jemand anderes in ihrem Trupp etwas tat, was den Herren nicht passte oder ihnen komisch vorkam. Verübeln konnte er es ihnen nicht, denn sie hatten in den letzten Wochen viel durchgemacht und kannten den Rest der Menschen, die mit ihnen reisten und kämpften, noch nicht gut genug, um ihnen ihr Leben anzuvertrauen. Er selbst hätte sich in ihrer Haut mit Sicherheit ganz ähnlich verhalten, was aber nichts daran änderte, dass sie damit zu einem Risikofaktor wurden, der dringend ausgemerzt werden musste. Auf vernünftige Art und Weise natürlich.

Weitere Sorgen bereitete ihm Benjamin, der durch seine Angst um Jenna und das Trauma seiner Entführung ebenfalls selten vernunftgesteuert, sondern impulsiv und unbedacht handelte. Wenn er sich nicht bald beruhigte, wurde auch er zu einer Gefahr – zumindest, solange die *Freien* noch in der Nähe waren und Jagd auf sie machten. Mit seinen dreizehn Jahren war er zwar bereits ein Teenager, jedoch hatte gerade diese Altersgruppe ohnehin schon mit Stimmungsschwankungen und Hormonen zu kämpfen und war oft nicht richtig zurechnungsfähig. Leon konnte sich noch gut daran erinnern, wie er als Teenager gewesen und wie schwer es ihm gefallen war, sich dann auch noch in Falaysia zurechtzufinden. Er hatte so viele Dinge getan, die er heute bereute, und wollte Benjamin solcherlei Erfahrungen gerne ersparen.

Deswegen hielt er sich während ihres Marsches durch den Sumpf vor allem an der Seite des Jungen auf und war ganz angetan davon, dass nach einer Weile auch noch Silas und Kilian zu ihnen aufschlossen. Der Weg, den sie beschritten, verhinderte, dass mehr als zwei Mann nebeneinander laufen konnten, und so war es den beiden auch nicht möglich, sie zu überholen. Was es wiederum Leon ermöglichte, ihr Gespräch zu belauschen, während er gleichzeitig versuchte eines mit Benjamin am Laufen zu halten, damit der Junge von seinen Ängsten und Sorgen abgelenkt wurde.

Eine Frage nach seiner Familie hatte genügt, um Jennas Bruder zum Plaudern zu bringen und zumindest anfangs war es gar nicht so schwierig, seinen Ausführungen über seinen Vater, Melina, Peter und Floh zu folgen und gleichzeitig das Wichtigste aus Kilians und Silas' leiser Unterhaltung aufzuschnappen. Die beiden Männer sprachen über Silas' Gefangennahme und es war eindeutig herauszuhören, dass sich Kilians Begeisterung dafür, weiter in Lyamar zu bleiben und die *Freien* zu bekämpfen, nach dem Vorfall mit der Lawine deutlich gelegt hatte. Er versuchte nun seinen besten Freund dazu zu überreden, umzudrehen und zurück nach Falaysia zu segeln.

„Es wäre schon mehr als ein großer Zufall, wenn sich der Mörder deines Vaters ausgerechnet unter den *Freien* hier in Lyamar befindet", wandte Kilian gerade ein, während Benjamin davon schwärmte, was für ein kluger Hund Floh war und wie sehr er diesen vermisste.

Leon nickte lächelnd mit einem „Kann ich verstehen" auf den Lippen und konzentrierte sich dabei noch mehr auf die Männer hinter ihm.

„Hast du nicht zugehört?", fuhr Silas seinen Freund an. „Die *Freien* sind aus dem *Zirkel der Magier* hervorgegangen! Und Marek hat den Zirkel in Falaysia zerschlagen – der Mann *muss* hier sein!"

„Oder er lebt gar nicht mehr", gab Kilian zu Bedenken und Silas stöhnte genervt auf.

„Immer dasselbe!", kam es verärgert über seine Lippen. „Wie oft muss ich dir noch sagen, dass der Mörder ein junger Mann war?"

„Und wie oft muss *ich* dich daran erinnern, dass auch junge Männer sterben können?", blaffte Kilian zurück und holte anschließend zischend Luft. Schon seit einer kleinen Weile beklagte er sich über vom schwülen Wetter ausgelöste Kopfschmerzattacken und schien damit nicht zu übertreiben. Er quälte sich eindeutig sehr damit herum, während sich Leons eigener Brummschädel nur noch selten bemerkbar machte.

„Der Mörder meines Vaters war ein mächtiger Zauberer, anderenfalls hätte er ihn nicht töten können", erwiderte Silas voller Überzeugung, „und mächtige Zauberer kann man nicht so leicht töten. Sieh dir Marek an: Er nimmt es schon seit langer Zeit mit dem Zirkel auf und ist immer noch am Leben. Einer allein gegen so viele!"

„Marek ist ein Sonderfall", konterte Kilian immer noch etwas gepresst. „Niemand ist so mächtig wie er."

„Roanar konnte ihm dennoch entkommen und auch noch hier eine neue Vereinigung aufbauen, die uns jetzt das Leben schwer macht", stellte Silas klar. „Es gibt also auch auf der anderen Seite Zauberer mit viel Macht."

Für einen kleinen Moment kam aus Kilians Richtung nichts mehr und Leon nickte wieder, obwohl er dieses Mal nicht einmal mehr wusste, was Benjamin gesagt hatte. Der Junge bemerkte davon glücklicherweise nichts und fuhr mit seiner Erzählung fort – es ging wohl um Jennas Verhalten und stilles Leiden in den letzten beiden Jahren …

„Was?", ertönte Silas' gereizte Stimme erneut, was wohl hieß, dass Kilian ihn komisch angesehen haben musste.

„Irgendwie werde ich das Gefühl nicht los, dass du doch nicht ganz so zufällig nach Lyamar geraten bist", antwortete dieser nun und sprach damit genau das aus, was auch Leon dachte.

„Ich wurde als Sklave verschleppt", erinnerte Silas ihn verärgert.

„Das weiß ich", gab Kilian zurück, „aber vielleicht war genau das dein Plan."

„Ts!", machte Silas und gab ein unechtes Lachen von sich. „Klar. Das war schon immer mein Traum."

„Dein Traum ist es, dich endlich für den Tod deines Vaters rächen zu können und du würdest *alles* tun, damit er sich erfüllt", wusste Kilian. „Du denkst, in *Roanar* seinen Mörder gefunden zu haben, und hattest gehofft, von den Sklavenhändlern in seine Nähe gebracht zu werden!"

„So ein Blödsinn!", entfuhr es Silas so laut, dass sogar Ilandra sich zu ihnen umdrehte und nachdrücklich einen Finger an ihre Lippen hob, bevor sie zügig weiterlief.

„Tymion hat mich verraten – *deswegen* bin ich hier", fügte er sehr viel leiser, aber nicht weniger nachdrücklich an, „und neben meinen Rachegelüsten gibt es noch andere

Gründe für meine Teilnahme an der Mission. Die Rettung der anderen Sklaven, die *vor* uns hergebracht wurden, zum Beispiel. Wer weiß, was mit denen sonst hier angestellt wird. Ihr Leid muss endlich ein Ende haben. Wir sollten nicht immer nur an uns selbst denken!"

„Mir gefällt deine Einstellung, Junge", meldete sich eine andere Stimme aus dem Hintergrund, die Leon schon beinahe vergessen hatte. Sheza hatte ihre neuen Verbündeten wohl auch heimlich belauscht. „Wir sollten jeden einzelnen retten, der hierher verschleppt wurde."

Zumindest Leon konnte ihre Äußerung nicht überraschen, wusste er doch, weshalb *sie* bei ihnen war, und dafür, dass es sich bei der Entführten um die Liebe ihres Lebens handelte, hatte sie sich bisher ausgesprochen besonnen und vernünftig verhalten. Der Ausbildung zur harten, eiskalten Elitekämpferin war also auch etwas Positives abzugewinnen.

„Mein Reden", stimmte Silas ihr zu und Leon war sich sicher, dass weder der eine noch der andere ganz ehrlich war. „Davon abgesehen ist eine Umkehr derzeit wohl kaum möglich, ohne dabei in Lebensgefahr zugeraten. Zumindest wenn wir es allein versuchen würden, und Ilandra wird wohl kaum umkehren wollen."

„Umkehren – nein", reagierte die M'atay prompt auf seine Worte und wies ihnen mit der Hand voraus. „Da lang und danach gehen wir Ma'harik suchen."

„Siehst du?"

Leon warf noch rechtzeitig genug einen Blick über die Schulter, um mitzubekommen, wie Silas seinen Freund nachdrücklich ansah und sich dessen ohnehin schon verärgerter Gesichtsausdruck noch weiter verfinsterte.

„Mir machst du nichts vor, Sil", erwiderte Kilian grimmig. „Es mag sein, dass dir Edelmut und Aufopferung im Blut liegt, aber wenn es um den Tod deines Vaters und den Zirkel geht, kannst du nicht mehr klar denken. Das beweist deine Anwesenheit hier ..."

Silas holte empört Luft, kam aber nicht weit, weil Kilian einfach weitersprach: „... und deine Unfähigkeit zu erkennen, dass unsere Mission sich gerade zu einem Desaster entwickelt."

„Nur weil *eine* Sache schiefgeht, heißt das noch lange nicht, dass gleich der ganze Plan zu verwerfen ist", konterte Silas. „Marek weiß schon, was er tut."

„Marek ist nicht mehr hier!"

„Der kommt wieder."

„Das kannst du nicht wissen!"

Leon warf einen besorgten Blick auf Benjamin. Zu Recht, denn so wie alle anderen hatte auch Jennas Bruder dem Rest der Diskussion beigewohnt und wurde nun deutlich blasser. Die Zweifel waren auf der Stelle zurück.

„Er vielleicht nicht – aber *ich* weiß es!", schaltete sich Leon schnell dazwischen. „Jenna und er sind ein unschlagbares Team und bisher schon aus sehr viel schlimmeren Situationen unbeschadet herausgekommen. Wir brauchen uns um sie wirklich keine Sorgen zu machen."

„Da kann ich nur zustimmen", kam ihm nun auch noch Enario zur Hilfe. „Ich durfte Marek eine Weile begleiten und kann bezeugen, dass er bisher aus jeder misslichen Lage herausgekommen ist. Es gibt kaum etwas, das ihn aufhalten kann."

Leon sah Benjamin erleichtert aufatmen und legte ihm eine Hand auf die Schulter, drückte diese kurz. Der Junge schenkte ihm ein dankbares Lächeln, wandte sich dann aber zu Silas um.

„Ist es wahr, was Kilian gesagt hat? Dass dir nichts wichtiger ist als deine Rache?"

„Nein – das Wohl anderer geht vor!", sagte der junge Mann mit Nachdruck. „Immer! In diesem Fall kann ich allerdings beides miteinander verbinden."

„Und wenn der Mörder deines Vaters *nicht* hier ist – verlässt du uns dann einfach?", fragte Benjamin hartnäckig weiter.

„Roanar *ist* hier", mischte sich Sheza ein. „Wer sonst soll zu solcher Boshaftigkeit fähig sein? Außerdem haben unsere Verfolger das gerade erst bestätigt – oder habt ihr das nicht mitbekommen?"

„Wir wissen ja gar nicht, ob Roanar Silas' Vater ermordet hat", erinnerte Kilian sie angespannt und rieb sich schon wieder die Schläfen. „Er *denkt* nur, dass er es ist und das allein reicht schon aus, um seinen Verstand komplett auszuschalten."

„Das ist nicht wahr!", wehrte sich Silas gegen die Behauptung – wieder etwas zu laut, denn Ilandra wandte sich zu ihnen um und hob beschwichtigend die Hände, machte leise „Sch-sch!".

„Momentan ist nur sicher, dass wir alle bald wieder die *Freien* im Nacken haben, wenn es uns nicht gelingt, uns wieder zu beruhigen und diese Diskussion auf einen geeigneteren Zeitpunkt zu verschieben", zischte Leon den anderen zu und hatte nun selbst Probleme, seinen Zorn über deren dummes Verhalten im Zaum zu halten. „Kriegt euch gefälligst wieder ein!"

Keiner von den Anwesenden machte einen besonders einsichtigen Eindruck, aber sie schwiegen wenigstens, weil sie genau wussten, dass er recht hatte.

„Wie die Kinder", raunte Benjamin ihm zu, als sie bereits wieder weiterliefen und Leon musste trotz seines Ärgers schmunzeln. Es sah tatsächlich danach aus, dass der Teenager noch einer der Vernünftigsten hier war. Wer hätte das gedacht?

„Hast du das ernst gemeint mit dem unschlagbaren Team?", hakte er nach einer kurzen Sprechpause nach.

„Absolut", sagte Leon überzeugt.

„Aber Jenna hat Cardasol nicht mehr", merkte Benjamin beklommen an und Leon hatte Schwierigkeiten, sich nicht anmerken zu lassen, dass diese Tatsache auch ihm zu schaffen machte.

„Sie besitzt auch ohne diesen Stein magische Kräfte und zudem einen scharfen Verstand", sprach er dem Jungen und auch sich selbst Mut zu. „Kombiniere das mit Mareks außergewöhnlichen Fertigkeiten und schon hast du wieder unser unschlagbares Duo – auch ohne Cardasol. Glaub mir: Wir sehen sie sehr bald wieder."

„Und was machen wir, wenn nicht? Wenn sie vielleicht doch von den *Freien* gefangen wurden?"

Eigentlich wollte sich Leon nicht mit dieser schrecklichen Vorstellung auseinandersetzen, aber es waren nun mal berechtigte Sorgen und sich einen Plan für den Fall der Fälle zurechtzulegen, war sinnvoll. Früher war er immer so vorgegangen. Nur weil Marek plötzlich der größte Zauberer aller Zeiten war, hieß das nicht, dass er unbesiegbar war, und sich darauf zu verlassen, dass er sie schon irgendwie alle rettete, war dumm.

Leon schüttelte innerlich den Kopf über sich selbst. Das kam davon, wenn man für ein paar Jahre ein Leben in einem Schloss führte, dort in Wohlstand, Frieden und Glückseligkeit lebte: Man entwickelte eine gewisse Behäbigkeit und Realitätsferne, die sehr gefährlich werden konnte.

„Du hast recht", sagte er entschlossen, „wir sollten uns auch für diese Möglichkeit, so unwahrscheinlich sie ist, einen Plan zurechtlegen."

Er sah sich kurz in ihrer Gruppe um. Sie hatten zwei ausgezeichnete, erfahrene Krieger, einen Seemann, der wie Leon ebenfalls kampferprobt war, und drei magisch begabte Menschen, von denen zumindest einer eine ausgebildete Magierin war. Damit ließ sich doch durchaus etwas anfangen – zumal der Trupp der *Freien*, die nach ihnen suchten, vermutlich auch nicht viel größer war. Zudem wussten diese rein gar nichts über ihre Gruppe, außer dass Marek und Jenna dazugehörten. Das war ein großer Vorteil. Und letztendlich gab es da noch einen weiteren Faktor, der nicht außer Acht zu lassen war.

„Ilandra", sprach Leon die M'atay an, weil er sich sicher war, dass sie alles gehört hatte, was bisher in ihrer Truppe besprochen worden war. Diejenigen, die immer besonders unbeteiligt taten, besaßen oft die meisten Informationen.

Die junge Frau wurde langsamer, sodass er mit Benjamin an der Seite zu ihr aufschließen konnte, und warf ihm einen knappen Blick über die Schulter zu.

„Wie gut kennst du die Gegend hier?"

„Bis zu den Bergen wie mein Zuhause", war die erfreuliche Antwort.

„Gibt es irgendwo in der Nähe einen Landstrich, in dem ihr bisher häufiger auf Mitglieder der *Freien* gestoßen seid?", fragte er weiter.

Ilandras sonst sehr glatte Stirn kräuselte sich. „Früher nicht, aber seit einer Weile ja", gab sie nach kurzem Nachdenken zurück. „M'atay gehen nicht mehr dorthin. Ano wird sie bestrafen."

„Euch oder die *Freien*?"

„Alle Männer und Frauen, die Malins Erbe entehren."

Leon hob erstaunt die Brauen. „Inwiefern?"

„Niemand darf an heiligen Stätten rühren!", stieß Ilandra erzürnt aus. „Aber wenn sie diese finden, sie hacken und buddeln und zerstören *immer*."

„Sie bauen dort etwas auf?", hakte nun auch Benjamin überrascht nach.

„Oder machen sie Ausgrabungen?", setzte Leon hinzu, weil das seltsamerweise sein erster Gedanke gewesen war.

Ilandra hob die Schultern. „Wir sind nicht sicher. Wir haben versucht, sie aufhalten. Aber sie sind starker, haben viele tapfere Krieger getötet und Ano ... er hat *alle* bestraft."

„Wo ist das passiert?", erkundigte sich Leon. „War das in der Gegend, von der du gerade gesprochen hast?"

Ilandra schüttelte den Kopf. „Weiter weg, als es erstes Mal bemerkt wurde. Seitdem lassen wir Ano richten."

„Was tut Ano denn?", sprach Benjamin an, was auch Leon wissen wollte.

„Er bringt Tod über Zerstörer und sie mussen fliehen – jedes Mal."

Das klang übel und, da Leon die Einmischung eines Gottes für sehr unwahrscheinlich hielt, musste es etwas anderes sein, das den *Freien* derart zusetzte. Vielleicht versteckte Fallen in den alten Gemäuern ...

„Könntest du uns, wenn es nötig ist, in die Nähe der *Freien* bringen?", fragte er mutig und spürte, wie Benjamin ihn entsetzt ansah.

„Oho!", stieß Enario aus, der mittlerweile direkt hinter ihnen lief und somit alles mitgehört hatte. „Welcher Irrsinn hat sich denn in deinem Schädel eingenistet?"

„Kein Irrsinn", stellte Leon klar, „sondern die Idee, an einen von den *Freien* heranzukommen, um ihn über alles zu befragen. Sie werden nicht damit rechnen, dass wir, anstatt vor ihnen zu fliehen, genau auf eines ihrer Lager zulaufen und Jagd auf *sie* machen. Und sollte es ihnen doch noch gelingen, Jenna und Marek zu fangen, könnten wir zusätzlich herausfinden, wohin man sie bringt. Wir brauchen einfach ein bisschen mehr Informationen, wenn wir es mit ihnen aufnehmen wollen."

Enario verzog anerkennend den Mund. „Der Plan ist nicht schlecht. In der Nähe des Lagers werden mit Sicherheit ein paar von denen vereinzelt herumlaufen. Sie fühlen sich dort gewiss nicht bedroht."

„Aber das sind Magier!", wandte Kilian aus der hinteren Reihe ein. „Die könnten um Hilfe rufen und dann haben wir es gleich mit einer ganzen Gruppe davon auf einmal zu tun!"

„Nicht wenn wir geschickt vorgehen und unser Opfer mit einem Hiklet von seiner Außenwelt abschirmen", setzte Leon geschwind dagegen.

„Du kannst ein Hiklet herstellen?" Silas sah ihn überaus kritisch an.

„Ich nicht, aber ich denke, Ilandra kann das", mutmaßte Leon und sah die M'atay auffordernd an.

Die sagte erst einmal nichts dazu, aber auch das genügte Leon schon als Antwort.

„Ich gehe nicht zur Stätte von Unheil", kam es ihr schließlich doch noch über die Lippen. „Ano bestraft uns."

„Nein, Ano wird uns *schützen*, weil wir all dem Frevel ein Ende setzen wollen", widersprach Leon ihr rasch.

„Ich werden Ma'harik suchen, wenn wir aus Sumpf heraus sind", blieb die junge Frau hartnäckig.

„Das will ich ja auch", kam Leon ihr entgegen. „Es geht nur darum, einen Ersatzplan zu haben, wenn unsere Suche scheitert oder Schlimmeres passiert ist. Liegt der Ort denn in einer anderen Richtung?"

Wieder schwieg Ilandra.

„Niemand kann dich zwingen, uns zu helfen", setzte Leon sanft hinzu, „aber würdest du wenigstens versuchen, über meine Idee nachzudenken, während wir weiter nach Marek und Jenna suchen?"

Ilandra wich seinem fragenden Blick aus, doch schließlich nickte sie, um gleich darauf zügig ihren Weg fortzusetzen.

Leon machte innerlich drei Kreuze. Die Angst der M'atay war echt, also musste er sehr behutsam mit ihr umgehen. Dennoch hatte er das Gefühl, auf sie zählen zu können, wenn es hart auf hart kam.

„Irre!", hörte er Kilian hinter sich murmeln.

Der Seemann war ein härterer Brocken, aber da Silas' Rachedurst immer noch sehr groß war, war wohl davon auszugehen, dass die beiden gerade bei dieser Aktion mitmachen würden. Schließlich bedeutete, näher an die *Freien* heranzurücken, auch Roanar näherzukommen.

„Hältst du das wirklich für einen guten Plan?", flüsterte Benjamin ihm zu.

Auch wenn es Leon nicht leichtfiel, nickte er. „Unabhängig davon, ob wir Marek und Jenna bald wiedersehen, brauchen wir mehr Infos über das, was die *Freien* hier treiben. Und wer könnte uns diese besser liefern, als die Leute, die direkt an den heiligen Stätten Malins arbeiten?"

Benjamin seufzte leise und nickte schließlich ebenfalls. „Ist auf jeden Fall besser, als im Notfall ohne Plan dazustehen", merkte er noch an, bevor er wieder nach vorne sah, dorthin, wo sich der Nebel endlich zu lichten begann und der Sumpf wieder zum normalen Dschungel wurde.

Leon konnte ihm nur zustimmen. Es war wohl wieder an der Zeit, schlechte Notfallpläne zu entwickeln.

Elementar

Ihre Wahl schien die richtige gewesen zu sein, stellte Jenna fest, nachdem sie sich eine kleine Weile ungehindert durch den Tunnel bewegt hatten. Nichts sprach dafür, dass es hier gefährliche Fallen gab und der Gang war angenehm hell und belüftet. Er war auch in der Tat nicht allzu lang, wie sie bemerkte, als sich vor ihnen eine kleine, trockengelegte Tropfsteinhöhle öffnete, an deren Frontseite neben zwei großen Stalagnaten ein Torbogen in die Wand gelassen worden war. Einer, der keine Tür besaß, wohlgemerkt.

Für Jenna und auch Marek war das gleichwohl nichts Neues. Sie beide wussten aus Erfahrung, dass gerade solche, auf den ersten Blick sinnlos erscheinenden Tore zu sehr viel weiter entfernten Plätzen führen konnten als jeder normale Durchgang, und die Symbole, die rings um den Bogen in den Stein gemeißelt worden waren, bestätigten diese Annahme.

„Ist das ein Tor wie Locvantos?", fragte Jenna staunend und trat so wie Marek dicht an den Bogen heran, um die Symbole genauer zu betrachten. „Die Zeichen ähneln den dortigen sehr."

„Ja, weil sie von denselben Menschen erschaffen wurden", erwiderte Marek nachdenklich. Seine Finger glitten über eines der Symbole, das deutliche Ähnlichkeit mit dem Zeichen Malins hatte. „Den N'gushini."

„Dann ist das alles gar nicht Malins Werk?" Jenna war erstaunt. Sie konnte sich noch gut daran erinnern, was Kychona und Marek ihr über diese Leute erzählt hatten. Sie waren Priester eines alten Volkes gewesen, das vor allem Ano verehrt und einige magische Bauwerke errichtet hatte, um seinem Gott näher zu kommen als jeder andere.

„Nur weil die Zeichen der N'gushini an der Wand sind, heißt das nicht, dass sie den Torbogen erschaffen haben", stellte Marek klar. „Malin hat die Zauberei und ihre Ursprünge gründlich studiert – das musste er, um Cardasol zu verstehen und zu beherrschen, und selbstverständlich kannte er die Sprache des alten Volkes der N'gushini und ihre Zeichen. Er lehrte sie seine Schüler und nutzte sie als eine Art Geheimsprache, die auch der Zirkel später aufgriff."

„Du kennst die Bedeutung der Zeichen ebenfalls, weil Nefian dich während deiner Ausbildung in das Geheimnis eingeweiht hat", fiel Jenna erfreut ein. „Was bedeuten sie?"

„Tja, wenn das so einfach wär", murmelte der Krieger und biss sich grübelnd auf die Unterlippe.

Jenna versuchte nicht dorthin zu starren, aber sie war auch nur ein Mensch und Mareks Lippen hatten es ihr schon immer angetan – aus verschiedenen Gründen…

„Das hier ist auf jeden Fall das Zeichen für ‚Tal'", sagte er und wies auf ein Symbol, das stark an den Buchstaben M erinnerte. „Und die hier stehen für ‚Ozean' und ich glaube … ‚Nebel'."

„Vielleicht weisen sie wieder auf die Elemente hin", schlug Jenna vor.

„Dafür sind es zu viele und warum hat er dann nicht direkt die Symbole dafür benutzt?"

Jenna runzelte nachdenklich die Stirn. „Was ist das hier?" Sie wies auf eine Gravur, die zwei sich überschneidende Kreise zeigte.

Mareks Augen verengten sich kurz. „Ich glaube, ‚Mitte'", war die simple Antwort, aber sie genügte, um den Funken einer Idee in ihrem Inneren zu entzünden. „Und wenn das Orte hier in Lyamar sind?", kam es ihr über die Lippen. „Der Strand … ein bestimmtes Tal … eine Gegend, in der es sehr nebelig ist?"

Mareks Gesicht nahm zunächst einen kritischen Ausdruck an, erhellte sich aber sichtbar bei erneutem Betrachten der Zeichen.

„Nicht schlecht!", gab er zu. „Mitte könnte für den Mittelpunkt Lyamars stehen und das hier", er wies auf eine Sonne, „für die Wüstenregion im Osten. In Hemetions Buch stand, dass die Wege der Zauberer trotz der Weite Lyamars immer kurz waren – schon zu Zeiten der N'gushini. Sie werden Portale wie das vor der Küste Falaysias benutzt haben."

„An der ersten Ruine gab es einen ähnlichen Torbogen", erinnerte sich Jenna fasziniert. „Vielleicht war das auch ein Portal."

„Gut möglich", stimmte Marek ihr zu und seine Augen wanderten suchend über den Rahmen und den Boden davor. „Wir müssen jetzt nur herausfinden, wie man es aktiviert – sonst haben wir den Weg hierher umsonst gemacht. Einen weiteren Ausgang sehe ich hier nämlich nicht."

Er ging in die Hocke und wischte den Sand vom Boden weg, stand danach aber wieder mit einem frustrierten Laut auf. Jenna verstand gar nicht wieso, denn mit seinen Bemühungen hatte er vier Kuhlen am Boden freigelegt, die ebenfalls mit jeweils einem Symbol versehen waren. Symbole, die sie kannte.

„Irgendwo muss hier doch ein Hinweis sein …", murmelte er und stolperte schließlich über ihren verwirrten Gesichtsausdruck. „Was?"

„Du siehst das wieder nicht, oder?", fragte sie ungläubig nach. Es fühlte sich komisch an, selbst die Person zu sein, die magische Dinge zuerst wahrnahm – insbesondere, weil Marek sehr viel mehr Erfahrung und Macht besaß als sie.

Er runzelte die Stirn, inspizierte den Bereich vor sich. „Langsam wird das ärgerlich", brummte er. „Magie, die sich meiner Wahrnehmung entzieht, kann ich nicht ausstehen."

Jenna verkniff sich ein Grinsen und ging stattdessen lieber in die Hocke. Sie berührte die Zeichen mit den Fingern und benannte sie laut: „Feuer, Wasser, Luft, Erde."

Auch dieses Mal leuchteten die feinen Linien rot auf. Mehr geschah allerdings nicht.

Marek kniete sich neben sie und betrachtete nachdenklich das Rätsel, das sich nun auch vor seinen Augen auftat.

„Das sind keine Halterungen für Cardasol wie das bei Locvantos der Fall war", stellte er schnell fest und ließ seine Finger über den Boden der etwas dunkler gefärbten Kuhle unter dem Feuersymbol gleiten, um sie anschließend Jenna hinzuhalten. Sie waren schwarz.

„Asche?", riet sie und erhielt sofort ein Nicken.

„Ich würde behaupten, man muss die Kuhlen im Boden mit etwas füllen, was dem jeweiligen Element entspricht", sprach er aus, was auch ihr gerade in den Sinn kam. Sie nickte und gemeinsam sahen sie sich um. An Feuer mangelte es ihnen nicht.

Marek erhob sich rasch und lief hinüber zu einer der vier Fackeln, die sich auch hier entzündet hatten. Es genügte, diese kurz in die Kuhle zu drücken und schon tat sich etwas: Das Rot des Zeichens wurde noch heller, fast orange und im Torbogen wanderte eine feine Linie in derselben Farbe von einem Ende am Boden zum anderen. Sie waren wohl auf dem richtigen Weg.

Jenna begann den Sand, der sich über all die Jahre in der Höhle abgelagert hatte, mit den Händen zusammenzukehren, inständig hoffend, dass dieser als ‚Erde' durchging und siehe da: In dem Moment, in dem die Kuhle gut gefüllt war, veränderte sich auch die Farbe des dazugehörigen Zeichens und eine dieses Mal hellbraune Linie am Torbogen gesellte sich zu der anderen.

„Was machen wir hier?", fragte Jenna und wies etwas unschlüssig auf die ‚Luft'.

„Hm." Marek schürzte die Lippen und legte den Kopf schräg. Nur einen Atemzug später beugte er sich vor und blies Luft in die Kuhle. Nichts geschah.

„Es war einen Versuch wert", kommentierte er frustriert, während Jenna sich nachdenklich an der Schläfe kratzte. Vielleicht musste es ja der Atem einer *bestimmten* Person sein.

Kurz entschlossen beugte auch sie sich vor und versuchte dem Symbol Leben einzuhauchen – mit Erfolg, denn es wurde sogleich weiß und ließ die nächste Linie am Tor entstehen.

„Langsam nehme ich das Malin übel", beschwerte sich Marek nicht ganz ernsthaft, war er doch wohl eher für ihren Fortschritt dankbar. „Das grenzt ja schon an Diskriminierung."

„Vielleicht will sein Geist dir nur zeigen, wie wunderbar es ist, dass ich wieder zurück bin", konnte sich Jenna nicht verkneifen anzumerken, „und dass du mich mehr brauchst, als du vielleicht denkst."

Marek bemühte sich um ein Lächeln, konnte jedoch nicht darüber hinwegtäuschen, dass ihre Worte tiefer gegangen waren, als von ihr gewollt. Da war überraschenderweise plötzlich ein Hauch von Schmerz in seinen Augen, der es in ihrer Brust ganz eng werden ließ.

„Für den Kampf gegen die *Freien*, meine ich natürlich", setzte sie schnell hinzu. Warum wusste sie auch nicht, denn eigentlich war es ein gutes Gefühl, zu wissen, dass Marek in Bezug auf sie längst nicht so abgebrüht war, wie er immer tat. Sie war in dieser Hinsicht nicht die einzige Leidende.

Der Krieger wandte sich rasch von ihr ab und betrachtete die einzige Kuhle, die noch nicht gefüllt war. „Wenn mein Wasserschlauch noch voll wäre, hätten wir auch hiermit kein Problem", sagte er mehr zum Boden als zu ihr, „aber leider ist das nicht der Fall, weil ich ihn auffüllen wollte, nachdem ich den Eingang zum Höhlensystem überprüft habe."

„Das ist nicht dein Ernst!", entfuhr es Jenna entgeistert.

„Leider doch", seufzte er, bevor seine Augen hinüber zu den Stalaktiten wanderten, die sich unweit von ihnen an der Decke gebildet und noch nicht mit ihren Spiegelbildern, den Stalagmiten am Boden, verbunden hatten. Aus der Ferne sahen sie zwar ausgetrocknet aus, aber es war einen Versuch wert. Ohne ein weiteres Wort zu verlieren, traten sie beide an das steinerne Gebilde heran und betrachteten es eingehend.

„Hier!", stieß Jenna erfreut aus und wies auf einen Wassertropfen, der gerade an einer Seite hinunterlief. Oben an der Decke war deutlich zu erkennen, dass er nicht der einzige bleiben würde. Vollkommen ausgetrocknet war die Höhle wohl doch nicht. Zu ihrem großen Glück!

„Das wird eine Menge Geduld erfordern", stellte Marek mit einem kleinen Seufzen fest und nahm seine Tasche von der Schulter, um den anderen Ärmel seines Hemdes daraus hervorzuholen.

„Warum nimmst du nicht gleich den Schlauch?", erkundigte sich Jenna, während Marek bereits das Stück Stoff auf dem Stalagmiten positionierte.

„Willst du die ganze Zeit stehen und den drunter halten?", fragte der Krieger zurück. „Das Wasser tropft nicht besonders schnell herunter und ich glaube kaum, dass ein paar wenige Tropfen genügen. In die andere Kuhle mussten wir den Sand bis obenhin einfüllen."

Jenna musste ihm leider zustimmen und so suchte sie sich ein Plätzchen zum Ausruhen, setzte sich auf den Boden und streckte die Beine von sich. Es tat erstaunlich gut und das leichte Schmerzen in ihren Füßen, das sich jetzt erst bemerkbar machte, wies darauf hin, dass sie doch schon länger unterwegs waren, als es sich für sie bisher angefühlt hatte. Und immer noch waren sie ihren Freunden nicht näher gekommen. Verdammt!

Es überraschte sie, dass Marek sich zu ihr gesellte und sich sogar direkt neben sie setzte, um schließlich etwas Brot aus seiner Tasche zu holen und es ihr zu reichen. Jetzt, wo sie nur noch zu zweit waren, schien es ihm leichter zu fallen, sich in ihrer Nähe aufzuhalten. Er hatte ja auch gar keine andere Wahl.

„Die Dämonin aus der anderen Welt eine Nachfahrin Malins", murmelte Marek kauend. Sein Blick ruhte dabei auf dem Tor und er konnte es sich nicht verkneifen, den Kopf zu schütteln.

Jenna schnitt ihm eine Grimasse, als er sie schmunzelnd von der Seite ansah, musste aber selbst lächeln, weil sie sich daran erinnerte, wann er sie das erste Mal so genannt hatte. Es fühlte sich an, als wäre es eine halbe Ewigkeit her, dabei waren es nur knapp zweieinhalb Jahre.

„Man könnte fast meinen, dass du eifersüchtig bist", neckte sie ihn, als sie ihren Bissen Brot runtergeschluckt hatte.

„Ach wo", winkte er souverän ab, „ich bin eigentlich ganz froh, wenn mal jemand anderes besonders ist."

„Bin ich ja gar nicht", erwiderte sie. „*Malin* war der Besondere und ich trage nur zufälligerweise seine DNA in mir – die auch nichts an meinen sehr begrenzten Kräften ändert."

„Deine Kräfte sind durchschnittlich", verbesserte er sie, „nicht *sehr* begrenzt und du besitzt die Fähigkeit, dich mit Cardasol zu vereinen, was auch nicht jeder kann. Wie du bereits sagtest: Du bist schon ganz brauchbar."

„Ganz *brauchbar*?", wiederholte sie mit aufgesetzter Empörung. „So habe ich das ganz bestimmt nicht ausgedrückt!"

„Aber so ähnlich", ärgerte er sie auf vertraute Weise weiter und ihr fiel es immer schwerer, nicht noch dichter an ihn heranzurücken, Kontakt zu seinem Körper zu suchen. „Und die Sache mit Malin macht dich zugegebenermaßen gleich noch attraktiver ..."

„Ach ja?" Sie hob nachdrücklich die Brauen, um darüber hinwegzuspielen, dass ihr prompt etwas wärmer wurde.

Marek lächelte nur verschmitzt. Seine hellen Augen funkelten amüsiert und hielten den Kontakt zu ihren erstaunlich lange – was nun auch noch ein leichtes Flattern in ihrem Bauch erzeugte.

„Das sagt der Mann, der Feuer einfangen und zu Flammenbällen formen kann", merkte sie an und ihr Blick huschte kurz zu seinen Lippen, die immer noch so sinnlich waren wie vor zwei Jahren. „Kräfte wie deine sind sehr viel beeindruckender als eine Abstammung von Malin, die kaum noch eine Wirkung auf meine Magie hat."

„Mach dich nicht kleiner als du bist", erwiderte der Krieger sanft und auch seine Augen hafteten für einen kurzen Augenblick auf ihren Lippen, bevor sie zurück zu ihren fanden. „Deine Macht äußert sich nur auf andere Weise als die meine."

Da waren sie wieder, die Wärme und Zuneigung in seinem Blick, die nach ihrem Herzen griffen und es zusammendrückten, so sehr an ihrer Vernunft rüttelten, dass sie kaum fähig war, auf ihrem Platz zu verweilen. Sie würde nicht länger als eine halbe Sekunde brauchen, um sich auf seinem Schoß wiederzufinden, ihn in die Arme zu schließen, zu küssen, zu fühlen ... all die Dinge zu tun, von denen sie in den letzten beiden Jahren viel zu oft geträumt hatte – trotz des Kontaktabbruchs.

Mareks Augen waren deutlich dunkler geworden – ein sicheres Zeichen dafür, dass auch seine Gedanken in eine weniger anständige Richtung abglitten – und er wandte sich rasch ab, biss in sein Brot und sah starr hinüber zum Torbogen.

Jenna schloss frustriert die Lider und atmete tief ein und wieder aus. Sie brauchte jetzt Ablenkung, irgendein Gesprächsthema, das weniger verfänglich, aber aufregend genug war, um ihre Gedanken nicht wieder abdriften zu lassen. Mareks Kräfte waren eigentlich gar keine schlechte Idee gewesen, denn da gab es einige Dinge, die sie dringend wissen musste.

„Also ... was genau hat es mit deinen neu erworbenen magischen Fertigkeiten auf sich?", fragte sie geradeheraus.

Er sah sie überrascht an. „Was meinst du?"

„Komm schon, du weißt, wovon ich spreche", sagte sie. „Die Feuerbälle, die Sandexplosion – überhaupt das ganze Duell mit Ilandra und dem Schamanen. Das war atemberaubend und hohe magische Kunst. Woher kannst du das? – um es mal mit den Worten meines Bruders auszudrücken."

Der Bakitarer stöhnte genervt auf. „Das *musste* ja irgendwann kommen."

„Was erwartest du, wenn Mister Ich-hasse-alle-Magie-und-werde-alle-Zauberer-umbringen zum Meister Proper für magische Notfälle wird?"

Mareks Brauen zogen sich zusammen und er warf ihr einen verständnislosen Blick zu. „Meister Proper?"

„Was? Den kennst du *auch* nicht?" Sie blinzelte erstaunt. „Hast du als Kind in unserer Welt nie ferngesehen?"

„Selten", gab er ohne Umschweife zu. „Eigentlich nur mit meiner Hauslehrerin."

Jenna sah ihn überrascht an, obwohl sie ganz genau wusste, von wem er sprach. „Du hattest eine Hauslehrerin?", tat sie ahnungslos, schließlich sollte er ja nicht wissen, dass Miss Clarke Teil ihres Marek-nach-Hauseholen-Plans gewesen war. *Bevor* sie festgestellt hatte, dass er die Verbindung mit ihr gekappt hatte.

Marek zögerte einen Moment, als überlegte er, ob er überhaupt über sein altes Leben sprechen wollte, entschied sich zu Jennas Freude allerdings doch noch dafür.

„Ja", antwortete er und brach sich ein weiteres Stück Brot ab. „Demeon konnte mich nicht in die Schule schicken und da er Bildung für sehr wichtig hielt, wurde ich Zuhause unterrichtet – sonst hättest du jetzt einen noch ungehobelteren Kerl vor dir, als ich ohnehin schon bin."

„Du bist nicht ungehobelt", widersprach sie ihm mit einem kleinen Lächeln, „zumindest die meiste Zeit nicht. Aber es war zweifellos eine gute Idee von Demeon, dir eine Lehrerin an die Seite zu stellen, die dir die Welt erklärt. War sie nett?"

Marek biss nachdenklich in das Brot, kaute eine Weile und nickte anschließend. „Sie hatte ein gutes Herz."

„Du mochtest sie", wusste Jenna und freute sich darüber ungemein. Ihre Hoffnung, den Krieger doch noch mit in ihre Welt zu holen, war eindeutig noch nicht gestorben, denn sie regte sich nun mit aller Macht in ihrer Brust. Ihr Plan war *so* gut gewesen.

„Ja, bis Demeon mir weisgemacht hat, dass sie eine Gefahr für uns ist und sie gefeuert hat", seufzte Marek. „Kurz danach hat er mich nach Falaysia geschickt und ich habe ihr sehr lange Zeit mit die Schuld daran gegeben."

Der Frust und die Trauer darüber sprachen nur allzu deutlich aus seinen Augen und wenn ihr dummes Abkommen nicht gewesen wäre, hätte Jenna ihre Hand auf seine gelegt und sie gestreichelt, wie sie es früher oft getan hatte, um ihn zu trösten. Aber sie waren gegenwärtig kein Paar mehr und sie wollte bestimmt nichts tun, das ihn dazu brachte, erneut ihre Nähe zu meiden.

„Was soll's", setzte er mit einem Schulterzucken hinzu. „Ich werde sie ohnehin nie wiedersehen – was vielleicht auch gut ist, weil sie mich eindeutig zu wenig vor den Fernseher gelassen hat."

Er versuchte sich an einem Grinsen, das ihm aber mit den Erinnerungen an seine Kindheit noch nicht so richtig gelang.

„Na ja, Werbespots zählen nicht unbedingt zur Bildung", gab sie zu, „und um mit Meister Proper konkurrieren zu können, hast du eindeutig zu viel Haar. Seine Glatze hat geleuchtet!"

Marek gab ein dunkles Lachen von sich, das einen kleinen Schauer ihren Rücken hinunterjagte, und sie versuchte sich rasch wieder auf ihr eigentliches Gesprächsthema zurückzubesinnen.

„Du hast mir meine Frage noch nicht beantwortet", erinnerte sie ihn.

Er stopfte sich rasch ein großes Stück Brot in den Mund und nickte zustimmend. Anscheinend hatte er vergessen, dass diese Tricks bei ihr nicht funktionierten und sie unglaublich hartnäckig sein konnte.

„Mein Bruder sagte, du seist blond gewesen, als ihr euch begegnet seid", versuchte sie es ein bisschen anders. „Ich weiß, dass M'atay-Blut in deinen Adern fließt, aber hast du mir nicht mal erzählt, du könnest nur deine Augenfarbe ändern?"

Es funktionierte. Marek schluckte seinen Bissen hinunter und antwortete ihr. „Ich habe festgestellt, dass ich mit ein bisschen Übung noch ein paar andere Dinge kann."

„Und mit *wem* hast du das geübt?", hakte sie schnell nach.

Der Bakitarer zog die Brauen zusammen. „Da formt keiner mein Äußeres von außen mit!"

„Das ist mir klar – aber wer hat dir geholfen, deine Kräfte zu stabilisieren, sodass du dich während der Zauberei nicht selbst in Gefahr bringst? Wer hat dir gezeigt, wie du es auch allein schaffen kannst? Du hast selbst mal zugegeben, dass deine Ausbildung zum Magier nicht abgeschlossen war und du eigentlich noch Hilfe bräuchtest. Wer hat dir diese Hilfe zukommen lassen?"

„Kein Kommentar."

„Kaamo kann's nicht gewesen sein, denn er ist weniger begabt als du …" Sie legte abwägend den Kopf schräg. „Bleibt eigentlich nur Kychona übrig …"

In Mareks Gesicht tat sich nicht viel, aber seine Augen wichen kurz zur Seite aus.

„Aha!", entfuhr es Jenna und Freude machte sich in ihr breit. „Und ich dachte immer, du kannst sie nicht ausstehen!"

„Ich *kann* sie auch nicht ausstehen!", erwiderte er, aber seine Mundwinkel zuckten verdächtig. Er schien sich nicht sonderlich zu ärgern, dass sie hinter sein Geheimnis gekommen war. „Nichtsdestotrotz ist sie eine erfahrene Magierin und war bereit, ihr Wissen trotz meines bisher ... sagen wir mal etwas rüpeligen Verhaltens ihr gegenüber an mich weiterzugeben."

„Das finde ich fantastisch!", verkündete Jenna begeistert.

„Das merke ich", gab Marek trocken zurück, „aber glaub mir, wirklich gern habe ich das nicht getan."

„Wieso *hast* du es getan?", erkundigte sich Jenna nun schon etwas ruhiger, weil sie spürte, dass ihn die ganze Sache in der Tat belastete.

„Ich weiß nicht, wieviel Enario, Benjamin und Leon dir schon erzählt haben, aber ... ich hatte Probleme, die restlichen Mitglieder des Zirkels und vor allem Roanar ausfindig zu machen, und musste einige andere Menschen in meine Suche nach ihnen mit einbinden. Es gab einen Vorfall, bei dem zwei meiner Helfer ums Leben kamen, und danach war mir klar, dass ich nicht weiterkomme, solange ich meine eigenen Kräfte nicht vollständig nutze *und* dabei im Griff habe. Ich brauchte einen Lehrer und wie du schon sagtest: Kychona war die einzige, die dafür in Frage kam."

„Warum habt ihr ein solches Geheimnis daraus gemacht?", wollte Jenna wissen.

„Weil niemand erfahren soll, was ich kann und was nicht", war die logische Antwort. „Solche Dinge werden schnell weitergetragen und das will ich nicht. Je weniger Roanar und seine Anhänger über mich wissen, desto besser. Dann habe ich das Überraschungsmoment auf meiner Seite, wenn es zur ersten Begegnung kommt."

Er sah wieder hinüber zum Torbogen. „Ein kluger Mensch hat mir mal gezeigt, welche Wunder man mit

Magie vollbringen kann und dass man sie durchaus dafür nutzen kann, gegen das Böse zu kämpfen, das vielen Zaubern entspringt. Und genau das habe ich hier vor."

Jenna stockte der Atem und sie fühlte ein sehnsüchtiges Ziehen in ihrer Brust, weil erneut Erinnerungen an gemeinsam Erlebtes in ihr aufkamen, die sie nur schwer wieder zurückdrängen konnte.

„Das haben *wir* hier vor", verbesserte sie ihn mit etwas kratziger Stimme und brachte ihn dazu, sie wieder anzusehen.

„Ich hab schon befürchtet, dass du das sagst", erwiderte er mit einem kleinen Lächeln.

„Es ist wundervoll, dass du nun noch mächtiger bist als zuvor, aber denk mal darüber nach, wie stark wir jetzt gemeinsam sein könnten, wenn wir unsere alte Verbindung zum Leben erwecken", gab sie zurück. „Gut, wir haben Cardasol nicht, aber wir arbeiten ja bereits daran, das Amulett zurückzubekommen. Es wäre dumm, unsere Kräfte nicht zu vereinen, wenn wir auf Roanar und seine Freunde treffen."

Marek presste die Lippen zusammen und nickte schließlich widerwillig. „Leider kann ich augenblicklich nicht dagegen argumentieren", gab er zu. „Auch wenn es aus meiner Sicht vieles gibt, das uns bei dieser Art von Verbindung Probleme bereiten könnte – im Endeffekt gibt es nichts Wichtigeres, als die *Freien* endgültig zu besiegen."

Seine Worte ließen ihr Herz unvermittelt schneller schlagen. Wollte er die Blockade ihrer Verbindung tatsächlich aufheben?

„Aber es wäre in unserer jetzigen Situation unklug, uns mental zu verknüpfen", zerstörte er ihre neu geborene Hoffnung gnadenlos.

„Warum?", konnte sie sich nicht verkneifen zu fragen.

„Wenn einer von uns in Gefangenschaft geraten würde, könnte ein trainierter Zauberer die Verbindung durchaus nutzen, um auch den anderen aufzuspüren", erklärte Marek geduldig. „Und dann wäre alles vorbei."

Jenna brauchte nicht lange darüber nachzudenken, um zu wissen, dass dies das Aus für ihren Wunsch nach mentalem Kontakt mit Marek war. Sie seufzte leise.

„Leider kann ich augenblicklich nicht dagegen argumentieren", gab sie seine soeben gesprochenen Worte exakt wieder.

Der Bakitarer lachte leise und das zugeneigte Leuchten in seinen Augen machte es gleich viel schwerer, sich einsichtig zu geben.

„Aber du könntest etwas tun, um mich darüber hinwegzutrösten", setzte sie hinzu.

Er bedachte sie mit einem fragenden Blick. „Das wäre?"

„Lass es mich sehen."

Marek runzelte die Stirn, blinzelte verwirrt. „Was?"

„Das blonde Haar."

Der Krieger stieß einen Laut der Belustigung aus. „Wieso?"

„Weil ich furchtbar neugierig bin – das weißt du doch." Sie grinste breit.

„Ich hab dir schon ein paar Mal gesagt, dass wir keine Magie verwenden dürfen."

Jenna verengte die Augen. „Ist es denn wahrlich Magie? Die M'atay können das doch auch. Jeder einzelne von ihnen, obwohl nicht alle zaubern können."

Er ließ geschlagen seine Schultern sinken. „Wieso merkst du dir so was?"

„Also habe ich recht?"

„Es ist schon Magie – aber sie dringt nicht nach außen, weil sie nur auf meinen eigenen Körper wirkt, wie bei allen M'atay – was ich dir eigentlich nicht erzählen sollte, denn dann beharrst du ja erst recht darauf, diesen ‚Trick' zu sehen."

„Zu spät", erwiderte sie fröhlich und hob nachdrücklich die Brauen.

Marek sah sie schmunzelnd an, seufzte anschließend leise und schloss die Augen. Es dauerte nicht lange, bis sich sein Haar am Ansatz zu verfärben begann und gleich darauf wie Flüssigkeit durch einen Strohhalm hinein in den Rest der Haare lief, bis sie schließlich alle bis in die letzte Lockenspitze ein wundervolles Goldblond besaßen.

Jenna gab ein erfreutes Glucksen von sich, das Marek dazu veranlasste, die Augen wieder zu öffnen. Auch seine Iris hatte sich verändert, besaß nun ein wunderschönes Bernsteinbraun. Obwohl seine Züge noch dieselben waren, sah er auch für sie mit dieser Verwandlung seltsam fremd aus und sie verstand jetzt, warum ihr Bruder ihn nicht erkannt hatte, zumal sie Benjamin auch keinen richtigen Zugang zu den Erinnerungen mit Marek gewährt hatte.

„Zufrieden?", fragte der nun amüsiert.

Sie nickte und konnte dem Drang, sein Haar zu berühren, nicht länger widerstehen. Es war so weich, wie sie es in Erinnerung hatte, und doch sehr fremd, genauso wie der Dreitagebart, der ebenfalls seine Farbe gewechselt hatte.

„Wie machst du das?", wisperte sie beeindruckt und ihre Finger glitten wie von selbst an seinen Koteletten entlang und über das raue kurze Barthaar. Ein Kribbeln breitete sich in ihrer Hand aus, wanderte weiter durch ihre Arme in ihren Körper. Wie hatte sie das vermisst.

„Stellst du dir vor, wie du aussehen willst, und dann passiert es einfach?"

„So ungefähr", erwiderte er etwas heiser.

Sie fühlte, dass er sie ansah, intensiver als zuvor, und konnte trotzdem noch nicht wieder den Blick heben.

„Es erfordert anfangs hohe Konzentration, die nie ganz nachlassen darf", wurde er genauer. „Man muss sich immer wieder daran erinnern, wer man gerade ist, und je überzeugter man selbst von seiner derzeitigen Identität ist, desto besser klappt es."

„*Ich* hätte dich trotzdem erkannt", behauptete Jenna und strich zärtlich über seinen Wangenknochen, folgte der Linie seines Mundwinkels hin zu seiner Unterlippe und war sich mit einem Mal überdeutlich bewusst, wie nah sie ihm gekommen war. Seine Körperwärme griff auf sie über und sein Atem streichelte ihre Lippen.

„Zweifellos", kam es über die seinen, dunkel und samtig.

Sie kannte diesen Tonfall nur allzu gut, konnte sich noch ganz genau daran erinnern, was meist geschehen war, wenn er auf diese Weise mit ihr gesprochen hatte. Ein deutliches Flattern machte sich in ihrem Bauch bemerkbar und auf ihren Armen bildete sich eine mit Sicherheit nicht zu übersehende Gänsehaut. Das Knistern zwischen ihnen war zurück, bewies, dass die enorme Anziehung immer noch da war, und dieses Mal schien sich auch Marek nicht dagegen wehren zu können. Seine Pupillen hatten sich geweitet und die Gefühle, die aus seinen schönen Augen sprachen, waren nur allzu offensichtlich: Zuneigung, Sehnsucht, Begierde.

Sie erschauerte heftig, als seine Finger plötzlich auf ihre Haut trafen, sanft über ihre Wange und über ihr Ohr glitten, während sein Daumen ganz zart über ihre Lippen strich. Ihr Atem stockte, denn sein Mund kam dem ihren eindeutig näher. Sie wollte das ... wollte es so sehr ... Zur Hölle mit ihrer Wut und Enttäuschung!

Sie griff nach ihm, leider nicht nur mit ihren Händen, sondern auch mit ihrem Geist und genau das riss ihn ruckartig aus seiner Trance. Er wich mit dem Oberkörper zurück, packte ihre Oberarme und schob sie ein gutes Stück von sich weg, bevor er aufstand, um noch mehr Distanz zu ihr zu gewinnen.

„Was ... was sollte das?!", entfuhr es ihm eher fassungslos als wütend und im Nu sah er wieder aus wie der Mann, den sie lie... kannte. „Ich habe dir doch erklärt, warum wir uns nicht verbinden dürfen!"

Jenna brachte kein Wort heraus. Sie war noch viel zu aufgewühlt, kam selbst nicht richtig damit klar, dass sie beide die Absprache zwischen ihnen beinahe null und nichtig gemacht hatten. Zudem kehrte auch ihr Ärger schneller zurück, als ihr lieb war.

„Das ... das war keine Absicht", stammelte sie, „sondern ein Automatismus. So was kann passieren."

„Kann es eben nicht!", blaffte er und brachte sie damit ebenfalls auf die Füße.

„Hey – ich war nicht allein daran schuld!", fuhr sie ihn an. „Auch du hast dich gerade nicht besonders zurückgehalten!"

„Weil *du* mich angefasst hast!", stieß er aus und ihm war anzumerken, dass ihm nur allzu deutlich bewusst war, wie kindisch das klang.

„Ich dachte, du hast dich *so* gut unter Kontrolle!", fauchte sie zurück.

„Hab ich ja auch!", log er. „Zumindest hab *ich* dich bisher noch nicht mental bedrängt!"

„Ich sagte doch schon, dass es ein Versehen war!", verteidigte sie sich.

Marek schnaufte verärgert, erwiderte aber nichts mehr und starrte für einen Moment mit zuckenden Wangenmuskeln den Boden vor sich an. Schließlich schüttelte er frustriert den Kopf. „Wir sollten … einfach dafür sorgen, dass wir uns körperlich nicht zu nahe kommen – so wie vorher auch. Dann kann so was nicht noch mal passieren."

„Super Idee!", erwiderte sie alles andere als begeistert, aber immerhin wusste sie jetzt, warum Marek sie in den letzten Tagen so gemieden hatte. Auch er hatte sich nicht richtig im Griff, wenn es um sie ging. Er hegte keinen Gram gegen *sie*, sondern misstraute einer ganz anderen Person: sich selbst.

Der Bakitarer sagte nichts mehr. Stattdessen schulterte er seine Tasche, lief hinüber zu dem durchnässten Stoffstück und nahm es an sich.

„Vielleicht genügt das ja schon", murmelte er, hockte sich vor das letzte Symbol und wrang den Ärmel über der dazugehörigen Kuhle aus.

Ano meinte es wohl gut mit ihnen, denn das Symbol färbte sich blau und ließ die letzte Linie um den Torbogen herum entstehen. Jenna schob ihren Frust rasch beiseite und trat nach vorn, betrachtete etwas unschlüssig die anderen Zeichen um den Torbogen herum, bevor sie sich widerwillig Marek zuwandte.

„Was jetzt? Soll ich einfach meine Hand auf einen der Orte legen?"

Der Krieger verzog nachdenklich die Lippen – die, die Jenna gerade eben noch hatte küssen wollen. Wenn sie ehrlich war, wollte ein dummer Teil von ihr das immer noch.

„Ich denke schon", gab er zurück, schien sich aber auch nicht ganz sicher zu sein.

„Und welchen?" Sie legte grübelnd den Kopf schräg. „Ozean wohl kaum, denn das würde uns nur weiter wegbringen. Mit dem Nebel kann ich nichts anfangen ... aber das Tal ..."

„Ja", stimmte er ihr postwendend zu, „das scheint für mich auch die sinnvollste Wahl. Immerhin sind wir ja in einer bergigen Gegend und dürften nicht allzu weit von unserem Ausgangspunkt ankommen."

„Na, dann", sagte sie leichthin, holte tief Atem und presste ihre Hand auf das Symbol.

Nichts geschah. Sie stutzte, drückte noch zweimal und ließ die Hand wieder sinken. „Funktioniert nicht", erklärte sie das Offensichtliche und sah hinauf zu Marek, dessen Stirn sich in nachdenkliche Falten gelegt hatte.

„Dann fehlt noch irgendwas", behauptete er, trat einen Schritt zurück und nahm das Tor noch einmal im Ganzen in Augenschein.

Jenna tat es ihm nach, konnte jedoch nichts entdecken, das verriet, warum sie gescheitert waren. Die Linien leuchteten noch, also war der Zauber der Elemente weiterhin aktiv.

Marek lehnte sich zu ihr hinüber, sodass sein Oberarm ihre Schulter touchierte – so viel zum ‚nicht zu nahe kommen'. „Wie viele Zeichen siehst du um das Portal herum?", fragte er.

Sie zählte rasch nach. „Zehn."

„Zehn?", wiederholte er mit einem kleinen Lachen. „Aha! Zeig sie mir und zwar so, wie du das bei den Elementen gemacht hast."

Jenna verlor keine weitere Zeit. Mit einem großen Schritt war sie wieder vor dem Tor und zeichnete die Linien von jedem einzelnen Symbol nach, das sie finden konnte. Keines davon leuchtete, aber bei zweien konnte sie Marek ein leises „Hm" von sich geben hören.

„*Jetzt* sehe ich sie auch alle", verkündete er am Ende. „Das hier ...", er wies auf eines, das aussah wie zwei ineinander übergehende Regentropfen, „... ist das Zeichen für Blut und das daneben das für die M'atay."

„Blut der M'atay", wiederholte Jenna überrascht, „heißt das ..."

Sie brach ab, weil Marek bereits seinen Dolch zog und einen seiner Finger anritzte, um ihn sogleich über die Linien des Tal-Symbols zu führen. Dieses Mal begannen sie zu leuchten und als Jenna auch noch ihre Hand auf das Zeichen legte, fing der Zauber endlich an zu wirken. Ein Netz aus knisternden Lichtfäden entstand im Inneren des Torbogens und wie bei dem großen Tor in Jala-Manera bildete sich schließlich eine glatte Oberfläche aus bläulichem Licht, die sich wie Wellen auf dem Meer bewegte.

Jenna suchte Mareks Blick und erkannte in seinen Augen dieselbe Faszination, die auch sie durchströmte und dahinterliegend … ein wenig Furcht vor dem, was sie auf der anderen Seite erwartete.

„Zusammen?", fragte er sie und sie nickte.

„Zusammen!", bestätigte sie und holte erneut tief Atem, um sich zeitgleich mit ihm in Bewegung zu setzen und in das Licht zu treten.

Neuausrichtung

Fließendes Wasser machte es Magiern schwer, andere magische Energiequellen wahrzunehmen. Je größer die Kraft des Wassers war, desto unwahrscheinlicher wurde es, dass jemand auf den dahinter getätigten Zauber aufmerksam wurde.

Das behauptete zumindest Ilandra, als sie sich an einem Wasserfall niederließen, um sich von dem nervenaufreibenden Marsch durch den Sumpf zu erholen und sich auf das vorzubereiten, was noch auf sie zukommen würde. Ilandras Begeisterung über Leons Ersatzplan hielt sich zwar immer noch in Grenzen, sie hatte sich jedoch nach einer kleinen Weile dazu bereit erklärt, zumindest das Hiklet herzustellen, von dem sie vielleicht später Gebrauch machen wollten.

„Ich hasse diese Dinger", murrte Silas, die Augen misstrauisch auf die M'atay gerichtet, die ihre Magie im Schneidersitz direkt neben dem Wasserfall ausübte. Mit einer Hand rieb er sich den Nacken, um den der Anhänger, der nun vor Ilandra lag, gerade eben noch gehangen hatte.

Trotz des Einspruchs vieler anderer aus ihrer Gruppe hatte sich Marek zuvor beharrlich geweigert, Silas ebenfalls von seinen magischen Ketten zu befreien. Er hatte angegeben, damit verhindern zu wollen, dass der junge

Mann im Eifer des Gefechts unbedacht auf seine Kräfte zurückgriff und die *Freien* auf ihre Spur brachte. Doch da Benjamins altes Hiklet laut Ilandra für ihre Zwecke unbrauchbar war, benötigten sie jetzt Silas' magisches Objekt und die M'atay hatte gezeigt, dass auch sie dazu in der Lage war, die Zauber anderer Magier aufzuheben. Es hatte sie zwar viel Kraft, Schmerzen und eine ordentliche Verbrennung an der Hand gekostet, aber es war ihr gelungen, was Benjamin nun dazu brachte, Silas verärgert anzusehen.

„Solltest du ihr nicht dankbar sein?", fragte er den jungen Mann etwas unwirsch und Silas wandte sich ihm stirnrunzelnd zu. „Immerhin hat sie dich endlich davon befreit!"

„Ich habe ja nichts gegen *sie* gesagt, sondern gegen das Hiklet", verteidigte der sich.

„Aber du guckst sie dabei immer noch feindlich an", hielt Benjamin verärgert an seiner Kritik fest.

Silas holte Luft, hielt dann aber inne, um schließlich zu nicken. „Stimmt", gab er überraschenderweise zu. „Ich *habe* ein Problem mit ihr – oder besser gesagt mit ihrem *Volk*. Und ich verstehe ehrlich gesagt nicht, wie ihr denen so schnell verzeihen könnt, dass sie uns das Monster auf den Hals gehetzt haben und uns auch noch anschließend als Opfer für ihre Götter an es verfüttern wollten!"

„Da hat er nicht unrecht", merkte Sheza an, die in ihrer Nähe auf einem umgestürzten Baum saß und einen langen Stock mit ihrem Dolch langsam aber sicher in einen spitzen Speer verwandelte. Was ein richtiger Krieger war, konnte wohl nie zu viele Waffen bei sich tragen.

Benjamin wollte ihr etwas entgegensetzen, die Trachonierin war allerdings schneller.

„Aber aus meiner heutigen Sicht auf die Dinge weiß ich, dass auch diejenigen, die einst dein Leben bedroht haben, zu starken Verbündeten werden können", fügte sie ihrer ersten Aussage hinzu und sah jetzt erst von ihrer Arbeit auf und Silas an. „Gib ihr eine Chance. Sie bemüht sich sehr, uns zu helfen."

„Davon abgesehen haben die M'atay alles Recht der Welt, sich gegen jeden Eindringling mit jedem Mittel zur Wehr zu setzen", mischte sich nun auch Leon ein, der gerade noch ihr Gepäck überprüft hatte. „Sie wurden über Jahrhunderte von den Königen und Zauberern aus Falaysia drangsaliert, versklavt und fast ausgerottet. Dass es sie hier überhaupt noch gibt, war für mich, ehrlich gesagt, eine große Überraschung."

„Für mich auch", stimmte Enario ihm mit einem Nicken zu und kam ebenfalls näher. Allem Anschein nach hatte *jeder* den kleinen Streit registriert und meinte, sich einmischen zu müssen. „Ich habe zwar im Laufe meines Lebens mal den einen oder anderen M'atay in Falaysia zu Gesicht bekommen, aber einen ganzen Stamm noch nie. Lyamar wird ja auch nicht ohne Grund die Vergessene Welt genannt. Es heißt in den alten Geschichten, dass dieser Kontinent ausgebeutet und so gut wie vernichtet wurde. Danach soll sich niemand mehr darum geschert haben, weil es nur noch Ödland gewesen sei."

„Hier war *nie* Ödland", erklang Ilandras Stimme. Die M'atay war wohl mit ihrem Zauber fertig geworden und gesellte sich mit dem Hiklet in der Hand zu ihnen. „Malin gab Lyamar zurück an uns, als Wiedergutmachung für das Böse, das die Zauberer und Könige uns taten. Er selbst erdachte die Geschichte von Zerstörung und verbietete allen Zauberern zurückkommen. Lyamar war sein

Geschenk an die M'atay. Er allein kam wieder und wieder. Lyamar war nie vollkommen zerstört. Es war immer so wie heute."

Das machte Sinn, denn das Land sah nun wirklich nicht so aus, als hätte es hier jemals etwas anderes als diesen endlosen Dschungel gegeben.

„Aber auf Mareks Plan waren auch Wüsten zu sehen", fiel Kilian ein, der sich aufgrund einer weiteren Kopfschmerzattacke bisher sehr zurückgehalten hatte.

Ilandra nickte. „Teile waren kaputt und konnten nicht wieder blühen. Auch viele M'atay waren gestorben oder versklavt, aber wir wachsen und werden wieder viele."

„Das halte ich für eine gute Entwicklung", äußerte Leon mit einem Lächeln, das Ilandra allerdings nicht erwiderte.

„Die Zauberer machen neue Bedrohung", brachte sie mit deutlichem Vorwurf in der Stimme hervor. „Seit vielen Monden sind sie zurück und haben wieder getotet."

Leon runzelte die Stirn. „Wie viele Monde?"

„Viele … wie sagt ihr?"

„Jahre?"

Ilandra nickte.

„Die ersten kamen schon vor mehreren Jahren hierher?", hakte nun auch Sheza nach und bekam erneut eine Bestätigung.

„Erst kame nur wenige", berichtete die M'atay. „Sie sagten, dass sie in Frieden kommen und Malins Kinder sein. Sie suchten nur eine neue Zuhause. Sie wollten nur Malins alte Burg finden und dort leben, weil böse Leute in Falaysia sie töten. Wir erlaubten zu bleiben, wenn sie uns in Ruhe lassen. Am Anfang es gabe keine Probleme. Aber es kommen noch mehr und bringen Gefangene."

„Wann hat das mit den Gefangenen angefangen?"

„Vor zwölf vollen Monden. Es kommen erst wenige, dann immer mehr. Viele sterben."

„Sterben?", entfuhr es Benjamin entsetzt. Es war zwar nicht ungewöhnlich, dass Sklaven durch die schlechten Lebensbedingungen und die übermäßige Arbeit kein hohes Alter erreichten, aber zwölf Monate war doch ein *extrem* kurzer Zeitraum.

„Wir haben einige Tote finden", erklärte Ilandra, „aber auch noch Lebende, die später sterben. Sie sind zu schwach. Aber jetzt seit langerer Zeit gab es kein Tote mehr im Dschungel. Sie bringen Tote an schlimmen Ort und verbrennen dort."

Benjamin wurde etwas übel und auch aus den Gesichtern der anderen Zuhörer sprach großes Entsetzen. Vor allem aus dem von Silas. Zu Recht, denn wenn er und Benjamin nicht von Marek befreit worden wären, hätte sie wohl genau dasselbe Schicksal erwartet.

„Diese Teufel!", stieß Sheza aus und stand ruckartig auf. „Ich werde sie alle töten!"

Leon war ebenfalls umgehend auf den Beinen und stellte sich ihr mutig in den Weg. „Wenn du jetzt durchdrehst, wirst du ihr mit Sicherheit nicht mehr helfen können!", stieß er aus und sah der wutschnaubenden Kriegerin dabei fest in die Augen. „Sie ist noch nicht verloren! Dafür wird sie noch nicht lange genug vermisst! Aber wenn du unvorsichtig wirst und den *Freien* in die Arme läufst, vielleicht sogar dabei auch unsere Leben aufs Spiel setzt, wird sie mit *Sicherheit* sterben!"

Sheza wich seinem Blick aus, bewegte sich allerdings nicht vom Platz, weil seine Worte sie erreicht hatten. Benjamin wusste zwar nicht genau, worum es ging, doch es war nicht schwer zu verstehen, dass sich auch die trachonische Kriegerin nicht aus reinem Edelmut ihrer Truppe angeschlossen hatte. Nur war sie derart verschwiegen, was ihr Innenleben anging, dass zumindest Benjamin diese Tatsache vollkommen entgangen war.

„Ihr habt gut reden", stieß die Frau nun aufgewühlt aus, „ihr habt die, die ihr liebt, bereits befreien können. Mir ist das bisher nicht vergönnt gewesen."

„Wen vermisst du denn?", mischte sich Benjamin ein. „Vielleicht war sie ja mit auf meinem Schiff und..."

„Wir haben die befreiten Sklaven deines Schiffes bereits am Strand getroffen", erklärte Leon rasch. „Alentara war nicht dabei."

„Alentara?!", entfuhr es ihm etwas unbedacht und Shezas Gesichtsausdruck verfinsterte sich.

„Sie hat sich geändert und steht auf unserer Seite!", fuhr sie ihn an, sodass er sofort defensiv die Hände hob.

„Ich sag ja gar nichts", wehrte er den Wutausbruch der Kriegerin ab, die sich nun kopfschüttelnd von ihnen abwandte.

„Wahrscheinlich ist sie gar nicht unter den gewöhnlichen Entführten", versuchte Leon sie weiter zu beruhigen. „Wenn ich recht habe und die *Freien* auf ihr Wissen über Cardasol und Malin zugreifen wollen, werden sie sehr bedacht mit ihr umgehen und ganz bestimmt nicht riskieren, dass sie stirbt. Wir haben noch gute Chancen sie zu retten – wenn wir uns besonnen verhalten und versuchen die Ruhe zu bewahren."

„Ich schließe mich Leon an", mischte sich Enario ein. „Alentara ist mit Sicherheit nicht denselben Gefahren und Anstrengungen ausgesetzt wie die anderen Sklaven. Wir können und werden sie retten. Das verspreche ich dir."

Shezas Brustkorb weitete sich mit dem tiefen Atemzug, den sie nahm und sie ließ die Schultern sinken. „Gut, dann bleibe ich vorerst bei euch, aber glaubt nicht, dass ihr mich ewig hinhalten könnt. Ich merke, wenn man mich hintergeht!"

„Niemand wird dich hintergehen, Sheza", beteuerte Leon und legte eine Hand auf ihre Schulter. Benjamin hatte damit gerechnet, dass die Kriegerin diese unwirsch wegschlug, doch das Gegenteil war der Fall. Seine mitfühlende Geste schien sie zu trösten und sie nickte ihm dankbar zu, bevor sie sich wieder in ihrem Kreis niederließ.

„Ich weiß, dass das ganze Thema sehr aufwühlend ist", ergriff Kilian das Wort und sah Ilandra an, „aber ... konntet ihr feststellen, *wodurch* die Sklaven gestorben sind?"

Die M'atay schüttelte den Kopf. „Sie waren nicht verletzt. Kein Blut, keine tiefe Wunden. Nur an der Haut blau von Schlägen oder anderem. Aber nichts, was den Tod holt."

„Aber du sagtest, sie waren geschwächt", erinnerte sich Enario. „Waren sie krank? Hatten sie Fieber?"

„Kein Fieber. Nur schwach. So schwach, dass sie nicht richtig laufen konnten. Nicht allein essen und trinken. Zu schwach für das Leben."

„Seltsam", merkte Leon stirnrunzelnd an.

„Wahrscheinlich hat es etwas mit Magie zu tun", überlegte Silas. „Vielleicht bestrafen die *Freien* diejenigen, die nicht kooperativ sind, auf diese Weise."

„Möglich", merkte auch Enario an.

„Oder es sind die Hiklets, die sie tragen", spekulierte Silas weiter. „Von denen weiß man ja, dass sie einen töten können, wenn man sie zu lange trägt. Und es ist ganz typisch, dass man immer schwächer wird."

Ilandra nickte und betrachtete das Schmuckstück in ihrer Hand mit sichtbarem Respekt in den Augen. „Hiklets sind gefährlich", sagte sie. „Können so etwas machen."

„Aber warum nehmen sie die ihnen nicht ab, wenn sie an ihrem Bestimmungsort angekommen sind?", musste sich nun auch Benjamin zu Wort melden, weil er immer noch das Gefühl hatte, dass sie das Rätsel noch lange nicht gelöst hatten. Als sie noch allein gewesen waren, hatte auch Marek schon mit ihm darüber gesprochen, und bereits die Vermutung geäußert, dass die *Freien* vielleicht den Entführten die Kräfte raubten, um sie selbst für etwas zu nutzen.

„Ich meine, sie haben ja bewusst magisch Begabte entführt", fügte er hinzu. „Warum sollte man so etwas tun, wenn man nicht vorhat, diese Begabungen zu nutzen?"

„Oder sie tun gerade das und das ist der Grund, warum die Leute sterben", fiel Leon jetzt auch ein. „Früher hat man in Jala-Manera Menschen benutzt, um das Tor zu öffnen. Diese armen Leute hießen Ladroren und mussten die freigesetzten Energien in sich aufnehmen, damit die beteiligten Zauberer durch diese nicht getötet wurden. Sie starben dabei."

„Und diese Ladroren waren ebenfalls magisch Begabte?", hakte Sheza nach.

„Nein", gestand Leon, „aber möglicherweise handelt es sich ja hier um einen anderen mächtigen Zauber, für den man gerade diese Leute braucht."

„Bei Ano, das wäre ja furchtbar!", stieß Kilian angewidert aus. „Man kann doch keine Menschen opfern, nur um mächtiger zu werden. Wer tut denn sowas?! Obwohl

…" Sein Blick wanderte auffällig zu Ilandra, die so tat, als würde sie es nicht merken.

„Das alles bleibt solange Spekulation, bis wir uns einen von den Kerlen geschnappt haben", merkte Enario an und sah sich reihum in ihrer Gruppe um. „Deswegen sollten wir uns unbedingt zurück auf unseren Plan besinnen." Sein Blick suchte Ilandras. „Wird das Hiklet funktionieren?"

„So gut wie kein anderes", verkündete die M'atay stolz.

„Dann schlage ich vor, dass wir unseren Ersatzplan nicht länger als solchen betrachten, sondern ihn ebenfalls umgehend ausführen", fuhr Enario fort. „Wir bilden zwei gleichgroße und gleichstarke Gruppen, die jeweils eines unserer Ziele verfolgen, und machen für später einen Sammelpunkt aus, an dem wir uns wieder einfinden."

„Das halte ich für keine gute Idee", wehrte sich Leon dagegen, doch Enario brachte ihn mit einer ungeduldigen Handbewegung zum Schweigen.

„Hör mir erst einmal bis zum Ende zu", forderte er und Jennas Freund fügte sich dieser Bitte widerwillig. „Die *Freien* suchen nach uns und wie du so schön vorhin sagtest, rechnen sie mit Sicherheit nicht damit, dass wir uns an eines ihrer Arbeitslager heranschleichen. Zumindest im Augenblick nicht. Je länger wir warten, desto mehr Zeit hat unser Feind, um nachzudenken und diese Möglichkeit doch noch in Erwägung zu ziehen. Dann wäre unser Überraschungsmoment dahin. Die Suche nach Marek und Jenna kann allerdings auch keinen Aufschub vertragen, weil sie wahrscheinlich noch nicht wissen, dass sie die begehrtesten Gesuchten in Lyamar sind …"

„... deswegen wäre eine Aufteilung in zwei Gruppen sinnvoll, ich weiß", sprach Leon für den Tiko weiter. „Aber gemeinsam sind wir wehrhafter und wir dürfen nicht vergessen, dass hier keiner von uns Zuhause ist. Niemand kennt sich in diesem Land aus und wir könnten uns schnell verlaufen. Ilandra kann sich schwer zweiteilen."

„Die Gegend, in der sich ein Tiko nicht zurechtfinden kann, muss erst noch erschaffen werden", gab Enario aus Benjamins Sicht etwas zu überheblich zurück. „Wir sind in einem anderen Land, aber nicht in einer anderen Welt. Die Sonne geht in derselben Himmelsrichtung auf und unter wie in Falaysia und auch die Sterne über uns sind keine anderen. Wenn Ilandra mir den Weg zum Lager der *Freien* beschreibt, werde ich dorthin und auch wieder zurück finden."

„Ich komme mit dir!", verkündete Sheza und Benjamin konnte sich schon vorstellen, wieso sie so übereifrig war. Sie wollte überprüfen, ob man Alentara nicht doch in eines der Lager geschleppt hatte.

„Aus unserer Gruppe zwei zu machen, ist äußerst sinnvoll", wandte sie sich sogleich an Leon, der schon wieder Luft holte, um etwas dagegen einzuwenden. „Weniger Menschen fallen auch weniger auf. Ich weiß, dass mit Enario und mir gleich zwei ausgebildete Krieger in einer Gruppe sind, aber unsere Aufgabe benötigt auch mehr Kampferfahrung, während es bei eurer darauf ankommt, möglichst unsichtbar zu sein, um unsere Vermissten vor dem Feind aufzustöbern."

„Ihr werdet das mit Sicherheit nicht nur zu *zweit* machen!", gelang es Leon nun endlich, zu protestieren.

„Schließlich wollen wir den Magier *lebend* fangen! Jemand Besonnenes muss auch bei *euch* mit dabei sein."

„Wo er recht hat ...", murmelte Enario, während Sheza verärgert die Stirn runzelte.

„Am besten jemand, der auch magische Fähigkeiten hat, falls sowas benötigt wird", setzte Leon hinzu und sah dabei Silas an.

Der junge Mann blinzelte erstaunt und wies auf seine Brust. „Du hältst *mich* für besonnen?"

„Nein", gab Leon ganz offen zu, „aber ihn." Er wies auf Kilian. „Und er wird mit Sicherheit mitgehen, wenn du es tust."

„Also ehrlich gesagt, bin ich eher dafür zu haben, der Gruppe ‚Versteck-dich' beizutreten", äußerte der Seemann schnell, doch auch das half ihm nicht, denn Silas bewegte sich bereits auf Sheza und Enario zu.

„*Ich* will mir das Lager der *Freien* ansehen", verkündete er mit einem provokanten Grinsen in Richtung seines Freundes.

Kilian verdrehte die Augen und stöhnte genervt auf. „Warum versuche ich es erst ...", gab er kopfschüttelnd von sich.

„Dann sind wir uns also einig?", fragte Enario erfreut. „Wir ziehen in diesen Gruppen in die Schlacht?"

„Wir *bilden* diese Gruppen", wiederholte Leon angespannt, „aber wir ziehen auf keinen Fall in irgendeine Schlacht! Die *Freien* wissen noch nicht viel über uns, weder wie viele wir sind, noch welche Stärken wir haben und so soll es möglichst lange bleiben. Ihr müsst unauffällig und sehr achtsam vorgehen. Geht keine Risiken ein, flieht und versteckt euch, wenn der Plan schiefgeht, und kämpft nur, wenn es unbedingt nötig ist!"

„Das ist uns schon klar", gab Enario mit einem milden Lächeln zurück.

Sheza hingegen hatte nur ein empörtes Kopfschütteln für Leon übrig, dabei war gerade sie es, die mit den stärksten Emotionen an die ganze Aktion heranging und in Benjamins Magen ein flaues Gefühl erzeugte. Ihm ging es ähnlich wie Leon: Er wusste, dass die anderen gute Argumente hatten und dennoch konnte er nichts dagegen tun, dass es sich falsch anfühlte, sich zu trennen.

Auf Leons auffordernden Blick hin trat Ilandra in die Mitte und ging dort in die Hocke, um mit einem Stock rasch die Umrisse Lyamars in die weiche Erde zu zeichnen.

„Wir sind hier ...", begann sie und machte ein Kreuz in den Boden.

Wie alle anderen lauschte Benjamin ihren Ausführungen, konnte es sich aber nicht verkneifen, ab und an Leon anzusehen. Beim dritten Mal kreuzten sich endlich ihre Blicke und Jennas Freund trat dichter an ihn heran.

„Das ist die richtige Entscheidung", raunte er ihm zu und legte tröstend eine Hand auf Benjamins Schulter. Es tat gut und wie jedes Mal, wenn Leon das tat, verflüchtigte sich ein Teil von Benjamins Anspannung. Wichtig war ja nur, dass Jenna und Marek wieder zu ihnen fanden. Alles Weitere würde sich schon fügen.

Kontakte

Sie waren noch in Lyamar. Das war das erste, was Jenna feststellte, als sie aus dem Portal hinaus auf felsigen Untergrund traten. Schwüle Luft schlug ihnen entgegen und unter ihnen und um sie herum wuchs wie gewohnt ein dichter, grüner Dschungel, der nicht viel von dem, was in ihm verborgen lag, preisgab. Aus dem Meer aus Grüntönen schälte sich lediglich breit verstreut das Sandgelb und Grau der Gebirgsfelsen heraus und ab und an setzte auch ein Vogel oder Schmetterling ein paar farbenfrohe Akzente.

Trotzdem fühlte sich die Gegend, in der sie sich befanden, anders an als der Urwald, aus dem sie gekommen waren. Da lag so ein seltsames Knistern in der Luft, eine Spannung, die sich unverzüglich auch auf sie übertrug.

„Fühlst du das?", vernahm sie Marek neben sich. Der Krieger sah wie sie stirnrunzelnd hinunter ins Tal.

„Ja", erwiderte sie, „hier ist etwas aus dem Gleichgewicht geraten."

Sie sah ihn aus dem Augenwinkel heraus nicken. „Und zwar sehr stark", setzte er hinzu. „Das Energiefeld knistert und bebt, weil verschiedene Kräfte aufeinandertreffen, die sich nicht vertragen."

„Magier?"

„Mit Sicherheit. Aber da ist noch etwas anderes …"
Seine Augen wurden schmaler, doch schließlich schüttelte er frustriert den Kopf.

„Von hier aus finden wir das nicht heraus, ohne auf uns aufmerksam zu machen", erklärte er und suchte ihren Blick. „Der Energieherd liegt östlich, nicht allzu weit von uns entfernt. Wir müssen aber eher nach Westen, wenn wir zurück zu unseren Freunden wollen …"

„Du willst nachsehen, was da los ist", stellte Jenna mit einem flauen Gefühl im Bauch fest und Marek deutete ein Nicken an.

„Wenn ich jetzt sage, dass es wichtiger ist, zuerst unsere Freunde wiederzufinden, wirst du vorschlagen, dass ich mich schon mal auf den Weg machen soll, während du versuchst, den Feind auszuspionieren", mutmaßte Jenna. „Du kommst dann ganz bestimmt sehr bald nach. Nicht wahr?"

Sie hob eine Braue und Mareks Mundwinkel zuckten nach oben. „Du kennst mich gut."

„Wir bleiben zusammen", beschloss sie, ohne zu zögern, obwohl sie sich mit dieser Entscheidung nicht wohl fühlte. Sie würde ihn mit Sicherheit nicht allein in die Gefahr schicken.

Der Abstieg hinunter ins Tal gestaltete sich nicht allzu schwierig. Die vielen im Gestein des Hanges verwurzelten Pflanzen gaben ihnen genügend Halt, um relativ aufrecht und zügig voranzukommen – zumindest bis das Buschwerk zu dicht wurde, um sich weiterhin ohne die Einwirkung eines Schwertes hindurchkämpfen zu können. Marek setzte seine Waffe dennoch nur sporadisch ein und versuchte dabei möglichst wenig Geräusche zu machen, um nicht die Magier, deren Anwesenheit sie beide immer stärker fühlten, auf sich aufmerksam zu machen.

„Was tun die nur?", wisperte Jenna ihm zu, als sie an einem kleinen Bach eine kurze Pause machten, um neue Kraft zu tanken. „Sind die die ganze Zeit am Zaubern?"

„Es fühlt sich zumindest so an", gab Marek ebenso leise zurück und spritzte sich etwas Wasser aus der glasklaren Quelle ins Gesicht. „Ich habe dir ja gesagt, dass die Lawine mehrere Gründe hatte. Sie wollten uns definitiv davon abhalten, hierher zu kommen."

Ganz vorsichtig richtete Jenna ihre Sinne noch weiter auf das Knistern im Energiefeld aus. „Das sind mindestens vier, die sich miteinander verbunden haben und irgendwie fühlt es sich so an ..."

„... als würden sie ihre Kraft auf eine andere richten", führte Marek ihren Satz mit einem Nicken zu Ende. „Als würden sie sich gegen sie stemmen."

„Ist das ein mentaler Kampf?", fragte Jenna besorgt.

„Möglich", erwiderte Marek, „aber diese andere Kraft ..." Seine Augen verengten sich, als auch er sich stärker auf den Ort des magischen Geschehens konzentrierte. „Sie ist so diffus ... so ungebunden ..."

„Unpersönlich", fügte sie an und erhielt ein weiteres Nicken.

Mehr konnten sie nicht miteinander besprechen, denn genau in diesem Moment ertönten Stimmen aus nicht allzu weiter Entfernung. Jenna kletterte rasch hinüber zu Marek und kauerte sich mit rasendem Puls neben ihn hinter einen fast vertikal wachsenden Baum, der ihnen zusammen mit der Felsgruppe, über die der Bach hinabplätscherte, genügend Schutz vor den Blicken der sich nähernden Männer bot.

Nach Zauberern sahen sie nicht aus. Dafür war ihre Kleidung zu martialisch und ihr generelles Erscheinungsbild zu ungepflegt. Als einer von ihnen sich etwas drehte, konnte Jenna sogar deutlich die Tätowierung der Sklavenhändler unter seinem Ohr erkennen: Eine Schlange mit zwei Zungen. Eine große Gefahr waren sie damit nicht, wenn man eine Waffe wie Marek an seiner Seite hatte. Allerdings bestand das Risiko, dass sie vielleicht noch die Zeit hatten, um Hilfe zu rufen und in diesem Fall hatten sie sämtliche Zauberer, die hier ihr Unheil trieben, auf dem Hals. Versteckt zu bleiben und darauf zu warten, dass sich die Männer wieder entfernten, war somit das einzige, was sie tun konnten.

„Wenn das so weitergeht, hat sich die Gruppe der Sklaven hier bis übermorgen halbiert", sagte einer der beiden, ein Mann, der einen roten Vollbart trug, sich den Schädel jedoch komplett kahl rasiert hatte – vielleicht um den Zauberern der alten Schule Ehre zu erweisen. „Und die nächste Fuhre erwarten wir erst morgen Abend. Keiner weiß, wie viele Gerol und die anderen überhaupt fangen konnten, und momentan sieht es auch nicht danach aus, dass sie die bei dem Massaker am Strand Geflohenen so schnell wieder einfangen können. Wenn du mich fragst, ist das Ganze zum Scheitern verurteilt."

„Sprich das bloß nicht vor Iliad oder gar Roanar aus", mahnte der andere, dunkelhaarige Mann seinen Kameraden und Jenna stockte der Atem. Roanar war tatsächlich hier! Endlich bestätigte sich diese Annahme!

„Die sind schon sauer genug, weil wir eine ganze Truppe verloren haben und auch immer wieder vereinzelt welche fliehen können. Ich hab keine Lust, so wie Brush zu enden."

„Brush war dreist und gierig – so wie Nuro", gab der Rothaarige zurück. „*Ich* sage nur die Wahrheit. Wir sollten die Arbeiten hier abbrechen und es an anderer Stelle weiterversuchen. Die Zauberer haben doch einige andere Orte gefunden, die diesem hier sehr ähneln, und sind teilweise auch dort schon zugange. Irgendwo wird schon ein Durchkommen möglich sein, ohne weitere Sklaven zu verlieren. Oder sie müssen halt mächtigere Gegenzauber einsetzen – was weiß ich, aber *das* ..." Er wies in eine bestimmte Richtung, „... hat bisher gar nichts gebracht!"

„Auch wieder wahr", murmelte der andere und blieb kaum fünf Meter von ihnen entfernt stehen. „So – das dürfte reichen, um sie nicht zu verärgern."

Jennas Augen weiteten sich, als sie bemerkte, dass der Mann am Bund seiner Hose herumnestelte und sie schließlich hinunterzog, ihr seinen blanken Hintern präsentierend. Leider blieb es nicht dabei, denn er drehte sich im nächsten Moment herum, um gleich darauf in die Hocke zu gehen.

Jenna sah angewidert zur Seite und als sie den Blick hob, bemerkte sie, dass Marek sich fest auf die Unterlippe biss, um sich sein Lachen zu verkneifen. War ja wieder klar, dass ein Mann *so* etwas lustig fand!

„Mach mal, ich muss auch noch", drängelte der andere Kerl und Jenna verdrehte kopfschüttelnd die Augen. Warum mussten sie hier im Dschungel ausgerechnet auf ein *solches* Team treffen?

„Hier ist doch niemand", erwiderte der ‚Beschäftigte' etwas angestrengt. „Brauchst nicht warten."

„Du kennst die Anweisungen, Flynn", mahnte sein Kamerad ihn. „Einer muss immer Wache halten, ganz gleich, was der andere gerade tut."

„Ja, aber unter Druck kann ich nicht, das weißt du doch. Kannst du dich nicht wenigstens umdrehen? Oder hol ein paar größere Blätter zum Abwischen."

Marek drückte sich fester an die Felsen hinter ihm und Jenna tat es ihm nach, in der Annahme, dass der Angesprochene der Bitte seines Freundes nachkam und die Gefahr, entdeckt zu werden, wuchs. Ein Blick in die Richtung bestätigte ihre Vermutung. Der Rothaarige hatte sich ihnen nicht nur zugewandt, sondern bewegte sich nun auch noch auf sie zu. Aus dem Augenwinkel bemerkte sie, wie Mareks Hand sich auf den Knauf seines Schwertes legte. Sein ganzer Körper spannte sich an und sein Atem wurde flacher.

‚Bitte geh weg, bitte geh weg!', flehte Jenna innerlich. ‚In der anderen Richtung gibt es *viel* schönere und größere Blätter. Ein paar davon sehen sogar recht weich aus.'

Der Rothaarige drehte den Kopf und sah hinüber zu dem Busch, den Jenna im Auge gehabt hatte. Er kratzte sich kurz am Kinn und marschierte darauf zu, um sogleich einige große Blätter abzupflücken.

„Nur das Beste für deinen Hintern", kommentierte er grinsend, als er zu seinem Freund zurückkehrte und ihm diese reichte.

Jenna wandte sich ein weiteres Mal ab und wagte erst wieder aufzusehen, als auch der Rothaarige sie durch seine ‚witzigen' Kommentare und einen penetranten Geruch zu dem Schluss kommen ließ, dass alle beide ihr ‚Geschäft' erledigt hatten. Fröhlich schwatzend machten sich die Männer auf den Weg zurück zu ihrem Ausgangspunkt und Jenna trat aus ihrem Versteck.

„Das gehört eindeutig zu den Dingen, die ich gern aus meinem Gedächtnis streichen würde", seufzte sie und sah zu Marek hoch.

Dessen Gesichtsausdruck war allerdings nicht amüsiert wie zuvor, sondern streng, mit einem Hauch von Sorge in den Augen. „Das war gefährlich, Jenna", sagte er ernst.

„Ja, aber sie haben uns ja nicht gesehen", gab sie stirnrunzelnd zurück.

„Das meine ich nicht, sondern das, was du getan hast."

Sie blinzelte irritiert. „Ich hab gar nichts getan."

„Du hast deine Kräfte benutzt, um den Mann von uns wegzulocken."

„Hab ich nicht!", wehrte sie sich, stutzte dann aber. Eigentlich war sie sicher, ihren Wunsch an den Sklavenhändler nur *gedacht* zu haben. Hatte sie vielleicht versehentlich mehr getan?

„Wenn man Angst bekommt, kann es passieren, dass man unbewusst auf seine Kräfte zugreift", erklärte Marek ihr nun schon sanfter. Dass sie das nicht mit Absicht getan hatte, schien ihn gnädig zu stimmen. „Insbesondere, wenn man nicht mehr darin geübt ist, sie zu kontrollieren."

Jenna sah ihn besorgt an. „Meinst du, ich habe die anderen Magier damit auf uns aufmerksam gemacht?"

„Unwahrscheinlich", beruhigte er sie. „Es war kein großer Zauber – nicht mehr als ein kurzes Zucken im Energiefeld und, wie du gehört hast, sind sie ja selbst gerade sehr beschäftigt und kaum dazu in der Lage, auch noch andere Magie wahrzunehmen. Zudem hat der Bach dich ebenfalls ein bisschen verborgen."

„Inwiefern?"

„Fließendes Wasser erzeugt Schwingungen und Energieströme im Äther, die es schwermachen, andere energetische Bewegungen wahrzunehmen. Kleine Zauber kann man damit gut vertuschen."

Jenna atmete erleichtert auf, während sich in ihrem Hinterkopf etwas regte, das sich noch zu keinem sinnvollen Gedanken zusammensetzen ließ.

„Du hast dem Mann damit im Grunde das Leben gerettet", setzte der Bakitarer hinzu. „Viel näher hätte er uns nicht kommen dürfen."

Marek sah hinüber zu der stinkenden Stelle, an der die beiden Männer ihre Notdurft erledigt hatten, und rümpfte die Nase.

„Sein Freund hatte noch mehr Glück. Wäre ein recht demütigender Tod gewesen, mit den Hosen auf Halbmast und inmitten der eigenen Fäkalien."

Jenna hörte ihm nur mit halbem Ohr zu und als er sie mit einem „Der Gestank ist unerträglich – lass uns hier verschwinden!" am Arm packte, entzog sie sich ihm geschickt.

„Warte!", kam es ihr aufgeregt über die Lippen.

Marek sah sie irritiert an. „Ernsthaft?"

„Wenn kleine Zauber momentan am Bach nicht bemerkt werden können, wäre es doch möglich, meinen Bruder unbeschadet zu erreichen!", erklärte sie ihm ihr Verhalten.

Marek machte nicht den Eindruck, als würde ihn diese Idee begeistern. „Wir sollten unser Glück nicht überstrapazieren", mahnte er sie.

„Benjamin macht sich mit Sicherheit genauso große Sorgen um mich wie ich mir um ihn", versuchte sie ihn weiter zu überzeugen. „Und er ist ein Teenager – die handeln ohnehin schon oft unbedacht und gefühlsgesteuert. Ihn ohne Infos über unseren Verbleib weiter durch den Dschungel laufen zu lassen, könnte für uns alle gefährlicher sein, als eine kurze Verbindung aufzubauen, um ihn und die anderen wissen zu lassen, dass es uns gut geht."

Ihre Worte zeigten Wirkung. Marek schürzte nachdenklich die Lippen und nach einem kurzen Moment des Überdenkens nickte er schließlich.

„Gut – du bekommst deinen Willen", setzte er hinzu und Jenna gab ein erleichtertes Lachen von sich, bevor sie sich zurück in ihr Versteck direkt am Wasserfall begab.

„Worauf muss ich besonders achten?", wandte sie sich an den Bakitarer, als er neben ihr in die Hocke gegangen war.

„Nicht lange zu suchen", erklärte er ihr. „Wenn du ihn nicht innerhalb von ein bis zwei Minuten finden kannst, musst du das Ganze abbrechen. In unserer näheren Umgebung befinden sich viele Zauberer und wenn du diese versehentlich kontaktierst, werden wir auf jeden Fall entdeckt. Versuche, Benjamins energetisches Erscheinungsbild in dir wachzurufen und daran festzuhalten. Er ist ein Skiar wie du, nicht wahr?"

Sie nickte.

„Gut, dann werden seine Energien farblich eher in erdige Töne gehen, solange er nicht gerade extrem wütend ist."

„Ein bisschen rot und gelb ist immer dabei", ließ sie Marek wissen und erzeugte damit einige Falten auf seiner Stirn.

„Ist das so?"

„Ja, aber bei dir doch auch."

„Ja ..." Er sprach das Wort einen Hauch zu gedehnt aus, so als würde er über etwas nachgrübeln, und Jenna hob fragend die Brauen.

„Ist das etwas anderes?"

Marek straffte die Schultern und schüttelte den Kopf.

„Wir müssen uns jetzt konzentrieren, Jenna. Also: Versuche, alles möglichst schnell zu machen und halte auch die Verbindung selbst nicht lange aufrecht. Ich versuche dich zusätzlich ein bisschen abzuschirmen. Je mehr Energiequellen nebeneinander bestehen, desto schwerer ist es, sie zu lokalisieren. Und gib nicht all deine Kraft hinein, sonst wirst du zu präsent – zumindest für die Magier, die hier sind."

Jenna hatte fast bei jedem seiner Sätze genickt und schloss schließlich die Augen, um jedwede Ablenkung aus der Außenwelt zu eliminieren. Das Energiefeld um sie herum wurde schnell deutlicher und sie nahm zugleich die unterschiedlichsten Strömungen und Bewegungen in ihm wahr. Der stärkste Sog kam ganz aus ihrer Nähe und es war schwer, ihm zu widerstehen, sich abzuschotten, weil ein Teil von ihr so gern danach greifen wollte. Nach diesen farbigen, knisternden, wild zuckenden Energiefäden, die Verbindungen eingingen und auflösten, teilweise sogar miteinander zu ringen schienen.

Etwas kitzelte sie in ihrer Schläfe und sie vernahm Mareks mentale Warnung. Da war er, direkt neben ihr, zum Greifen nahe. Ihre Verbindung zu ihm war nicht zerstört, wie sie gedacht hatte. Sie konnte diese deutlich fühlen, ja sogar sehen, aber etwas blockierte den Zugang zu ihm, sorgte dafür, dass keine Ströme zwischen ihnen flossen, kein Austausch möglich war.

‚Jenna, dein Bruder!', mahnte Marek sie und sie besann sich schnell wieder, streckte ihr Energiefeld in die Richtung aus, die gerade so blass und uninteressant für sie war. Die Bilder von Bennys Aura in ihr Gedächtnis zu rufen, war nicht allzu schwer. Sie waren nun schon derart oft mental im Kontakt gewesen, dass sie sich in ihren Verstand gebrannt hatten wie ein Tattoo. Mit einem tiefen Atemzug sandte sie vorsichtig eine Botschaft, die speziell auf seine Energien zielte, in den Äther und wartete gespannt. Es dauerte nicht lange, bis der Ruf erwidert wurde und sie Benjamin fühlte, erst nur ganz zart, dann immer stärker. Sie griff nach ihm und innerhalb weniger Sekunden teilten sie sich ihre Gefühle und Wahrnehmung.

‚Gott sei Dank!', stieß Benny aus und sie spürte, dass er den Tränen nahe war, endlich von der Last seiner größten Sorge befreit wurde. ‚Wo seid ihr?'

Jenna antwortete nicht, sondern sandte ihm rasch die Bilder der vergangenen Stunden, griff dabei aber auch, ohne zu fragen, auf die Erinnerungen ihres Bruders zu. Er sträubte sich ein bisschen, hielt letztendlich aber still.

‚Ich glaube nicht, dass wir allzu weit voneinander entfernt sind', mutmaßte sie. ‚Ich glaube sogar, dass Marek und ich in der Nähe des Arbeitslagers sind, das Ilandra euch beschrieben hat.'

‚Das denke ich auch', stimmte Benny ihr zu. ‚Dann kommen wir auch dorthin.'

‚Nein!', widersprach sie ihm streng. ‚Geht zu dem Treffpunkt, den ihr ausgemacht habt, und wartet dort auf uns. Wir kommen ebenfalls bald dorthin.'

‚Aber …', begann Benjamin, weiter kam er jedoch nicht, weil ein starker Impuls ihre Verbindung störte und sie innerhalb kürzester Zeit zusammenstürzen ließ.

Jenna riss keuchend die Augen auf und kippte nach hinten, doch Marek hatte sie bereits an den Unterarmen gepackt und verhinderte damit, dass sie gegen die Felswand hinter ihr fiel.

„Was ... was war das?", stammelte sie, während sie sich darum bemühte, ihren rasenden Herzschlag wieder in den Griff zu bekommen.

„Das war ich", gab er ohne Umschweife zu.

„Aber so lange habe ich doch gar nicht ..."

„Jemand hat aus der Ferne nach uns getastet", erklärte er ihr, bevor sie ihren Satz beenden konnte. „Ich *musste* dazwischengehen."

„Roanar?", fragte Jenna mit Bangen.

„Vielleicht, aber mach dir keine Sorgen – ich war schnell genug. Er konnte uns mit Sicherheit nicht lokalisieren."

Jenna schloss kurz die Augen, atmete einmal tief durch und erhob sich anschließend gemeinsam mit Marek.

„Benny und den anderen geht es gut", ließ sie ihn wissen. „Sie suchen nach einem Arbeitslager der *Freien* und ich vermute, dass es sich hier befindet."

„Was für ein Art Arbeitslager soll das denn sein?", fragte Marek stirnrunzelnd.

„Sie bauen etwas oder machen Ausgrabungen – Ilandra konnte das nicht genau benennen."

„Ausgrabungen?", wiederholte Marek alarmiert und sie konnte sehen, wie es in seinem Kopf zu arbeiten begann. Es war nur allzu deutlich, dass er von dieser Möglichkeit nicht angetan war.

„Du glaubst, dass es eher das ist?", hakte sie nach.

„Der Zirkel hat sich schon früher viel mit Malin und seinen besonderen Kräften beschäftigt", ließ er sie wissen. „Er hat immer danach gestrebt, sein Geheimnis zu entschlüsseln und genauso mächtig wie er zu werden. Und wie wir wissen, hat nicht nur Malins, sondern auch die ganze Geschichte Cardasols hier in Lyamar ihren Ursprung. Viele der Ruinen, die hier verstreut zu finden sind, sind von Malin umgebaut oder zumindest benutzt worden. Magische Bauwerke."

„Du meinst, sie könnten nach etwas suchen, das Malin dort versteckt hat?", fragte sie angespannt.

Er nickte und sah in die Richtung, in die die Sklavenhändler verschwunden waren. „Aber wirklich sicher sein können wir nur, wenn wir uns das Lager ansehen – und vielleicht jemanden befragen, der zu den *Freien* gehört."

„Genau diese Idee hatten unsere Freunde auch", teilte sie ihm mit und er sah sie überrascht an. „Sie haben sich aufgeteilt. Enario, Sheza, Kilian und Silas sind wahrscheinlich auf dem Weg hierher."

Allzu begeistert schien Marek über diese Wendung nicht zu sein, denn seine Stirn legte sich erneut in tiefe Falten.

„Sollen wir auf sie warten?", erkundigte sich Jenna.

Sein Kopfschütteln überraschte sie nicht. „Wie heißt es doch gleich: Zu viele Köche verderben die Suppe."

Jenna unterdrückte ihr Lachen. „Den Brei", verbesserte sie.

„Was auch immer", gab er zurück. „Wir sind auf jeden Fall unauffälliger, wenn wir erst einmal zu zweit bleiben und wenn wir schnell genug sind, haben wir das Tal sogar schon wieder verlassen, wenn die anderen auftauchen."

Jenna sagte nichts dazu. Ihr hatte es von Anfang an nicht behagt, sich allein mit Marek an eine Gruppe von Magiern heranzuschleichen. Jetzt, da sie wusste, dass es sich auch noch um ein großes Arbeitslager handelte, wuchs ihr Unbehagen noch weiter an und bildete harte Knoten in ihrem Bauch. Zweifellos wurde dieses nicht nur von den beiden Sklavenhändlern bewacht, die sie gesehen hatten, sondern gleich von einer größeren Gruppe an Wachleuten. Schließlich mussten nicht nur mögliche Bedrohungen fern, sondern auch die Sklaven im Lager gefangen gehalten werden.

„Du kannst auch hierbleiben und auf mich warten", schlug Marek vor, der ihr Zögern vermutlich gespürt hatte.

Sie schüttelte trotz ihrer ‚Bauchschmerzen' vehement den Kopf. „Auf gar keinen Fall!", sagte sie, obwohl ein Teil von ihr tatsächlich mit dieser Möglichkeit liebäugelte. „Wir machen das zusammen."

Er sah sie prüfend an und sie hielt seinem Blick stand, bis sich zumindest einer seiner Mundwinkel hob.

„Gut – dann sollten wir keine weitere Zeit mehr verlieren", sagte er und lief los.

„Auf in den Kampf", murmelte Jenna wenig enthusiastisch, bevor sie ihm folgte, und konnte es sich nicht verkneifen, sich selbst und Marek beide Daumen zu drücken. Das Glück auf seiner Seite zu haben konnte nie schaden.

Todgeweiht

Es war nicht nur Erleichterung, die Leon empfand, nachdem Jenna einen mentalen Kontakt zu ihrem Bruder hergestellt hatte. Natürlich war es schön, zu wissen, dass es ihr und Marek gut ging und sie sich bald wiedersehen würden. Die Angst, dass der Kontakt vielleicht doch einen oder gleich mehrere Zauberer auf ihre Gruppe aufmerksam gemacht hatte, ließ sich jedoch nicht erfolgreich bekämpfen. Zudem schienen sich seine beiden Freunde noch näher an dem feindlichen Arbeitslager zu befinden als die Truppe, die mit Enario erst vor ungefähr einer halben Stunde aufgebrochen war, um einen der Zauberer zu entführen.

Wie Leon Marek kannte, würde er mit Sicherheit nicht das Weite suchen, sondern sich sogar eher an das Lager heranschleichen, um herauszufinden, was die *Freien* hier in Lyamar taten. Schließlich war er ja auch genau deswegen hergekommen. Nur gefiel es Leon gar nicht, dass Jenna schon wieder in ein derart riskantes Unterfangen mit hineingezogen wurde.

„Kein Magier kommt her zu uns", riss Ilandra ihn aus seinen Gedanken. Sie schien wohl genau zu spüren, was in ihm vorging. „Benjamin hat nur empfangen, nicht gesendet. Schwerer ortenbar."

Ihre Worte beruhigten ihn ein bisschen und auch Benjamins Gesicht erhellte sich.

„Das dachte ich mir schon, sonst hätte Jenna das nie riskiert", behauptete er und sah anschließend Leon an. „Trotzdem würde ich gern wissen, was *wir* jetzt machen."

Kurz nachdem er sie wissen hatte lassen, worüber er sich mit Jenna ausgetauscht hatte, hatte der Junge die Frage in den Raum gestellt, ob sie in der Tat gleich zum Treffpunkt laufen wollten oder vielleicht doch lieber seiner Schwester und Marek entgegengingen. Wenn Leon ehrlich war, stand ihm so gar nicht der Sinn danach, tatenlos herumzusitzen und abzuwarten, ob ihre Freunde erfolgreich waren. Benjamin war allerdings noch ein Kind, das es unbedingt zu schützen galt – allein schon, weil Jenna ihm den Hals umdrehen würde, wenn dem Jungen etwas zustieß.

„Und komm mir jetzt nicht mit ‚Du bist noch zu klein und musst beschützt werden'", erriet Benjamin seine Gedanken ganz richtig. „Sag mir einfach, was du tun würdest, wenn ich *nicht* hier wäre. Bitte!"

Leon fuhr sich gestresst mit der Hand über das Gesicht. ‚Lüg einfach!', befahl ihm seine innere Stimme. Er öffnete den Mund, schloss ihn jedoch gleich. Als Jenna zum ersten Mal nach Falaysia gekommen war, hatte er sie anfangs auch unterschätzt und belogen. Im Endeffekt hatte das weder ihrer Beziehung noch ihren Bemühungen, einen Weg nach Hause zu finden, gut getan.

„Ich würde ihnen entgegengehen, ganz gleich, was Jenna sich gewünscht hat", gestand er widerwillig.

„Dann tun wir das", beschloss der Junge enthusiastisch und sah auch Ilandra auffordernd an.

Die M'atay schüttelte den Kopf. „Ich gehe nicht zu den Ruinen. Ano will das nicht. Er wird bestrafen. Jeden."

„Hör zu", wandte sich Benjamin in einer leicht verzweifelt anmutenden Geste an die junge Frau, „wenn du recht hast und Ano wirklich jeden mit dem Tod bestraft, der dieses Gebiet betritt, ist nicht nur meine Schwester, sondern auch Ma'harik in großer Gefahr. Du wirst nichts mehr von ihm lernen können, wenn er stirbt. Wenn wir aber selbst hingehen und schnell genug sind, können wir sie noch einholen und verhindern, dass sie deinen Gott verärgern."

In Ilandras schönem Gesicht regte sich etwas, zwar nur ganz leicht, aber es war deutlich, dass Benjamins Worte nicht ohne Wirkung auf sie blieben.

„Ich finde einen neuen Lehrer", äußerte sie dennoch.

„Einen wie ihn?" Benjamin hob zweifelnd eine Augenbraue. „Er beherrscht *alle* Elemente."

Ilandras Augen weiteten sich, bevor sie sich wieder im Griff hatte. „Das kann nicht sein", erwiderte sie kopfschüttelnd. „Der Tod wurde ihn holen."

„Ihn nicht", hielt Benjamin weiter dagegen. „Er ist besonders. Deswegen sage ich ja: Einen Lehrer wie ihn wirst du nie wieder finden."

Die M'atay wich seinem Blick aus, ließ ihre Augen nervös über ihre Umgebung wandern und machte den Kampf mit sich selbst nur allzu deutlich für sie sichtbar. Ein weiteres Kopfschütteln, dann holte sie tief Luft.

„Gut, ich fuhre euch in die Nähe von der Ruine", versprach sie und Leon konnte fast fühlen, wie Benjamin innerlich jubilierte. „Aber nicht weiter. Wenn Ma'harik nicht uns trifft, kann ich nichts mehr tun."

„Das verstehe ich", gab sich Jennas Bruder einsichtig. „Ich danke dir!"

„Vielleicht du solltest lieber warten damit", erwiderte Ilandra und Leon musste ihr innerlich zustimmen. Wenn sie sehr großes Pech hatten, liefen sie direkt in ihr Verderben.

Sie waren noch nicht lange unterwegs, als Ilandra ruckartig innehielt und ihnen zu verstehen gab, sich zwischen die Pflanzen zu ducken. Leon hielt den Atem an und lauschte angespannt, doch bis auf die gewöhnlichen Geräusche des Dschungels konnte er nichts vernehmen.

„Was ist?", raunte er der M'atay zu, die nur eine Armlänge von ihnen entfernt Deckung gesucht hatte.

„Etwas stimmt nicht", flüsterte sie zurück. „Jemand ist in Not."

Benjamin und er tauschten einen erstaunten Blick aus. „Woher weißt du das?", wisperte der Junge, weil wohl auch er nichts hören und sehen konnte, das diesen Schluss zuließ.

Ilandra legte eine Hand auf ihre Brust und sah ihn bedeutungsvoll an.

„Du fühlst es?", fragte er.

Sie nickte. „Die M'atay sind Kinder von dem Dschungel. Sie atmen und fühlen mit allem, das hier lebt. Wenn etwas ändert, wenn Unruhe kommt, kommt auch Unruhe in unsere Herzen."

„Und *wer* ist in Not?", stieß Benjamin besorgt aus. „Doch nicht etwas Jenna und Marek, oder?"

Ilandra schüttelte den Kopf. „Ma'harik macht anderes Gefühl …" Ihre Augen verengten sich und sie bewegte ihren Kopf in eine bestimmte Richtung, kippte ihn ein wenig zur Seite, wie Hunde das oft taten, wenn sie versuchten, etwas zu verstehen.

„Ich weiß wo", stieß sie plötzlich aus und war mit dem nächsten Herzschlag auf den Beinen, bahnte sich unglaublich flink einen Weg durch die Wildnis.

„Verdammt!", stieß Leon aus, weil auch Benjamin trotz des Rucksacks, der auf seinen Schultern saß, sehr viel schneller war als er selbst und der M'atay auf der Stelle nachsetzte.

Es war schwer, den beiden zu folgen, weil dies nicht nur flinkes Laufen, sondern auch schnelles und geschicktes Klettern erforderte, und bald schon schnaufte und keuchte Leon wie ein alter Mann, dem man seinen Krückstock weggenommen hatte. Wieder ein negativer Effekt eines Lebens in Wohlstand und Glück: Er war faul geworden und hatte dadurch seine Gelenkigkeit und Fitness verloren. *Gewonnen* hatte er nur ein paar Kilo mehr, die ihn nun zusätzlich belasteten. Toll! Wieso hatte Cilai nie etwas gesagt, ihn zum Beispiel zu mehr körperlicher Betätigung animiert?

Vielleicht, weil sie mit ihrer Schwangerschaft schon genügend zu tun hat, Dummkopf!

Leon schüttelte den Kopf über sich selbst und stellte zu seiner großen Erleichterung fest, dass Ilandra endlich wieder angehalten hatte und sich erneut in die Büsche kauerte, um dann vorsichtig darüber hinweg zu spähen. Benjamin ließ sich neben ihr nieder und imitierte sie, während Leon erschöpft hinter ihnen auf die Knie fiel und erst einmal damit zu tun hatte, möglichst lautlos nach Atem zu ringen. Zudem hatte der Sprint seine Kopfschmerzen zurückgerufen, die auch noch Unterstützung von einem unangenehmen Seitenstechen erhielten. ‚Alter Mann' war schon der richtige Vergleich.

„Und?", wandte er sich an Ilandra, als er endlich wieder einigermaßen ruhig atmete. „Haben wir die Not ausfindig machen können?"

Die M'atay hob einen Finger an ihre Lippen und Leon konzentrierte sich mehr auf die Außenwelt. Tatsächlich waren nicht allzu weit von ihnen entfernt Geräusche zu vernehmen. Das Knacken von Ästen und, wenn Leon sich nicht täuschte, Keuchen und Röcheln.

Er griff nach dem Knauf seines Schwertes, zog es aber nicht, weil Ilandra nachdrücklich den Kopf schüttelte.

„Da!", stieß Benjamin leise aus und wies nach vorn. Zwischen den Blättern der Bäume bewegte sich etwas ähnlich ungeschickt wie Leon zuvor. Ein Mensch! Er taumelte hin und her, ging immer wieder in die Knie, rappelte sich aber wieder auf und setzte seinen Zick-Zack-Kurs durch den Urwald fort. Zwei Atemzüge später stolperte er auf die kleine Lichtung, vor der sie Halt gemacht hatten, und brach dort zusammen.

Leon war innerhalb von Sekunden auf den Beinen und eilte trotz Ilandras leisem Protest auf die Gestalt zu, hatte er doch an der dreckigen und teilweise zerfetzten Kleidung erkannt, dass es sich weder um einen Zauberer noch um einen der Sklavenhändler oder Wachleute handelte. Es war ein Sklave, der geflohen sein musste.

Mit wenigen Schritten war Leon bei dem Mann, fiel neben ihm auf die Knie und berührte ihn an der Schulter. Keine Reaktion. Der Mann blieb weiterhin schwer atmend auf dem Bauch liegen.

„Was machst du da?!", vernahm er Ilandras Stimme, die soeben neben ihn trat und auch Benjamin hatte ihn erreicht, ließ sich auf der anderen Seite des Sklaven auf die Knie fallen.

Es genügte nur ein kurzer Blickwechsel und sie beide packten beherzt zu, drehten den Mann auf den Rücken. Es war kein alter Mann, auch wenn sein Gesicht eingefallen und von einem Leben voller harter Arbeit gezeichnet war. Maximal vierzig Jahre. Auf seinem Gesicht und auch auf seinen entblößten Armen und Händen waren zahlreiche Hämatome und Schürfwunden zu finden, sichere Anzeichen dafür, dass die *Freien* die Entführten alles andere als gut behandelten.

Der Mann hatte seine Augen zusammengekniffen und sein ganzes Gesicht war verzerrt, so als hätte er Schmerzen. Er atmete schwer und immer wieder lief ein heftiges Zittern durch seinen Körper, das jedes Mal zu einem kurzen und sehr bedenklichen Atemstillstand führte.

„Was ist mit ihm?", wandte sich Benjamin aufgewühlt an Leon, denn auch ihm schien aufgefallen zu sein, dass an dem Körper des Sklaven nirgendwo eine Wunde zu entdecken war, die seinen apathischen Zustand erklären konnte.

Leon antwortet nicht. Stattdessen hob er das Hemd des Mannes an, suchte weiter nach einer Ursache für dessen Kollaps.

„*Das* ist die Strafe von Ano", hörte er Ilandra mit schwerer Stimme sagen. „Niemand kann ihn retten."

„Das wissen wir nicht", gab Leon angespannt zurück und versuchte, seinen Ärger über die Bemerkung der jungen Frau nicht allzu deutlich zu zeigen. Sie brauchten die M'atay an ihrer Seite. Flink holte er die Tasche von seinem Rücken und löste den Wasserschlauch davon ab.

„Kannst du seinen Kopf etwas anheben?", wandte er sich an Benjamin, der seiner Bitte umgehend nachkam.

Ganz behutsam beträufelte Leon die spröden Lippen des Fremden mit Wasser. Sie bewegten sich, öffneten sich, sodass ein Teil der lebenswichtigen Flüssigkeit in dessen Mund floss. Der Mann schluckte und bewegte den Kopf und schließlich auch die Lider. Zweimal öffneten und schlossen sie sich, bevor er sie ganz aufriss und ein entsetztes Keuchen von sich gab. Er zuckte zurück, hob die Arme über seinen Kopf, um sich zu schützen, und krächzte dabei flehentlich „Bitte nicht! Bitte!".

„Wir gehören nicht zu den *Freien*!", stieß Leon schnell aus. „Wir sind hier, um zu helfen!"

Der Mann hustete heftig, verzog schmerzerfüllt das Gesicht und hatte schließlich keine Kraft mehr, seine Arme oben zu halten. Schlaff fielen sie wieder neben ihm ins Gras. „Bitte ... nicht ...", kam es matt über seine Lippen und er schloss erneut die Augen.

„Er stirbt", sagte Ilandra. „Wir mussen gehen! Sie werden ihn suchen."

„Er stirbt *nicht*!", setzte Leon ihr nun doch verärgert entgegen. „Er ist nur geschwächt – das ist alles!"

Die M'atay schüttelte den Kopf und ging nun ebenfalls vor dem Mann in die Hocke. Sie hob eine Hand über seinen Körper und schloss die Augen. Leon versuchte ihr keine weitere Beachtung zu schenken, bemühte sich lieber darum, den Mann noch einmal aufzuwecken.

„Hey", sagte er sanft und berührte dessen Wange. Fast wäre er zurückgezuckt, denn die Haut unter seinen Fingern war erschreckend kühl.

Zu Leons Freude bewegten sich die Lider des Mannes wieder und erneut stand große Angst in dessen Augen geschrieben.

„Wir sind Freunde!", sagte Leon mit Nachdruck und zwang sich zu einem optimistischen Lächeln. „Wir sind gekommen, um euch alle zu retten. Du bist in Sicherheit. Aber wir müssen ganz dringend wissen, was mit dir passiert ist."

Er wusste nicht, ob der Mann ihm wahrlich glaubte oder nur zu schwach war, um weiteren Widerstand zu leisten, aber er bewegte die Lippen, begann zu sprechen.

„Der Fluch ... der Fluch wird uns alle töten", krächzte er. „Sie ... sie opfern uns ..."

Leon wurde ganz anders zumute und er sah Ilandra aus dem Augenwinkel nicken. „Ano bestraft sie und nimmt ihnen sein Geschenk", sagte sie.

„Was?" Benjamin sah die M'atay irritiert an. „Was für ein Geschenk?"

„Der Sog ... ist zu stark", keuchte der Mann weiter. „Niemand wird ... überleben."

„Ist es die heilige Stätte, an der ihr arbeitet?", hakte Leon nach, dem langsam dämmerte, dass Ilandra mit ihrer Behauptung zumindest zum Teil richtiglag. Das waren nicht nur Ammenmärchen. „Kommt der Sog von der Ruine?"

Der Mann brachte ein minimales Nicken zustande und Leons Sorgen um seine Freunde waren zurück.

„Kann mir das mal einer übersetzen?", drängte Benjamin.

„Die heiligen Stätten, die von den *Freien* entweiht wurden, sind mit einem Zauber belegt, der den Menschen, die dort arbeiten, ihre magischen Kräfte entzieht", erklärte Leon angespannt. „Es sind nicht die *Freien* selbst. Zumindest nicht direkt. Der Verlust der Kräfte erzeugt diesen Schwächezustand. Der Mann hat Untertemperatur und seine Organe arbeiten nicht mehr richtig, weil ihm zu viel Energie auf einmal entzogen wurde – wahrscheinlich sogar mehr als seine magische Begabung hergegeben hat."

„Scheiße!", entfuhr es Benjamin. „Dann hat man die magisch Begabten *deswegen* entführt, weil sie anstelle der *Freien* an den Ruinen arbeiten und für sie sterben sollen!"

„Zumindest könnte das *einer* der Gründe sein, wenn nicht sogar der Hauptgrund." Leon sah wieder hinab auf den armen Mann, der nur noch sehr flach atmete. Wahrscheinlich hatte Ilandra recht und sie konnten ihm in der Tat nicht mehr helfen.

„Kannst du nichts für ihn tun?", wandte sich Benjamin an die M'atay. „Kannst du ihm nicht was von deiner Energie abgeben?"

Ilandra schüttelte den Kopf. „Gefährlich für uns beide."

„Die ... die anderen", röchelte der Sklave und richtete seinen Blick auf Leons Gesicht, flehte ihn mit den Augen an. „Helft ... ihnen ... Sie sind vor mir ... weggelaufen..."

„Es sind noch mehr geflohen?", stieß Leon aus.

„Stärker ... als ich ...", kam es jetzt nur noch flüsterleise über die Lippen des Mannes. Seine Lider schlossen sich, dann lag er still.

Für einen kurzen Moment fehlte einem jedem von ihnen die Sprache. Sie sahen nur erschüttert auf den Toten hinab und es war schwer, die Kraft zu finden, sich von seinem traurigen Anblick zu lösen und der brutalen Wahrheit zu stellen, zu der sie gerade gefunden hatten.

„Das sind keine Menschen – das sind Monster!", brachte Benjamin schließlich fassungslos und mit belegter Stimme hervor. In seinen Augen glitzerten Tränen. „Die ... die benutzen diese Leute wie Versuchskaninchen, wie Menschen zweiter Klasse, die man ruhig opfern kann, um sein Ziel zu erreichen. Wie kann man so etwas tun?!"

„Ich finde das genauso furchtbar wie du, Benny", ging Leon auf ihn ein, „aber noch können wir nichts dagegen tun. Nicht allein. Wir müssen uns unbedingt wieder mit unseren Freunden und vor allem mit deiner Schwester und Marek vereinen. Nicht nur, um uns mit ihnen auszutauschen und einen guten Plan für unser weiteres Vorgehen zurechtzulegen, sondern auch, um sie davon abzuhalten, zu dicht an die Ruine heranzugehen. Denn wenn sie das tun ..."

„... wird ihnen auch ihre Kraft entzogen!", stieß Benjamin entsetzt aus und war sofort auf den Beinen. „Ilandra, du *musst* uns zur Ruine bringen! Auf dem schnellsten Weg, sonst ..."

Die M'atay packte den Jungen plötzlich und presste ihm eine Hand auf den Mund. Leon verstand schnell warum, denn nicht zum ersten Mal an diesem Tag waren aus dem Dschungel vor ihnen verdächtige Geräusche und schließlich auch laute Stimmen zu vernehmen.

Ilandra gestikulierte hinüber zu einer Stelle, an der mehrere Bäume ineinander gestürzt waren, und Leon reagierte, ohne zu zögern. Er eilte los, packte Benjamin, der mittlerweile begriffen hatte, worum es ging, am Arm, sodass der Junge nun von ihnen beiden mitgezogen wurde, und schlüpfte zusammen mit ihnen unter einem der

Bäume durch. Der Raum innerhalb dieses natürlichen Konstruktes war eng, jedoch dunkel und zugewachsen. Ein ideales Versteck.

Ilandra schien das allerdings noch nicht zu genügen. Sie schob Benjamin und auch Leon in die dunkelste Ecke, befahl ihnen, sich hinzusetzen und aneinanderzurücken, und drückte sich selbst von vorne gegen sie, die Arme aufgespannt und den Kopf nach oben gereckt.

Leon war die plötzliche körperliche Nähe zu der ihm fremden Frau etwas unangenehm, bis er begriff, was der Grund dafür war: Vor seinen großen Augen begann sich die Haut der M'atay zu verändern. Statt dem normalen Braun kroch eine Mischung aus Grün- und Brauntönen in ihre Poren, die sich wunderbar in ihre Umgebung einfügte und schließlich auch in ihre Haare überging. Sie wurde nahezu unsichtbar zwischen all den Pflanzen, denn auch ihre spärliche Kleidung besaß Tarnfarben, die sich wunderbar in die Umgebung einfügten. Keine Sekunde zu früh, denn nur einen Wimpernschlag später brach eine Gruppe von sechs Mann durch das Unterholz, genau an der Stelle, an der sie den Toten hatten liegen lassen.

„War ja klar", kommentierte einer der Männer, nachdem der Trupp beim Anblick des Mannes innegehalten hatte. Er kniete sich neben den Toten und fühlte seinen Puls.

„Tot?", fragte eine hellere Stimme und als sich Leon ein kleines Stück zur Seite lehnte, um besser an Ilandra vorbeispähen zu können, erkannte er, dass sie zu einer hochgewachsenen Frau mit blondem, zu einem strengen Pferdeschwanz zusammengebundenem Haar gehörte. Im Gegensatz zu den Männern an ihrer Seite trug sie sehr viel ordentlichere Kleidung aus teuren Stoffen und hatte eine Ausstrahlung, die überdeutlich machte, was sie war: eine Magierin.

Ein tiefes Seufzen war aus ihrer Richtung zu hören. „Der dumme Tölpel! Ich hätte sein Leben wenigstens noch um ein, zwei Tage verlängern können! Wir können uns solche Verluste langsam nicht mehr leisten!"

Sie fuhr sich mit einer Hand über das Gesicht und sah sich anschließend genauer um. Ihr Blick streifte das Versteck zwar nur, dennoch schlug Leons Herz prompt schneller.

„Meinst du, die anderen waren bei ihm und sind weitergelaufen oder haben sie sich schon früher getrennt?", wandte sie sich an einen weiteren ihrer Begleiter.

Der Mann betrachtete den Boden vor sich. „Hm, ich bin kein Spurenleser, aber die Pflanzen um ihn herum sind niedergedrückt, so als hätte jemand an seiner Seite gesessen. Ich würde sagen, sogar mehrere Personen. Also ja, wahrscheinlich waren die anderen bei ihm."

„Er ist noch nicht ganz kalt", merkte der Mann an, der den Toten berührt hatte. „Wenn er nicht allein war, sind die anderen noch nicht lange weg und wir haben die Chance, sie rechtzeitig wieder einzufangen."

„Es waren vier, hattest du gesagt, nicht wahr?", hakte die Magierin nach.

„Vier oder fünf", gab der Mann zurück und erhob sich.

„Was?!", fuhr die Frau ihn an. „Vorhin hieß es noch vier!"

„Na ja …" Der Mann sah sie fast ängstlich an. „Wir … wir wussten nicht, dass der da auch dabei war …"

Er wies auf den Leichnam. Im nächsten Moment flog er wie ein Federgewicht durch die Luft und knallte mit dem Rücken gegen einen Baum, bevor er zu Boden fiel.

„Mir reicht es langsam!", schrie die Frau und aus dem Gebüsch neben ihnen flogen erschrocken zwei Papageien in die Luft. „Diese Inkompetenz um mich herum ist nicht mehr auszuhalten! Erst kommt die Kunde, dass eine große Gruppe neuer Arbeiter fliehen konnte und jetzt entkommen euch auch noch die, die schon lange hier sind und eigentlich immer gehorcht haben! Wofür, denkt ihr, werdet ihr bezahlt?!"

„Die Leute fliehen, weil sie zusehen müssen, wie ihre Kameraden einer nach dem anderen sterben", erwiderte ein bulliger Kerl mit einer langen Narbe im Gesicht. Im Gegensatz zu den anderen hatte ihn der Wutausbruch der Magierin nicht eingeschüchtert. Es war viel eher Ärger, der aus seiner Mimik sprach. „Wenn der Tod direkt vor einem steht, wird man immer in die andere Richtung rennen!"

Die Frau wandte sich ihm wutschnaubend zu, während ein Stöhnen aus Richtung des unfreiwilligen Flugobjektes verkündete, dass der Mann nicht tot war, wie Leon erst angenommen hatte.

„Macht einfach eure Arbeit!", stieß sie aus. „Zur Not müsst ihr die Querulanten vor aller Augen hart bestrafen – dann wird es keiner mehr wagen, zu fliehen! Aber tötet sie nicht! Wir brauchen jeden einzelnen!"

„Ja, Meisterin Farin", erwiderte der kräftige Kerl mit einem Hauch von Sarkasmus in der Stimme, den die Magierin geflissentlich überhörte.

„In welche Richtung sind die Flüchtigen gelaufen?", wandte sie sich an den Mann, der zuvor gesagt hatte, dass er kein Spurenleser war.

Ihm war anzusehen, dass er mit der Frage vollkommen überfordert war, aber es nicht wagte, dies vor der ohnehin schon kochenden Frau zuzugeben. Er sah sich rasch um, beleckte sich nervös die Lippen und wies in die Richtung aus der Leon mit seinen Freunden gekommen war. Fast war dieser ihm dafür dankbar.

„Gut", sagte Farin entschlossen. „Du, du und du …", sie wies auf ein paar der Männer, den Mann mit der Narbe miteingeschlossen, „… ihr kommt mit mir. Ihr anderen drei seht euch hier um und kommt später nach. Ich will ausschließen, dass sich hier vielleicht einer der Sklaven versteckt hat. Und sucht gründlich – ein weiteres Versagen werde ich euch nicht nachsehen!"

Alle nickten gehorsam. Während die Benannten mit der Magierin die kleine Lichtung verließen, gingen die anderen beiden Männer hinüber zu ihrem Kameraden und halfen ihm auf die Beine.

„Diese Hexe!", stieß der Geschädigte hasserfüllt aus, als die Frau nicht mehr in Hörweite war. „Ich sage euch, wenn diese ganze Sache hier den Bach runtergeht, lauere ich der auf und lass sie für alles bezahlen, was sie uns bisher angetan hat. Sie wagt es, sich zu beschweren, weil die letzte Schiffsladung entkommen ist?! Die beschissenen Magier sind doch selbst daran schuld! Lassen uns mit magisch Begabten durch die Lande ziehen, über die sie ja sogar selbst nicht viel wissen … War doch nur eine Frage der Zeit, bis mal einer darunter ist, den wir nicht unter Kontrolle behalten können. Und jetzt ist Raffi tot. Er war wie ein Bruder für mich!"

Der Mann sah zornig in die Richtung, in die die anderen verschwunden waren.

„Kein Wort des Mitleids. Nur immer Vorwürfe. Mir reicht das langsam!"

„Senjo, du musst dich unbedingt beruhigen", drängte ihn der kleinere blonde Mann an seiner Seite. „Die Magier haben ihre Ohren überall und du weißt, was sie mit denen tun, die nicht nach ihrer Pfeife tanzen."

„Gus hat recht", stimmte ihm der dritte zu. „Und solange Iliad sich nicht auflehnt, sollten wir unsere Füße stillhalten. Er weiß schon, was er tut. Und er war in Camilor, hat sich mit Roanar abgesprochen. Glaube mir, es gibt einen Grund, warum er diese furchtbare Frau noch weiter erträgt. Wir werden alle einen Nutzen davon haben, wenn wir noch für eine Weile tun, was uns die Magier befehlen."

Senjo gab einen undefinierbaren Laut von sich. „Wie ihr meint", setzte er hinzu. „Sehen wir uns halt hier um und marschieren unserer *lieben* Freundin danach hinterher. Wenn ihr mich fragt, ist das total sinnlos, weil die Flüchtlinge ohnehin alle sterben werden. Wenn nicht jetzt, dann später. Sie konnten sich nicht stärken und haben ihre Lebenszeit damit erheblich verkürzt."

„Jetzt wär mir lieber", merkte Gus kaltherzig an und kam leider langsam auf ihr Versteck zu. „Dann sind wir zum Essen wieder im Lager."

„Du denkst auch nur ans Fressen, oder?", gab der Dritte im Bunde grinsend zurück.

„Nicht nur", erwiderte Gus und alle lachten dreckig.

Leon beschloss, sich lieber noch weiter hinter Ilandra zu ducken und Benjamin tat es ihm nach.

„Geht ihr mal da und dort gucken!", wies der Mann in ihrer Nähe seine Kumpane an. „Ich gucke mir mal die Stelle hier an. Wenn *ich* ein Flüchtling wäre, würde ich mich genau da verstecken."

Leons Herzschlag beschleunigte sich, denn die Stimme war bereits viel zu nahe. Es dauerte nicht lange, bis der Schatten des Sklavenhändlers in ihr Versteck fiel. Leons Hand wanderte zum Knauf seines Schwertes, unsichtbar für den Mann, der sie mit seiner bloßen Präsenz bedrohte. Er versuchte weiterhin ganz ruhig zu atmen, aber es wurde immer schwerer, weil deutlich zu vernehmen war, dass der Sklavenhändler Blätter und Zweige zur Seite drückte, um besser zu ihnen hineinsehen zu können. Dann wurde es still. Leon hielt den Atem an, spürte, dass seine Freunde dasselbe taten.

„Also, hier ist nichts", sprach der Mann die erlösenden Worte aus, die sich Leon so herbeigewünscht hatte, und zog sich zurück, lief wieder zu seinen Kameraden.

Leon atmete ganz leise aus und schloss erleichtert die Augen, dankbar dafür, dass Ilandra eine Haut wie ein Chamäleon und sie damit alle unsichtbar gemacht hatte.

Die Männer stritten noch kurz darum, ob sie gründlich genug gewesen waren, verließen aber darauf endlich die Lichtung und setzten der akuten Bedrohung ein Ende.

„Sind … sind sie weg?", flüsterte Benjamin, nachdem auch das letzte Geräusch von durch den Busch kletternden Menschen verklungen war.

Ilandra, die weiterhin in ihrer starren Haltung über ihnen ausgeharrt hatte, ging kurz in sich und nickte schließlich. Erst danach bewegte sie sich wieder, erhob sich und half Benjamin auf die Beine.

Der Junge machte einen furchtbar aufgewühlten Eindruck und Leon war sich sicher, dass er mit den Tränen kämpfte. Langsam aber sicher wurde der ganze Stress zu viel für das Kind. Nur leider konnte er ihm diesen auch in nächster Zeit nicht ersparen.

„Danke!", sagte er zu Ilandra und versuchte alles an Wärme und Dankbarkeit in seinen Blick zu legen, was er noch aufbringen konnte.

Die M'atay winkte ab. „Ich helfe euch und ihr helfet mir", sagte sie. „So ist das bei meinem Volk."

Leon nickte verstehend. „Nur brauchen wir erst einmal noch weiter *deine* Hilfe", gestand er. „Kannst du uns zu dem Arbeitslager führen, ohne dass wir auf weitere dieser herzallerliebsten Gesellen stoßen?"

Ilandras Nicken kam erstaunlich schnell. Anscheinend hatte auch sie erkannt, dass sie jetzt noch schneller handeln mussten als zuvor. Jenna und Marek waren ernsthaft in Gefahr, wenn nun auch noch Trupps unterwegs waren, die nach Geflohenen suchten, und es war nicht auszuschließen, dass sie das nicht mehr rechtzeitig bemerkten.

Malins Fluch

Jennas Herz donnerte in ihrer Brust, als sie sich zwischen die Bäume und Büsche um sie herum duckte und den Zauberer beobachtete, der nicht weit von ihr entfernt auf und ab lief und mit sich selbst zu reden schien. Laut tat er es nicht. Lediglich ein leises Zischen war zu vernehmen, während sich seine Lippen so wie seine Beine ohne Unterlass bewegten.

Er war zornig gewesen, als er ganz plötzlich durch den Torbogen der Ruine vor ihnen getreten war, hatte ein paar unanständige Flüche von sich gegeben und die Hände gerungen, bis er sich wieder unter Kontrolle gehabt hatte. Es war wohl seinem aufgewühlten Gefühlsleben zu schulden gewesen, dass er Marek und sie nicht entdeckt hatte, denn sie hatten kaum Zeit gehabt, um sich zu verstecken. Nun kauerte jeder von ihnen auf der jeweils anderen Seite des Weges im Gebüsch und sie konnten sich mangels einer mentalen Verbindung nur noch mit Blicken verständigen.

Mareks Blick ließ nicht viel Raum zur Interpretation offen. Er bedeutete: Beweg dich nicht und warte, bis der Mann wieder weg ist. Als ob sie etwas anderes vorgehabt hätte! Lediglich das ausdauernde Laufen des Magiers erschwerte es ihr, still zu sitzen, denn sie hatte in der

Hektik keine besonders bequeme Position einnehmen können, und ihr linkes Bein, das etwas verrenkt unter ihrem Hintern lag und fast das ganze Gewicht ihres Körpers tragen musste, fing langsam an zu schmerzen und zu kribbeln. Sehr viel länger würde sie das nicht mehr aushalten.

An dem halb zerfallenen, von Pflanzenranken überwachsenen Torbogen tat sich etwas. Ein weiterer Mann erschien und sprach leise mit dem Zauberer. Nach der leichten Rüstung und dem Speer in seiner Hand zu urteilen, war es einer der Wachleute und er schien aufgeregt, wenn nicht sogar erfreut zu sein. Auf dem Gesicht des Magiers fand sich ein ähnlicher Ausdruck ein, dann folgte er dem anderen rasch hinein in die Ruine.

Jenna atmete erleichtert auf und befreite sich aus ihrer verrenkten Haltung, streckte sich und rieb sich das schmerzende Bein. Marek war mit wenigen Schritten bei ihr.

„Hast du das gehört?", raunte er ihr zu und sie musste verlegen den Kopf schütteln. Ihr Gehör funktionierte leider nicht derart gut wie das seine. Bis auf ein paar zusammenhanglose Worte hatte sie nichts aufgeschnappt.

„Er sagte, sie hätten den Zugang gefunden", klärte der Bakitarer sie auf.

„Den Zugang wohin?", hakte sie nach.

„Das ist genau die Frage, die wir uns stellen sollten." Er sah hinüber zur Ruine, mit einer Mischung aus Sorge und Ärger in den Augen. „Es gefällt mir nicht, dass sie einen Fortschritt erzielt haben."

Ein paar Herzschläge lang grübelte er still vor sich hin und seufzte schließlich. „Es führt kein Weg daran vorbei: Ich muss noch näher ran."

„Nein!", lehnte sich Jenna dagegen auf. „Wir waren uns einig, dass wir uns zurückziehen, wenn es zu gefährlich wird, und dem Zauberer gerade eben sind wir nur entwischt, weil wir unglaubliches Glück hatten. Wir …"

Sie brach ab. Aus dem Augenwinkel hatte sie eine Bewegung wahrgenommen und ihre Augen weiteten sich, als sie eine weitere Gestalt am Torbogen der Ruine ausmachte. Es gab jedoch ein wichtiges Detail, das diese von dem Mann von gerade eben unterschied: Sie war durchsichtig und ihre Umrisse leuchteten in einem hellen Blau.

Marek war aufgrund ihrer Reaktion herumgefahren, blinzelte jetzt aber irritiert. „Was ist los?", wandte er sich stirnrunzelnd an sie.

„Da … ich …" Sie wies auf den gespenstischen Mann, der sich zu ihr umgewandt hatte und sie nun auch noch anlächelte. Er sah den Zauberern des Zirkels sehr ähnlich, trug eine dunkle Robe mit Kapuze und einen langen Bart, aber irgendetwas an ihm war anders, freundlicher … weiser. Und er kam ihr so merkwürdig bekannt vor.

„Jenna!", erinnerte Marek sie daran, dass sie nicht allein war und er immer noch auf eine ordentliche Antwort wartete.

„Ich sehe jemanden …", gab sie etwas atemlos bekannt. „So wie ich früher immer deine Erinnerungen gesehen habe, als Schemen … geisterhafte Umrisse … Es ist ein alter Mann. Er sieht Nefian ähnlich, aber er hat eine ganz andere Ausstrahlung, so als wäre er viel mächtiger."

„Mächtiger als Nefian?", hakte Marek ungläubig nach und zog die Brauen zusammen. „Wie sieht er aus? Wie die Statuen, die in vielen der Ruinen zu finden sind?"

Natürlich! Deswegen erschien er ihr vertraut. Und die Statuen stellten alle ...

Sie schluckte schwer. „Es ... ist es Malin?"

„Das kann ich dir nicht sagen, Jenna", erwiderte Marek etwas ungeduldig. „*Ich* sehe ihn *nicht*. Was tut er denn?"

„Er ... er legt eine Hand auf den Innenrahmen des Torbogens", beschrieb Jenna, was sie sah. „Und der Bogen leuchtet bläulich auf. Nein nicht nur er, der ganze Rest der ... Mauer! Das ist eine Außenmauer, Marek! Er hat sie mit einem Zauber belegt, der die Ruine schützt!"

„Du meinst das, womit die *Freien* zu kämpfen haben, ist ein Schutzzauber Malins?"

Sie schüttelte den Kopf. „Nein ... oder vielleicht *auch*, aber er hat mir einen zusätzlichen Schutz gezeigt. Ich ... ich muss ..."

Sie sprach nicht weiter, weil die Gestalt ihr nun einen Wink gab und seltsamerweise verstand sie sofort, was sie von ihr wollte. Sie zögerte keine Sekunde, sondern rannte wie ferngesteuert los, getrieben von dem starken Bedürfnis, eben jenen Zauber, der ihr gerade veranschaulicht worden war, zu aktivieren.

„Jenna!", hörte sie Marek hinter sich gepresst ausstoßen, aber anstatt sich von ihm beeinflussen zu lassen, beschleunigte sie ihr Tempo noch und erreichte ungehindert den Torbogen. Malins Zeichen war dort nicht mehr zu erkennen, zu überwuchert waren die Steine von Moos und Ranken. Doch sie wusste genau, wo es war, presste wie in Trance ihre Hand darauf, als Marek neben ihr auftauchte, einen weiteres mahnendes „Jenna!" auf den Lippen. Einschreiten konnte er nicht mehr.

Der Stein unter ihrer Hand wurde warm, fast heiß, dann fuhr ein heftiger energetischer Stoß durch ihren Körper, begleitet von einem gleißend hellen Lichtkreis, der sich in rasender Geschwindigkeit ausbreitete. Für einen langen Augenblick hatte Jenna das Gefühl, als würde die Zeit stehen bleiben. Ihr Herz setzte aus, genauso wie ihre Atmung und gleichzeitig wurde ihr Geist ganz frei und die Welt verlor ihren Schrecken. Sie fühlte, wie ihre Beine nachgaben, sah Marek neben sich mit verdrehten Augen wie in Zeitlupe zu Boden gehen und konnte dennoch keine Angst oder Sorge empfinden. Selbst nicht, als alles dunkel um sie herum wurde.

Nichts war ihr vertraut. Weder die Gesichter der beiden Menschen vor ihr, noch der Raum, in dem sie sich befand.

„Das ist nicht das Ende, sondern ein neuer Anfang", sagte sie selbst mit tiefer Stimme. Vor ihr standen drei Zauberer mit den für sie typischen Kapuzenmänteln und langen Bärten. Sie waren nicht alt, auch wenn die Bärte dies vielleicht zuerst vermuten ließen. Kaum eine Falte war auf den Stirnen und um die Augen zu erkennen. Die Haut war straff und jung und auch die Energien, die sich mit ihr verbunden hatten, waren kräftig und jugendlich – genauso wie ihre eigene.

„Die Welt drüben ist anders und niemand weiß dort etwas über Cardasol", fuhr sie fort. „Die Bruchstücke werden in der anderen Welt sicher sein und weder Berengash noch Morana können dann noch Hand an sie legen und neues Unheil anrichten. Niemand wird mir folgen können."

„Aber wie soll das dieser Welt helfen?", fragte einer der Männer.

„Manchmal ist das Wegfallen einer großen Macht schon ausreichend, um alles zu ändern", erwiderte sie mit einer tiefen Ruhe in ihrem Inneren. Sie wusste einfach, dass sie das Richtige tat.

„Und wenn alles nur noch schlimmer wird?", fragte ein anderer Mann. „Wenn wir ohne dich den Kampf gegen das Böse verlieren?"

„Das werdet ihr nicht", gab sie voller Zuversicht zurück. „Ein Teil meiner Kraft bleibt bei euch und wird euch leiten. Und sollte es tatsächlich ganz schlimm kommen, werde ich es wissen und mit eurer Hilfe zurückkehren."

Die anderen Männer schienen sich mit diesen Worten abzufinden, denn keiner von ihnen sagte noch etwas.

„Kann ich auf eure Hilfe am morgigen Tag zählen?", wandte sie sich stattdessen an ihre Lehrlinge. „Helos?"

Der jüngste von den Dreien hob den Blick, schluckte schwer und überwand sich letztendlich dazu zu nicken.

„Najalo?"

Auch sein Kamerad mit den hellgrünen Augen konnte nichts anderes tun als zuzustimmen.

„Dandalor?"

Der Angesprochene zögerte länger als die beiden anderen, gab aber letztlich mit einem tiefen Seufzen ebenfalls nach.

„Morana wird toben", setzte er seiner Zustimmung hinzu, „und wenn sie herausfindet, dass wir dir geholfen haben, wird sie uns alle töten."

„Deswegen müsst ihr zu meinem Vater zurückkehren", sagte Jenna streng. „Erzählt ihm, dass Morana euch nur verfolgt, weil ihr ihm und auch mir einst gedient habt. Dann wird er euch vor ihrem Zorn beschützen. Ihr *müsst* überleben! Ihr seid mein einziger Weg zurück nach Hause!"

Die Stimme, mit der sie bisher gesprochen hatte, war bereits während ihres letzten Satzes leiser geworden und auch die Gestalten der anderen Männer und der Raum um sie herum begannen zu flimmern und sich aufzulösen. Es dauerte nicht lange, bis sie vollkommen verschwunden waren und sie fühlte, wie sie zurück in ihren Körper sank.

Es war noch hell. Das stellte Jenna als erstes fest, als sie blinzelnd die Augen öffnete. Und sie war immer noch am selben Ort. Der Torbogen befand sich zu ihrer linken Seite und – großer Gott, was hatte sie nur getan?! Was war nur in sie gefahren?!

Sie richtete sich ruckartig auf und bereute dieses unbedachte Handeln im nächsten Moment schon wieder, denn der Schmerz, der durch ihre Schläfen zuckte und in ihrem Hinterkopf weiterhämmerte, war kaum zu ertragen.

Bilder tauchten vor ihrem inneren Auge auf – nicht wie zuvor als ganze zusammenhängende Sequenz, sondern einzeln, zusammenhanglos: Männer, die auf einen alten Tempel zueilten, hinter ihnen eine bewaffnete Gruppe M'atay. Das lachende Gesicht eines jungen Mädchens. Ein Zauberer, der vor einem hell leuchtenden, großen Kristall in die Knie ging und demütig den Kopf senkte. Eine Gruppe von M'atay, die einer nach dem anderen geköpft wurden.

Jenna riss entsetzt die Augen auf und konnte ihren Würgereiz nur mit Mühe unterdrücken. Was sie in der

Realität sah, war gleichwohl nicht viel beruhigender. Marek lag neben ihr und regte sich nicht mehr.

„Nein!", stieß sie entsetzt aus und berührte ihn an der Schulter, rüttelte an ihm, bis er sich schließlich mit einem leisen Stöhnen zu bewegen begann.

Jenna wollte erleichtert ausatmen, doch erneut blitzten Bilder in ihrem Verstand auf, die dort nicht hingehörten: Eine schöne Frau auf dem Balkon eines Schlosses, die sich zu ihr umwandte und auf diese Weise einen Säugling, der kaum ein paar Tage alt war, offenbarte. Zwei Zauberer, die aufeinander losgingen, sich Feuerbälle entgegenschmetterten. Vier Torbögen, die nirgendwohin zu führen schienen, nebeneinander in einem dunklen Keller.

Jenna presste die Hände gegen ihre schmerzenden Schläfen. Aufhören! Es sollte aufhören! Das war zu viel! Zu verwirrend! Als ob jemand gewaltsam in ihren Verstand eindrang und Veränderungen daran vornahm.

„Jenna!", vernahm sie Mareks besorgte Stimme und fühlte, dass er sie an den Oberarmen packte.

Sie zwang sich, ihn anzusehen, und gab dabei ein erbärmliches Wimmern von sich, weil die Flut der Bilder einfach nicht mehr stoppen wollte und so schnell über sie hinwegrollte, dass sie nur noch zu unzusammenhängenden Fetzen wurden.

„Es soll aufhören!", schluchzte sie. „Bitte!"

Marek sah sie jedoch gar nicht mehr an. Er ließ sie sogar plötzlich los, zog sein Schwert und kam taumelnd auf die Beine.

„Das würde ich an deiner Stelle nicht tun!", vernahm sie eine tiefe Stimme nur ganz dumpf, weil nun auch noch ein Summen und Brummen ihre Ohren belastete, das immer lauter zu werden schien. Stimmen! Es waren

Stimmen in ihrem Kopf! Hunderte. Tausende. Alle redeten zur selben Zeit, machten es unmöglich, auch nur ein Wort zu verstehen.

Sie presste mit einem verzweifelten Schrei die Hände auf ihre Ohren, krümmte sich zusammen, wand sich unter ihren verrücktspielenden Sinnen. Jemand packte sie, hob sie an und ließ sie wieder los.

„Sie muss hier raus!" Das war Marek in der Ferne. Sie öffnete die Augen und erkannte durch den Schleier der Bildabfolgen, dass er zwischen ihr und einer Gruppe von fünf Männern stand, alle bewaffnet und bereit, sich mit ihm anzulegen.

„Nicht!", stieß sie aus und versuchte auf die Beine zu kommen, doch ihr Kopf bestrafte sie erneut mit unmenschlichen Schmerzen und einem Schwindel, der sie unverzüglich wieder zur Seite sinken ließ.

Einer der Männer redetet auf Marek ein und das Wort Hiklet sandte ein Alarmsignal durch ihren Geist, das sie erneut um die Kontrolle über ihren Körper kämpfen ließ. Vergeblich, denn sie hatte nun noch nicht einmal mehr die Kraft, um in eine sitzende Position zu kommen. Sämtliche Nerven schienen zur selben Zeit aus vollem Rohr zu feuern und ließen sie langsam aber sicher wieder ins Reich der Träume abwandern.

‚Jenna!' Das erste klare Signal und es fühlte sich einfach nur wundervoll an. Eine vertraute, geliebte Energiequelle tat sich neben ihr auf, öffnete sich nach langer Zeit der Blockade wieder für sie und erweckte ihre alte Verbindung zum Leben. Und nicht nur das: Es fühlte sich an, als würde sie sich vorsichtig in ihrem Geist ausbreiten und alle Brandherde löschen, wieder Ruhe in ihr Inneres bringen. Die Bilder wurden blasser und das Summen der Stimmen leiser. Endlich!

‚Du musst jetzt für mich schreien', vernahm sie Mareks mentale Stimme. ‚Winde dich, als ob du Krämpfe hättest, zucke und brülle so laut, wie du kannst.'

Es war eine merkwürdige Bitte, aber Jenna kam ihr ohne zu zögern nach, in der sicheren Gewissheit, dass Marek sie beide damit retten wollte. Sie warf sich zur Seite, krümmte sich zusammen und begann zu schreien und zu zucken, dass sie damit mit Sicherheit jeder Teufelsaustreibungsszene in einem Horrorfilm Konkurrenz gemacht hätte.

Sie vernahm überraschte Rufe, fühlte, wie sich gleich mehrere Leute über sie beugten, aber es nicht wagten, sie zu berühren.

‚Jetzt tu so, als wärst du ohnmächtig geworden', kam die nächste Anweisung.

Sie ließ ihren Körper vollkommen erschlaffen und bewegte sich nicht mehr.

„Wenn sie tot ist, werdet ihr dafür bezahlen!", hörte sie Marek brüllen. Auch an ihm war ein guter Schauspieler verloren gegangen. „Ihr alle!"

Er war nicht direkt neben ihr, was kein gutes Zeichen war, aber solange er ihr noch Anweisungen gab, hatte er zumindest einen Plan.

Finger legten sich auf ihre Halsschlagader und schließlich verkündete ein Mann, dass sie noch am Leben sei und sich bestimmt bald wieder erholen würde. Jemand griff unter ihren Körper und hob sie hoch, trug sie eine Weile, um sie anschließend auf etwas Weichem abzulegen.

„Bringt ihn auch hier rüber!", befahl der Mann an ihrer Seite und man konnte hören, wie sich einige Personen näherten. „Hat er sich das Hiklet umgehängt?"

„Ja, Nuro", kam die schnelle Antwort. „Aber meinst du, die funktionieren nach diesem Angriff noch?"

„Ich bin gerade erst hier angekommen", erklärte der erste Sprecher. „Mich hat der Fluch nicht getroffen, deswegen *müssen* meine magischen Objekte noch funktionieren."

„Und was ist mit ihr?", fragte der andere und wies dabei mit Sicherheit auf Jenna.

„Momentan ist sie keine Gefahr", erwiderte Nuro. „Aber für später müssen wir uns was einfallen lassen. Ich habe da schon eine Idee."

„O Scheiße", vernahm sie einen Dritten. „Tymion kommt!"

Es wurde still in der Gruppe und Jenna konnte spüren, dass die Ankunft des Genannten für niemanden hier etwas Angenehmes war. Jemand näherte sich keuchend.

„Sind das die beiden?", erklang eine etwas hellere, kühle Stimme, der ein leichtes Zittern innewohnte.

„Ja, Meister Tymion", gab der Mann an Jennas Seite zurück. „Wir wissen nicht genau, was sie hier gesucht haben, aber sie waren es, die vorne am Tor waren, als wir nach dem Auslöser für den alten Zauber suchten. Kennt Ihr sie?"

„Nein", antwortete der Angesprochene angespannt. „Aber die Beschreibung der feindlichen Eindringlinge, die ich vor einer Weile erhalten habe, passt auf sie. Einer von ihnen muss es getan haben und ist allein schon aus diesem Grund von unschätzbarem Wert für uns. Den beiden darf nichts geschehen. Aber sie dürfen sich auch nicht befreien oder einen Zugriff auf ihre Kräfte erhalten. Warum trägt *sie* kein Hiklet?"

„Wir haben kein Weiteres mehr, das funktioniert", gestand Nuro. „Ich denke aber, dass ich sie trotzdem unter Kontrolle halten kann. Gefühle für andere Menschen, können ein *sehr* gutes Druckmittel sein."

„So, so", gab der andere zurück. „Nun, da es uns gerade an Alternativen mangelt, müssen wir das wohl erst einmal so hinnehmen. Ihr werdet ja auf eurer Reise sehen, wie gut dein Druckmittel funktioniert."

„Reise?", wiederholte Nuro irritiert.

„Ihr werdet die Gefangenen nach Camilor zu Roanar bringen", erklärte Tymion. „*Er* wird wissen, wen er da vor sich hat und wer von beiden mit Malins Blut gesegnet worden ist."

„Aber ist es nicht besser, wenn Ihr das selbst ..."

„Weder ich noch die anderen meiner kleinen Gruppe können derzeit auf unsere Kräfte zugreifen", erstickte der Zauberer den Widerspruch im Keim. „Wir sind keine Krieger und somit nicht dafür geeignet, einen Gefangenentransport zu eskortieren. Wenn wir unsere Kräfte zurückerlangt haben, sieht das anders aus, aber derzeit seid ihr die bessere Wahl."

„Heißt das, Ihr selbst geht nicht zurück nach Camilor, obwohl die Ausgrabungen hier nun endgültig gescheitert sind?", wollte Nuro wissen.

„Doch, aber wir werden einen anderen Weg beschreiten", gab Tymion ganz offen zu. „Es ist besser so. Für uns alle." Sie hörte den Mann tief einatmen. „Passt gut auf den Kerl auf. Wenn er wahrhaftig der ist, den wir gesucht haben, ist er ausgesprochen gefährlich – auch ohne seine Kräfte. Setzt euer Druckmittel überzeugend ein."

„Machen wir", versprach Nuro. Erst dann klang es danach, als würde jemand von ihnen weglaufen.

Jennas Bedürfnis, endlich wieder die Augen zu öffnen, war groß, doch Mareks Präsenz in ihrem Geist hielt sie weiterhin erfolgreich zurück. Wie war das möglich? Die Männer hatten gesagt, dass er sich ein Hiklet angelegt hatte, und das sperrte nicht nur die Kräfte im eigenen Körper ein, sondern machte es auch unmöglich, von anderen Zauberern außer dem Erschaffer des magischen Objekts kontaktiert oder beeinflusst zu werden.

‚Ich habe das Hiklet, das man mir reichte, gegen mein altes, kaputtes ausgetauscht, als du dein kleines Theaterstück aufgeführt hast', ließ Marek sie mental wissen. Sie hatte ganz vergessen, dass er durch ihre Verbindung an ihren Gedanken teilhaben konnte, solange sie das zuließ.

‚Heißt das, du kannst auf deine Kräfte zugreifen?', kam ihr erfreut in den Sinn.

‚Zumindest auf das, was gegenwärtig noch da ist.'

‚Wie meinst du das?'

‚Der Zauber, den du aktiviert hast, hat sich gegen jegliche Magie in seinem Umkreis gerichtet und im Endeffekt das getan, war auch die Hiklets üblicherweise bezwecken: Er hat die Kräfte eines jeden magisch Begabten auf ein Minimum reduziert und in dessen Körper eingeschlossen.'

‚Für immer?'

‚Nein – es fühlt sich zumindest nicht so an.'

‚Und warum kannst du deine Kräfte noch nutzen und eine Verbindung zu mir herstellen?'

‚Weil ich erstens stärkere Kräfte habe als jeder andere hier und zweitens unsere Verbindung nur sehr schwer zu zerstören ist – selbst nicht von einem solch uralten und starken Zauber wie dem, den wir gerade eben erlebt haben. Ich hab dich schon damals gewarnt, dass sie für immer anhalten kann.'

‚Aber du hattest sie doch aufgelöst.'

‚Ich hatte sie *blockiert* – das ist etwas völlig anderes und auch das war schon schwierig genug und nicht ohne Kychonas Hilfe zu schaffen. Malins Zauber hat die Blockade gesprengt, jedoch nicht die Verbindung.'

Jenna erstarrte innerlich. Sie konnte kaum glauben, was sie da hörte. ‚Kychona hat dir dabei geholfen?!'

‚Jenna, das ist jetzt nicht relevant. Wir müssen Wichtigeres besprechen.'

Es war schwer, aber es gelang ihr, ihre erneut aufflammende Wut zurückzudrängen und wieder Ruhe in ihr Inneres zu bringen.

‚Der Zauber Malins muss eine Art Schutzmechanismus gewesen sein, etwas Ähnliches wie ein Notfallknopf, über den nur wenige Menschen Bescheid wussten', versuchte sich Marek das soeben Geschehene zu erklären. ‚Ich habe mir das Zeichen angesehen und es sieht nicht danach aus, als könne es nur von seinen Erben aktiviert werden – auch wenn die anderen Zauberer das denken. Wahrscheinlich hätte ich es genauso gut tun können, allerdings wusste ich nichts von seiner Existenz und nur du bist von der Erscheinung Malins heimgesucht worden.'

‚Ich verstehe – also bin mal wieder ich an unserem Dilemma schuld.'

‚Dilemma? Nein. Ich würde sogar sagen, das alles hat uns im Endeffekt einen großen Vorteil verschafft.'

‚Wie das?' Jenna war verwirrt.

‚Allen Zauberern, die in der Nähe waren, wurden wenigstens vorübergehend ihre Kräfte geraubt und wer weiß, wie weit der Energiestoß gegangen ist. Vielleicht funktioniert ihre gesamte mentale Kommunikation für eine Weile nicht mehr. Und das ist gut. Zudem hat der Schutzzauber ihre Arbeit an dieser heiligen Stätte komplett zunichtegemacht – und für mich sah es davor so aus, als ob sie einen Erfolg zu feiern gehabt hätten. Ich würde sagen, Malins Fluch war für uns ein Segen.'

‚Obwohl wir jetzt gefangen sind und wahrscheinlich zu Roanar gebracht werden?'

‚Auch das ist meines Erachtens eher positiv zu bewerten.'

‚Warum?'

‚Weil wir jetzt definitiv wissen, dass die *Freien* ihren Stützpunkt in Camilor errichtet haben und die Burg jetzt nicht einmal mehr selbst suchen müssen – wir werden direkt dorthin eskortiert.'

‚Aber Roanar wird dort sein und wenn er bis zu unserem Auftauchen seine Kräfte zurückerlangt oder sie gar nicht erst verloren hat ...'

‚Wir werden Malins alten Sitz nicht betreten. Zumindest nicht als Gefangene. Sobald wir Camilor sehen können, befreien wir uns.'

‚Einfach so, ja?'

‚Einfach nicht, aber ... wir schaffen das schon.'

Wenngleich es nicht leicht war, beschloss sie, ihm zu glauben, weil das besser war, als Angst und Sorgen ihre Gefühlswelt dominieren zu lassen.

‚Stell dich noch eine kleine Weile ohnmächtig', wies Marek sie an. ‚Je später sie dich weiter einschränken, desto besser. Achtung! Nicht erschrecken!'

Zwei Hände packten sie und wuchteten sie über eine harte Schulter. "Auf geht's!", kommandierte Nuro, während Jenna sich bemühte, die Augen geschlossen zu halten und keinen Muskel zu regen.

,Ich bin bei dir', vernahm sie Marek. ,Zusammen schaffen wir das.'

Ja, das war gut möglich und immerhin war es mehr, als sie in den ganzen vergangenen Jahren von ihm bekommen hatte. Sie musste dringend wieder anfangen, die positiven Dinge in allem zu sehen – so wie früher immer.

Findlinge

Es kam aus dem Nichts. Plötzlich und erschreckend heftig. Wie die Schockwelle einer Explosion, der man nicht mehr entfliehen konnte, wenn man sich in ihrem Radius befand. Ein Energiestoß, der Benjamins Körper durchzuckte und ihn auf der Stelle zusammenbrechen ließ. Die letzten Bilder, die sein Gehirn noch verarbeiten konnte, bevor er in Dunkelheit versank, waren Ilandra, die mit verdrehten Augen in seiner Nähe auf den Boden aufschlug und Leon, der entsetzt neben ihm in die Knie ging und seine Hände nach ihm ausstreckte.

Leon war auch der erste, der die Dunkelheit wieder durchdrang oder besser gesagt seine Stimme: „Komm schon, Benny! Du schaffst das! Du musst jetzt wieder wach werden! Enttäusch mich nicht!"

Da war etwas Helles, das durch seine Lider drang ... Tageslicht! Er begann zu blinzeln, öffnete die Augen und schloss sie gleich wieder, weil das helle Licht in den Augen stach und prompt einen starken Schmerz in seinen Schläfen erzeugte. Er stöhnte gequält und konnte fühlen, dass Leon ihn packte, einen Arm unter ihn schob und seinen Oberkörper aufrichtete.

„So ist gut", konnte er Jennas Freund hören und zwang sich ein weiteres Mal, die Lider zu heben. Durch die neue Position fiel das Licht nicht mehr direkt in seine Augen und er konnte sie offenhalten, obwohl die Kopfschmerzen ihm weiterhin zu schaffen machten.

„Was ... was ist passiert?", stammelte er und sah sich verwirrt um. Ilandra saß auch schon wieder aufrecht und machte einen ebenso schwachen Eindruck wie er selbst.

„Das müsst *ihr* mir erklären", erwiderte Leon und sah von einem zum anderen. „Ich habe nur ein Kribbeln in den Schläfen gefühlt, und die Haare auf meinen Armen haben sich seltsamerweise aufgestellt. Euch beide hat es allerdings vollkommen umgehauen. Also, was war das? Ein Zauberer? War das eine weitere Attacke der unserer Gegner?"

„Nein", erwiderte Ilandra matt. „Diese Macht haben die *Freien* nicht. Das war etwas Uraltes. Etwas Göttliches."

„Willst du schon wieder darauf hinaus, dass Ano uns bestraft hat?", fragte Leon und konnte dabei nicht verstecken, dass er über die Antwort der M'atay wenig erfreut war.

„Nicht nur uns. Alle Kinder mit den göttlichen Kräften."

Benjamin runzelte die Stirn und sein Herz begann schneller zu schlagen. Jetzt erst fühlte er, dass sich etwas verändert hatte. Nicht in seiner Außenwelt, sondern in seinem Inneren.

„Und was genau soll das heißen?", wollte Leon wissen. „Inwiefern sind alle bestraft worden?"

„Da ist eine ... eine Art Barriere", stammelte Benjamin und seine eigenen Worte machten ihm Angst.

„Barriere?" Leon sah ihn verwirrt an.

„Zwischen mir und meiner Umwelt", versuchte Benjamin seine Gedanken in Worte zu fassen. „Oder eher zwischen mir und meinen Kräften. Oder meinen Kräften und der Umwelt."

Er sah Hilfe suchend zu Ilandra. Die M'atay kam mühsam auf die Beine und wankte auf ihn zu.

„Das ist alles richtig", sagte sie. „Der Zauber hat unsere Krafte in den Korpern eingesperrt. Wir können sie nicht mehr nehmen. Ich weiß nicht für wie lange."

„Heißt das, es hält nicht für immer an?", fragte Benjamin hoffnungsvoll.

„Es gab schon mal diese Bestrafung", klärte Ilandra sie beide auf. „Das ist lange her und wir haben gelernt, die heiligen Stätte nicht anzufassen."

„Aber ihr habt eure Kräfte zurückbekommen, oder?", wollte auch Leon wissen.

Die M'atay nickte.

„Wie lange hat das gedauert?", fragte Benjamin.

„Bis zum nächsten Sonnenaufgang", war die beruhigende Antwort. „Bei manchen etwas langer. Sie kamen aber bei allen wieder."

Er atmete erleichtert auf. Das war ja noch auszuhalten. Auch wenn diese neue Entwicklung nicht sehr schön war.

Leon half ihm auf die Beine. Anschließend wandte er sich wieder Ilandra zu. „Kam der Zauber aus dem Arbeitslager, zu dem wir wollen?"

„Ich bin nicht sicher." Die M'atay sah hinauf zu den Spitzen der Berge, an denen sie sich bisher entlang bewegt hatten. „Da ist ein heiliges Tal zwischen den beiden großten Bergen. Dort sind Überreste von einem alten Tempel der Vorfahren, der auch von Malin benutzt wurde. In meinem Volk erzählt man, dass die *Freien* angefangen haben, auch ihn zu schanden. Es ist aber noch nicht sicher."

„Du glaubst, dass der Zauber von dort kam?"

Sie hob die Schultern. „Es ist eine besonders heilige Stätte, vor langer Zeit erbaut von den N'gushini. Und die Götter haben die Zauberer noch nie mit einem großen Fluch bestraft."

„Du meinst, es würde mehr Sinn machen, dass ein derart heiliger Ort *stärker* geschützt wird, oder?", schloss Benjamin aus ihren Worten.

Die M'atay nickte erneut.

Benjamin wandte sich Leon zu. „Als ich mit Jenna verbunden war, konnte ich sehen, wo sie ist. Und das war eindeutig ein Tal zwischen zwei Bergen! Sie ist nicht in der Nähe des Lagers, zu dem unsere anderen Freunde unterwegs sind, sondern bei dem Tempel, von dem der Energiestoß kam! Vielleicht hat sie sogar etwas damit zu tun, dass dieser Zauber ausgelöst wurde."

Leon sah ihn verwirrt an. „Tut mir leid, aber ich kann dir nicht ganz folgen", gestand er.

„Das ist auch nicht nötig", gab Benjamin zurück. „Wichtig ist nur, dass wir Jenna finden. Das heißt, wir haben jetzt einen anderen Zielort."

„Ich gehe nicht dort!", verkündete Ilandra prompt. „Ich habe keine Krafte mehr!"

„Ja, das hat niemand mehr", stimmte Benjamin ihr zu. „Das betrifft auch die *Freien*!"

Leons Augen weiteten sich. Er schien langsam zu begreifen, worum es ging.

„Das Ungleichgewicht ist aufgehoben", stellte er aufgeregt fest. „Momentan haben diejenigen die Überhand, die besser bewaffnet und in der Überzahl sind!"

Benjamin nickte nachdrücklich. „Jenna und Marek

brauchen *dringend* Verstärkung!"

„Du kannst nicht helfen", mischte sich Ilandra wieder ein. „In das Tal kommt man nur über das Höhlentunnel und der Eingang ist verschuttet."

Benjamin Herz sank. „Gibt es denn nur einen einzigen Eingang?"

Es war Ilandra anzusehen, dass sie nicht gerne mit dieser Information herausrückte, doch am Ende rang sie sich dazu durch. „Die Zauberer haben zwei neue Weg reingemacht, aber sie sind auf die Nordseite. Es dauert uns zwei Tage, um dort zu kommen. Und es sind viele Wachen da."

„Zwei Tage?!", wiederholte Benjamin entsetzt. Leon legte ihm beruhigend eine Hand auf die Schulter, bevor er Ilandra ansah.

„Weißt du, welcher der beiden Ausgänge sich näher an der Grenze zu Avelonia befindet?", fragte er diese, während Benjamin versuchte, seine schrecklich negativen Gefühle wieder in den Griff zu bekommen. Marek war ein großartiger Kämpfer und es war ja gar nicht gesagt, dass die *Freien* die beiden entdeckt oder gar angegriffen hatten.

„Ja", antwortete Ilandra widerwillig. Ein leises Seufzen kam über ihre Lippen, bevor sie weitersprach. „Ich kann euch dort bringen."

„Und wie soll uns das helfen?", fragte Benjamin immer noch viel zu frustriert.

„Marek wollte nach Avelonia, weil er vermutete, dort Camilor, den Sitz Malins, zu finden", erklärte Leon mit einem kleinen Lächeln. „Er nahm *auch* an, dass die *Freien* genau diese Burg als Basislager benutzen." Er hob nachdrücklich die Brauen.

Benjamin runzelte die Stirn. Okay, wenn Jenna und Marek noch auf freiem Fuß waren, würden sie höchstwahrscheinlich den Ausgang des Tales nehmen, der sie näher an ihr Ziel heranbrachte und wenn sie gefangen worden waren ... würde man sie *auch* auf diesem Weg hinausführen, weil sie mit Sicherheit zum Basislager gebracht wurden!

„Natürlich!", stieß Benjamin erfreut aus. „Sie *müssen* aus diesem Ausgang kommen und falls sie schon raus sind, wenn wir dort erscheinen, können wir ihnen mit einem guten Spurenleser folgen!"

Er sah Ilandra an, die erneut ein tiefes, nun auch noch deutlich resigniert klingendes Seufzen von sich gab. „Ja, ja, ich helfe euch", gab sie ihm ohne großen Widerstand nach.

„Dann los!", forderte Leon sie beide auf und wies mit dem Kinn nach vorn. Einer weiteren Aufforderung bedurfte es nicht.

Ilandra war es, die das Klirren von Schwertern als Erste wahrnahm. Offenbar hatte sie auch ohne ihre besonderen Kräfte ein erstaunliches Gehör. Sie blieb ruckartig stehen, als sie sich gerade durch einen besonders zugewachsenen Dschungelabschnitt gekämpft hatten, und wies sie stumm an, leise zu sein und zu lauschen.

Obwohl Benjamin noch nicht allzu oft einem Kampf beigewohnt hatte, konnte er die Geräusche schnell einem solchen zuordnen und sah unvermittelt Marek und Jenna vor sich, die in schreckliche Not geraten waren. Sein Verstand rief ihm zwar zu, dass dies nicht möglich war, doch er war nicht stark genug, um seine überhandnehmenden Sorgen wieder in den Griff zu bekommen und sich selbst davon abzuhalten, in Richtung der Geräusche loszustürmen.

„Benny, was tust du denn da?!", stieß Leon leise aus und er konnte hören, dass Jennas Freund und Ilandra ihm umgehend nachsetzten. Die M'atay war die Erste, die ihn einholte und am Arm packte. Benjamin versuchte sich von ihrem Griff freizumachen, aber die junge Frau war erstaunlich stark.

„Nicht so!", zischte sie ihm zu. „Vorsichtig!"

Er sah sie erstaunt an, war das doch kein Verbot gewesen, sondern nur eine Kritik an seinem Vorgehen. Trotzdem blickte er ungeduldig und voller Sorge hinüber zu der Stelle, an der sich bereits die Umrisse der Kämpfenden durch die Lücken im Buschwerk abzeichneten.

„Langsam und leise", raunte auch Leon ihm zu, der ebenfalls zu ihnen aufgeschlossen hatte.

Benjamin nickte stumm und ließ es zu, dass Ilandra vorging. Dadurch machte sie es ihm möglich, sich genauso leise wie sie durch das Dickicht zu bewegen, indem er buchstäblich in ihre Fußstapfen trat. Seine anfängliche Befürchtung, dass seine Schwester und Marek in den Kampf verwickelt sein könnten, löste sich schnell in Luft auf, denn dort vor ihnen schien ein jeder mit dem Schwert umgehen zu können. Jenna hatte vielleicht viel bei ihrem letzten Aufenthalt in Falaysia gelernt, aber sie war mit Sicherheit keine derart geschickte Kriegerin geworden. Dennoch befiel ihn recht schnell das Gefühl, einige der Kämpfenden zu kennen, und als er hörte, wie Leon hinter ihm sein Schwert zog, wusste er, dass er nicht der einzige war, der so empfand.

„Du bleibst hier!", kommandierte Jennas Freund, zog ihn an der Schulter zurück und stürmte an ihm vorbei, nicht länger darauf bedacht, kein Geräusch zu machen. Benjamin benötigte nur eine Sekunde, um zu verstehen, was der Grund dafür war: Eine der kämpfenden Personen war in große Schwierigkeiten geraten, weil sie es nun mit zwei Gegnern zu tun hatte. Es war Kilian! Der Fischer hatte sich ins Abseits drängen lassen, wo ihm keiner der anderen zu Hilfe kommen konnte.

Benjamin riss entsetzt die Augen auf, weil der junge Mann dem Streich eines der auf ihn niedersausenden Schwerter nur knapp entging und den des anderen mit seinem eigenen blockte, um sich anschließend mit einer geschickten Drehung wenigstens ein Stück weit außer Reichweite zu bringen. Bei seinem Ausweichversuch bog er ein großes Palmenblatt zurück, das einem seiner Gegner sogleich mit Wucht ins Gesicht klatschte, sodass dieser sogar sein Gleichgewicht verlor und unsanft auf dem Hintern landete. Dies verschaffte Leon genügend Zeit, um in das Geschehen eingreifen zu können und Kilian einen der Angreifer abzunehmen. Gleich dem Rest ihrer Gruppe waren beide geübte Kämpfer und hatten die Situation schnell wieder einigermaßen unter Kontrolle.

Trotz des dichten Blattwerks des Dschungels konnte Benjamin jetzt auch die anderen besser erkennen. Alle waren noch auf den Beinen und kämpften verbissen gegen die Soldaten der *Freien*, die gewiss anfangs in der Überzahl gewesen waren, denn bei genauem Hinsehen konnte Benjamin an einigen Stellen etwas oder jemanden am Boden liegen sehen. Aufatmen konnte er jedoch noch lange nicht, denn der Kampf war noch nicht gewonnen und auch die gegnerischen Männer waren elegante und wendige Kämpfer.

„Können wir nicht auch etwas tun?", stieß Benjamin

beunruhigt in Ilandras Richtung aus, die Augen gebannt auf das Geschehen vor ihm gerichtet.

Er erhielt keine Antwort und nur deswegen wandte er sich um und erstarrte. Die M'atay war verschwunden. Er sah sich hektisch um, konnte nicht glauben, dass sie in einer solchen Situation die Flucht ergriffen hatte. Sein Blick blieb an einem Bündel Kleidung in seiner Nähe hängen, bevor er wieder nach vorn schnellte, sich auf etwas richtete, das sich nicht weit von ihm entfernt durch den Wald bewegte. Er kniff die Augen zusammen. Da war etwas ... feine, sich bewegende Linien ... Umrisse eines ... Menschen! Ilandra war nicht weg. Ihr Körper hatte sich nur perfekt seiner Umgebung angepasst und war dadurch für die Augen eines Normalsterblichen so gut wie unsichtbar geworden. Man musste schon *sehr* genau hinsehen, um sie ohne ihre Kleider noch zu entdecken und dafür hatte niemand hier außer ihm selbst Zeit.

Die M'atay war schnell. Der Mann, der gerade Silas mit den kräftigen Schlägen seiner Axt in Bedrängnis brachte, konnte sie nicht kommen sehen und das Messer in ihrer Hand blitzte nur kurz auf, bevor es in seinem Hals versank und wieder herausgerissen wurde. Blut spritzte aus der Wunde und der Mann presste entsetzt eine Hand darauf, während er mit verwirrtem Gesichtsausdruck zur Seite taumelte. Silas beendete seinen Kampf mit dem Tod durch einen gezielten Schwertstoß in dessen Brust, obwohl auch er für einen kurzen Moment vollkommen überrascht gewesen war.

Ilandra jedoch war schon auf dem Weg zu ihrem nächsten Opfer und Benjamin verfolgte ihre kaum sichtbaren Bewegungen mit einer Mischung aus stummem Entsetzen und großer Faszination. Ihre Hautfarbe verän-

einem breiten Grinsen vollkommen unverfroren von oben bis unten musterte.

„Wir haben versucht, jemandem zu helfen – *das* ist passiert", antwortet Sheza für den Tiko, konnte es sich aber ebenfalls nicht verkneifen, ihre Augen auf Wanderschaft gehen zu lassen.

„Wem?", wollte Leon wissen, der anscheinend als einziger die Kontrolle über sich selbst zurückerlangt hatte.

„Uns", kam es mit dünner Stimme aus einer ganz anderen Richtung und hinter einem dickeren Baum in der Nähe trat eine blasse Frau hervor, die ähnlich ramponierte und beschmutzte Kleidung trug, wie der Mann, den sie zuvor gefunden hatten. Sie war nicht allein. Ihr folgte ein Mädchen, nicht viel älter als Benjamin, das still in sich hineinweinte und sich kaum aus eigener Kraft auf den Beinen halten konnte. Sie klammerte sich an die Frau und beide wankten, als würden sie jeden Augenblick zusammenbrechen.

„Sie sind aus dem Arbeitslager entflohen, zu dem wir unterwegs waren, und flehten uns an, ihnen zu helfen", erklärte Kilian, steckte sein Schwert weg und eilte zu den beiden hinüber, um sie zu stützen.

Wirklich helfen konnte er ihnen nicht, denn die Jüngere brach genau in dem Moment zusammen, in dem er sie erreicht hatte.

Jeder einzelne ihrer Gruppe bewegte sich nun auf die Entflohenen zu und Benjamin erschrak fast, als jemand nach den Kleidern in seinen Armen griff und sie ihm abnahm. Ilandra! So schnell konnte man eine nackte Frau in ihrer Mitte vergessen – und fast genauso schnell wieder erröten, weil man einen Blick auf einen Körperteil erhaschte, den man besser nicht anstarren sollte. Shit!

derte sich mit jedem Schritt, den sie tat, passte sich immer wieder dem wechselnden Hintergrund an und machte sie damit zu einer überaus tödlichen Waffe. Auch der grobschlächtige Kerl, mit dem sich Sheza abmühte, bemerkte sie nicht und trug einen Ausdruck schieren Entsetzens im Gesicht, als er mit durchschnittener Kehle in die Knie sank und dann der Länge nach hinschlug.

„Was bei Erexo …", stieß Sheza mit großen Augen aus, weil Ilandra schon längst nicht mehr in ihrer Nähe war und sie diese gar nicht wahrgenommen zu haben schien.

Enario, der fast zur selben Zeit seinen Gegner niedergestreckt hatte, starrte der M'atay mit offenem Mund nach, da diese sich schon auf den nächsten Gegner stürzte und Kilian innerhalb eines Atemzugs von seiner ‚Last' befreite. Damit war der Kampf vorbei, denn auch Leon war siegreich gewesen, sah schwer atmend zu Ilandra hinüber, die nun wieder für alle sichtbar wurde – in ihrer ganzen nackten Schönheit.

Ein paar Herzschläge lang starrte auch Benjamin die junge Frau mit großen Augen an, war es doch das erste Mal, dass er eine erwachsene Frau auf diese Weise vor sich hatte. Zudem war sie mit ihrem schlanken, athletischen Körper auch noch ausgesprochen wundervoll anzusehen.

Es war dieser Gedanke, der ihm das Blut ins Gesicht schießen und ihn verschämt den Kopf senken ließ. Die Kleider! Sie brauchte ihre Kleider! Er sammelte sie rasch vom Boden auf und lief auf die M'atay zu, die keinen Gedanken daran zu verschwenden schien, sich wieder anzuziehen. Stattdessen wandte sie sich mit einem gut hörbaren „Wie ist das passiert?" an Enario, der sie mit

Die M'atay bekam nichts davon mit, lief sogar mit ihren Sachen unter dem Arm zu der Stelle, an der die beiden Geretteten nun ausgestreckt lagen, und begann sich dort erst wieder anzuziehen.

„Wir konnten sie nicht diesen Schlächtern überlassen", erklärte Silas weiter, mit Hass und Mitgefühl zur selben Zeit ringend. „Seht sie euch an. Allein wären sie denen mit Sicherheit nicht entkommen. Wir haben sie teilweise getragen und dachten schon, dass wir die Verfolger abgeschüttelt hätten, aber dem war so nicht."

„Es waren leider ein paar mehr als wir", merkte nun auch Enario an, der sich jetzt, da Ilandra nicht mehr nackt war, besser auf das konzentrieren konnte, was wichtig war. „Und nicht alle von ihnen waren schlechte Kämpfer."

„Meint ihr, es kommen noch mehr?", erkundigte sich Leon angespannt.

Der Tiko hob die Schultern. „Das kommt ganz darauf an, wie wichtig diese Gefangenen für unsere Freunde sind. Wenn ihr mich fragt, sollten wir nicht allzu lange hierbleiben. Die könnten richtig sauer werden, wenn sie sehen, dass wir ihre Kameraden niedergemetzelt haben."

„Sehe ich auch so", stimmte Sheza ihm zu.

Benjamin sah mitleidig hinab auf die beiden Frauen, die nun kaum noch die Augen offenhalten konnten. Wahrscheinlich waren sie ebenfalls dem Tod geweiht, weil sie demselben Zauber ausgesetzt gewesen waren wie der andere Entflohene. Allerdings atmeten sie nicht ganz so schwer, schienen nur furchtbar erschöpft zu sein.

Benjamin richtete seine Augen auf Leon, der die Frauen sehr nachdenklich betrachtete und dann Ilandras Blick suchte. „Gibt es hier irgendwo einen Ort in der Nähe, der einigermaßen sicher ist? Vielleicht noch eine Ruine, die unsere Feinde nicht kennen? Ich glaube nicht, dass die beiden noch weitere Strapazen aushalten und vielleicht können sie uns mehr über die Pläne der *Freien* verraten als der andere."

„Der andere?", wiederholte Kilian.

„Später", winkte Leon ab, ohne ihn anzusehen.

Die M'atay kratzte sich nachdenklich am Kinn und es dauerte eine kleine Weile, bis sie halbherzig nickte. „Richtig sicher ist der Ort nicht, aber konnte reichen, um auszuruhen."

„Das genügt mir", gab Leon zurück.

Niemand schien dagegen einen Einwand zu haben, denn Enario lud sich die Frau sogleich über die Schulter, während Kilian dasselbe mit dem Mädchen machte. Und so zog ihr kleiner Trupp wieder los, still und leise, weil jeder von ihnen spürte, dass sie noch lange nicht in Sicherheit waren.

Das Versteck, von dem Ilandra erzählt hatte, war eine große Überraschung. Es war weder eine Höhle noch eine weitere mystische Ruine, obwohl dieser Begriff nicht vollkommen falsch war. Über eine hölzerne Hängebrücke, die gewiss schon bessere Tage gesehen hatte, gelangten sie in ein Dorf aus Hütten, die hauptsächlich in die hier wachsenden hohen Bäume gebaut worden waren. Weitere Hängebrücken verbanden die einzelnen Häuser und Plateaus, die aber nur über Strickleitern oder einzelne zwischen den Bäumen gespannte Seile erreichbar waren – wenn man gut klettern konnte.

Gleichwohl gab es hier niemanden, der das tat, denn das Dorf war nicht nur verlassen, sondern zum großen

Teil zerstört worden. Überall konnte man Spuren von Feuer, aber auch von Einschlägen erkennen, die Benjamin schnell zu dem Schluss führten, dass hier ein heftiger Kampf getobt haben musste. Es war nicht schwer zu erraten, mit wem.

„Wo sind wir hier?", fragte Kilian staunend, als sie bereits auf die obere Ebene geklettert waren und Ilandra an einer der größeren und noch relativ intakten Hütten stoppte, um ihn und Enario darum zu bitten, die Frau und das Mädchen dort hineinzubringen.

„In meinem Heimatdorf", erwiderte die M'atay und in ihrer Stimme war ein minimales Zittern zu vernehmen.

Benjamin sah sie erschüttert an und auch die anderen machten betroffene Gesichter.

„Das passiert, wenn man sich dem Bösen in den Weg stellt", setzte Ilandra bitter hinzu.

„Du meinst damit die *Freien*, nicht wahr?", fragte Leon sanft und erhob sich von seinem Platz an der Seite der älteren Sklavin, deren Puls er gerade noch überprüft hatte. „*Sie* haben hier so gewütet."

Ilandra nickte knapp und Benjamin konnte sehen, wie ihre Wangenmuskeln vor Anspannung zuckten.

„Sie kamen vor langerer Zeit und holten meine Brudern und Schwestern", berichtete die M'atay mit schwerer Stimme und ihr war anzusehen, wie sehr es sie schmerzte, ihnen diese Dinge zu offenbaren. „Alle, die das Geschenk Anos erhalten hatten."

„Die magisch Begabten", schloss Leon mit einem betrübten Nicken. „Also haben sie zuerst bei euch danach gesucht."

„Wir haben uns gewehrt, gekämpft, aber die Zauberer – sie waren machtiger, konnten uns sehen trotz unsere

Fähigkeiten." Sie senkte den Blick, rang sichtbar um ihre Fassung. „Aber die M'atay geben nicht auf. Sie lassen sich nie wieder zu Sklaven machen. Sie wehrten sich, konnten fliehen und wir versteckten alle an einem sicheren Ort."

„Und das hier war ihre Rache dafür?", fragte Leon behutsam nach.

Ilandras Kiefer spannte sich an, bevor sie nickte und als sie den Blick hob, war er von Trauer und Wut geprägt. „Sie toteten viele von uns, aber die meisten konnten fliehen und suchten Unterschlupf bei den anderen Stämmen. Li'Rual nahm mich und viele andere auf. Die Zauberer haben Angst vor Jumbale und den anderen Nuajakas dort. Sie wissen, dass er die Vjal-M'atay beschutzt und kommen nicht zu ihnen. Dort sind wir sicher."

„Wie lange ist das alles jetzt her?", fragte Kilian.

„Mehr als zwölf Monde", antwortete die M'atay nach kurzem Nachdenken.

„Dann haben sie erst damit begonnen, magisch Begabte aus Falaysia herzubringen, als sie merkten, dass sie nicht mehr an die euren herankommen", überlegte Silas laut.

Ilandras Blick verfinsterte sich und genau deswegen hatte ihr darauffolgendes Lächeln etwas sehr Gruseliges an sich. „Gibst du uns die Schuld daran?", fragte sie schneidend. „Ist es besser, wenn die M'atay sterben anstatt die Menschen aus eurem Land?"

„Nein!", ging Leon rasch dazwischen. „Das will er damit auf keinen Fall sagen!" Er sah den jungen Mann mehr als eindringlich an. „Nicht wahr, Silas?"

„Natürlich nicht", gab der Genannte auf der Stelle klein bei. „Ich versuche nur, die Zusammenhänge besser zu verstehen. Wir haben denselben Feind und wissen genau, wer schuld an allem ist."

Benjamin war sich nicht ganz sicher, ob sein Weggefährte die Wahrheit sagte, denn auch er hatte eine leichte Anklage aus dessen Worten herausgehört und konnte verstehen, dass Ilandra auf diese Weise reagierte. Wahrscheinlich hatte sie ihnen die schreckliche Geschichte ihres Volkes aus diesem Grund die ganze Zeit verschwiegen. Es war reiner Selbstschutz gewesen.

Der M'atay schien Silas' Aussage jedoch zu genügen, um wieder ruhiger zu werden. Sie atmete hörbar ein und straffte die Schultern.

„Dies hier ist die Hütte der Schamanen", erklärte sie mit einer umfassenden Geste. „Sie ist vom Boden aus schwer zu sehen. Deswegen gibt sie einen kleinen Schutz. Aber wenn die Soldaten der Zauberer kommen und richtig suchen, könnten sie diese finden. Deswegen sind wir nicht lange sicher."

„Dann sollten wir Wachen aufstellen", schlug Sheza vor und erhielt sofort ein einstimmiges Nicken.

Enario erklärte sich dazu bereit, mit ihr die erste Schicht zu übernehmen und als die beiden erfahrenen Krieger verschwunden waren, fühlte sich Benjamin zumindest schon ein kleines bisschen sicherer.

Da die beiden Geflohenen immer noch nicht wieder ansprechbar waren, begann man die Sachen für das Nachtlager auszupacken und anschließend die Wasser- und Nahrungsvorräte zu überprüfen. Es war schnell ersichtlich, dass sie beides auffüllen mussten, doch bevor sie festlegen konnten, wer jagen gehen und wer Wasser holen sollte, begann sich das Mädchen zu regen. Es gab ein leises Stöhnen von sich, blinzelte matt, um nur kurz darauf mit einem entsetzten Keuchen hochzufahren und sich gehetzt umzusehen.

„Ganz ruhig!", reagierte Leon rasch auf ihre Panikattacke und ging vor ihr in die Knie, nahm eine defensive Haltung an. „Du bist in Sicherheit. Niemand hier wird euch etwas antun."

Das Mädchen atmete stockend ein und sein Blick flog ängstlich über die vielen, ihm fremden Gesichter, bis er schließlich auf der Frau neben ihm zur Ruhe kam.

„Mama!", stieß das Mädchen mit erstickter Stimme aus, bevor es nach deren Schulter griff, verzweifelt an ihr rüttelte.

Die Ältere gab ebenfalls ein leises Stöhnen von sich, bevor sie sich zu bewegen begann, die Lider hob und sich so wie ihre Tochter vor Schreck ruckartig aufsetzte. Ihr Gesicht verzog sich, als würde sie von starken Schmerzen befallen werden und ihr Oberkörper wankte zurück.

Leon griff beherzt zu. Einen seiner Arme hinter ihr positionierend und ihren Unterarm mit der anderen Hand ergreifend, konnte er sie aufrecht halten, obwohl sie sich in ihrer Angst vor dem ihr Fremden dagegen sträubte.

„Ich tue dir nichts", versprach er. „Wir haben euch geholfen, euren Verfolgern zu entkommen."

Die Frau sah sich verunsichert um. Erst als ihr Blick auf Silas fiel, wich ein Teil ihrer Anspannung aus ihrem Körper. Der junge Mann trat näher heran und ging vor den beiden in die Hocke.

„Ihr könnt euch wieder an das erinnern, was geschehen ist, nicht wahr?", fragte er sanft.

Beide nickten synchron.

„Danke!", stieß die Ältere bewegt aus. In ihren Augen schimmerten jetzt Tränen. „Wenn sie uns gefangen und zurückgebracht hätten ..." Sie sprach nicht weiter, presste die Lippen zusammen und schloss die Augen, sodass die Tränen nun ihre Wangen hinunterliefen.

Auch ihre Tochter gab ein leises Schluchzen von sich, bevor sie sich an ihre Mutter schmiegte und leise weinend ihr Gesicht an deren Schulter drückte.

Benjamin rieb sich die kribbelnde Nase und blinzelte ein paar Mal. Den beiden half es wohl kaum, wenn er mit ihnen weinte, obgleich sein Mitgefühl echt und tief empfunden war. Er trat selbst näher an die kleine Familie heran und reichte der Frau den Wasserschlauch, den er kurz zuvor aus seiner Tasche geholt hatte. Die beiden mussten schrecklich durstig sein.

Die Frau griff hastig danach und bedachte ihn mit einem dankbaren Lächeln, bevor sie den Schlauch an ihre Tochter weitergab, die sogleich gierig zu trinken begann. Obwohl die beiden furchtbar erschöpft und ausgezehrt waren, machten sie auf ihn nicht den Eindruck, als würden sie bald ihr Leben aushauchen – so wie der andere Geflohene, der ihnen zuvor begegnet war. Vielleicht konnten sie von ihnen tatsächlich ein paar wichtige Informationen erhalten.

„Was ist das für ein Ort gewesen, von dem ihr geflohen seid?", erkundigte sich Leon, nachdem auch die Mutter ihren Durst gestillt hatte. Offensichtlich war auch er der Meinung, dass es wichtig war, so schnell wie möglich Informationen zu sammeln. Schließlich wusste man nie, was als nächstes passierte.

„Eine Todesfalle!", stieß die Ältere mit zittriger Stimme aus. „Alle, die dort gearbeitet haben, waren dem Tod geweiht."

„Waren es die Arbeiten, die ihr dort machen musstet?", fragte Leon, wenngleich er genauso wie Benjamin längst eine andere Vermutung hatte.

„Nein", war die wenig überraschende Antwort der Frau. „Wir mussten Schutt und Steine wegräumen, Teile einer Ruine ausgraben. Aber das hätte uns nie getötet. Die alte Magie, die in der Ruine verankert ist ... die hat uns so zugesetzt. Sie ... sie sprachen immer wieder von einem Fluch, dem sie kaum etwas entgegensetzen können, und davon, wie dankbar uns die Götter für unser Opfer sein würden."

„Dabei wollten wir das nicht", stieß ihre Tochter mit tränenerstickter Stimme aus. „Sie zwangen uns dazu, uns für sie zu opfern. Für sie haben wir nicht gezählt – zumindest nicht genug, um die Arbeiten abzubrechen."

„Warum tun die das?", mischte sich Benjamin ein. „Warum setzen sie andere Menschen einer solchen Gefahr aus?"

„Das haben sie uns nie gesagt", brachte die Ältere matt heraus, „aber ... ich konnte ein Gespräch zwischen zwei Zauberern mithören und denke nun, dass es nicht um die Ruine an sich geht, sondern um das, was darin versteckt sein könnte."

„Heißt das, sie suchen einen magischen Gegenstand?", fragte Silas stirnrunzelnd.

Die Frau schüttelte den Kopf.

„Was dann?"

„Malin. Sie suchen Malin."

Blinde Wut

Wieder sehen zu können, was um sie herum passierte, fühlte sich deutlich besser an, als passiv und schlaff herumzuhängen und hin und her gewuchtet zu werden, als wäre man eine Puppe. Jenna hatte zwar auch zuvor schon ab und an einen Blick riskiert, jedoch hatte sie meist nur den Waldboden und den Hintern des Mannes, der sie trug, betrachten können, was alles andere als aufschlussreich gewesen war. Den Kopf zu heben, um sich umzusehen, hatte sie nicht gewagt, da sie von einem Trupp von sechs Mann eskortiert wurden, wie Marek ihr mental mitgeteilt hatte.

Es war ihr wie eine Ewigkeit vorgekommen, bis der Bakitarer ihr das Signal gegeben hatte, von ihrer ‚Ohnmacht' zu erwachen und sie hatte beim Öffnen der Lider beinahe erleichtert aufgeatmet, sich dann aber besonnen und stattdessen die Verwirrte gespielt.

Die Handlanger der *Freien* hatten eine kleine Pause an einem Fluss eingelegt, um sich dort zu erfrischen und den Schweiß von den Körpern zu waschen. Auch sie litten unter der schwülen Luft und da sie ein recht straffes Tempo an den Tag legten, war es kein Wunder, dass ihr Drang nach einem Bad im kühlen Nass enorm war. Drei der Soldaten waren bei ihr und Marek geblieben, während die anderen sich wie kleine Kinder im Fluss vergnügten. Ihr Lachen und Jauchzen hallte laut zu ihnen hinüber und erzeugte lange Gesichter und eine deutlich schlechte Stimmung bei den Wachen an ihrer Seite.

Jennas Blick wanderte wie schon viele Male zuvor zu Marek hinüber, der ihr direkt gegenübersaß. Die Angst vor ihm war groß, denn ihm waren nicht nur die Hände auf den Rücken gefesselt, sondern auch die Beine zusammengebunden worden, weil man wohl gerade während der Rast nichts riskieren wollte. Gleich zwei der Wachhabenden standen direkt neben ihm und ließen ihn nicht aus den Augen, während der Dritte an Jennas Seite geblieben war, jedoch einen sehr viel weniger konzentrierten Eindruck machte als seine Kameraden. Immer wieder sah er sehnsüchtig zum Flussufer hinüber.

‚Ich hoffe, du weißt, was du tust', übermittelte Jenna Marek, als sich ihre Blicke trafen, weil sie sich bereits seit einer ganzen Weile fragte, wie er sie beide befreien wollte, wenn sie Camilor erreicht hatten. Schon jetzt, mit dieser Überzahl an feindlichen Soldaten und Sklaventreibern, war eine erfolgreiche Flucht aus ihrer Sicht eine sehr kritische Angelegenheit. Wenn sie in der Nähe von Camilor auf weitere dieser ‚freundlichen' Gesellen trafen, wurde sie so gut wie unmöglich.

Marek schenkte ihr ein halbseitiges Lächeln, bevor er seine Augen ebenfalls auf die anderen Soldaten richtete, um niemanden merken zu lassen, dass sie sich auch ohne ihre Stimmen austauschen konnten.

‚Das sind nur Kämpfer, keine Denker', ließ er sie wissen. ‚Die haben selbst zusammengenommen nicht mehr Verstand als wir beide und das ist eine gute Voraussetzung für ein Entkommen. Beobachten und Informationen sammeln ist ausgesprochen wichtig, wenn man in Gefangenschaft geraten ist. Vertrau mir. Ich bin aus solchen Situationen schon sehr oft entkommen. Trotz schlauerer Gegner.'

Wo er recht hatte … Auch Leon und ihr selbst war der Krieger entkommen, als sie noch Feinde gewesen waren und wenn sie ihn so ansah, kam es fast einem Déjà-vu gleich. Er, gefesselt an einem Baum lehnend, mit ein paar Schwellungen und Schrammen im Gesicht, aber die Ruhe selbst, während sie selbst eher nervös und besorgt war. Nur gehörte sie dieses Mal zu *ihm* und war ebenfalls gefesselt.

Nuro hatte das eigenhändig getan und die Seile um ihre Handgelenke nur etwas gelockert, weil sie vor Schmerzen aufgeschrien hatte, als er diese zu ruckartig zugezogen hatte. Wirklich locker waren sie dadurch nicht geworden, aber zumindest schnürten sie ihr nicht mehr die Blutzufuhr ab. Fußfesseln musste sie nicht tragen und auch mangelte es den Männern immer noch an einem Hiklet, mit dem sie ihre Kräfte behindern und damit die Verbindung zu Marek kappen konnten.

Nuro schien sich darum aber keine größeren Sorgen zu machen, denn er hatte ihr nach ihrem ‚Erwachen' deutlich gemacht, dass Marek jedwedes falsche Handeln ihrerseits zu spüren bekam. Um seine Entschlossenheit diesbezüglich zu demonstrieren, hatte er einem seiner Männer den Befehl gegeben, ihrem Gefangenen ein paar Mal ins Gesicht zu schlagen und selbst ihr Flehen und schnelles Versprechen, sich vorbildlich zu verhalten, hatte Marek die Misshandlung nicht ersparen können.

Wie sehr wünschte sie sich, wieder im Besitz ihres Amuletts zu sein und dadurch endlich wieder Herrin über die Situation zu werden. Sie kam sich so nutzlos und hilflos vor wie schon lange nicht mehr. Da konnte Marek noch so oft beteuern, dass sich das Blatt bald wieder wenden würde. Sie würde es nicht noch einmal ertragen können zuzusehen, wie man ihm wehtat. Irgendwas musste sie beim nächsten Mal tun!

‚Ganz ruhig', vernahm sie ihn erneut in ihrem Kopf und fühlte, wie er sie mental berührte, beruhigend streichelte. ‚Glaub mir. Wir werden hier vollkommen unbeschadet rauskommen.'

‚Das funktioniert nicht mehr', gab sie zurück und konnte nicht verhindern, dass sie ihn wieder ansah, ihren Blick über die Schwellung unter seinem rechten Auge und den immer noch blutenden Riss in seiner Oberlippe gleiten ließ. *Nichts* konnte ihr augenblicklich ihre innere Anspannung nehmen und verhindern, dass sich ihr Herz jedes Mal zusammenzog, wenn sie Mareks geschundenes Gesicht betrachtete. Wut kochte in ihr hoch. Nuro würde dafür bezahlen – irgendwann.

„Langsam reicht's mir aber", murrte der Mann neben Jenna, den Blick auf eben jenen brutalen Kerl gerichtet, der sich am Flussufer in aller Seelenruhe mit seinem Hemd trocken rubbelte. „Wir sind genauso lange durch den Wald gestapft wie die anderen, aber ich wette, dass er *uns* kaum Zeit lässt, uns zu erfrischen und ein bisschen auszuruhen."

„Nicht so laut", mahnte eine von Mareks Wachen ihren Kameraden. „Du weißt, Nuro mag es nicht, wenn man hinter seinem Rücken über ihn redet."

„Ist mir doch egal!", brummte der Angesprochene zurück und öffnete mit flinken Fingern seinen Waffengürtel, um ihn an den Ast eines der Bäume zu hängen. „Ich hole mir jetzt mein verdientes Bad! Das Weib wird nichts wagen, solange ihr den Kerl zwischen euch habt."

Er meinte es ernst, denn er stapfte sogleich los, trotz der Protestlaute der anderen beiden Soldaten.

„Herol ist verrückt!", stieß der Mann mit dem brauen Zottelhaar rechts von Marek aus. „Das geht nicht gut aus!"

„Hauptsache sein Verhalten fällt später nicht auf uns zurück", erwiderte der andere – ein kleiner, schwarzhaariger Mann – und sah besorgt hinüber zum Geschehen am Fluss.

‚Die vertrauen einander nicht', konnte Jenna in Mareks Geist vernehmen. ‚Sehr gut. Das lässt sich später wunderbar nutzen.'

Jenna musste ihm recht geben. Die Truppe war alles andere als ein stabiles Gefüge und wenn man die richtigen Worte fand, subtil auf die Männer einwirkte, konnte man sie gewiss gegeneinander auf- und genügend Unruhe unter sie bringen, um sich zu befreien und zu fliehen.

Herol hatte die anderen soeben erreicht und für einen kurzen Moment sah es so aus, als würde Nuro ihm sein Verhalten gar nicht übelnehmen. Er lachte ihn sogar an. In der nächsten Sekunde jedoch stieß er ihm die Faust mit voller Wucht in den Bauch. Der Mann krümmte sich zusammen und der nächste Schlag traf mit dumpfer Wucht seine Nase. Herol fiel um wie ein gefällter Baum, was seinen ‚Boss' allerdings nicht davon abhielt, auf den am Boden Liegenden einzutreten.

Jennas Magen verdrehte sich und sie wandte den Blick ab, gleichwohl drangen die Geräusche der Bestrafung weiterhin an ihr Ohr und verrieten ihr ganz genau, dass sich Herol davon nicht so schnell wieder erholen würde –

wenn er es überhaupt überlebte. Es dauerte viel zu lange, bis alles vorbei war und Nuro zu ihnen hinüberkam.

„Noch jemand, der sich beschweren will?", wandte er sich an die anderen beiden Wachen und rieb sich dabei über die blutigen Knöchel seiner rechten Hand.

Die Männer schüttelten die Köpfe und der Brutalo nickte zufrieden, bevor er sich zwischen Jenna und Marek niederließ.

„Dann los! Geht baden! Ich kann euren Gestank nicht mehr ertragen!"

Die beiden setzten sich ohne Widerspruch in Bewegung.

„Und beeilt euch!", rief Nuro ihnen nach. „Wir wollen bald wieder los!"

Er sah Jenna an und entblößte mit einem anzüglichen Grinsen seine schlechten Zähne. „Es sei denn, es will sich noch jemand den Schweiß vom Körper waschen."

Ein kalter Schauer lief ihren Rücken hinunter und in ihren ohnehin schon verkrampften Gedärmen bildeten sich weitere Knoten. „Nein, danke", gab sie knapp zurück.

Nuro betrachtete sie mit einem seltsamen Ausdruck in den Augen, lehnte sich zu ihr hinüber und legte eine Hand auf ihren Schenkel. Sie zuckte zurück, doch der Widerling folgte ihrer Bewegung und packte nur noch fester zu. Ihr wurde schlecht und ihr Herz begann zu rasen. Der Fakt, dass sie noch eine Hose trug, machte seinen Übergriff nicht viel erträglicher.

„Ich mag Frauen auch, wenn sie nach Schweiß riechen", brummte er genüsslich und lehnte sich noch weiter zu ihr hinein, brachte sein Gesicht dem ihren unangenehm nahe. Nur mit Mühe konnte sie dem starken Drang widerstehen, ihre Stirn gegen seine Nase zu rammen.

„Wahrscheinlich, weil du deinen eigenen Gestank kaum noch erträgst", ertönte Mareks Stimme und Nuro hielt inne, wandte sich ganz langsam zu dem Krieger um.

„Was?", fragte er verärgert.

„Ist nur eine Vermutung", erwiderte Marek schulterzuckend. „Du müsstest schon herkommen, um das genau festzustellen."

Nuros Wut wuchs deutlich, er war jedoch nicht ganz so dumm, wie er aussah. Seine Hand wanderte ruckartig höher und Jenna presste mit einem erschrockenen Laut die Schenkel zusammen, verhinderte damit zumindest, dass er sie an ihrer intimsten Stelle berührte.

„Du willst nicht, dass ich mich mit deiner Kleinen vergnüge", stellte er mit einem bösartigen Grinsen fest und für den Hauch einer Sekunde war Mareks Maske verschwunden. In seinen Augen glühten rasender Zorn und das Bedürfnis zu morden.

„Aber vielleicht ist sie ein bisschen Spaß ja gar nicht abgeneigt", setzte Nuro hinzu und sah Jenna auffordernd an.

„Nein, danke!", stieß sie angespannt aus und versuchte nun auch seine Hand wegzuschieben. Das alles war einfach nur schrecklich. Schon wieder ein Déjà-vu, auf das sie gut und gern hätte verzichten können.

Nuro ließ sich von ihrer Gegenwehr nicht irritieren, schien das sogar lustig zu finden, denn er positionierte seine Hand grinsend an einer anderen Stelle ihres Oberschenkels.

„Ändert sich was an deiner Haltung, wenn ich ihm wehtue?", fragte er und wies mit dem Daumen auf Marek.

Jenna stockte der Atem und das Entsetzen war wohl nur allzu deutlich aus ihrem Gesicht zu lesen, denn Nuro brach in schallendes Gelächter aus, ließ sie endlich los und schlug sich dabei sogar selbst auf den Oberschenkel.

„Du hast ihn so richtig gern, oder?", feixte er und betrachtete sie eingehend und anhaltend interessiert. Insbesondere ihre Brüste, an denen ihr Hemd leider durch den eigenen Schweiß und die hohe Luftfeuchtigkeit festklebte, wurden überaus gründlich gemustert. Der Widerling beleckte sich genüsslich seine Lippen. „Ich hab dafür einen Blick, wusste genau, dass ich dich im Griff habe, wenn ich *ihn* im Griff habe!"

Er lachte erneut und schüttelte grinsend den Kopf, sah hinüber zu seinem anderen Gefangenen, der sich nun wieder mit keiner Miene ansehen ließ, was in ihm vorging. Jenna fühlte alles: die Anspannung, den Zorn, das Bedürfnis, den Mann vor sich leiden zu lassen, ihn zu töten. Es beruhigte sie ein wenig, weil da auch eine Bereitschaft fühlbar war, unverzüglich einzugreifen, wenn die Situation eskalierte.

„Andersherum scheint das allerdings auch der Fall zu sein", stellte Nuro nun fest und fixierte erneut Jennas Oberweite. „Zu meinem großen Bedauern haben wir gerade keine Zeit, um auszutesten, wie sehr es deinen Liebsten quälen würde, uns beim Vögeln zuzusehen. Aber vielleicht ändert sich das später mal. Aufgeschoben ist nicht aufgehoben – nicht wahr?"

Er tätschelte kurz ihre Wange und Jenna hörte Marek tief einatmen. Nicht nur ihr Blick flog zu dem Krieger zurück. Auch Nuro wandte sich ihm wieder zu.

„Der große Marek Sangarshin", merkte er an. „Der Kriegerfürst, vor dem ganz Falaysia jahrelang gezittert hat, – vollkommen hilflos in meiner Gefangenschaft…"

Er legte den Kopf schräg, betrachtete nun auch ihn ausgiebig.

„Du bist es doch wirklich, nicht wahr? Die Beschreibung passt und da wir ja nun wissen, dass der arme Tropf in der Kiste ein anderer war …" Er schnalzte mit der Zunge und legte den Kopf schräg. „Was ist mit dir passiert? Hattest du keine Lust mehr, der Fürst der Bakitarer zu sein und die Welt zu beherrschen? Oder haben die Könige dir das verboten?"

Marek antwortete ihm nicht, sah ihn nur ausdruckslos an.

Nuros Augen verengten sich. „Du warst das mit Raffi und den anderen am Strand oder? Du hast sie getötet. Der große Schwertkämpfer, der es mit mehreren Gegnern zugleich aufnehmen kann … Weißt du, was *ich* glaube: Du bist gar nicht so grandios. Du betrügst. Das hast du schon immer, hast heimlich deine Zaubertricks eingesetzt und allen nur vorgemacht, dass du der größte Schwertkämpfer aller Zeiten bist. Du dreckiger Magier!"

Er trat nach Marek und war leider lang genug, um ihn an der Wade zu treffen, doch im Gesicht des Kriegers regte sich immer noch nichts.

„Na los, sag was dazu!", befahl Nuro verärgert.

„Du hast recht", gab Marek ihm nach. „Ich bin ein Lügner und Betrüger. Ich könnte mein Schwert noch nicht einmal ohne meine Zauberkräfte *heben*."

Nuro stieß einen abfälligen Laut aus. „Na, klar!"

„Wenn du mir sagst, was du hören willst, könnte ich meine Antworten so ausrichten, dass sie dir besser gefallen", schlug Marek vor und Jennas Brust zog sich zusammen, weil sich Nuros Gesichtsausdruck prompt verfinsterte.

„Ich könnte auch dein *Gesicht* so ausrichten, dass es mir besser gefällt!", brummte der Brutalo zurück und Jenna spannte sich an, das Donnern ihres eigenen Herzschlages ignorierend. Wenn sie auf die Beine kam und den Mann rammte, würde er seine Wut vielleicht nicht mehr gegen Marek richten. Sie war eine Frau, die schlug er ja wohl kaum zusammen ... über alle anderen Möglichkeiten konnte sie gerade nicht nachdenken.

‚Bleib, wo du bist!', sandte Marek an sie. ‚Ich kann einiges einstecken und er wird mich nicht töten, weil er mich noch braucht. Mit dir könnte er viel schlimmere Dinge tun!'

‚Aber das lässt du nicht zu', wusste sie, ‚und *ich* lasse nicht zu, dass er dich so zusammenschlägt wie Herol.'

„Alles in Ordnung, Nuro?", vernahm Jenna eine Stimme ganz in der Nähe und stellte erst jetzt fest, dass zwei der Männer, die mit ihm baden gewesen waren, sich nun ebenfalls zu ihnen gesellt hatten.

„Ja, klar", bestätigte Nuro und sank zurück auf seinen Platz. „*Ich* hab die Situation *immer* im Griff!"

„Das sag mal Herol", gab der andere, ein jüngerer dunkelhaariger Mann mit ordentlich gestutztem Bart, erstaunlich frech zurück. „Der wird für eine kleine Weile nicht mehr laufen können."

„Sein Pech!", brummte Nuro und blieb dabei erstaunlich ruhig. Also war er nicht der einzige, der etwas in dieser Gruppe zu sagen hatte, und nicht jeder musste ihn fürchten. „Einen Aufrührer wie ihn brauche ich nicht länger in meiner Truppe. Sollen ihn doch die wilden Tiere hier fressen!"

„Nuro!", rief einer der Soldaten, die gerade auf dem Weg zu ihnen waren, aufgebracht und verfiel ins Rennen. „Hörst du das? Da nähert sich jemand!"

Nicht nur der Angesprochene, sondern auch Jenna hielt inne und lauschte angespannt. In der Tat waren im Dschungel Geräusche zu vernehmen, die verrieten, dass sich jemand durch die dicht wachsenden Pflanzen kämpfte und es dauerte nicht lange, bis auch die Umrisse von mehreren Menschen auszumachen waren.

Nuro sprang auf, zog fast zeitgleich sein Schwert und seine Männer taten es ihm nach. Nötig war das allerdings nicht, denn der Trupp von vier Mann, der schließlich auf der kleinen Lichtung am Fluss auftauchte, gehörte eindeutig zu den Sklavenhändlern und Soldaten der *Freien*. Gleiche Kleidung, gleiches wildes Aussehen.

„Sasha!", stieß Nuro überrascht aus und Jenna meinte auch einen Funken von Verärgerung in seinen Augen aufblitzen zu sehen. „Was, bei Erexo, treibt *dich* denn hierher?"

Der blonde Neuankömmling mit dem Ziegenbärtchen und mehreren goldenen Ringen in den Ohren musterte den anderen mit sichtbarer Verachtung, während er sich weiter auf ihn zubewegte.

„Tymion hat mich dir nachgeschickt", erklärte er, als er dicht vor Nuro stehen geblieben war. Er griff in die Tasche seines Wamses, um eine Kette mit Anhänger daraus hervorzuholen. „Er hat mir erzählt, dass es dir an Hiklets mangelt."

Nuro stieß ein verärgertes Schnaufen aus, während Jennas Herz schon wieder schneller zu schlagen begann.

„Als ob das meine Schuld ist!", knurrte er zurück und riss dem anderen die Kette barsch aus der Hand. „Die da …", er wies auf Jenna und Marek, „haben einen Zauber aktiviert, der nicht nur den Magiern ihre Kräfte genommen hat, sondern auch sämtliche, mit Magie versehenen Gegenstände und Gebäudeteile im Tempel in tausend Stücke hat zerspringen lassen. Nur *mir* ist es zu verdanken, dass wir Marek Sangarshin mit einem noch funktionierenden Hiklet ausstatten konnten. Hat er dir *das* vielleicht gesagt?!"

Sasha sah zu dem Bakitarer hinüber, der ihm zum Gruß zunickte und auch noch die Muße hatte, ein überaus freundliches Lächeln aufzusetzen.

„*Das* soll der echte Marek sein?", fragte der blonde Neuankömmling zweifelnd.

„Ja, *ist* er!", bestätigte Nuro nachdrücklich.

„Na, ich weiß nicht", merkte Sasha mit kritischem Gesichtsausdruck an.

In Nuros Augen blitzte Zorn auf. „Du kannst es nur nicht glauben, weil *ich* es war, der ihn fangen konnte", zischte er sein Gegenüber an, „und weil *ich* es bin, der das Lob und die Belohnung dafür einstreichen wird."

Ein falsches Lächeln erschien auf Sashas Lippen und machte die Rivalität zwischen den beiden Männern noch einmal deutlicher. „*Wenn* du ihn bei Roanar ablieferst", reizte er Nuro weiter.

Dessen Hände ballten sich zu Fäusten. Marek hatte recht gehabt, wenn man einfach nur still dasaß und beobachtete, konnte man schnell die Schwachpunkte seines Gegners herausfinden. Bei Nuro war das eindeutig seine Geltungssucht.

„Darauf kannst du einen lassen", zischte er. „Und deine Hilfe brauche ich dafür mit Sicherheit nicht – selbst wenn Tymion dir den Auftrag dazu erteilt hat!"

„Hat er nicht", gab Sasha ganz offen zu. „Ich sollte dir nur das intakte Hiklet für die Frau bringen. Offenbar geht er davon aus, dass kein vom Fluch betroffenen Zauberer seine Kräfte so schnell zurückgewinnen kann und unter dieser Voraussetzung selbst jemand wie du es schafft, zwei gefesselte Gefangene zur Burg zu bringen."

Nuro biss seine Zähne so fest aufeinander, dass ein deutliches Knirschen zu vernehmen war. Er kochte vor Wut, dennoch griff er seinen Konkurrenten nicht an, was darauf schließen ließ, dass er diesen als ernst zu nehmenden und gefährlichen Gegner wahrnahm.

„Meine Männer und ich haben sehr viel mehr zu tun", versuchte Sasha sein Gegenüber weiter zu demütigen. „*Wir* sind darauf angesetzt worden, alle entflohenen Sklaven einzufangen. Und deren Anzahl hat sich seit der Aktivierung des Fluchs mindestens verdoppelt."

„Wie ist das möglich?", fragte einer von Nuros Kameraden, die sich mittlerweile alle um sie versammelt hatten.

„Nun, wie euer Anführer so schön beschrieben hat, sind alle Hiklets der im Tempel befindlichen Sklaven zersprungen und da ein Teil der Ruine auch noch zusammengestürzt ist, sind viele der Leute Hals über Kopf in den Dschungel gelaufen", erklärte Sasha mit etwas arrogant anmutender Geduld. „Und wer *einmal* die Freiheit gerochen hat, wird sie nicht so schnell wieder hergeben."

„Von wie vielen sprechen wir?"

„Ein Dutzend und sie sind in alle Richtungen gerannt. Es wird eine Weile dauern, bis wir sie eingesammelt haben. Hinzu kommt, dass sie scheinbar Hilfe von außen bekommen, was eigentlich nur bedeuten kann, dass die unsichtbaren Teufel wieder aus ihren Löchern gekrochen kommen und sich einmischen."

Spürbare Unruhe machte sich unter den Männern breit, obgleich keiner etwas dazu äußerte. Unsichtbare Teufel ... sprach er von den M'atay?

„Wahrscheinlich müssen wir diesen Urwaldgeistern nur mal wieder zeigen, wer hier das Sagen hat, und das macht unsere Aufgabe mit Sicherheit nicht leichter", fuhr Sasha fort und wandte sich wieder Nuro zu.

„Also, mein lieber Freund ..." Er schlug dem Mann provokant auf die Schulter. „Mach du schön gemütlich deinen Gefangenentransport, während wir die *richtig* harte Arbeit erledigen. Wie immer."

Nuro machte einen drohenden Schritt auf Sasha zu und zwei seiner Kameraden hielten ihn hastig fest, fast ängstlich von einem zum anderen sehend.

„Verschwinde aus meinen Augen, bevor ich mich vergesse!", knurrte Nuro bedrohlich.

Sasha grinste breit, wandte sich jedoch tatsächlich ab, die drei anderen Männer, die ihn begleitet hatten, im Gefolge. Im Vorübergehen glitt sein Blick über Jenna und Marek und sie konnte deutlich vernehmen, wie er kopfschüttelnd ein leises „Marek Sangarshin – so ein Quatsch!" von sich gab.

Es dauerte nicht lange, bis die Männer außer Sichtweite waren und Nuro einen lauten frustrierten Schrei von sich gab. Er zog erneut sein Schwert und Jenna riss entsetzt die Augen auf, weil der bullige Mann rasend vor Zorn auf Marek zu stapfte und weit mit seiner gefährlichen Waffe ausholte. Jenna schrie schrill auf und sie konnte auch die entsetzen Warnrufe der anderen hören.

Doch es war schon zu spät, das Schwert fuhr tief in sein Opfer. Nicht nur einmal, sondern gleich mehrmals. Borke und Holzsplitter flogen durch die Luft und rieselten auf Marek hernieder, der den Kopf zumindest ein kleines Stück eingezogen und die Augen ein bisschen zusammengekniffen hatte. Er hatte wohl sofort gespürt, dass Nuros Wut nicht ihn, sondern den armen Baum hinter ihm treffen würde, und machte deswegen im Angesicht der brachialen Gewalt, die aus jeder Pore von Nuros Körper sickerte, einen relativ gelassenen Eindruck.

Jenna hingegen war ein Nervenwrack. Sie zitterte am ganzen Leib, schnappte nach Luft und schluchzte ein paar Mal, bis sie sich wieder im Griff hatte, bis ihr Verstand verarbeitet hatte, dass Marek weder tot noch verletzt war.

Da war wieder seine Energie, die sanft nach ihr griff, sie beruhigend streichelte, ihr versicherte, dass es ihm gut ging. Niemand der hier Anwesenden würde ihn töten. Roanar hatte die Befehlsgewalt und anscheinend wollte er ihn lieber lebendig als tot wiedersehen. *Sein* Wort zählte. Von *ihm* hing es ab, dass Nuro die Anerkennung bekam, die er seiner eigenen Meinung nach verdiente. Das würde er nicht leichtfertig aufs Spiel setzen, nur um sich abzureagieren.

Nuro zog sein Schwert schwer atmend aus dem Baum und sah voller Hass auf Marek hinab. „Du *bist* Marek Sangarshin!", sagte er mit Nachdruck. „Du *bist* es!"

Der Bakitarer nickte bestätigend. „Sicher", gab er auf der Stelle nach. „Ich bin der, für den du mich hältst."

Nuro schnaufte verärgert, stieß Mareks Kopf mit der flachen Hand zur Seite und entfernte sich endlich von ihm.

Jenna versuchte, nicht zu laut aufzuatmen, aber es war verdammt schwer – genauso wie ihr Zittern wieder unter Kontrolle zu bringen. Marek für immer zu verlieren, war eine der schlimmsten Vorstellungen, die es derzeit für sie gab, und wenn das so weiterging, sein Leben immer wieder auf solche Weise bedroht wurde, würde sie am Ende ihrer Reise mit Sicherheit nicht mehr geistig gesund sein.

‚Es wird nicht mehr lange dauern', versicherte der Krieger ihr. ‚Der Fluss hier war auch auf meiner Karte zu sehen. Er bildet die Grenze zu Avelonia. Wir werden Camilor bald sehen können und dann befreien wir uns von diesen Vollidioten.'

‚Deine Kräfte ... sind sie denn schon vollständig zurück?', ließ Jenna ihm zukommen, obwohl sie die Antwort darauf bereits zu kennen meinte.

‚Nein, aber das macht nichts. Sie waren nie ganz weg und das reicht, um uns zu befreien. Wir spielen sie gegeneinander aus, und wenn sie sich streiten, komme ich sicherlich an eines ihrer Schwerter heran. Danach wird der Rest ein Kinderspiel.'

„Los geht's!", blaffte Nuro im Kommandoton. „Wir brechen wieder auf!" Er näherte sich Jenna, packte sie am Arm und zog sie grob auf die Beine.

„Löse seine Fußfesseln", wies er einen anderen Mann mit einem Fingerzeig auf Marek an, der der Aufforderung zügig nachkam.

Als der Bakitarer sich anschließend von allein erhob, stolperte der Soldat jedoch eingeschüchtert zurück und griff drohend nach dem Knauf seines Schwertes.

„Ich muss dich nicht darauf aufmerksam machen, dass ich auch *ihr* wehtun kann, oder?", wandte sich Nuro an Marek. „Wenn einer von euch beiden etwas tut, was mir nicht gefällt, werde ich den anderen dafür bestrafen, klar? Und mir ist es scheißegal, ob sie eine Frau ist. Hexen haben keine gute Behandlung verdient!"

Er zog sie rabiat mit sich mit und setzte sich mit ihr zusammen an die Spitze der Truppe. Mit dem Schwert in der anderen Hand betrat er den in den Dschungel geschlagenen Weg, kampfbereit und aggressiv. Es war schwer, bei einem solchen Anblick nicht den Mut und die Hoffnung zu verlieren.

‚Bist du immer noch der Meinung, dass unsere Flucht ein Kinderspiel wird?', sandte sie an Marek.

‚Definitiv', kam es von ihm zurück und die innere Überzeugung, die sie aus seiner Richtung fühlte, konnte sie in der Tat beruhigen. ‚Das sind alles Trottel. Ein Regenwurm hat mehr Verstand als die.'

‚*Sechs* Trottel', erinnerte sie ihn an die Überzahl des Feindes.

‚Die Betonung liegt auf dem zweiten Wort', erwiderte Marek, ‚und das lässt mich doch recht optimistisch in die Zukunft blicken.'

Das war eine gute Idee: Optimistisch in die Zukunft blicken. Jenna nahm sich vor, genau das zu tun – trotz der widrigen Umstände und gänzlich schlechten Voraussetzungen – und dabei so wie Marek Augen und Ohren offenzuhalten, damit sie den besten Moment abpassten, um ihren derzeitigen Anhang möglichst schnell loszuwerden. Er musste nicht alles allein herumreißen. Zusammen waren sie schon früher fast unschlagbar gewesen und so würde es auch dieses Mal sein.

Fehldenken

Leon erwachte, als die Dunkelheit die Welt noch fest in ihren Klauen hatte. Er hatte von Cilai geträumt, war wieder im Schloss gewesen, fernab aller Gefahren, und hatte seine wunderschöne Frau in seinen Armen gehalten. Doch der Traum war nicht lange schön geblieben. Plötzlich hatte sie sich in den geflohenen Sklaven verwandelt und der Mann hatte sich an ihn geklammert, ihm mit kaltem Atem zugehaucht, dass sie alle verloren waren, bevor er zu Asche zerfallen war.

Bei der Erinnerung daran schüttelte sich Leon und ließ seinen Blick über die Gestalten wandern, die um ihn herum auf ihren Decken lagen und einigermaßen fest zu schlafen schienen. Kilian und Silas waren nicht mehr da, weil sie wohl, wie abgesprochen, den nächsten Wachdienst übernommen hatten, denn die längste Gestalt, die er im Dunklen ausmachen konnte, musste Enario sein. Allerdings konnte er Sheza, die zusammen mit ihm die erste Schicht übernommen hatte, nirgendwo entdecken.

Er warf einen Blick auf Benjamin, der direkt neben ihm lag, um sicherzugehen, dass der Junge noch tief und fest schlief, und erhob sich lautlos. Er war jetzt zu wach, um gleich wieder einzuschlafen, und trotz der offenstehenden Tür war die Luft im Inneren der Hütte zu schwül und dick, um es noch länger darin auszuhalten.

Draußen war die Temperatur zu seiner Erleichterung deutlich gefallen und Leon atmete beglückt die frischere Luft ein, bevor er seine Augen auf Wanderschaft gehen ließ und schließlich fündig wurde. Nicht weit von ihm entfernt konnte er im Mondlicht die Silhouette einer Person ausmachen. Sie hatte sich auf einer der noch intakten Holzterrassen in den Bäumen niedergelassen und ließ ihre Beine von dieser hinunterbaumeln, den Blick auf den Sternenhimmel gerichtet. An sich kein ungewöhnliches Bild, nur war Sheza normalerweise keine Romantikerin, die im Mondlicht spazieren ging, was bedeutete, dass es ihr nicht gut ging.

Leon hegte schon seit einiger Zeit die Vermutung, dass die Kriegerin ihnen etwas vormachte und innerlich von ihrer Sorge um Alentara regelrecht zerfressen wurde. Gerade weil sie selten von ihr sprach, niemanden drängte, endlich herauszufinden, wo ihre große Liebe war, machte sie sich verdächtig und Leon hatte große Angst, dass die Trachonierin irgendwann ganz plötzlich durchdrehte und sie alle damit in große Gefahr brachte. Einmal war das schon fast geschehen und Leon war sich nicht sicher, ob er sie ein weiteres Mal zurückhalten konnte, wenn sie glaubte, Alentara für immer zu verlieren.

Davon abgesehen tat sie ihm unendlich leid, weil sie sich mit ihren Gefühlen, Ängsten und Sorgen vollkommen isolierte. Er wusste aus eigener Erfahrung, wie schädlich das war und wie furchtbar es sich anfühlte, und gerade deswegen näherte er sich ihr, wenngleich er wusste, dass sie ihn wahrscheinlich auf der Stelle abblocken würde.

Es dauerte nur wenige Minuten und ein bisschen Kletterkunst, um die kleine, runde Terrasse zu erreichen. Sheza zeigte keine Regung, obwohl sie ihn zweifellos bereits bemerkt haben musste. Da er aber auch keine Ablehnung in ihrer Körperhaltung erkennen konnte, ließ er sich neben ihr nieder und sah so wie sie hinauf zu den Sternen, die man zwischen den Ästen und Blättern der hohen Bäume um sie herum erkennen konnte.

„Die Magier glauben, dass jeder einzelne Stern eine andere von einem Gott erschaffene Welt ist", merkte die Kriegerin zu seiner großen Überraschung nach einer kleinen Weile leise an. „Roanar brachte mir bei, dass Ano die hellsten von ihnen geboren hat und der mächtigste aller Götter ist. Er sei auch der einzige von ihnen, der immer wieder Kontakt zu uns Menschen aufnahm, sie regelmäßig besuchte, bis sie ihn schrecklich enttäuschten."

Leon nickte. „Weil sie sein Geschenk missbrauchten und dadurch das Herz der Sonne zerstörten."

„Glaubst du daran?", fragte Sheza. „Dass Cardasol ein Teil von Anos Herz ist?"

Leon hob unschlüssig die Schultern. „Zumindest scheint es nichts anderes zu geben, das sich mit seinen Kräften messen kann. Ob sie gleich göttlich sind, sei dahingestellt."

Sheza senkte den Blick, betrachtete ihre Hände, die entspannt auf ihren Schenkeln ruhten, und hob eine davon an. „Das Amulett, das ihr für eine Weile bei mir gelassen habt, hat mich fast vollständig geheilt. Es gibt nur noch wenige Narben an meinem Körper, die daran erinnern, was mir in Tichuan bei dem großen Kampf zugestoßen ist."

Sie fuhr mit den Fingern der anderen Hand über einen etwas unebenen Bereich auf ihrem Handrücken. „Ein Wunder, dass mich doch an gewisse göttliche Kräfte in den Teilstücken glauben lässt, und ich habe mich noch nicht entschieden, ob mich das beruhigt oder verstört."

Leon wusste nicht, was er dazu sagen sollte. Alles magische Wirken, von dem er bisher Zeuge geworden war, war ihm immer zumindest teilweise wie ein kleines Wunder vorgekommen. Man konnte sich nur schwer an das Wirken derartiger Kräfte gewöhnen. Jetzt auch noch die Existenz echter Götter in die ganze Sache mit reinzuziehen, behagte ihm nicht.

Sheza schien zu seinem Glück nicht weiter darüber sprechen zu wollen. Sie blickte stattdessen wieder zum Himmel, die Stirn in nachdenkliche Falten gelegt. Dennoch sah sie im sanften Licht des Mondes jünger und sehr viel weicher aus als sonst, trotz der scharfen Konturen ihres Gesichts. Und sie war auf ihre eigene Art und Weise sehr hübsch, besaß große Augen mit langen Wimpern und vollen Lippen. Er konnte verstehen, warum sie Alentaras Interesse geweckt und die schöne Königin sich später unsterblich in sie verliebt hatte.

„Ihr habt mich nie gefragt", riss Sheza ihn aus seinen Gedanken und suchte seinen Blick.

Er runzelte verwirrt die Stirn. „Was gefragt?"

„Ob ich in der langen Zeit, in der ich dem Zirkel und vor allem Roanar diente, etwas über seine Pläne erfahren habe, über das, was hier in Lyamar passiert."

Leon dachte kurz über ihre Worte nach und nickte schließlich. „Ja, das hätten wir eigentlich tun sollen."

„Ihr seid halt davon ausgegangen, dass einer einfachen Fußsoldatin ohne magische Kräfte nichts über die großen

Pläne der Meister erzählt wird", schloss sie mit einem Schulterzucken. „Kann ich verstehen."

„Nein, das ist es nicht", widersprach Leon ihr wahrheitsgemäß. „Wir wissen ja bis jetzt noch nicht mit absoluter Sicherheit, ob Roanar tatsächlich der Kopf der Bande ist. Lange Zeit war ja noch nicht einmal klar, ob er sich überhaupt in Lyamar aufhält. Zudem warst du selber in großer Sorge um Alentara und wusstest nicht, wer sie entführt hat und warum. Also bin ich davon ausgegangen, dass du keine Informationen, die uns und damit auch Alentara helfen könnten, für dich behalten würdest. Ich vertraue meinen Freunden."

Shezas Gesicht erhellte sich und ihre Mundwinkel hoben sich minimal. „Du zählst mich immer noch zu deinen Freunden?"

„Aber sicher!", bestätigte er nachdrücklich und stieß sie kurz mit der Schulter an.

Die Kriegerin gab ein Geräusch von sich, das wie ein unterdrücktes Lachen klang. „Wir haben uns lange nicht gesehen", stellte sie klar.

„Ich habe Jenna genauso lange nicht gesehen und trotzdem ist sie weiterhin noch meine Freundin", erinnerte er sie. „Dasselbe gilt für alle anderen, die damals Seite an Seite mit uns gekämpft haben. Ich vertraue euch absolut und ich bin froh, dass wir wieder zueinander gefunden haben – auch wenn der Anlass dafür nicht der schönste ist."

Sheza verzog ihre Lippen zu einem schiefen Lächeln und nickte schließlich. „Geht mir auch so", gestand sie. „Ich …" Sie hielt inne und senkte erneut den Blick auf ihre Hände.

„Wir waren glücklich, weißt du", kam es nun sehr viel leiser über ihre Lippen. „Wir dachten, wir könnten ganz von vorn anfangen, alle Altlasten hinter uns lassen: die Königshäuser, die Zauberer, die Kämpfe … Wir hatten uns vollkommen zurückgezogen und für eine Weile fühlte es sich an, als würde es funktionieren. Wir waren so dumm und … verantwortungslos!"

„Nein, Sheza, das …", begann Leon, kam aber nicht weiter.

„Doch!", wehrte sie sich gegen seinen Einwand. „Wir alle wussten, dass zwar der Krieg beendet ist, der Zirkel jedoch noch weiter im Untergrund existiert. Aber wir waren so kriegsmüde und erschöpft, dass wir uns alles schöngeredet und die dringenden Aufräumarbeiten einem *einzigen* Mann überlassen haben. Das konnte nicht gut gehen! Es mag sein, dass Marek nun der mächtigste Zauberer in ganz Falaysia ist, aber er *allein* hätte auch Demeon vor zwei Jahren nicht besiegen können. Er wäre ohne uns andere gestorben, wahrscheinlich sogar viel früher, als wir uns das vorstellen können. Wie konnten wir mit diesem Wissen davon ausgehen, dass er auf sich gestellt den ganzen restlichen Zirkel zur Strecke bringt? Wie konnten wir ihm diese Aufgabe ganz allein überlassen?"

Leon schwieg. Es gab keine Argumente gegen das, was die Kriegerin da sagte. Es war die bittere Wahrheit. Sie hatten sich alle ausgeruht und den Frieden genossen, während Marek ohne Unterlass durch die Welt gereist war, um die letzten Gefahren für ganz Falaysia auszulöschen. Und dann hatten sie noch die Frechheit besessen, ihn in seiner Vorgehensweise zu kritisieren und zu maßregeln, wenn er bei den politischen Treffen wiederholt mit Abwesenheit geglänzt hatte. Marek war generell ein ruheloser Mensch, aber das als Ausrede zu nutzen, um selbst untätig zu bleiben, war, wie Sheza sagte, ein fataler Fehler gewesen, dessen Auswirkungen sie nun alle zu spüren bekamen.

„Ich hätte ihn begleiten müssen", fügte Sheza ihrer Selbstkritik hinzu. „Gemeinsam hätten wir mehr herausgefunden und das Schlimmste vielleicht noch verhindern können. Aber jetzt ..."

„Es ist noch nicht zu spät, um die *Freien* zu besiegen", tröstete Leon sie und sich selbst.

Sheza schenkte ihm ein trauriges Lächeln. „Ja, das ist wahr, aber es ist nun weitaus schwieriger, als es das gewesen wäre, wenn man diese Bedrohung von Anfang an gemeinsam bekämpft hätte. Und wenn sie ihr Ziel erreichen ..."

Sie sprach nicht weiter, sondern schloss die Augen und schüttelte den Kopf, als versuchte sie, den schrecklichen Gedanken damit aus ihrem Geist zu verbannen.

„Was, denkst du, *ist* ihr Ziel?", hakte Leon bedrückt nach.

Sheza sah ihn wieder an. „Silas hat mir beim Schichtwechsel erzählt, was die Geflohenen berichtet haben, dass unser Feind hinter Malin her sei, seine Grabstätte und damit auch seine Überreste finden wolle. Dafür gibt es doch nur *einen* Grund!"

„Sie hoffen, an sein Wissen und seine Macht heranzukommen", sprach Leon den Gedanken aus, der auch ihn schon seit einer kleinen Weile quälte. „Benjamin sagte mir, dass auch Marek bereits so etwas vermutet hat. Und Jenna hat mir erzählt, dass sie ihrer Tante ein altes Erbstück gestohlen haben, einen Kettenanhänger, den ihre Familie über Jahrhunderte beschützt und versteckt hat."

„Ja, ich habe euch zugehört", äußerte Sheza. „Er soll ihnen von Malin vererbt worden sein und die *Freien* hatten gewiss zu Anfang die Hoffnung, über ihn Malins Wissen und den Zugang zu seiner Macht zu erhalten oder mit seiner Hilfe zumindest einen Hinweis zu finden. Nur war das augenscheinlich nicht der Fall."

„Ich kann mir aber auch nicht vorstellen, dass Malin so dumm war, sein Wissen buchstäblich mit ins Grab zu nehmen", ließ Leon sie an seinen Gedanken teilhaben. „Und mir ist auch immer noch nicht klar, auf welche Weise diese Leute sich seine Kraft einverleiben wollen. Ist so was überhaupt möglich?"

Sheza biss nachdenklich auf ihrer Unterlippe herum. „Schwer zu sagen. Ich habe in meiner Zeit beim Zirkel gehört, dass Zauberer zumindest ihr Wissen für andere zugänglich machen können. Und seit dem Kampf in Tichuan wissen wir auch, dass man magisch Begabten ihre Kraft entziehen kann, was hier in Lyamar weiter bestätigt wurde – mit schlimmen Folgen für die Betroffenen. Vielleicht war das, was mit Demeon in Tichuan passierte, ja sogar der Auslöser für all das hier. Wollte er nicht ursprünglich genau dasselbe tun? Marek seine Kräfte rauben und sich selbst aneignen, sodass er Cardasol nutzen kann?"

Diese Schlussfolgerung war erschreckend, aber leider auch sehr sinnvoll. Roanar hatte mit Demeon zusammengearbeitet, ihn unterstützt. Vielleicht hatte er schon immer den geheimen Plan gehabt, sich Malins Kräfte anzueignen und Demeon war sein Versuchskaninchen gewesen, ohne selbst etwas davon zu bemerken. Deswegen hatten ihm auch die *Freien* in der modernen Welt geholfen, weil *sie* in alles eingeweiht gewesen waren und gewusst hatten, wie wichtig es war, dass Demeon zu seinem Ziel kam.

„Das ist mehr als gruselig, aber du hast recht", antwortete er beklommen. „Die *Freien* könnten Demeon als Testperson missbraucht haben. Ihm ist sein Plan zwar nicht gelungen, aber sie hatten am Ende die Bestätigung, dass man in der Tat jemandem seine magischen Kräfte rauben und an eine andere Person weitergeben kann."

„In unserem Fall an dich", erinnerte Sheza ihn.

„Nur dass ich sie niemals hätte nutzen können und das Mehr an Kräften jeden normalen Zauberer umgebracht hätte", erwiderte Leon nachdenklich. „So ganz ausgereift ist die ganze Sache noch nicht. Allerdings hatten die *Freien* zwei Jahre Zeit, um einen Weg zu finden, wie es vielleicht doch möglich ist."

„Oder sie arbeiten immer noch daran und suchen trotzdem schon nach Malins Grabstätte", fügte Sheza hinzu.

„Und wie passt die Entführung von Alentara in die ganze Sache hinein?", fragte Leon.

Sheza atmete tief durch. „Ihrer Familie wurde nachgesagt, dass sie ebenfalls von Malin abstammt. Ob das wahr ist, weiß ich nicht, aber aus diesem Grund hat sich Alentara immer sehr für alles Magische interessiert. Viele der Bücher in ihrer Bibliothek beschäftigen sich mit Malin, seiner Geschichte, seiner Magie. Ich vermute, dass die *Freien* sich erhofft haben, durch sie noch mehr über den größten aller Zauberer herauszufinden, vielleicht sogar den entscheidenden Hinweis über seine Grabkammer zu erhalten. Nur sind jetzt schon zwei Wochen vergangen und ich frage mich die ganze Zeit, was …" Sie brach ab, presste die Lippen zusammen und schluckte schwer.

„… was sie mit ihr machen, wenn sie alle Informationen, die sie brauchen, erhalten haben", beendete Leon ihren Satz ganz leise.

Sheza nickte stumm und schloss die Augen, nicht fähig, diesen Gedanken zu ertragen.

„Sie werden sie nicht töten", versuchte Leon sie zu trösten.

„Das weißt du nicht", stieß Sheza mit belegter Stimme aus und als sie den Blick wieder hob, glänzten Tränen in ihren Augen. „Vielleicht haben sie sie auch schon längst in eines ihrer Arbeitslager gesteckt und das ist ebenfalls ein Todesurteil, wie wir jetzt wissen."

„Alentara ist unglaublich intelligent", hielt Leon weiter dagegen. „Dafür war sie immer bekannt. Sie hat uns alle hereingelegt, Könige und Zauberer gegeneinander ausgespielt – ich kann mir nicht vorstellen, dass sie kampflos aufgibt. Wir werden sie mit Sicherheit bald wiedersehen."

Sheza gab ein ersticktes Lachen von sich und wischte sich etwas verschämt über die Nase. „Du bist der optimistischste Mensch, den ich je in meinem Leben kennengelernt habe", gab sie zurück, aber er konnte sehen, dass seine Worte Wirkung zeigten, sie aus ihnen neue Hoffnung schöpfte.

„Ich bemühe mich auch sehr", gab er mit einem kleinen Lächeln zurück. „Ich hatte eine gute Lehrerin."

Sheza nickte. „Jenna", wusste sie. „Vielleicht sollte ich mich auch mal von ihr belehren lassen – wenn sie wieder da ist. Und das wird bestimmt bald der Fall sein."

„Siehst du!" Leon hob erfreut den Zeigefinger. „Da geht's schon los! Sie färbt ab. Durch mich."

Sheza belohnte ihn für seinen Aufheiterungsversuch mit einem weiteren kurzen Lachen und legte ihm eine Hand auf die Schulter.

„Durch dich, mein Freund", bestätigte sie mit einer Wärme in den Augen, die für ihn vollkommen ungewohnt, aber gerade deswegen einfach wundervoll war. Ihre Augen blieben jedoch nicht lange bei ihm, sondern richteten sich auf etwas anderes im Hintergrund und prompt fand sich eine Falte zwischen ihren Brauen ein.

Leon drehte sich um und bemerkte, dass Ilandra auf sie zukam. Ihrer Eile nach zu urteilen, war ihr Anliegen zweifellos keiner erfreulichen Natur.

Sheza erhob sich rasch und Leon tat es ihr nach, während er versuchte, sich für die nächsten schlechten Nachrichten zu wappnen. Wo war die M'atay überhaupt gewesen?

„Ein Sturm zieht auf!", verkündete Ilandra geradeheraus. „Einer, wie schon lange nicht mehr hier war. Ano ist aufgebracht und wird uns zeigen, dass man ihn immer noch fürchten muss."

Leon sah hinauf in den Himmel. Er war nicht vollkommen wolkenlos, aber nach einem großen Unwetter sah es gegenwärtig nicht aus.

„Wie kommst du darauf?", fragte auch Sheza verwundert.

„Ich fühle es", gab die M'atay zurück. „Ano warnt die M'atay, damit sie Schutz suchen. Das tut er immer."

Ein Blick in Ilandras Gesicht genügte Leon, um ihr zu glauben. „Und wo wäre das? Wo verstecken sich die M'atay, wenn die Natur sich austobt?"

Ilandra presste angespannt die Lippen aufeinander und trat noch näher an ihn heran.

„Der Ort ist geheim", sagte sie leise. Ihr war anzumerken, dass sie sich sehr überwinden musste, ihm das zu erzählen. „Niemand darf ihn wissen. Ihr musst euch die Augen verbinden, wenn wir zum Eingang kommen, und versprechen, dass ihr niemals darüber redet, wenn wir den Ort wieder verlassen."

„Ihr habt eure magisch Begabten dort versteckt, nicht wahr?", schlussfolgerte Leon und es dauerte einen Augenblick, bis Ilandra die Kraft fand, zu nicken.

„Ich schwöre dir hochheilig, dass ich niemandem davon erzähle und dafür sorge, dass auch alle anderen dieses Geheimnis für sich behalten", versprach Leon.

„Das tue ich auch", schloss Sheza sich ihm an.

Ilandra sah sie beide noch eine kleine Weile an, bevor sie entschlossen nickte und sich umwandte. „Wir mussen die anderen wecken", warf sie ihnen über die Schulter zu. „Wir durfen keine Zeit mehr verlieren!"

Zielgeleitet

Sich stundenlang einen Weg durch die Wildnis zu bahnen, wenn die schwüle Luft das Atmen erschwerte und der Schweiß einem in Bächen über die Haut lief, war eine enorme Belastung. Dies auch noch in der Dunkelheit, in einem eher bergigen Gelände mit gefesselten Händen zu tun, war allerdings eine Steigerung und Tortur, auf die Jenna liebend gern verzichtet hätte.

Sie war jetzt schon so oft gestürzt, dass sie die genaue Zahl gar nicht mehr nennen konnte, und ihre Handgelenke brannten, weil sie von dem groben Strick bereits so wund gescheuert waren, dass sie langsam zu bluten anfingen. Dies wiederum fanden die Moskitos besonders anregend, sodass sie zusätzlich von diesen lästigen Viechern verfolgt und vollkommen zerstochen wurde. Ihre Nerven lagen dementsprechend blank und der Grad ihrer Erschöpfung hatte einen neuen Höhepunkt erreicht. Dass sie sich immer noch auf den Beinen hielt, diese sogar weiterhin bewegen konnte, kam einem Wunder gleich, das sicherlich nicht mehr allzu lange anhalten würde.

Es war der Anblick des gefesselten Mannes vor ihr, der ihr, immer wenn sie das Gefühl hatte, gleich zusammenzubrechen, neue Kraft gab, sie die Zähne zusammenbeißen und tapfer weiterlaufen ließ. Irgendwann hatte

Nuro ihr widerwillig das von Sasha gebrachte Hiklet umgelegt, welches leider hervorragend funktionierte und es ihr unmöglich machte, Marek weiterhin geistig zu fühlen. Sie hatte jedoch noch seine tröstlichen Worte im Ohr, zehrte von ihnen und der Hoffnung, die sie ihr gaben.

Bedauerlicherweise war auch die Laune unter ihren ‚Begleitern' mit der Zeit und Anstrengung immer schlechter geworden, was nicht nur zu Unstimmigkeiten unter den Männern, sondern auch dazu führte, dass sie ihre Gefangenen zunehmend rabiater behandelten. Vor allem Marek wurde liebend gern geschubst und gestoßen, bekam mal einen Ellenbogen oder gar eine Faust in den Rücken oder die Seite gerammt, wenn er nicht schnell genug oder zu schnell lief, und wurde an seinen Fesseln derart grob hin- und hergezerrt, dass es sogar für sie schmerzhaft war, dabei zuzusehen. Dennoch blieb sein Gesichtsausdruck immer derselbe: kühl, emotionslos, unbeteiligt.

„Können wir mal wieder eine Pause einlegen?", rief der Mann neben ihm hinüber zur Spitze, an der sich Nuro kurz nach ihrem Aufbruch eingefunden hatte.

Der bullige Anführer wandte sich mit grimmigem Gesichtsausdruck zu ihm um.

„Die hier bricht uns sonst noch zusammen", kam Jennas Begleiter seinem Kameraden zur Hilfe und hob den Strick in seiner Hand, sodass auch ihre Hände gen Himmel gezogen wurden.

Sie unterdrückte einen Schmerzenslaut und fühlte sich versucht, die Lüge durch ein lautes „Gar nicht!" auffliegen zu lassen, doch ihr fiel rasch ein, dass sie sich damit selbst schadete. Auch wenn der Mann mit seiner Behauptung sein eigenes Bedürfnis nach einer Pause versteckte, lag er damit ja nicht falsch. Sie *war* kurz davor zusammenzubrechen.

Nuro schüttelte jedoch den Kopf. „Wir müssen noch da rauf", sagte er und wies auf den halb zugewachsenen Weg vor ihnen, der aus Jennas Sicht viel zu steil und steinig war, um ihn zu bewältigen.

Ein Murren ging durch die Gruppen und Nuro sah die ‚Rebellen' scharf an. „Hier wird nicht herumgejammert, sondern getan, was ich befehle – sonst setzt's was!", schnauzte er seine Kameraden an. „Los jetzt!"

Der Trupp setzte sich unter seiner Leitung widerwillig in Bewegung und Jenna nahm ihren letzten Rest Kraft zusammen, stemmte die Beine in den Boden und kämpfte sich tapfer die Steigung hinauf. Allzu lang dauerte der Aufstieg nicht und als sie ebeneren Boden erreicht hatten, hatte sich auch die beinahe undurchdringliche Wand aus Urwaldpflanzen gelichtet und gab den Blick auf eine Landschaft frei, die Jenna zusätzlich den Atem verschlug.

Sie befanden sich auf einem Plateau, vor dem sich eine breite, lange Schlucht zwischen zwei grünen Bergketten öffnete. In der Ferne erwachte bereits die Sonne und gab dem ganzen Canyon ein rosa-violettes Leuchten, vor dem sich in der Mitte die dunkle Silhouette eines einzelnen hohen Felsens abzeichnete. Eines Felsens, dessen Spitze von einer stattlichen Burg gekrönt wurde.

Jenna war erstarrt, konnte ihren Blick für einen kurzen Moment nicht mehr von dem altertümlichen Gebäude mit seinen vielen Türmen und Zinnen abwenden. Dann kamen die Bilder, viel zu schnell, viel zu hektisch: Ein verschlungener Weg am Fuße des Felsens; Malins Zeichen; eine geheime Tür, die sich öffnete; eine sonnendurchflutete Bibliothek mit Bücherregalen, die bis an die Decke reichten; ein kleinerer Saal mit einer runden Tafel, an der sich die Zauberer mit ihren langen Roben eingefunden hatten.

Keuchend ging Jenna in die Knie, drückte ihre Finger zumindest gegen eine ihrer pochenden Schläfen und blinzelte angestrengt, bis die Bilder verblassten und auch das damit einhergehende Summen in ihren Ohren nachließ. Sie wurde grob gepackt und auf die Beine gehoben. Nuros erzürntes Gesicht war direkt vor ihrem.

„Was soll das?!", fauchte er sie an und ein paar Speicheltropfen trafen ihre Wange und Nase.

„Sie hat keine Kraft mehr", erklärte der Soldat, der die letzten Stunden an ihrer Seite gewesen war und sie noch einigermaßen menschlich behandelt hatte. „Das hab ich dir doch gesagt."

„Wir sind fast da!", schnauzte Nuro ihn an. „Da drüben ist die Burg! Das wird sie ja wohl noch durchhalten!"

Er ließ sie so ruckartig los, dass sie zurücktaumelte und nur nicht fiel, weil jemand hinter ihr sie mit seinem Körper auffing. Ein vertrauter Geruch drang in ihre Nase und sie warf einen matten Blick über ihre Schulter. Ein minimales Lächeln huschte über Mareks Lippen, dann war die emotionslose Maske zurück.

„Halte durch", wisperte er. „Nur noch für kurze Zeit."

Jennas Puls beschleunigte sich und sie öffnete ihre letzten Energiereserven, wappnete sich für was immer auch passieren würde.

„Wir müssen noch da runter und auch wenn es gerade so aussieht – die Burg ist nicht so nah, wie man meinen könnte", kämpfte nun auch ein anderer Mann für die dringend benötigte Pause.

Nuro gab ein verärgertes Lachen von sich. „Das kann nicht euer Ernst sein!", motzte er. „Kaum verlangt man mal ein bisschen mehr Einsatz von euch, werdet ihr zu totalen Weichbirnen!"

„Wir laufen seit *Stunden*, Nuro!", beschwerte sich der blonde Mann mit dem Spitzbart, der auch schon zuvor wenig Respekt vor dem selbsternannten Anführer der Gruppe gehabt hatte. „Es dämmert bereits wieder und nicht nur unsere Gefangenen sind müde und erschöpft. Da wird es ja wohl kaum schaden, eine kurze Pause einzulegen, bevor wir uns an den Abstieg machen. Und ganz ehrlich: Die Frau hält das mit Sicherheit nicht länger durch."

„Weißt du was?", brummte Nuro und kam dem anderen bedrohlich näher. „Dann trag sie doch! Wir gehen auf jeden Fall weiter!"

„Warum die Eile?", vernahm Jenna Marek hinter sich und erschrak fast, weil sie seine Stimme schon so lange nicht mehr gehört hatte – zumindest nicht in dieser Lautstärke. „Wirst du zum Morgentee erwartet?"

Nuro wandte sich ruckartig zu ihm um, den Kiefer angespannt und die Augen zu schmalen Schlitzen verengt. „Du hältst besser die Schnauze, sonst stopf ich sie dir!"

„Mich interessiert das aber auch", mischte sich der Spitzbart wieder ein. „Warum hetzt du uns derart durch den Urwald, als wären *wir* plötzlich deine persönlichen Sklaven?"

„Er sieht wahrscheinlich seine Chance gekommen, seinen Fehltritt wiedergutzumachen", merkte ein kleiner Mann mit Vollbart an.

„Halt dein vorlautes Maul, Barosh!", schnauzte Nuro ihn an. „Hier geht es um Dinge, die du mit deinem Erbsenhirn nicht verstehst!"

„Ich glaube ja eher, dass er recht hat", sagte ein Vierter. „Du willst bei Roanar schleimen, um dich wieder gut mit ihm zu stellen und *wir* müssen dafür leiden."

„Ich zeig dir gleich mal, was Leid ist, Shuzma!" Nuro richtete sich zu seiner vollen Größe auf und machte einen bedrohlichen Schritt auf den Mann zu, doch wirklich beeindruckt schien dieser davon nicht zu sein. Stattdessen leuchtete sogar Wut in seinen Augen auf.

„So was wie mit Herol machst du nicht noch mal mit einem von uns!", blaffte er zurück und erhielt dafür einstimmiges Nicken von allen Seiten.

„Ach ja?", knurrte Nuro bedrohlich und näherte sich dem Mann noch weiter, die Hände bereits wieder zu Fäusten geballt. „Und wer will mich davon abhalten? *Du* etwa?"

„Wir alle!", verkündete der Spitzbart und stellte sich an die Seite des nur scheinbar Schwächeren. „Und an deiner Stelle würde ich jetzt ganz vorsichtig sein, denn ich bin mir sicher, dass es Roanar vollkommen egal ist, *wer* ihm die beiden Gefangenen bringt – Hauptsache, sie kommen bei ihm an."

Nuro schnaufte wie ein wildgewordener Stier und sein breites Gesicht wurde vor Zorn tiefrot. „Das wagt ihr nicht!", grollte er und Jenna zuckte zusammen. Nicht aus Angst vor dem wütenden Mann, sondern weil die Fesseln an ihren Händen plötzlich sehr warm wurden und der Druck deutlich nachließ. Unter ihren größer werdenden Augen begannen sich die Fasern des Stricks langsam aufzulösen. Es ging los! Marek wurde aktiv! Und niemand außer ihr bekam etwas davon mit.

„Oho!", entfuhr es dem Mann, der den Namen Barosh trug. „Rieche ich da etwa eine Belohnung, die du mit niemandem teilen willst? Dann geht es gar nicht um Wiedergutmachung – du benutzt uns für deine eigenen egoistischen Zwecke!"

„Halt dein Maul!", brüllte Nuro ihn an und man konnte förmlich sehen, wie ihm die Kontrolle über sich selbst entglitt. „Ihr seid jetzt alle still! *Alle!*"

„Wenn ich ‚jetzt' sage, rennst du den Weg zurück, den wir gekommen sind", raunte Marek ihr zu, während die Männer weiter stritten. „Warte nicht auf mich und dreh dich nicht um. Ich komme nach."

Sie nickte, wenngleich ihr gar nicht danach war. Ihre Fesseln waren noch sichtbar und verblieben an Ort und Stelle, obwohl sie genau spürte, dass sie vollkommen zersetzt waren. Etwas hielt sie noch zusammen, bewahrte den Schein und es war nicht schwer zu erraten, was oder besser *wer* das war.

„Es war immer schon so, dass ich nach Iliad der Zweite im Kommando war und ihr tut jetzt, was ich sage!", verlangte Nuro lautstark.

„Und es war schon immer so, dass *wir* uns eine neue Führungsspitze gesucht haben, wenn wir gemerkt haben, dass die derzeitige nichts taugt", konterte der Spitzbart und trat mutig an seinen Gegner heran. „Vielleicht ist es wieder einmal Zeit für einen Wechsel. Und ich sage euch, Leute, *wenn* es eine Belohnung gibt, wird die gerecht zwischen uns aufgeteilt."

Nuro starrte den Spitzbart hasserfüllt an und plötzlich ging alles ganz schnell: Innerhalb eines Sekundenbruchteils befand sich ein Dolch in seiner Hand und versank mit einem ekelhaften Geräusch in der Brust des anderen, der nur noch die Zeit hatte, entsetzt die Augen aufzureißen, bevor er mit einem Keuchen auf die Knie sank und schließlich der Länge nach hinschlug.

„Noch jemand, der gern Anführer werden will?", höhnte Nuro und wischte das Blut seines Opfers an dessen Rücken ab.

Er hatte wohl damit gerechnet, dass ihm seine Aktion den Respekt seiner Männer zurückholte, doch das war weit gefehlt. Fast auf jedem Gesicht zeigte sich unbändiger Zorn und es dauerte nicht einmal eine halbe Sekunde, bis die Männer zu ihren Waffen griffen. Nuro reagierte noch schnell genug, um einen von ihnen niederzustrecken, bevor er ihm gefährlich werden konnte, der nächste stach ihm jedoch sein Messer in die Seite und ließ ihn brüllend zur Seite taumeln.

„Jetzt!", raunte Marek ihr zu und schob sie sogar an, bevor er sich duckte und näher an die Kämpfenden heranrückte.

Jenna machte nur zwei Schritte in die vorgegebene Richtung und blieb gleich wieder stehen, weil es ihr trotz oder gerade wegen des grausamen Kampfes vor ihr zutiefst widerstrebte, Marek allein zu lassen.

Nuro hatte noch einen weiteren Mann niederstrecken können, doch die drei Übrigen stachen und hackten nun so gnadenlos auf ihn ein, dass er keine Chance mehr hatte, lebend aus diesem Drama herauszukommen. Bedauerlicherweise bekam einer seiner Mörder mit, dass Marek das Schwert eines der Gefallenen an sich brachte und stieß einen Warnschrei aus, der die Kämpfenden innehalten ließ. Nuro sank wie der Spitzbart zuvor blutspuckend auf den Boden und regte sich nicht mehr, während die anderen drei sich in Angriffsposition brachten.

„Tu jetzt nichts Unüberlegtes!", forderte Barosh von dem Bakitarer und näherte sich ihm geduckt. „Leg das Schwert einfach wieder weg – dann passiert dir und deiner Freundin nichts."

Marek legte den Kopf schräg und runzelte die Stirn. „Ihr wollt uns zu Roanar bringen – du glaubst dort passiert uns nichts?"

Barosh dachte kurz nach und verzog das Gesicht. „*Nichts* ist vielleicht der falsche Ausdruck, aber er wird euch nicht gleich umbringen. Vielleicht tut er das auch nie."

Sein Blick wanderte viel zu auffällig zu seinen Freunden, von denen sich einer eindeutig auf den Weg zu Jenna hinüber machte und der andere versuchte, von einer anderen Seite an Marek heranzukommen.

„Ganz ehrlich, ich verspüre nicht das geringste Bedürfnis, das Narbengesicht wiederzusehen", gab Marek falsch lächelnd zurück und bewegte sich nun rückwärts, ebenfalls in Jennas Richtung.

Ihr Herz klopfte zum Zerspringen und sie hob mahnend eine ihrer Hände in die Richtung ihres Angreifers.

„Bleib, wo du bist!", stieß sie aus. „Ich bin eine Magierin und kann dir auch ohne sichtbare Waffen schlimme Dinge antun!"

„Du trägst ein Hiklet!", erinnerte der Mann sie, obwohl er kurz innehielt.

„Ja, eines, das nicht funktioniert", erwiderte sie rasch, „denn wie du siehst, konnte ich meine Fesseln wunderbar auflösen." Sie hob nun beide Hände und zog damit zumindest für einen kurzen Moment die Aufmerksamkeit aller Soldaten auf sich.

Marek war blitzschnell. Barosh, der ihm am nächsten war, landete mit durchschnittener Kehle in den Büschen hinter ihm und der andere Mann, der den Bakitarer bedrängt hatte, konnte den Streich seines Schwertes nur mit knapper Not abwehren. Funken stoben auf, als die Schwerter aufeinanderprallten, und der Soldat taumelte durch die Wucht des ersten Schlages zurück, geriet mit dem zweiten und dritten sogar ins Stolpern. Sein Freund entschied sich, ihm zur Hilfe zu eilen, eine Streitaxt in den Händen, die dem Bakitarer durchaus gefährlich werden konnte.

Jenna reagierte instinktiv: Sie bückte sich nach dem handtellergroßen Stein, gegen den sie eben gerade gestoßen war, zielte nur kurz und warf diesen mit aller Kraft auf Mareks zweiten Angreifer. Dass sie tatsächlich dessen Hinterkopf traf, schockierte und erfreute sie zur selben Zeit. Der Mann stürzte und musste seine Axt loslassen, um sich mit den Händen abzufangen. Und als er wieder auf die Füße kam, zog Marek gerade das Schwert aus der Brust seines Kameraden, der dabei röchelnd zur Seite sank.

Der Axtkämpfer brüllte vor Wut auf und stürzte sich erneut auf den Bakitarer. Seine Waffe durchschnitt die Luft, dort wo Marek gerade noch gestanden hatte, und der Soldat taumelte durch seinen eigenen Schwung noch ein paar Schritte nach vorn, bevor er in einen der Büsche fiel und dort zuckend hängen blieb. Anscheinend hatte auch Marek zugestoßen, war damit jedoch derart schnell gewesen, dass Jenna nichts davon mitbekommen hatte. Das Resultat war allerdings eindeutig: Auch der letzte ihrer

Gegner bewegte sich nicht mehr und Blut tropfte von den Blättern des Busches auf den Boden.

Etwas schwerer atmend als zuvor kam Marek auf sie zu. Er war verärgert. Das besagte die tiefe Falte zwischen seinen Brauen und das erregte Funkeln in seinen Augen. „Hab ich dir nicht gesagt, dass du weglaufen sollst?!", herrschte er sie unwirsch an.

„Und hab ich dir nicht schon oft genug bewiesen, dass ich meine eigenen Entscheidungen treffe?!", gab sie in einem ganz ähnlichen Tonfall zurück und wies nachdrücklich auf die Toten. „Zum Glück! Sonst wärst du vielleicht jetzt einer von denen."

„Ach was", winkte er ab, arrogant wie eh und je. „Ich hatte das Überraschungsmoment auf meiner Seite. Das klappt immer!"

„Eben nicht!", stritt sie weiter. „Die haben viel zu schnell gemerkt, dass du an eine Waffe herangekommen bist, und wenn ich mich recht erinnere, war *ich* es, die für einen Moment der Unaufmerksamkeit gesorgt hat – also komm mir nicht mit ‚es wäre besser gewesen, wenn du weggelaufen wärst'!"

„Ich sagte nicht, dass es besser gewesen wäre", redete er sich heraus. „Ich habe nur nachgefragt, ob du meine Anweisung vernommen hattest."

„Na, das weißt du ja jetzt", merkte sie mit einem allerliebsten Lächeln an.

Mareks Augen verengten sich und musterten sie kurz. „Hier!"

Jenna starrte verwirrt das Schwert an, das er ihr jetzt mit der Spitze nach unten vor die Nase hielt. „Äh ... der Kampf ist vorbei?"

„Du sollst das nur halten", erklärte er ihr knapp und sie griff immer noch verwirrt blinzelnd zu.

Das Schwert war schwer und zog ihre Arme nach unten, doch sie hielt tapfer dagegen, ließ sich nicht anmerken, dass sie vergessen hatte, wie schwierig es war, geschickt mit einer solchen Waffe umzugehen.

„Was tust du?", fragte sie, als er auf den ersten Toten zulief und diesen an den Armen packte.

„Ich sorge dafür, dass unsere Flucht nicht gleich auf den ersten Blick ersichtlich ist", erklärte er, während er den leblosen Körper ins Dickicht zog.

Jenna dachte nicht lange nach, sondern marschierte entschlossen auf einen der anderen Toten zu. Wenn sie mithalf, waren sie auf jeden Fall schneller und es war zweifellos nicht klug, sich länger als nötig an diesem Ort aufzuhalten. Erste Zweifel an ihrem Vorhaben kamen ihr, als sie versehentlich in den Blutrinnsal trat, der von dem Leichnam aus an den glatten Steinen dieses Bereichs hinunterlief. Ihr wurde ein wenig mau, dennoch trat sie noch näher heran, nahm das Schwert in nur eine Hand – was ausgesprochen belastend war – und griff mit der anderen nach dem Unterarm des Toten. Die Haut war nicht mehr richtig warm und verstärkte ihre leichte Übelkeit, dennoch zog sie tapfer an dem Arm, sodass sich der Oberkörper des Mannes ein Stück bewegte und sie schließlich in Nuros Gesicht blickte. Zumindest in das, was davon noch übrig war, denn einer seiner ehemaligen Kameraden hatte ihm eindeutig den Schädel eingeschlagen.

Jenna würgte kurz, hatte sich dann aber im Griff. Er war ein bösartiger Mensch gewesen und auch wenn sie niemandem wahrhaftig den Tod wünschte, erzeugte sein

Ableben keinerlei Mitleid in ihr. Dazu hatte sie seine Drohung unten am Fluss zu ernst genommen.

„Jenna." Mareks sanfte Stimme ließ sie zusammenzucken, hatte sie doch gar nicht bemerkt, dass er sich ihr genähert hatte. „Lass mich das machen."

Er nahm ihr Nuros Arm aus der Hand und schob sie behutsam beiseite, bevor er auch den anderen ergriff, den Toten etwas anhob und ins Gebüsch zog.

„Warte!", stieß sie aus, denn etwas an Nuros Hals hatte im Licht der aufgehenden Sonne kurz aufgeblinkt.

Marek hielt irritiert inne. Sie nahm sich jedoch nicht die Zeit, ihm umständlich zu erklären, worum es ging, sondern war mit zwei Schritten bei ihm und griff nach der Kette, um sie aus dem Ausschnitt von Nuros Hemd zu ziehen. An deren Ende hing ein runder Anhänger mit dem Zeichen Malins. Sie sah Marek an und der nickte ihr schnell zu.

„Steck's ein!"

Das brauchte er ihr nicht zweimal sagen. Glücklicherweise war die Kette lang genug, um sie relativ problemlos über Nuros Kopf zu ziehen, dennoch musste Jenna erneut würgen, als sie an einem der blutverschmierten Ohren hängen blieb. Sie griff beherzt zu und befreite das Geschmeide tapfer, bevor sie mit einem großen Schritt den dringend benötigten Abstand zum Toten herstellte.

„Setz dich irgendwohin und ruh dich aus", wies Marek sie an. „Du brauchst deine Kraft für den Marsch, den wir noch vor uns haben. Ich schaffe das mit den Leichen schon allein."

Jenna wollte protestieren, musste aber einsehen, dass sie augenblicklich in der Tat weder die Nerven noch die Kraft hatte, Marek weiter zu helfen. Jetzt, da die Gefahr erst einmal gebannt war, spürte sie ihre Erschöpfung noch viel stärker als zuvor und das flaue Gefühl im Magen wollte sich auch nicht so recht wieder legen.

Sie begab sich zum Rand des Abhangs und ließ sich dort auf einem morschen Holzstamm nieder. Ihr müder Körper entspannte sich auf der Stelle und sie schloss kurz die Augen, bevor sie den Blick auf Malins Burg richtete. Dieses Mal wurde sie nicht unvermittelt von Visionen geplagt, sondern konnte Camilor in Ruhe betrachten. Dafür, dass die Burg schon mehrere tausend Jahre alt sein sollte, sah sie noch sehr intakt aus – auch wenn es ein paar baufällige Bereiche gab und in einigen der Türme Krähen ihre Nester gebaut hatten, die ab und an ihre Kreise um die Burg herum flogen.

Dieses Gebäude hatte etwas an sich, was auch den vielen Ruinen hier in Lyamar innewohnte: etwas Mystisches, Faszinierendes, aber auch Einschüchterndes. Man spürte sofort, dass es sich nicht nur um ein einfaches Bauwerk handelte, sondern vor langer Zeit etwas mit ihm gemacht worden war, das sein Energiefeld für immer verändert hatte. Magie war in die Mauern gekrochen und würde die Burg wohl nie wieder aus ihren Krallen lassen.

Jenna ließ ihren Blick weiter wandern. In einigen wenigen der vielen schmalen Fenster brannten Lichter, vermutlich Kerzen oder Fackeln, was bedeutete, dass ihre Feinde Camilor wahrhaftig für sich eingenommen hatten und dort schon zu recht früher Stunde herumgeisterten. Wer sollte sonst es sein? Etwa die Geister der alten Zauberer?

Jenna hob ihre Hand. Ihre Augen hefteten sich auf den Kettenanhänger darin. Nuro war mit ihnen auf dem Weg zur Burg gewesen – vielleicht hatte er den Anhänger gebraucht, um ihn am Tor vorzuweisen. Oder er war selbst eine Art Schlüssel. Eines stand aber mit Sicherheit fest: Das war kein normales Schmuckstück. Es hatte eine Funktion, der sie bald auf die Spur kommen würden. Zwangsläufig, denn Marek hatte vermutlich vor, die Burg zu betreten, um herauszufinden, was die *Freien* dort taten. Im Prinzip unterstützte Jenna diese Idee. Ihr wäre es jedoch lieber gewesen, wenn sie erst ihre Freunde suchten, um mit diesen zusammen einen guten Plan dafür zu entwickeln. *Und* ihn später auch gemeinsam mit ihnen in die Tat umzusetzen! Wie sie Marek davon überzeugen sollte, ihrer Idee anstatt seiner zu folgen, wusste sie allerdings noch nicht.

Der Krieger näherte sich ihr und sie wandte sich müde zu ihm um. Von den Toten war nichts mehr zu sehen und, soweit Jenna erkennen konnte, hatte er auch alle Kampfspuren nach besten Kräften verwischt.

„Und was machen wir jetzt?", fragte sie mit einem kleinen Seufzen und wappnete sich schon für die schlimmste Antwort.

„Wir laufen den Weg zurück", überraschte Marek sie. Er wollte *nicht* gleich weiter in Richtung Camilor?

„Der Tag bricht an und nach allem, was passiert ist, wäre es momentan ohnehin nicht klug, sich noch weiter dem Stützpunkt unserer Feinde zu nähern", erklärte er auf ihren erstaunten Blick hin. „Besser ist es, sie von Camilor wegzulocken, um möglichst wenige Soldaten und Zauberer dort zu haben, wenn wir zurückkehren."

„Und wo sollen wir uns verstecken?", hakte Jenna nach.

„Dort, wo wir das die letzten Tage auch getan haben", gab er zurück. „In einer der vielen Ruinen hier."

Er streckte seine Hand in ihre Richtung aus und sie griff sogleich danach, obwohl ihre Beine sich dagegen sträubten, wieder ihr Körpergewicht zu tragen, und sie auch Zweifel an *diesem* Plan hatte.

„Ich habe keine auf dem Weg hierher gesehen", gestand sie.

Er hob das Schwert auf, das sie zuvor neben dem Baumstamm abgelegt hatte, und erst jetzt bemerkte sie, dass er sich auch seinen Waffengürtel und sein Gepäck zurückgeholt hatte, das zuvor einer der Soldaten getragen hatte.

„Ich aber", verkündete er und sah den steilen Weg hinunter. „Lass uns loslaufen. Ich erkläre es dir unterwegs."

Jenna hatte bereits wieder den Mund geöffnet, um weiter nachzufragen, klappte diesen nun aber zu und nickte einsichtig. Es war besser, wenn sie keine Zeit mehr verloren, und sprechen konnte man auch beim Laufen – auch wenn dies in ihrem derzeitigen Erschöpfungszustand sicherlich sehr viel schwieriger sein würde als sonst.

Die angekündigte Erklärung erfolgte sehr viel später, als Jenna erwartet hatte, weil Marek schon nach den ersten hundert Metern ihrer Flucht behauptete, dass sie ihn besser verstehen würde, wenn sie alles mit eigenen Augen sah. Sie nahm das gelassen hin, war ihr doch ausnahmsweise gerade nicht nach langen Diskussionen und Gesprächen zumute. Es war schon schwierig genug, sich auf den Weg zu konzentrieren und gegen den Drang anzukämpfen, sich einfach in die Büsche zu werfen und zu schlafen. Wie es ihr gelang, ihre schmerzenden Beine weiter zu bewegen und aufrecht zu laufen, kam ihr langsam wie ein großes wunderliches Rätsel vor. Deswegen atmete sie auch beglückt auf, als Marek endlich anhielt und auf den Stamm eines Baumes wies. Was er ihr da zeigte, war ihr nicht ganz klar. Sie war bloß froh, endlich mal wieder stehen bleiben zu dürfen.

„Siehst du das?", fragte er sie mit erhobenen Brauen.

Sie kniff die Augen zusammen und suchte die Borke nach etwas ab, das ungewöhnlich war, konnte jedoch nichts finden. „Nein."

Einer seiner Mundwinkel hob sich ein Stück. „Dieses Mal bin *ich* wohl der Auserwählte", merkte er verschmitzt an.

„Kannst du vielleicht etwas deutlicher werden?", forderte Jenna ihn ungeduldig auf, denn die Schwerkraft zog an ihren müden Beinen und ihr Bedürfnis, sich hinzulegen, wurde immer größer.

Er musterte sie kurz. „Ich hab vergessen, dass du ein funktionierendes Hiklet trägst", gestand er, „sonst könnte ich das Zeichen, das dort zu finden ist, auch für dich sichtbar machen."

„Ein Zeichen?", wiederholte sie stirnrunzelnd.

Er nickte. „Eines, das mit Magie entstand und zwar mit der *zweier* Elemente. Sie sind eine Art Hinweisschild und können nur von Magiern mit denselben Begabungen gesehen werden, genauso wie die Stätten, auf die sie hinweisen."

„Und da du *alle* Elemente beherrschst und auch noch das Blut der M'atay in dir trägst, die ja von den N'gushini abstammen sollen, kannst du *jedes* der Zeichen erkennen", ergänzte Jenna mit einem verständnisvollen Nicken. „Wann und wie sind sie dir aufgefallen?"

„Ich habe Ilandra in den letzten Tagen genau beobachtet, um herauszufinden, wie sie die alten, geheimen Stätten ohne Karte finden kann und bin ihr relativ schnell auf die Schliche gekommen", erklärte Marek und lief weiter.

Jenna folgte ihm wie ein Roboter, lauschte interessiert seinen Worten.

„Sobald man die Grenze des Zaubers um die Gemäuer herum übertritt, kann auch jeder andere, der mit dabei ist, sie sehen", fuhr er fort. „*Ohne* das Wissen, dass sie dort sind, halte ich es für ausgeschlossen. Die Magie ist in den meisten Ruinen noch stark – auch in denen, die Malin mit seinen Anhängern gebaut oder verändert hat – und ich denke, dass jeder Unwissende von dieser Kraft dazu verleitet wird, genau in die entgegengesetzte Richtung zu laufen. Deswegen wurdet ihr immer so langsam, sobald wir uns einer der schützenden Ruinen genähert haben."

„Wurden wir?", fragte Jenna überrascht. Sie hatte das gar nicht bemerkt.

„Ja", bestätigte Marek. „Der Schutzzauber hat euch das Signal gegeben, umzudrehen. Ihr seid ihm nur nicht nachgekommen, weil Ilandra und ich weitergelaufen sind."

„Deswegen waren wir so gut vor den *Freien* geschützt", schloss Jenna. „Sie bräuchten auch jemanden, der sie führt, um die heiligen Stätten zu finden, weil sie keine M'atay sind."

„Ich weiß nicht, ob das auch auf die alten Gebäude von Malin zutrifft", gab Marek bekannt, „weil sie diese ja eindeutig gefunden *haben*, aber die alten Bauwerke der N'gushini sollten relativ sicher vor ihrem Zugriff sein. Zumindest, solange sie keinen M'atay fangen und zwingen, ihnen diese zu zeigen."

Das war ein sehr tröstlicher Gedanke und Jennas Verlangen, endlich wieder ein sicheres Versteck und dort Ruhe zu finden, wuchs rasant an, bewegte sie sogar dazu, nun doch wieder etwas schneller zu laufen.

„Waren bisher alle Wegweiser mit dem Zauber zweier Elemente belegt?", erkundigte sie sich bei Marek, der den Blick wieder in die Ferne gerichtet hatte und nun gezielt auf einen für sie noch unsichtbaren Punkt zuhielt.

„Ja", bestätigte er. „Das ist sozusagen eine doppelte Absicherung, damit nur Nachfahren der N'gushini diese heiligen Orte aufsuchen können. Der Legenden über dieses alte Volk zufolge, waren deren Priester nämlich *alle* mehrfach begabt."

„Das heißt, Ilandra ist es auch", überlegte Jenna.

Mareks Lippen verzogen sich zu einem halbseitigen Lächeln. „Offensichtlich funktioniert dein Verstand trotz der Anstrengungen der letzten Stunden noch ganz gut", stellte er fest. „Muss ich mir wenigstens darum keine Sorgen machen."

Jenna schnitt ihm eine Grimasse und stolperte prompt über eine Baumwurzel. Angst vor einem Sturz musste sie dennoch nicht haben, denn Mareks Reflexe funktionierten noch ausgezeichnet und er hielt sie rechtzeitig am Oberarm fest.

„Du musst dir um mich *überhaupt* keine Sorgen machen", gab sie trotzdem selbstbewusst zurück und versuchte wie üblich die Wärme seiner Finger auf ihrer Haut zu ignorieren. „Ich bin in den letzten zwei Jahren nicht zu einem solchen Weichei verkommen, wie du vielleicht denkst."

Vielleicht schönte sie die Wahrheit ein bisschen, aber dafür, dass sie Märsche wie diesen schon sehr lange nicht mehr gemacht hatte, hielt sie sich doch fabelhaft.

„Ich hab dich noch *nie* für ein Weichei gehalten", erwiderte Marek überraschend sanft und machte es ihr gleich noch viel schwerer, nicht von seiner Berührung abgelenkt zu werden.

Sie widerstand dem Drang ihn anzusehen und versuchte sich zurück auf ihr Gesprächsthema zu konzentrieren. Fast war sie ihm dankbar, als er sie wieder losließ.

„Macht sie uns etwas vor?", fragte sie. „Ist Ilandra vielleicht tatsächlich gefährlicher, als es den Anschein hat?"

„Jeder Mensch mit magischen Begabungen ist erst einmal gefährlich", antwortete Marek, „weil Magie an *sich* gefährlich ist. Wirklich feststellen kann man das aber erst, wenn sich herausstellt, welche Ziele die betroffene Person verfolgt. Ilandra ist eindeutig mächtiger, als sie nach außen hin erkennen lässt. Wir haben es aber *ihr* zu verdanken, dass wir unbehelligt aus dem M'atay-Dorf herausgekommen sind. Li'Rual und auch alle anderen M'atay haben großen Respekt vor ihr und verlassen sich auf ihr Urteil. Ich denke, sie hat bei den M'atay generell viel zu sagen."

„Das macht sie noch gefährlicher, sollte sie zu dem Schluss kommen, dass wir der Feind sind", wandte Jenna ein.

„Das wird sie aber nicht", äußerte Marek überzeugt.

„Wie kannst du da so sicher sein?"

„Ich bin nicht *vollkommen* sicher, aber … ich habe ein gutes Gefühl bei ihr. Ich denke nicht, dass sie nur mit uns gekommen ist, weil sie etwas von mir lernen will, sondern viel eher, weil sie hofft, dass wir die schlimme Situation hier in Lyamar in den Griff bekommen. Vielleicht ist ihr das selbst noch gar nicht klar, aber sie sucht Verbündete für den Kampf gegen die *Freien*. Und sie wird diejenige sein, die die M'atay führt, sollte dieses Volk sich dafür entscheiden, uns zu unterstützen."

Jenna war überrascht. Sie hatte die M'atay bisher vollkommen unterschätzt und so etwas passierte ihr nur sehr selten. Ärgerlich.

„Hoffentlich vergrämen Kilian und Silas sie nicht, bis wir unsere Freunde wiedergefunden haben", seufzte sie.

„Ach", winkte Marek ab, „sie kann einiges wegstecken. Da würde ich mir keine Sorgen machen … Sieh mal, da vorn!" Er wies auf zwei höhere Bäume, die ineinander zu wachsen schienen und dadurch eine Art natürlichen Torbogen bildeten. „Da ist der Eingang!"

Er zog sein Tempo an und Jenna folgte ihm schnaufend, denn der Grund hier besaß schon wieder eine unangenehme Steigung. Ihre Muskeln brannten, als sie die Bäume endlich erreichte und unter ihnen hindurchschritt. Dann stockte ihr der Atem.

Unter ihrem verwunderten Blick verwandelten sich deren Äste in einen echten steinernen Torbogen, der zwar von Moos und Pflanzenranken überwuchert, aber eindeutig von Menschenhand erschaffen worden war. An ihn schloss sich eine ebenfalls von Pflanzen überwucherte hohe Mauer an, die an ihrem anderen Ende in ein flaches Gebäude überging, das mit seinen verzierten Säulen am Eingang stark an die Bauwerke der alten Griechen erinnerte. Es schien fast vollständig intakt zu sein und besaß sogar etwas, das den meisten Ruinen, die sie bisher gesehen hatte, gefehlt hatte: Ein Dach. Angesichts des stärker werdenden Windes und dem sich zuziehenden Morgenhimmel, war diese Entdeckung etwas äußerst Erfreuliches.

„Die Magie hier ist stark", stellte Marek beeindruckt fest, als auch er sich sichtbar beeindruckt im Hof der heiligen Stätte umgesehen hatte. „Ich denke, wir sind hier gut geschützt – vor den *Freien und* dem Unwetter, das gerade aufzieht."

Jenna sah mit Sorge hinauf in den immer dunkler werdenden Himmel. „Wird das schlimm werden?"

„Du machst dir Sorgen um unsere Freunde und deinen Bruder", erriet der Krieger ganz richtig. „Brauchst du nicht. Ilandra ist sicherlich noch bei ihnen und wird sie an einen geschützten Ort bringen."

Sie warf ihm einen zweifelnden Blick zu.

„Hey, ich hab dir gesagt, dass sie mehr von uns will, als sie zugibt. Vertrau mir – sie sind so sicher bei ihr wie du bei mir."

„Oder auch du bei mir", musste sie einfach mit einem versteckten Grinsen anmerken.

Marek schmunzelte. „Ganz genau." Er sah hinüber zum Eingang des ‚Hauses'. „Wollen wir uns mal ansehen, wie die Bude von innen aussieht?"

Er zwinkerte ihr verschmitzt zu und sie musste lachen, bevor sie ihm dorthin folgte. Ihre freudige Stimmung wuchs, denn auch wenn es im Inneren gewiss kein kuscheliges Bett gab – ihre Reise hatte dort erst einmal ein Ende. Endlich! Zur Not rollte sie sich auch einfach in einer Ecke zusammen wie ein Hund. Hauptsache sie konnte sich hinlegen und schlafen. Möglichst lange und ungestört. Jeder hatte so seine Träume …

Zuflucht

Benjamin wollte keine Angst haben. Er wollte weder sein Herz gegen seinen Brustkorb pochen fühlen, noch beim kleinsten Geräusch zusammenzucken. Doch leider spielte sein Körper nicht mit, sondern geriet in dem Moment, in dem Ilandra die Binde um seine Augen band, in helle Aufruhr. Die Dunkelheit machte es noch schwerer, das Rauschen des Windes in den Baumkronen und das bedrohliche Rumpeln im Himmel über ihnen zu ertragen, und sein Instinkt, die Flucht zu ergreifen und sich ein Versteck zum Hineinkauern zu suchen, war nur schwer zu bändigen.

Mit dem nächsten Donnern zuckte seine Hand zur Augenbinde, doch sie wurde sofort festgehalten.

„Du musst mir vertrauen", verlangte Ilandra von ihm. „Ich bringe euch in Sicherheit. Es ist nicht mehr weit. Hier – nimm seine Hand!"

Finger schlossen sich um die seinen, hielten ihn fest, aber erst als er Leons beruhigende Stimme vernahm, entspannte er sich etwas.

„Wir können ihr vertrauen", sagte Jennas Freund zuversichtlich. „Wenn sie bei uns bleibt, wird uns nichts zustoßen. Sie weiß, was sie tut."

„Na hoffentlich!", konnte Benjamin Kilian murren hören und mit dem nächsten Atemzug hatte Ilandra auch ihre Hände zusammengeführt.

Benjamins Angst verringerte sich noch mehr. Zwischen zwei erwachsenen Männern, die beide gut kämpfen konnten, war er ganz gut aufgehoben und konnte zumindest nicht so schnell weggeweht werden. Der Wind war mittlerweile so stark geworden, dass er immer wieder ins Wanken geriet und auch die Pflanzenteile, die seine Haut unentwegt trafen, machten es nicht leicht, Ruhe zu bewahren.

„Sei nicht so pessimistisch!", forderte Silas von seinem Freund. „Sie hätte auch einfach verschwinden und nur sich selbst in Sicherheit bringen können, nach dem, was wir ihr alles bisher unterstellt haben."

„Wenn ich mich recht erinnere, warst du daran maßgeblich beteiligt", konterte Kilian und Benjamin verdrehte unter seinem Tuch die Augen. Die beiden Männer waren zwar die meiste Zeit unzertrennlich, aber wenn sie sich mal stritten, war das kaum auszuhalten. Wie richtige Erwachsene benahmen sie sich nur selten.

„Nicht zanken – laufen!", kommandierte Ilandra jetzt und Benjamin setzte sich umgehend in Bewegung, als auch Leon das tat. An Kilian musste er ein bisschen ziehen, weil dieser sich wohl immer noch über Silas ärgerte, aber schließlich folgte ihm der Fischer, ohne weitere Kommentare in dessen Richtung abzugeben.

Benjamin fragte sich, was für ein seltsames Bild sie wohl gerade abgaben, Hand in Hand, hintereinander in einer Menschenkette wie eine Kindergartengruppe. Dabei befanden sich kampferprobte, stolze Kämpfer unter ihnen. Die Vorstellung drängte seine Sorgen und Ängste noch weiter zurück und brachte ihn sogar zum Grinsen – das ihm allerdings nur wenig später wieder verloren ging. Ein dicker Regentropfen hatte seine Stirn getroffen und er blieb nicht der einzige. Innerhalb von Sekunden begann es in Strömen zu regnen und durch den starken Wind dauerte es nicht lange, bis Benjamin vollkommen durchnässt war.

„Na, wundervoll!", hörte er Kilian hinter sich rufen. „Gut, dass wir die Schutzhütten erreicht haben, bevor das Unwetter richtig losgeht!"

Kommentare von den anderen blieben aus, weil sich jeder bewusst war, dass Herumgemecker auch nichts an ihrer Situation ändern würde. Es war ein seltsames Tuten in ihrer Nähe, das Benjamins Aufmerksamkeit im nächsten Moment auf sich zog, gefolgt von ebenso merkwürdigen, fremdartigen Lauten.

Ihr kleiner Zug kam zu einem jähen Halt und Benjamin spitzte die Ohren. Trotz des lauten Rauschens von Wind und Regen konnte er Ilandra nicht weit von sich entfernt etwas rufen und jemand anderen antworten hören und mit einem Mal spürte er, dass sie nicht mehr allein waren. Da waren andere Menschen, die sich ihnen näherten. Er konnte sie nicht hören, aber fühlen und zuckte deswegen auch nur ein kleines bisschen zusammen, als jemand seinen Oberarm ergriff und ihn von Leon und Kilian trennte.

„Hey! Was soll das?!", stieß Kilian aus. „Was zur ..." Er verstummte und auch der Protest von Sheza, Enario und Silas erstarb gruselig schnell.

Benjamins freie Hand schnellte zu seiner Augenbinde, wurde jedoch erneut festgehalten, bevor sie diese erreichen konnte. Jemand sagte etwas in einem strengen Befehlston zu ihm, doch er verstand die Sprache nicht und geriet nur noch mehr in Panik.

„Ganz ruhig." Das war Ilandra. Sie gab einen knappen Befehl in der anderen Sprache und Benjamin wurde losgelassen, fühlte statt der Hand des Fremden nun wieder ihre an seinem Arm.

„Deinen Freunden geht es gut", versicherte sie ihm. „Komm mit mir!"

Benjamin riss sich zusammen und ließ sich von ihr führen. Ab und an wies sie ihn an, die Beine zu heben, um über ein Hindernis zu steigen, und schließlich traten sie in etwas, das eine Überdachung hatte, denn zumindest der Regen peitschte ihm nicht mehr ins Gesicht und der Wind fuhr ihm nur noch von hinten in die nassen Kleider. Ihre Begleiter hatten sich eindeutig vermehrt, denn die Schritte, die von den Wänden um ihn herum widerhallten, waren die von sehr viel mehr als sieben Leuten. Er konnte sie in dieser eigenartigen Sprache miteinander tuscheln hören.

Da es auch noch dunkel um sie herum geworden war, der Wind nur noch in der Ferne heulte und eindeutig Sand unter Benjamins Füßen knirschte, ging er davon aus, dass sie sich in einem Tunnel befanden. Hier war es auch deutlich kühler als draußen und er fröstelte, wagte es nur nicht, seine Arme um seinen Körper zu schließen, um sich zu wärmen, weil Ilandra ihn so eisern festhielt.

Es dauerte eine kleine Weile, bis wieder mehr Licht durch seine Augenbinde drang, und allein das genügte, um Benjamins Anspannung etwas abzuschwächen. Warme Luft sowie weiter entfernt klingende Stimmen wurden an ihn herangetragen und er meinte sogar das Kreischen und Lachen von Kindern zu hören. Ein Dorf! Sie bewegten sich auf ein Dorf zu!

Ilandra hielt an und Benjamins Herz begann wieder schneller zu schlagen, weil sie nach seiner Augenbinde griff und ihn endlich von der erzwungenen Blindheit erlöste. Er blinzelte ein paar Mal und öffnete in stummem Staunen seinen Mund.

Sie befanden sich tatsächlich am Rande eines Dorfes. Dutzende von Hütten wie die, die er bei den anderen M'atay gesehen hatte, waren hier im Kreis um einen mit Säulen umrandeten steinernen Platz aufgebaut worden, in dessen Mitte ein großes Feuer brannte. Das Erstaunlichste an diesen Ort aber war, dass er im Inneren einer riesigen Höhle lag, deren Decke zu einer Seite offen war. Jedoch kam weder Regen noch Wind durch das große Loch und Benjamin wusste auch wieso. Ein mächtiger Zauber hielt alle Gefahren draußen und sein leises Knistern war nur für die Ohren aufmerksamer Menschen bestimmt.

„Willkommen in Harik ya N'gushini", verkündete Ilandra und streckte präsentierend ihre Arme aus. „Das ist die Zuflucht, die unsere Vorfahren gegeben haben und die selbst der Hand der Götter trotzt."

Benjamin sah sich beeindruckt um, wurde aber sogleich von seiner eigenen Feststellung abgelenkt: Leon war der einzige neben ihm, der noch stand! Alle anderen seiner Freunde sowie die beiden geflohenen Frauen befanden sich schlaff auf Liegen, die jeweils von zwei M'atay getragen wurden und die sich nun damit auch noch in Bewegung setzten.

„Was ...", stieß Benjamin aus, doch Ilandra ließ ihn gar nicht erst weitersprechen.

„Sie haben sich gewehrt und manche sogar zu ihren Waffen gegriffen, als meine Brudern und Schwestern sie führen wollten", erklärte sie. „Keine Sorge – sie schlafen nur."

Benjamin sucht nervös Leons Blick und erst, als der ihm zuversichtlich zunickte, beruhigte er sich wieder einigermaßen und folgte Ilandra hinunter ins Dorf, eskortiert von einigen bewaffneten Kriegern.

Aus den Gesichtern der Männer und Frauen um sie herum war zu lesen, dass sie keine willkommenen Gäste waren. Da waren Angst, Verunsicherung und Misstrauen zu finden. Zu neugierige Kinder wurden beiseite genommen und einige Alte zogen sich fast ängstlich in ihre Hütten zurück.

Aus einer der größeren Unterkünfte trat eine Frau hervor, die ähnlich gekleidet war wie der Schamane im anderen Dorf und so entschlossen, wie diese auf sie zukam, vermutete Benjamin, dass sie hier das Sagen hatte. Zwei Männer mit Speeren flankierten sie und nahmen eine grimmige Abwehrhaltung ein, als die Frau in einem gewissen Sicherheitsabstand zu den Neuankömmlingen stehen blieb und Einhalt gebietend die Hand hob. Sie musterte alle etwas ungnädig und wandte sich anschließend an Ilandra – leider in der Sprache ihres Volkes. Dass sie wütend war, war nichtsdestotrotz auch für Benjamin unmissverständlich.

Ilandra hörte sich das Gezeter in aller Ruhe an und antwortete schließlich freundlich, aber dennoch in einen durchaus eindringlichen Tonfall.

Benjamin sah verunsichert zu Leon auf, der ihm ein minimales Lächeln schenkte. „Sie macht das schon", versicherte er ihm leise. „Die schicken uns nicht wieder da raus."

Er behielt recht. Nach einem kurzen Hin und Her wies das Stammesoberhaupt schließlich auf eine Hütte am äußersten Rand des Dorfes, bedachte sie alle noch einmal mit einem sehr misstrauischen Blick und verließ sie dann wieder.

Ohne ein weiteres Wort zu verlieren, lief Ilandra weiter und Leon und Benjamin blieb nichts anderes übrig, als ihr zu folgen.

„Ihr darft bleiben, bis der Sturm vorbei ist", erklärte die M'atay. „Das dort druben ist eure Schlafhaus und ich wurde gesagt, dass niemand von euch allein hier herumlaufen darf. Deswegen werden auch Nanduk und Onru vor der Hutte Wache stehen und euch begleiten, wenn ihr durch das Dorf geht."

„Heißt das, wir *dürfen* uns ein wenig umsehen?", erkundigte sich Benjamin hoffnungsvoll, denn das alles hier hatte seine Neugierde geweckt, die gerade sogar stärker war als seine Erschöpfung.

„Ihr musst die Orte aufsuchen können, an denen man seine Notdurft machen darf", ließ Ilandra ihn wissen. „Und ihr durft euch baden und euch mit Essen versorgen."

Sie wies dabei auf bestimmte Bereiche der Höhle und Benjamin entdeckte erst jetzt, dass es dort einen kleinen Wasserfall mit dazugehörigem natürlichen Becken gab. Vielleicht war ein Bad gar keine schlechte Idee – und auf jeden Fall die perfekte Ausrede, um ein bisschen durch das Dorf zu wandern.

Die Hütte, die man ihnen zugewiesen hatte, war geräumig genug, um dort mindestens ein Dutzend Menschen unterzubringen, und es gab dort sogar eine Feuerstelle, an der man etwas kochen konnte. Nur war sie augenblicklich nicht in Betrieb. Die vier Fenster waren glaslos, wie es auch in dem anderen Dorf der Fall gewesen war, und im Gegensatz zu diesen besaßen sie keine Gitter. Man hatte also in der Tat nicht vor, sie einzusperren – was sich durchaus ändern konnte, wenn die anderen erwachten und nicht schnell genug zur Ruhe zu bringen waren.

Die Männer stellten das Gepäck ihrer kleinen Gruppe und die Tragen, auf denen ihre Freunde lagen, auf den Boden und verabschiedeten sich danach mit einem kurzen respektvollen Nicken von Ilandra.

„Ich werde euch mehr Decken bringen lassen", kündigte die M'atay an, während Benjamin und Leon ebenfalls ihre Rucksäcke abluden. „Eure sind bestimmt nass und hier in der Höhle ist es nicht warm wie draußen. Kann ich noch anderes für euch tun?"

„Ja", äußerte Leon, „schließ die Tür erst einmal von außen ab. Ich denke, dass unsere Freunde ein bisschen aufgewühlt sein werden, wenn sie aufwachen, und ich will nicht, dass einer von ihnen hinausgeht, solange ich ihnen noch nicht alles erklären konnte."

Ein kleines Schmunzeln zupfte an Ilandras Lippen, bevor sie kurz nickte und die Hütte verließ.

Benjamin suchte Leons Blick. „Meinst du, sie rasten sehr aus?", fragte er besorgt.

Bevor Leon antworten konnte, kam ein leises Stöhnen von einer der Liegen und Enario begann sich zu bewegen.

„Das werden wir wohl gleich sehen", stellte Leon fest und ging zusammen mit Benjamin auf den Krieger zu.

Das Erwachen der anderen geschah glücklicherweise auf verhältnismäßig ruhige Weise, da ihre Freunde nicht zugleich, sondern nacheinander zu Bewusstsein kamen und somit immer nur einer zu beruhigen war. Selbst Kilian und Silas regten sich nicht so sehr auf, wie Benjamin angenommen hatte, sondern zeigten sogar Anzeichen von Erleichterung, dem wütenden Sturm entkommen zu sein.

Als Ilandra mit den versprochenen Decken und leckerem Essen zurückkam, hatte sich eine angenehme, entspannte Stimmung unter ihnen breitgemacht und jeder schien sich mit der derzeitigen Situation ganz gut zu arrangieren. Lediglich Kilian klagte nach einer Weile erneut über Kopfschmerzen, aber da er dies auch schon zuvor getan hatte und niemandem speziell die Schuld daran gab, ging es Benjamin nicht allzu sehr auf die Nerven. Eigentlich war er auch froh darüber, dass die anderen so munter vor sich hin schwatzten, denn sie lenkten ihn damit ganz gut von seinen stetig aufflammenden Sorgen um Jenna ab. Leon hatte ihn zwar damit beruhigt, dass auch Marek ein Naturkind war und sich sicherlich mit Jenna zusammen rechtzeitig einen sicheren Unterschlupf gesucht hatte, aber vollkommen auslöschen ließen sich seine Sorgen damit nicht. Schließlich wussten sie ja immer noch nicht, ob die beiden überhaupt noch auf freiem Fuß waren. Sie *hofften* es – aber sicher war gegenwärtig gar nichts.

„Ist das hier ein spezieller Stamm?", wandte sich Silas während des Essens an Ilandra und lenkte Benjamin damit schon wieder von seinen negativen Gedanken ab.

„Nein", erwiderte sie. „Es sind Geflüchtete aller M'atay-Stämme hier in Lyamar. Viele magisch Begabte, die sich vor den *Freien* verstecken."

„Auch welche, die bereits für sie arbeiten mussten?", erkundigte sich Silas.

Nach kurzem Zögern nickte Ilandra.

„Kann man vielleicht mit jemandem von ihnen sprechen?", zeigte auch Leon Interesse.

„Sie wissen auch nicht mehr als die beiden." Sie wies auf die beiden ‚Neuen' in ihrer Gruppe, Lania und ihre Tochter, die sie etwas ängstlich ansahen. „Es waren dieselben Arbeiten: Suchen, ausgraben ... für sie sterben."

Benjamin sah sie bekümmert an, weil sich in ihren Augen das ganze Leid ihres Volkes spiegelte.

„So war es immer", sprach die M'atay weiter. „Schon vor hunderten von Jahren, als die Zauberer hier zum ersten Mal wuteten. Sie toteten sehr viele von uns, versklavten Manner, Frauen und Kinder. Ganze Stämme waren ausgelöscht – bis Malin zurückkam und die wenigen von uns, die lebten, rettete. Er selbst verbreitete das Gerücht, dass wir nicht mehr leben, dass Lyamar eine Wuste ist. Er machte, dass Lyamar zu einer vergessenen Welt wurde. Wir konnten lange Zeit in Frieden leben, uns erholen. Heute sind wieder mehr Stämme mit verschiedenen Lebensweisen, aber immer noch nicht so viele wie am Anfang."

Sie sah hinaus aus einem der Fenster und ihr Gesicht gewann einen entschlossenen, fast harten Zug.

„Wir werden nicht zulassen, dass unser Volk wieder Leid hat, kaputt gemacht wird", sagte sie mit fester Stimme. „*Ich* werde es nicht zulassen. Wenn alle Stämme zusammenarbeiten, wenn wir Anos Kräfte nutzen, wird das Böse von hier weggehen. Für immer!"

„Das wollen wir auch", ließ Leon sie wissen. „Wir sollten uns zusammenschließen, den Feind gemeinsam bekämpfen."

Sie wich seinem drängenden Blick aus, richtete ihn auf die Feuerstelle in ihrer Nähe.

„Die anderen Schamanen vertrauen euch nicht und nur wenige sind zum Kampf bereit", gestand sie. „Wir haben noch ein weiten Weg für die M'atay, bis sie die Kraft haben, zurückzuschlagen. Man kann sie nicht zwingen."

„Das will ja niemand", lenkte Leon schnell ein. „Alles, was ich möchte, ist dir klarzumachen, dass wir im Kampf gegen die *Freien jeden* an unserer Seite akzeptieren, der dasselbe will wie wir: Dieses Zaubererpack ein für alle Mal loswerden. Ich möchte, dass dein Volk weiß, dass wir keine Gefahr für sie sind, sondern Freunde und, wenn sie wollen, Verbündete, die sich aus Lyamar zurückziehen werden, sobald der Sieg über den Feind errungen wurde. Kannst du dafür sorgen, dass sich das irgendwie in deinem Volk verbreitet? Vielleicht gibt es dem ein oder anderen ja neue Hoffnung."

Ilandra sah ihn ein paar Atemzüge lang sehr nachdenklich an und nickte schließlich verhalten.

„Vielleicht", stimmte sie ihm zu und erhob sich. „Aber vielleicht solltest du zuerst mit Wiranja, der Schamanin und Anführerin hier, selbst sprechen."

Sie sah Leon auffordernd an und der brauchte ein paar Sekunden, um zu verstehen, was sie wollte.

„Jetzt?", stieß er verblüfft aus, stand aber ebenfalls auf.

„Sie sagte, ich soll euch nach dem Essen zu ihr zu bringen", ergänzte die M'atay. „Dich und den Jungen."

Sie wies auf Benjamin, dem der letzte Bissen seines Essens fast im Halse stecken blieb. Er hustete und musste sich ein paar Mal räuspern, bevor er sprechen konnte. „Was? *Mich*? Warum?"

„Weil ich es will", gab Ilandra zurück. „Es wird ihr helfen, gute Entscheidungen für die M'atay zu machen."

„Was genau soll das bedeuten?", erkundigte sich Sheza misstrauisch, erhielt allerdings keine Antwort. Ilandra sah nur weiterhin Leon eindringlich an.

„Schon gut", winkte er ab. „Ich vertraue Ilandra. Wenn sie sagt, dass das wichtig ist, glaube ich ihr. Wir sind bestimmt bald wieder zurück."

„Wenn nicht, kommen wir euch suchen!", mischte sich Kilian prompt ein und bedachte Ilandra mit einem mahnenden Blick. „Also, lasst euch nicht zu viel Zeit!"

Benjamin stand schnell auf, klopfte sich den Staub von der Hose und gesellte sich zu Leon. Gemeinsam folgten sie der M'atay hinaus aus der Hütte.

Der Weg zur Unterkunft der Schamanin war nicht weit, doch betraten sie diese zu Benjamins Erstaunen gar nicht erst, denn die Frau wartete bereits davor auf sie. Sie wechselte ein paar Wort mit Ilandra und wies in eine unbestimmte Richtung, in die sie sich gleich darauf bewegte. Die zwei Wachen, die auch schon zuvor an ihrer Seite gewesen waren, flankierten sie erneut, blieben jedoch zurück, als sie auf einen dunklen Gang zuhielten, der aus der Höhle herauszuführen schien.

„Wo ... wo gehen wir hin?", stammelte Benjamin besorgt, denn die Schamanin entzündete am Eingang des Tunnels eine Fackel und lief danach wortlos hinein. Auch Ilandra kümmerte sich nicht darum, seine Frage zu beantworten, und folgte der anderen Frau, ohne sich nach ihren Begleitern umzusehen.

„Keine Ahnung", murmelte Leon, „bisher haben wir gut daran getan, Ilandra einfach zu vertrauen, also werde ich es wieder damit versuchen."

Benjamin straffte entschlossen die Schultern und nickte ihm zu. „Na, dann los!", forderte er diesen auf und ging ihm sogar voran.

Die beiden Frauen hatten im Inneren des Ganges auf sie gewartet und liefen erst weiter, als sie zu ihnen aufgeschlossen hatten, blieben ihnen aber weiterhin eine Erklärung für alles schuldig. Der Tunnel endete nach einer kleinen Weile nicht etwa (oder eher glücklicherweise) im Freien, sondern in einem kleinen quadratischen Raum, in dessen Mitte ein steinernes Pult stand, das von zwei weiteren Fackeln in eisernen Haltern gesäumt wurde.

Wiranja entzündete diese und erleuchtete den Raum damit genügend, um zu erkennen, dass er nicht nur durch einige verzierte Säulen, sondern auch durch unzählige in den Felsen gehauene Reliefs geschmückt wurde. Benjamins Mund klappte vor Staunen auf, weil er einige der Zeichen an den Wänden auf der Stelle erkannte, standen sie doch für die verschiedenen Begabungen der magisch tätigen Menschen: Valer, Skiar, Farear und Alamar.

„Wo sind wir hier?", fragte Leon etwas atemlos, während auch er sich um die eigene Achse drehte und beeindruckt die kunstvoll behauenen Wände betrachtete.

„Das ist eine Gebetsraum der N'gushini", erklärte Ilandra. „Hier fuhlten sie sich den Göttern und vor allem Ano sehr nahe. Es heißt, dass sie hier Kontakt mit ihm machen konnten und er ihre Kräfte großer machte. Auch

Malin hat solche Raume genommen, um die Begabungen seiner Schuler besser zu sehen und zu starken."

Da war es, das Zeichen Malins. Handtellergroß prangte es über einem in den Stein gehauenen Gesicht, das mit Sicherheit den Zauberer selbst darstellen sollte. Es besaß zumindest den für ihn und seine Anhänger typischen Bart.

Wiranja machte einen Schritt direkt darauf zu und sagte etwas in ihrer Sprache zu Ilandra, bevor sie auf Benjamin wies.

Er schluckte schwer und sein Herz machte ein paar kleine Hopser.

„Sie möchte, dass du deine Hand auf das Zeichen legst", erklärte Ilandra. „Ich sagte ihr, dass du eine Nachfahre Malins bist und sie will einen Beweis, bevor sie überdenkt, mit euch in dem Kampf gegen die *Freien* zu unterstutzen."

Benjamin nickte verstehend und trat näher heran. Seine Hand zitterte ein wenig, als er sie ausstreckte und den kühlen Stein berührte.

Zunächst geschah nichts, doch dann wurde der Fels unter seinen Fingern ganz warm und ein seltsames Kribbeln machte sich in seiner Handfläche breit, wanderte von dort aus in seinen Körper. Er zuckte zusammen, als Malins Gesicht direkt vor ihm auftauchte. Er sagte etwas in einer fremden Sprache zu ihm und wies auf all die anderen Männer und Frauen, unter denen er sich plötzlich befand. Sie alle berührten nacheinander das Zeichen. Einige von ihnen brachen auf der Stelle zusammen, während andere nur zur Seite taumelten und in Trance zu geraten schienen. Er selbst hatte das Gefühl, als würde er schweben … inmitten eines prasselnden Feuers. Aber er verbrannte nicht. Die Flammen versorgten ihn mit Energie, tanzten um ihn herum, ließen sich fangen und gestalten. Er war so frei ... und glücklich.

„Benny! Benny!" Das war Leons Stimme in der Ferne. Warum war er so besorgt? Die Welt war wunderschön. Warm und farbenfroh.

„Warum lässt er nicht los?! Was hält ihn da fest?!"

Er sollte aufhören zu schreien. Es war doch alles gut. Benjamin wollte das gern sagen, aber er konnte nicht, hatte Angst, dass ihn seine eigenen Worte aus dem Feuer herausholten. Es gehörte von nun an zu ihm, war untrennbar mit ihm verbunden.

„Tut doch etwas!"

„Nicht! Du darfst ihn nicht anfassen! Wiranja sagt, es ist gleich vorbei."

Es war fast so, als würden diese Worte das Ende seiner Vereinigung mit dem Feuer einleiten, denn die Flammen wurden plötzlich kleiner, zogen sich in seinen Körper zurück und verloschen. Vor ihm waren wieder die Wand aus Stein, seine Hand, die auf dem Zeichen Malins ruhte, und Leon neben ihm.

Benjamin schnappte nach Luft und augenblicklich setzte ein solch starker Schwindel ein, dass er nach hinten wankte. Seine Beine besaßen keinerlei Kraft mehr und knickten unter seinem Körper weg. Es war nur Leons schneller Reaktion zu verdanken, dass er nicht hart auf dem Boden aufschlug, sondern von dessen Armen und Körper aufgefangen wurde.

„Benny!", stieß Leon besorgt aus. „Komm schon, bleib bei mir!"

„Alles ... alles gut", nuschelte Benjamin und versuchte wieder zu sich zu kommen. Doch ihm fehlte jegliche

Energie und er war auf einmal so furchtbar müde, dass er kaum die Augen offenhalten konnte.

„Was ist mit ihm los?!", fragte Leon besorgt und Benjamin sah, dass Ilandra und auch Wiranja nähertraten. Letztere sah ihn voller Ehrfurcht an und brachte nun sogar ein Lächeln zustande. Sie sagte etwas und Ilandra übersetzte rasch.

„Die Götter haben uns die Kinder Malins zur Hilfe geschickt. Jetzt wird alles gut werden."

„Er ist vollkommen kraftlos!", warf Leon den beiden Frauen vor. „Wie soll euch das helfen?"

„Seine Begabungen wurden jetzt erst gut erweckt", erklärte Ilandra. „Das ist immer hart. Aber wenn er wieder aufwacht, wird er sich besser fühlen und starker sein als vorher. Und die M'atay werden ihm und seiner Schwester in den Krieg gegen das Böse folgen!"

Diese Worte genügten Benjamin, um es sich zu erlauben, die Augen zu schließen und in die Dunkelheit zu fallen, die an ihm zog. ‚Stärker erwachen' klang nach einer guten Idee …

Mauern

Jenna fuhr mit einem entsetzten Keuchen aus dem Schlaf. Wann genau sie im Reich der Träume versunken war, wusste sie nicht mehr. Sie wusste nur noch, dass sie etwas aus Mareks Tasche gegessen und eine Menge getrunken hatte. Dann verblassten die Erinnerungen auch schon wieder.

Wodurch sie geweckt worden war, konnte sie dagegen sehr genau bestimmen, denn das Krachen, das schuld daran war, ertönte jetzt erneut über ihr, ließ sie heftig zusammenzucken und ängstlich nach oben blicken. Das kuppelförmige Dach des ehemaligen Tempels ließ nicht erkennen, was über ihr und um sie herum passierte. Aber anhand des gleißenden Lichts, das immer wieder durch die ovalen Fenster weiter vorne im Raum zuckte sowie an dem Stürmen und Prasseln draußen konnte sie deutlich erkennen, dass das Unwetter nun voll im Gange war. Marek und sie konnten froh darüber sein, sich im Inneren sicherer Mauer zu befinden, denn jeder, der jetzt noch im Freien war, war seines Lebens nicht mehr sicher.

Etwas zittrig wandte sich Jenna Marek zu und erstarrte. Das, was sie aus dem Augenwinkel für seine schlafende Gestalt gehalten hatte, waren nur seine Tasche und die Decke, auf der er sich zum Essen niedergelassen hatte.

Im Nu war Jenna auf den Beinen und sah sich hektisch um. Sein Waffengürtel war ebenfalls weg, also war er wohl kaum entführt worden – was ohnehin Unsinn war, weil die *Freien* sie in diesem Fall ohne Zweifel auch mitgenommen hätten. Dies alles ließ letztendlich nur einen Schluss zu: Marek war freiwillig rausgegangen. In den Sturm. Der wütete, als wolle er die ganze Welt vernichten. Vielleicht war der Krieger auch schon länger weg, um was auch immer zu machen, und war vom Sturm überrascht worden.

Jennas Herz begann schneller zu schlagen und ein flaues Gefühl breitete sich in ihr aus. Was war, wenn ihn ein umstürzender Baum oder gar ein Blitz erwischt hatte? Nein, so etwas durfte sie nicht denken. Er war nicht tot. Er konnte gut auf sich selbst aufpassen. Unzerbrechlich oder gar unsterblich war er trotzdem nicht. Er konnte durchaus verletzt sein und ihre Hilfe benötigen.

Ohne länger darüber nachzudenken, eilte Jenna hinüber zum türlosen Eingang des kleinen Gebäudes. Im Hof blieb sie verwirrt stehen. Von dem Sturm war auch hier nichts zu spüren, obwohl es kein Dach gab. Sprühregen war das einzige, das ihre Haut traf, und als sie den Blick zum Himmel hob, verstand sie wieso. Über ihr befand sich ein Energiefeld, das weder Wind noch Regen vollständig zu ihr durchließ. Sichtbar wurde es nur, wenn der Sturm zu sehr an ihm rüttelte und damit einige kleine Lichtblitze rasterförmig über das energetische Netz schickte. Marek hatte recht gehabt, dies war ein unglaublich starker Zauber, der seinesgleichen erst suchen musste.

Viel mehr Zeit, sich das wunderliche Ding genauer anzusehen, ließ sie sich nicht, denn, wie sie mit einem

Rundumblick feststellte, war Marek leider auch nicht im Hof. Sie eilte weiter, nun noch besorgter als zuvor, denn der freie Blick ermöglichte es ihr, zu sehen, wie sich die Bäume des Urwalds unter der Kraft des Windes bogen und immer wieder auch größere Pflanzen an den Mauern der alten Stätte vorbeiflogen. Was für ein Wahnsinn, sich noch dort draußen herumzutreiben!

Jennas erster Schritt hinaus in die Realität riss sie fast von den Beinen und raubte ihr den Atem. Der Wind schob sie zur Seite und sie musste sich an einen der umstehenden schmaleren Bäume klammern, um nicht zu fallen. Innerhalb eines Wimpernschlags war sie klatschnass. Das genügte jedoch nicht, um sie dazu zu bringen, wieder in den Schutz der Mauer zurückzukehren, wie es jeder Mensch bei Verstand getan hätte. Stattdessen kämpfte sie sich vorwärts, rief so laut sie konnte Mareks Namen, obwohl sie gar keine Antwort erwartete. Er konnte sie mit Sicherheit nicht hören und sie ihn auch nicht. Selbst wenn er bereits irgendwo lag und um Hilfe rief.

Ihre Brust schnürte sich zusammen und Verzweiflung breitete sich unaufhaltsam in ihrem Inneren aus. Das war doch vollkommen sinnlos! Aber sie konnte auch nicht wieder reingehen und einfach nur warten. Das würde sie in den Wahnsinn treiben.

Sie lief weiter, taumelte gegen den nächsten Baum und hielt inne. Ihre Augen verengten sich. Ja, sie hatte sich nicht verguckt, da hinten, in der Wand aus Regen bewegte sich eine dunkle Gestalt die Steigung zu ihr hinauf, ähnlich wankend wie sie, weil der Sturm auch diese in die Knie zwingen wollte.

„Marek?", schrie sie heiser und ihre Stimme überschlug sich fast, während ihr Herz schmerzhaft in ihrer Brust hämmerte.

Die Gestalt hielt kurz inne, erkannte sie wohl und eilte weiter auf sie zu. Die Größe, die Breite der Schultern, die Art wie sie sich bewegte ... Jenna bewegte sich ebenfalls, unterdrückte ein Schluchzen und warf sich dem Irren entgegen, der ihr so furchtbare Sorgen bereitet hatte. Marek fing sie auf und hielt sie kurz fest, bevor er sie auf Armeslänge von sich wegschob und strafend ansah.

„Was zur Hölle machst du hier draußen?!", rief er gegen das Tosen des Unwetters an, selbst durchweicht bis auf die Knochen.

„Was machst *du* hier draußen?!", schrie sie zurück und sah ihn genauso vorwurfsvoll an wie er sie.

Er öffnete den Mund, als wollte er etwas kontern, schüttelte dann aber den Kopf und schob sie vorwärts auf die Ruine zu. Jenna hatte nichts dagegen, den Rückweg anzutreten. Der Sturm zerrte so stark an ihren Leibern, dass sie sich wirklich gegenseitig brauchten, um aufrecht weiterzulaufen und die schützenden Mauern zu erreichen.

Tiefe Erleichterung durchströmte Jenna, als sie endlich wieder Herrin über ihren Körper war und das Getose zu einem Hintergrundgeräusch verkümmerte. Marek schüttelte sich wie ein nasser Hund und atmete hörbar aus, bevor er sich ihr zuwandte.

„Wieso bist du da rausgegangen?!", verlangte er zu wissen. „Du hättest von einem Baum erschlagen oder von einem Blitz getroffen werden können!"

„Und du nicht?!" Sie stemmte die Hände in die Hüften und sah ihn entrüstet an. „Ich hab mir Sorgen um dich gemacht!"

„Das brauchst du nicht."

„Weil Unwetterspaziergänge dein neues Hobby sind, oder was?"

Marek runzelte verärgert die Stirn. „Ich hatte das nicht geplant, okay? Ich dachte, ich schaffe es noch, bevor es richtig schlimm wird."

„Schaffst was noch?"

Er hob seine Hand, in der er ein Bündel Kräuter und Wurzeln hielt.

Sie runzelte die Stirn. „Was ist das?"

„Ein Blumenstrauß", stichelte er. „Ich wollte dir eine kleine Freude machen und hab dir ein besonders schönes Exemplar zusammengestellt."

„Ha, ha", machte sie und musste trotzdem schmunzeln. Eigentlich wollte sie gar nicht wütend auf ihn sein, weil sie schrecklich froh darüber war, ihn heil zurückzuhaben. „Das wäre das hässlichste Ding, das ich je gesehen habe."

Seine Gesichtszüge entgleisten gekonnt. „Das verletzt mich tief", erwiderte er ernst und ließ sie einfach stehen.

Jenna unterdrückte ein Lachen und folgte ihm rasch. So leicht würde sie ihn nicht davonkommen lassen.

„Das nächste Mal, wenn du das Bedürfnis hast, den Urwald zu jäten, weck mich bitte", forderte sie, als er bereits wieder bei seinen Sachen war und seine Ausbeute dort ablegte.

„Damit du mir ausreden kannst, das zu tun, was ich gern tun möchte?", fragte er, ohne sie anzusehen.

„Nicht unbedingt", äußerte sie. „Wenn es was Vernünftiges ist, hätte ich bestimmt keine Einwände."

„Es *ist* etwas Vernünftiges gewesen", behauptete er und wischte sich mit einer Hand die Wassertropfen aus dem Gesicht, die unaufhörlich aus seinem nassen Haar nachliefen. „Wie ich schon sagte: Ich habe mich lediglich ein bisschen mit dem Unwetter verschätzt."

„Und deswegen ist es immer besser, sich mit jemandem abzusprechen", konterte Jenna. „Vielleicht bemerkt derjenige etwas, was einem selbst entgangen ist. Und der oder die Zurückgelassene bekommt auf jeden Fall keinen Herzinfarkt, wenn sie allein aufwacht und feststellt, dass der andere mitten in einem Unwetter verschollen ist."

Marek öffnete den Mund, um etwas zu erwidern, schien es sich dann aber anders zu überlegen.

„Okay", kam es nach kurzem Zögern doch noch über seine Lippen, „vielleicht hast du recht. Aber du hast sehr tief geschlafen und ich wollte dir nicht für eine solche Kleinigkeit die Ruhe rauben, die du so dringend brauchst, um wieder zu Kräften zu kommen."

Jenna wusste nicht, was sie darauf sagen sollte. Seine Besorgnis um sie und ihren Gesundheitszustand rührte sie und machte es unmöglich, noch länger böse auf ihn zu sein. Mit einem kleinen Seufzen ließ sie sich auf einem der steinernen Sitzblöcke nieder, der seiner Decke am nächsten war.

„Und was ist das jetzt?", erkundigte sie sich in einem, wie sie hoffte, versöhnlichen Ton und wies auf die Kräuter.

Ein kleines Lächeln erschien auf Mareks Lippen. „Wart's ab!", erwiderte er, griff nach seiner Decke und reichte sie ihr. „Aber erst raus aus den nassen Kleidern."

Jenna hob verschmitzt eine Augenbraue.

„Keine Sorge – ich habe keine Hintergedanken", grinste er. *„Freundin."*

„Das ist schön", erwiderte sie. „*Freund*. Ich nämlich auch nicht. Nichtsdestotrotz ist das *deine* Decke und ich will sie nicht nass machen."

„Machst du ja nicht, wenn du die nassen Sachen vorher auszieshst", merkte er amüsiert an. „Ich drehe mich auch um."

Jenna verdrehte die Augen, nahm ihm die Decke jedoch endlich ab, um sie neben sich auf den Sitz zu legen und sich rasch zu entkleiden. Trotz der wärmenden Decke, in die sie sich wickelte, war ihr tatsächlich etwas fröstelig zumute. Das hielt allerdings nicht lange an, weil sie bemerkte, dass sich auch Marek entkleidete. Ihr erster Instinkt, sich rasch abzuwenden, setzte in dem Moment aus, als er, den Rücken zu ihr gewandt, sein Hemd über den Kopf zog. Der Körper des Kriegers hatte sich in der Zeit ihrer Abwesenheit nicht verändert: Er war immer noch wunderschön anzusehen.

Warum nur mussten Muskeln in Bewegung derart ästhetisch aussehen? Insbesondere, wenn sie von dem rötlichen Licht eines kleinen Feuers angestrahlt wurden und auch noch feucht glänzten. Jennas Mund wurde ganz trocken und ihr Puls beschleunigte sich, als Marek nach dem Bund seiner Hose griff und ... innehielt. Ein flüchtiger Blick über die Schulter genügte ihm wohl, um zu erkennen, was der Anblick seiner nackten Haut mit ihr anstellte, denn er ließ sogleich von seiner Hose ab und zog stattdessen seine Tasche heran, um furchtbar beschäftigt darin herumzuwühlen.

Sein Verhalten hinderte Jenna gleichwohl nicht daran, ihn weiter zu betrachten, alles in sich aufzusaugen, was sich vor ihren gierigen Augen nicht mehr so schnell verbergen ließ. Verdammt! Sexuell ausgehungert nach Falaysia zu reisen, war keine besonders gute Idee gewesen, war es doch nahezu ausgeschlossen gewesen, dem Mann ihrer schlaflosen Nächte *nicht* zu begegnen. Aber was hätte sie tun sollen? Sich auf einen unbefriedigenden One-Night-Stand einlassen, nur um zu vermeiden, dass sie Marek so wie jetzt mit den Augen auffraß? Dafür war sie sich dann doch zu schade.

‚Betrachte ihn ganz nüchtern', befahl sie sich selbst. ‚Das ist nur ein ganz normaler menschlicher Körper.'

Einer, der auch teilweise von ihrer gemeinsamen Geschichte gezeichnet war. Die Narben von der Pranke des Drachen waren zwar gut verheilt, aber immer noch deutlich zu erkennen, weil sie heller waren und sich die Haut dort ein wenig wölbte. Ihre Finger zuckten ganz unvermittelt, weil der Drang, Marek zu berühren, durch ihre Beobachtungen nicht etwa schwächer, sondern noch stärker geworden war. Sie wollte ihn *so* sehr – trotz allem, was passiert war – und es war fast schmerzhaft gegen ihre niederen Triebe anzukämpfen.

Ihre Augen glitten über seinen muskulösen Arm, hinunter zu seinen sehnigen Händen, mit denen er gerade die Kräuter und Wurzeln auf einem Stück Leder bearbeitete. Sie legte den Kopf schräg und runzelte die Stirn, weil ihr vollkommen entgangen war, dass er einen Stein an sich genommen hatte, mit dem er die Pflanzenteile zerquetschte, sie nach und nach zu einer weichen Masse verarbeitete.

„Wird das leckerer Brotaufstrich?", scherzte sie und vernahm ein leises, tiefes Lachen, das sie mit einem angenehmen Schauer beglückte.

„So ähnlich", erwiderte er, nahm das Leder in eine Hand und rutschte damit zu ihr herüber, sodass er direkt vor ihr hockte.

Jenna hielt den Atem an, als er ihre Hand ergriff und damit weitere kleine Schauer ihren Rücken hinunter sandte. Seine warmen Finger ließen ihre Haut kribbeln und ihr Herz gleich noch schneller schlagen. Sie sah in sein Gesicht, doch seine Augen ruhten auf ihrem Handgelenk, das immer noch blutig wund war, und betrachteten es mit einem Ausdruck tiefen Mitgefühls. Er legte ihre Hand auf sein Knie, nahm etwas von dem Pflanzenmatsch und trug ihn behutsam auf ihre verletzte Haut auf.

Beim ersten Kontakt zuckte Jenna zusammen, hielt dann aber brav still, weil das Zeug nicht brannte, sondern angenehm kühl war. Zur gleichen Zeit überkam sie ein Gefühl warmer Zuneigung und Rührung.

„Du bist da raus, weil du meine Wunden versorgen wolltest?", wisperte sie.

„Es ist meine Schuld, dass das passiert ist", gab er leise zurück, vertieft in seine Arbeit.

„So ein Blödsinn", widersprach sie ihm. „Das waren Nuro und seine Männer."

Er schüttelte den Kopf und sah sie flüchtig an, bevor er sich wieder auf die Wundversorgung konzentrierte. „Ich hätte uns auch schon früher befreien können, aber ich wollte es nicht, weil ich, fanatisch wie eh und je, unbedingt wissen wollte, wo Camilor ist."

Sie wollte ihm gern widersprechen, doch das war nicht möglich. Es *hatte* allein in seinen Händen gelegen, dem Ganzen ein Ende zu setzen, denn ohne Cardasol konnte sie selbst kaum etwas gegen eine Überzahl an Feinden ausrichten.

„Mir ist erst bewusst geworden, was ich dir antue, als du vorhin fast ohnmächtig geworden bist", sprach er stattdessen weiter und die Enttäuschung über sein eigenes Verhalten war nur allzu deutlich aus seiner Stimme herauszuhören. „Das hätte nicht sein müssen. Ich … kann nur manchmal einfach nicht aus meiner Haut heraus."

Er hob den Blick mit diesem leicht gequälten Ausdruck in den hellen Augen. Jenna führte ganz instinktiv eine Hand an seine Wange, streichelte sie sanft, während sie ein Kopfschütteln andeutete, das ihm bedeuten sollte, dass sie keinen Groll gegen ihn hegte.

„Ich weiß", wisperte sie, strich über seine Schläfe und ließ ihre Finger hinter seinem Ohr in sein immer noch sehr nasses Haar gleiten. „Alles gut. Ich bin nicht aus Zucker."

„Aber aus Fleisch und Blut", erwiderte er bedrückt und betrachtete erneut ihr Handgelenk, das wie das andere nun mit einer wohltuenden Schicht Salbe bedeckt war. Auch er schüttelte minimal den Kopf und nahm ihre Hand in seine.

„Ich hätte es nicht zugelassen, weißt du", kam es kaum hörbar über seine Lippen. Sein Daumen streichelte dabei ganz zart ihren Handrücken. „Dass er dir die Dinge antut, mit denen er dir gedroht hat."

„Ich weiß", kam sie ihm erneut entgegen, weil sie umgehend wusste, dass er von Nuro sprach.

Seine Augen ruhten weiterhin auf ihren vereinten Händen und Jenna fühlte, dass da noch etwas anderes war, das ihn belastete. Schon seit Nuro am Fluss diese schlimmen Dinge gesagt hatte.

„Ich habe mich nie bei dir entschuldigt, oder?", brachte er schließlich mit Mühe heraus und hob nun endlich wieder den Blick. Die Reue und der Schmerz in seinen Augen überraschte sie.

„Wofür?", fragte sie leise.

„Für mein Verhalten bei unserer ersten Begegnung", erklärte er. „Für die Dinge, die ich dir damals und auch später angetan habe."

Jenna schluckte schwer, weil sie langsam begriff, worum es ging. Marek hatte sein früheres Selbst in Nuro wiedererkannt, auch wenn die beiden ihrer Meinung nach nur wenig gemein gehabt hatten.

„Du hättest das *niemals* getan und irgendwann wusste ich es und hatte keine Angst mehr, dass es noch passiert", versuchte sie ihm dabei zu helfen, sich selbst zu verzeihen, doch Marek schüttelte bereits den Kopf.

„Das macht es nicht besser, weil du damals *geglaubt* hast, dass ich es tue. Ich bin viel weiter gegangen als Nuro, nur um … um von Leon Informationen zu bekommen. Du als Mensch, mit deiner Angst und deinen Tränen warst mir vollkommen egal. Ich habe dich für meine Zwecke missbraucht und dafür gibt es keine Entschuldigung."

Er atmete tief ein und Jenna entschied sich dazu, erst einmal zu schweigen, weil sie spürte, dass er loswerden musste, was ihn belastete.

„Als du vorhin mitten im Satz vor Erschöpfung eingeschlafen bist, sind wieder ein paar Gedanken in mir hochgekommen, die mich schon seit einer Weile beschäftigen", fuhr er fort, „und ich will, dass du es weißt."

„Was weißt?", hakte Jenna vorsichtig nach, weil Marek nicht sofort weitersprach.

„Dass es kaum etwas in meinem Leben gibt, das ich so sehr bereue, wie das, was damals in meinem Zelt passiert ist."

Jenna schluckte schwer und versuchte das Kribbeln in ihrer Nase zu ignorieren. „Und genau das ist der Grund, warum es für mich so leicht war, dir zu verzeihen", brachte sie mit belegter Stimme hervor. „Ich habe diese Reue immer gefühlt."

Ein leiser Laut der Erleichterung kam aus seiner Kehle. Er griff bewegt nach ihrer anderen Hand, die immer noch in seinem Haar ruhte, führte sie an seinen Mund und presste sanft seine Lippen darauf, einen Ausdruck inniger Liebe und Dankbarkeit in den Augen.

Jennas Herz öffnete sich ganz weit und Tränen drängten unaufhaltsam in ihr herauf. Sie beugte sich vor, um ihn zu küssen, ihn fühlen zu lassen, dass sie ihm einfach *alles* verzeihen würde. Ihm schien jedoch plötzlich die Intimität seines eigenen Handelns klarzuwerden, denn er ließ ihre Hand fast erschrocken los und erhob sich rasch.

Jenna blinzelte die Tränen weg und beobachtete irritiert, wie er zurück zu seinem Platz ging, dort die Salbe zur Seite legte und sich erneut mit seiner Tasche beschäftigte.

„Oookay", sagte sie gedehnt und versuchte das schmerzhafte Ziehen in ihrer Brust so gut es ging zu ignorieren, sich nicht tief verletzt zu fühlen oder gar wütend zu werden. Mareks Verhalten war äußerst seltsam und zielte mit Sicherheit nicht darauf ab, ihr wehzutun, denn genau dafür hatte er sich ja eben erst entschuldigt. „Kannst du mir erklären, warum du jetzt wegläufst?"

Marek hielt in seiner vorgetäuschten Suche nach etwas Wichtigem inne, sah sie allerdings nicht an. „Es war eine dumme Idee. Ich wollte nicht ..." Er brach ab, versuchte es erneut. „Unsere Abmachung war gut und richtig. Nur weil uns jetzt ein bisschen Zeit zum Ausruhen vergönnt ist, heißt das nicht, dass wir dagegen verstoßen und plötzlich über alles reden sollten, was mit uns los ist."

„Über alles vielleicht nicht, aber ein *paar* Dinge könnte man schon klarstellen", konterte sie und fand durch Mareks sichtbare Nervosität zu ihrer eigenen inneren Ruhe zurück. Der Kampf mit sich selbst, der sich so deutlich in seiner Mimik und Gestik zeigte, bestätigte das, was sie eigentlich schon immer gewusst hatte: Mareks Gefühle für sie waren noch da und genauso stark wie die ihren. Mit seinem ambivalenten Verhalten quälte er sich selbst sogar mehr als sie.

Sie atmete tief ein, zog die Decke noch enger um ihre Schultern und erhob sich. Marek sah sie argwöhnisch an, während sie sich ihm näherte, und stand ebenfalls auf, dabei bereits den Kopf schüttelnd. Doch die Mauer, die er rasch um sein Inneres errichtet hatte, war nicht besonders stabil, das konnte sie mit einem einzigen Blick in seine Augen feststellen.

„Das macht alles nur schwieriger, glaub mir!", versuchte er sie abzublocken. „Ich kann dir nicht auf die Schnelle erklären, warum ich den Kontakt zu dir abgebrochen habe, und selbst wenn, würde es wahrscheinlich nur dazu führen, dass wir uns heftig streiten und uns danach kaum noch auf das konzentrieren können, was wirklich wichtig ist. Das ist genau das ..."

„Ich will keine Erklärungen", unterbrach sie ihn einfach. „Auch ich halte unsere Absprache noch für sinnvoll. Mir geht es nur darum, dir etwas klarzumachen."

Seine Schultern sanken minimal ab – ein sichtbares Zeichen dafür, dass seine Anspannung zumindest ein Stück weit nachließ. Also sprach sie beherzt weiter.

„An meinen Gefühlen für dich hat sich nichts geändert – trotz unserer Trennung und der Zeit, die vergangen ist. Trotz meiner Wut und Enttäuschung. Ich liebe dich mit genau derselben Intensität wie vor zwei Jahren und ich will, dass du das weißt und niemals daran zweifelst, ganz gleich wie hart du mit dir selbst ins Gericht gehst. Ich bin nicht gegangen, weil unsere Gefühle füreinander nicht stark genug waren oder ich dir irgendetwas aus unserer gemeinsamen Vergangenheit nachtrage, sondern weil ich *musste*, weil ich meine Familie nicht allein lassen konnte…"

„Jenna, das weiß ich doch", versuchte er sie zu unterbrechen, aber sie redete einfach weiter.

„… und weil ich mir sicher war, dass wir trotz allem wieder zueinander finden werden. Ich habe uns nie aufgegeben."

Marek senkte den Blick und sie konnte seine Wangenmuskeln arbeiten sehen. „Das ist nicht hilfreich", brachte er nun wieder deutlich angespannter hervor.

„Warum nicht?", fragte sie sanft. „Ist die Vorstellung, dass jemand dich trotz deines Selbsthasses liebt, so schrecklich?"

Marek stieß einen frustrierten Laut aus. „Was willst du von mir hören, Jenna? Dass ich genauso empfinde?"

„Nein, denn das *weiß* ich."

„Ist das so?" Er bemühte sich, möglichst kühl auszusehen, versagte jedoch gänzlich, weil der Kampf mit seiner Zuneigung zu ihr, seiner Sehnsucht nach ihr, nur allzu deutlich aus seinen Augen sprach.

„Ja", erwiderte sie überzeugt. „Ich fühle es mit jeder Faser meines Seins und genau deswegen werde ich dir auch nicht glauben, wenn du behauptest, dass ich mich irre, denn genau das ist die Lüge, die du mir gleich auftischen wirst. Ich glaube dir nicht und ich werde meine Worte auch nicht zurücknehmen, denn im Gegensatz zu dir, bin ich der Meinung, dass es dir gut tut, das zu hören."

„Das tut es nicht", widersprach er ihr und da war etwas in seiner Stimme, das ihr verriet, dass auch das eine Lüge war.

„Wir brauchen einander, Marek", fuhr sie dessen ungeachtet fort und machte noch einen Schritt auf ihn zu. „Wir brauchen die Nähe und Liebe des anderen – trotz fehlender Aussprache – und dauernd dagegen anzukämpfen, selbst wenn das gar nicht nötig ist, macht keinen Sinn."

„Es *ist* aber nötig", wehrte sich Marek weiter gegen ihre Annäherung. „Wir brauchen Distanz, um zu funktionieren!"

„Das glaubst du doch nicht im Ernst!", platzte es nun schon etwas ungeduldig aus ihr heraus. „Wir konnten Demeon damals nur besiegen, weil unsere Gefühle füreinander so stark waren. Aus *ihnen* haben wir unsere größte Kraft geschöpft!"

Marek stöhnte frustriert auf. „Ich will das nicht hören, Jenna! Es hilft uns nicht weiter, sondern macht alles nur schlimmer ... konfuser."

„Das tut es nicht!" Wie konnte er so etwas sagen?

„Jenna, bitte ...", versuchte er es erneut.

„Nein!" Sie machte einen weiteren Schritt auf ihn zu. „Es ist mir egal, dass du das nicht hören willst. Das macht es nicht weniger wahr."

„Jenna ..." Seine Stimme hatte einen mahnenden Unterton bekommen, in seinen Augen war jedoch keine Verärgerung zu finden, nur Angst vor dem, was sie sagen wollte.

„Ich liebe dich!", wiederholte sie noch einmal mit Nachdruck und bewegte sich automatisch noch ein Stück auf ihn zu. „Mehr als ich jemals einen anderen Menschen geliebt habe. Mehr als ich jemals für möglich gehalten hätte."

Sie fühlte seine Körperwärme und Anspannung, den Kampf von Verstand und Gefühl in seinem Inneren. Es fehlte nicht mehr viel, um seine Mauern einzureißen.

„Und ich brauche dich", setzte sie mit Nachdruck hinzu. „Ich brauche deine Nähe, Marek. Nicht nur geistig."

„Sag das nicht!", brachte er deutlich wackeliger als zuvor heraus und sein Blick huschte über ihre Lippen.

„Ich brauche dich", wiederholte sie schon rein aus Trotz und bemerkte, dass sich seine Atmung beschleunigte, das Sehnen nach ihr überhandnahm. Dennoch folgte ihren Worten ein angestrengtes „Hör auf!".

„Nein", sagte sie schlicht. „Ich ..."

Seine Hand erstickte die Provokation und er schüttelte den Kopf, obwohl sie sehen konnte, dass sein Kampf verloren war. Sehnsucht, Erregung, Liebe, Verlangen ... Raum für andere Gefühle gab es nicht mehr in seinen ausdrucksstarken Augen.

Jenna ließ die Decke fallen, griff nach seinen Fingern und pflückte sie unter seinem leisen Protest von ihrem Mund, trotzdem konnte sie ihr Liebesgeständnis nicht wiederholen. Seine warmen Lippen ersetzten seine Hand, pressten sich ungestüm auf ihre und erzeugten in Jenna eine Gefühlsexplosion, die ihr Denken komplett ausschaltete. Sie gab ein sehnsüchtiges Wimmern von sich, warf die Arme um Mareks Nacken und ertrank nahezu in dem hitzigen, beinahe verzweifelt anmutenden Kuss.

Ihr Inneres stand innerhalb eines Herzschlages in Flammen. Sie konnte kaum atmen und ließ dennoch ihre Zunge mit der seinen tanzen, klammerte sich an ihn, obwohl er sie bereits so fest an sich drückte, als wolle er mit ihr verschmelzen, und suchte fahrig nach seinen Lippen, sobald diese nur kurz den Kontakt zu ihren verloren. Dass er sie anhob, bekam sie kaum mit. Ihre Welt bestand nur noch aus ihm: seinen weichen Locken zwischen ihren Fingern, seinem harten, warmen Körper, dem Geruch seiner Haut, den weichen, drängenden Lippen, der heißen Zunge, die sie überall fühlen wollte, seinen großen Händen, die sanft und grob zur selben Zeit waren.

Hinter ihr war plötzlich eine Wand, die ihnen beiden Halt gab und nur Sekunden später drängte sich Marek zwischen ihre Beine, hob diese über seine Hüften und ließ sie laut aufstöhnen, weil sich seine harte Männlichkeit gegen ihren bereits heftig pochenden Schoß drückte. Jenna griff nach dem Bund seiner Hose und stieß dort mit seinen Fingern zusammen, die bereits die Verschnürung lösten. Ihr entwischte ein atemloses Lachen, das sogleich von seinen Lippen verschluckt wurde, und sie zog ungeduldig an seiner Hose, bis sie endlich weit genug herunterrutschte, um zu bekommen, wonach sie sich verzehrte. Seine Härte glitt tief in sie und sie schnappten beide nach Luft, hielten atemlos inne und kosteten das Gefühl aus, sich endlich wieder auf diese überaus intensive, sinnliche Weise zu spüren.

Jenna suchte seinen Blick, versank in der Tiefe seiner warmen Augen und seufzte leise. Seine Stirn berührte ihre und er küsste sie hingebungsvoll, bevor er sie ein kleines Stück anhob, um darauf noch tiefer in sie zu dringen. Sie erschauerte heftig und umklammerte ihn fester, nahm ihn nur allzu willig auf. Jeder Stoß, den er nun ausführte, ließ einen unbeherrschten Laut der Lust über ihre Lippen kommen, wenn sie diese nicht gerade auf seinen Hals oder Mund presste, an seiner erhitzten Haut saugte. Sie bewegte sich mit ihm, ließ ihn fühlen, wie sehr sie sich danach gesehnt hatte, krallte ihre Finger in die harten Muskeln seiner Schultern und seines Rückens. Seine Bewegungen in sie hinein wurden bald schon schneller, härter, unkontrollierter und der Druck in ihrem Unterleib verstärkte sich rasant, wurde von einem mehr als deutlichen Ziehen und Zucken begleitet.

Erneut berührte seine Stirn die ihre, während das Blut in ihren Ohren rauschte und sich ihrer beider schneller Atem vermengte. Ihre Augen fanden sich und mit dem nächsten harten Stoß zog sich ihr Unterleib derart heftig zusammen, dass Jenna ein leiser Aufschrei entwischte und sich ihr ganzer Körper anspannte, bevor die Wellen ihres Höhepunkts sie mit sich rissen. Sie zitterte und schwitzte, klammerte sich ganz fest an Marek, der noch einige Male in ihr versank, bevor auch er mit einem lauten Aufstöhnen kam, sich schwer atmend gegen sie lehnte.

Für einen langen Augenblick verblieben sie in dieser Haltung, ineinander verschlungen, nach Atem ringend, aber glücklich und vollkommen entspannt. Sein Gesicht ruhte an ihrem Hals und ihres an seiner Schulter. Dass sie selig lächelte, wurde ihr erst bewusst, als Marek sich wieder bewegte und den Kopf etwas anhob, um sie anzusehen.

„Ich hätte es nicht gedacht", blies er gegen ihre Lippen und seine Mundwinkel bewegten sich einen Deut nach oben.

„Was?", wisperte sie und schlang ihre Arme gleich noch fester um seinen Nacken, um ihm deutlich zu machen, dass sie ihn nicht so schnell wieder aus ihrer innigen Umarmung entkommen lassen würde.

„Deine Angriffstaktik von früher funktioniert immer noch", schmunzelte er.

Jenna brauchte ein paar Sekunden, um zu verstehen, was er damit meinte, doch dann stieß sie ein leises Lachen aus und küsste ihn.

„Daran habe *ich nie* gezweifelt", wisperte sie an seinen Lippen, lehnte ihre Stirn wieder gegen seine und atmete tief ein. Eines Tages würde zwischen ihnen alles wieder gut sein. Mit Sicherheit. Denn das hier war schon mal ein guter Anfang.

Im Bilde

Der Mann saß an einem Tisch, auf dem sich mehrere Bücher stapelten. Eines von ihnen hatte er aufgeschlagen. Es war sehr alt und bestand im Grunde nur aus zusammengebundenen vergilbten Pergamenten. Seine Stirn hatte sich in tiefe Falten gelegt, während seine Augen über die Zeilen flogen, die handschriftlich entstanden waren. Sorge stand ihm ins Gesicht geschrieben und er war nervös, kratzte sich immer wieder am Kinn, das von einem langen, braunen Bart bekleidet wurde.

„Das ist Irrsinn!", stieß er aus und sah zu Leon hinüber, schüttelte den Kopf, sodass die Zöpfe, mit denen er die äußersten Strähnen seines langen Haares zusammengebunden hatte, hin und her flogen. „Roanar kann doch nicht wahrhaftig darüber nachdenken, so etwas zu tun!"

„Er glaubt, damit den Zirkel retten und zu seiner alten Macht zurückführen zu können", antwortete Leon mit einer Stimme, die nicht seine eigene, ihm aber dennoch nicht vollkommen fremd war.

„Das ist viel zu gefährlich!", mahnte ihn der andere. „Wir haben Lyamar nicht ohne Grund vor langer Zeit verlassen. Malin wollte es so und er hat dafür gesorgt, dass eine Rückkehr bestraft wird. Der Fluch der alten

Priester wurde von ihm erneuert und liegt auf jedem Ort, der einen Zugang beherbergt. Es ist unmöglich, die heiligste aller Stätten zu erreichen. Dabei ist noch nicht einmal sicher, ob die großen Zauberer sich dort haben begraben lassen."

„Das habe ich ihm auch gesagt, aber er versprach mir, es nicht zu versuchen, solange dies nicht sicher ist und er auch noch nicht weiß, ob Dalon mit seinem Plan erfolgreich sein wird", verkündete Leon und erhob sich, um an den anderen Mann heranzutreten. „Ich mache mir jedoch genauso wie du große Sorgen, ob er sich noch lange genug gedulden kann. Deshalb habe ich ja um dieses Treffen gebeten, Assarel. Niemand im Zirkel weiß mehr über die alten Legenden und Sagen um Cardasol, Berengash, Morana und Malin als du. Und du bist auch der einzige, der die alte Sprache der N'gushini ausreichend beherrscht und selbst nach Lyamar gereist ist, um auf den Spuren der alten Zauberer zu wandeln."

„Das ist es ja eben", stieß der andere angespannt aus. „Roanar stützt sich auf Legenden und Sagen und glaubt damit erfolgreicher zu sein als jeder andere große Zauberer vor ihm – dabei haben es schon so viele versucht. Erfolglos."

„Außer Malin", wusste Leon.

„Keiner weiß, ob Malin wahrhaft Erfolg hatte", mahnte Assarel ihn. „Wir gehen nur davon aus, weil alles dafür spricht. Aber auch *er* hat sich bewusst dazu entschieden, weder sein Wissen noch seine Kräfte an den Zirkel der Magier weiterzugeben – das lässt sich mit einigen Schriften, aber auch mit Botschaften in Steintafeln belegen. Gegen Malins letzten Willen zu handeln ist noch niemandem gut bekommen. Und gerade weil ich Lyamar bereist habe, weiß ich, dass der Fluch der alten Priester und Zauberer noch existiert und nach all der Zeit, die vergangen ist, nicht einen Deut nachgelassen hat. Das ist *uralte* Magie – sogar älter als die Malins – und er hat sie durch sein Zutun nicht nur neu aktiviert, sondern noch stärker gemacht. Das ist ein deutliches Zeichen, Narian, eine Warnung, sich nicht mit Mächten einzulassen, die wir nicht kontrollieren können."

„Das weiß ich doch auch", gab Leon mit Narians Stimme zurück. „Aber derzeit sieht es nicht danach aus, als ließe sich Roanar von seinem Vorhaben abbringen, und es stehen zu viele hinter ihm, als dass man es wagen könnte, sich gegen ihn zu stellen."

„Und was willst du jetzt von mir?", fragte Assarel mit einer etwas hilflosen Geste in Richtung der Pergamente.

„Roanar wollte, dass du dir die Karten und Schriften ansiehst, um ihm seinen Weg in Lyamar zu ebnen", erklärte Leon, „ich hingegen hoffe, dass du eine Möglichkeit findest, Roanar an sein Ziel zu bringen, ohne dass viele von uns ihre Leben dafür lassen müssen. Vielleicht kannst du auch nachdrücklich belegen, dass es unmöglich ist, Jamerea zu finden und zu betreten, und ihn damit von seinem Vorhaben abbringen. Mir ist vollkommen gleich, *was* von beidem bei deiner Arbeit herauskommt, nur tue etwas! Bitte!"

Assarel presste die Lippen zusammen, strich sich das Haar aus dem Gesicht und starrte die Schriften vor sich an. Schließlich gab er ein tiefes Seufzen von sich.

„Ich werde mich bemühen, deiner Bitte nachzukommen, aber ich kann dir nichts versprechen", kündigte er an. „Mir gefällt gar nicht, was der Zirkel da im Hintergrund plant. Wir haben schon genügend Probleme hier in

Falaysia, um die wir uns dringend kümmern müssen – sich da zusätzliche in Lyamar zu schaffen, ist wirklich…"

„… Irrsinn", beendete Leon seinen Satz. „Ich weiß. Aber wir sind auch nicht allein. Es gibt einige im Zirkel, die sich ganz ähnliche Sorgen machen wie wir und wenn wir mit einem besseren Vorschlag aufwarten können, können wir vielleicht auch Roanar von seinem Thron heben und unsere Freunde retten. Daran glaube ich ganz fest."

„Ich werde sehen, was ich tun kann", versprach Assarel, während sich sein Gesicht langsam aufzulösen begann und Leon bewusst wurde, dass dies nicht die Realität, sondern nur ein Traum war.

Es dauerte noch einen kleinen Moment, bis er das regelmäßige Atmen seiner Freunde um sich herum vernahm und schließlich die Augen öffnen konnte. Er fuhr nicht aus dem Schlaf wie sonst, wenn ihm etwas Ungewöhnliches im Traum widerfahren war, sondern lag erst einmal nur mit weit geöffneten Augen da und versuchte zu verstehen, was er gerade gesehen hatte. Es war kein gewöhnlicher Traum gewesen – soviel war sicher und da er die Situation nie selbst erlebt hatte, konnte es nur eines bedeuten: Eine Erinnerung Narians war in sein Bewusstsein gedrungen. Hatte der Mann, mit dem er gesprochen hatte, nicht sogar dessen Namen genannt?

Leon setzte sich nun doch auf, leise und mit Bedacht. Alle anderen um ihn herum schliefen noch, nur Benjamin bewegte sich und öffnete träge die Augen.

„Schlaf weiter", flüsterte Leon ihm zu und der Junge war so müde, dass seine Lider prompt zufielen und sich nicht wieder öffneten. Das war auch gut so. Nach dem Ohnmachtsanfall in der Höhle hatte Leon sich große Sorgen um ihn gemacht – trotz Ilandras Versicherung, dass es ihm gut gehen würde und er durch den Schub von Malins Energie später vielleicht sogar mit mehr Kraft erwachen würde als jemals zuvor.

Leon selbst hatte in der Gebetshöhle nichts dergleichen verspürt. Er war weder geschwächt noch gestärkt worden und erst einmal davon ausgegangen, dass das seltsame Geschehen dort keinerlei Auswirkungen auf ihn gehabt hatte. Anscheinend hatte er sich geirrt. Es sah ganz danach aus, als wäre Narians Magie, die bei dessen Ableben in Leon übergegangen war, endlich aktiviert worden. Gleichwohl wusste er noch nicht, ob ihn diese Tatsache ängstigen oder freuen sollte. Zumindest machte sie es ihm augenblicklich unmöglich weiterzuschlafen.

Er schlug lautlos seine Decke zurück und erhob sich leise, um sich durch die Hütte zum Ausgang zu schleichen. Draußen hielt nur noch einer der dafür abgestellten Wachmänner die Stellung und bedachte ihn mit einem Stirnrunzeln, als er ihn mit einem freundlichen Lächeln grüßte.

Leon sah hinauf zur Öffnung in der Höhlendecke und konnte feststellen, dass der Sturm deutlich nachgelassen hatte, obgleich er immer noch ein paar dunkle Wolken in rasanter Geschwindigkeit über das sternenbedeckte Himmelszelt trieb. Der Mond leuchtete allerdings kräftig und schenkte dem Dorf der M'atay neben dem großen Feuer in dessen Mitte und einiger Fackeln zusätzliches Licht.

Leons Blick wanderte wie von selbst hinüber zu dem Tunnel am anderen Ende der Höhle. Was passierte wohl, wenn er sie noch einmal betrat? Wurden dann weitere Erinnerungen von Narian aus ihrem Dornröschenschlaf geweckt? Und war es sinnvoll, sie zu erzwingen, obwohl er noch nicht einmal die erste auseinandergenommen und verarbeitet hatte?

Sein Instinkt kürzte die Arbeit seines Geistes ab, indem er dafür sorgte, dass sich seine Beine von ganz allein bewegten, sich auf den Weg hinüber zum Tunnel machten.

Der Wachmann rief ihm etwas hinterher, folgte ihm jedoch nicht, was Leon vermuten ließ, dass es etwas Ähnliches wie „Mach kein Blödsinn!" gewesen sein musste. Mit dem Beweis, dass Benjamin zu Malins Nachfahren gehörte, war das Vertrauen in die Fremden offenbar deutlich größer geworden, sonst hätte Wiranja mit Sicherheit keinen der Männer von seinem Wachposten abgezogen.

Die Fackel vor dem Tunnel hing noch in ihrer Verankerung. Leons Finger zitterten ein wenig, als er diese an sich nahm, weil er sich immer noch nicht sicher war, ob er das überhaupt tun sollte. Zaghaft leuchtete er in den Gang hinein, der nun, da er allein unterwegs war, sehr viel gruseliger aussah als zuvor.

„Die Götter haben dich zuvor willkommen geheißen, da werden sie dich jetzt nicht dafür bestrafen, sich ihnen zu nähern", ertönte eine Stimme hinter ihm und ließ ihn heftig zusammenzucken.

Sein Herz klopfte hinauf bis in seine Kehle, während er sich zu Ilandra umdrehte, um sie vorwurfsvoll anzusehen. „Du kannst doch einen alten Mann nicht *so* erschrecken", brachte er etwas kurzatmig hervor. „Mein Herz ist fast stehengeblieben!"

„Aber jetzt arbeitet es umso kräftiger und schneller", stellte die M'atay mit einem Blick auf seine sicherlich deutlich pulsierende Halsschlagader fest und Leon meinte sogar ihre Mundwinkel kurz nach oben zucken zu sehen. „Und *so* alt bist du gar nicht."

Leon holte tief Atem und bekam damit sein wichtigstes Organ langsam wieder in Griff. „Wirst du Wiranja davon erzählen?"

„Wovon?", fragte sie unschuldig. „Dass du mit der Fackel in den Tunnel geleuchtet hast?"

„Ich habe schon vor, noch reinzugehen", gestand er ihr. „Es sei denn, es ist verboten und du hast etwas dagegen."

Sie schüttelte den Kopf. „Jeder, der sich den Göttern öffnen will, darf diesen heiligen Raum betreten", erklärte sie. „Es steht weder Wiranja noch mir zu, dies jemandem zu verweigern. Die ganze Höhle gehört den Göttern allein."

Leon sah unschlüssig in den dunklen Gang. Er kam sich so albern vor, aber da Ilandra nun schon hier war und er sich nicht so ganz wohl bei der Sache fühlte…

„Wolltest du vielleicht auch … beten gehen?", wandte er sich an die M'atay, auf deren Gesicht sich unvermittelt ein breites Grinsen einfand. Verdammt! Sie hatte ihn durchschaut!

„Beten – nein", sagte sie, „aber ich wollte mir noch einmal etwas ansehen. Um ehrlich zu sein, wollte ich das sogar mit dir zusammen tun. Ich war gerade auf dem Weg zu eurer Hütte, als ich dich hierher laufen sah."

„Oh." Er war überrascht. „Und um was genau geht es?"

„Es ist besser, dir das zu zeigen", sagte sie, nahm ihm die Fackel aus der Hand und ging voran, in den Tunnel hinein.

„Was hat dich eigentlich geweckt?", fragte sie, als sie nur ein paar Meter gelaufen waren.

„Ich hatte einen sehr merkwürdigen Traum", antwortete er offen. „Wenn es überhaupt ein Traum war."

„Vielleicht eine Vision?"

Er schüttelte den Kopf. „Eher eine Erinnerung."

Sie blieb stehen und betrachtete ihn nachdenklich, während das Licht der Fackel auf ihrem ebenmäßigen Gesicht tanzte. „Die von dem Zauberer, mit dem du dich einst verbunden hast?"

Wieder konnte Leon nur nicken.

„Dann hat Ma'harik den Zauber, der auf deinem Verstand lag, tatsächlich auflösen können", überlegte die M'atay. „Oder meinst du, es war die Magie Malins, die Benjamin hier erweckt hat?"

„Ich glaube, es war eine Mischung aus beidem", erwiderte Leon. „Marek hat die Blockade gelöst und was auch immer Benjamin hier erweckt hat, hat die Erinnerungen in mir aktiviert – wenn das irgendwie Sinn macht."

„Das tut es", sagte Ilandra und setzte dabei ihren Weg fort. „In Lyamar gibt es so viele Spuren von alten Zaubern und Flüchen, dass fast immer etwas mit den Menschen passiert, die dieses Land betreten. Zumindest, wenn sie schon zuvor mit Magie in Kontakt gekommen sind."

„Und wir daheim in Falaysia halten dieses Land für tot", setzte Leon kopfschüttelnd hinzu.

„Wenn es noch so wäre, wären die ‚Freien' nicht hergekommen", erinnerte Ilandra ihn. „Die Dinge haben sich geändert und nun können wir nicht mehr nur auf den Schutz Malins vertrauen. Wir müssen uns selbst zur Wehr setzen."

Leon wusste nicht, was er dazu sagen sollte. Die M'atay befanden sich in einer schlimmen Situation und auch wenn er ihnen einen Krieg mit den *Freien* gern erspart hätte, konnte er nichts daran ändern, dass sie wahrscheinlich nicht um einen Kampf herumkamen. Die Zauberer würden mit Sicherheit nicht so schnell wieder verschwinden und bisher hatten sie nur Unheil angerichtet. Es war mehr als unwahrscheinlich, dass sie ihr Vorgehen änderten und plötzlich versuchten, friedlich und freundlich mit den Einheimischen umzugehen.

„Hat deine Vision dir denn etwas Wichtiges über die Ziele der ‚Freien' verraten, wie ihr es gehofft habt?", riss Ilandra ihn aus seinen Gedanken.

„Ich bin mir noch nicht sicher", gab er zerknirscht zu. „Es war nur ein Bruchstück einer Erinnerung, aber zumindest weiß ich jetzt, dass es innerhalb dieser Organisation ein paar Zauberer gab, die nach anderen, besseren Wegen gesucht haben, um zu ihrem Ziel zu kommen. Es klang sogar so, als ob sie selbst an dem *Ziel* gezweifelt und *gegen* Roanar und seine Anhänger gearbeitet hätten. Wie weit sie damit gekommen sind, weiß ich allerdings noch nicht."

„Und was das Ziel nun genau ist, konntest du nicht erfahren?"

Er schüttelte den Kopf. „Ich halte nach wie vor an der Überlegung fest, dass es darum geht, Malins Kräfte und sein Wissen in gewisser Weise zu … klauen. Die Geflüchteten haben das ja im Grunde bestätigt."

„Das würde ich auch noch denken, wenn ich nicht auf diese eine Sache gestoßen wäre", erwiderte Ilandra und trat ihm voran in den Gebetsraum, den sie nun endlich erreicht hatten.

Leon runzelte die Stirn und sah sie fragend an. „Wovon sprichst du?"

Wie zuvor entzündete Ilandra die beiden Fackeln am steinernen Pult und ging danach auf die Wand zu, an der das Zeichen Malins prangte. Leon folgte ihr immer noch etwas verwirrt.

„Das hier habe ich zuvor noch nie gesehen", sagte sie und hielt ihre Fackel an ein Relief unterhalb des Zeichens. Es bestand aus Symbolen, aber auch Szenen mit Menschen, die eindeutig eine lang vergangene Geschichte erzählten.

„Es ist erschienen, nachdem ihr die Kammer verlassen habt", berichtete Ilandra ehrfürchtig und fuhr mit den Fingern ganz zart über ein paar der feinen, in den Stein geritzten und gemeißelten Linien. „Ich denke, dass es mit einem Schutzzauber belegt war, den nur ein Nachkomme Malins entkräften konnte."

Leons Lippen teilten sich und formten ein stummes ‚Oh'. Auch er berührte das Relief ehrfürchtig, versuchte zu verstehen, was es ihnen sagen wollte.

„Das ist Ano", erklärte Ilandra und wies auf die vereinfachte Darstellung eines Menschen, über dem das Symbol einer Sonne schwebte. „Hier erscheint er in Lyamar."

„Heißt das, dieses Relief erzählt die Geschichte Lyamars?", fragte Leon.

„Ja", bestätigte Ilandra sogleich, „aber ganz anders, als wir sie kennen. Als *jeder* sie kennt, denn er hat Lyamar nicht erschaffen, wie man gut sehen kann, sondern diese Welt vorgefunden und für sich beansprucht. Dieses Relief behauptet, dass Ano nicht der Schöpfer unserer Welt ist, sondern ein Reisender, der sie erforschte. Und er tat das sehr viel früher, als wir bisher glaubten. Tausende von Jahren früher."

Leon war sprachlos. Er starrte das Relief mit großen Augen an und konnte kaum glauben, was er da hörte.

„Ich ... ich will wissen, was da noch steht", stieß er irgendwann aus. „Alles! Denn weißt du, was ich glaube? Es wird uns helfen, besser zu verstehen, was hier passiert. Es wird uns helfen, die *Freien* zu besiegen!"

Ilandra nickte und er konnte in ihren Augen erkennen, dass sie genau dasselbe dachte. Sie holte tief Luft und wies auf das zweite Bild „Als Ano in diese Welt kam, kam er nicht allein ..."

Magisch

Alles war so unwirklich. Die Geräusche, die aus dem Dschungel kamen. Die nach dem Unwetter doch etwas kühlere Luft. Das alte Gemäuer des Tempels um sie herum, das von lang vergangenen Zeiten in einer Sprache erzählte, die sie noch nicht verstand. Aber vor allem Mareks Nähe. Sein Atem, der über ihre Wange blies, sein vertrauter Geruch, die Wärme seines Körpers, seine nackte Haut an ihr. All das, wonach sie sich in den letzten beiden Jahren so schmerzlich gesehnt hatte, war plötzlich wieder da und es fühlte sich an, als sei kein Tag vergangen, seit sie sich das letzte Mal geliebt hatten und eng umschlungen eingeschlafen waren.

Wie leicht konnte man verzeihen und vergessen, wenn man jemanden aus tiefstem Herzen liebte. Kein Funken Gram war mehr in ihrem Inneren zu finden. Sie fühlte sich vollkommen im Lot, fast glücklich, trotz des Bewusstseins, dass ihr Kampf mit den *Freien* gerade erst begonnen hatte und überall Gefahren auf sie und ihre Freunde warteten, denen sie gemeinsam trotzen mussten.

Der Welt entrückt, das war die richtige Formulierung für ihren Zustand. So war das immer gewesen, wenn Marek und sie ihrer Sehnsucht nach einander nachgegeben und unvergesslich schöne Stunden miteinander verbracht hatten. Sie verschwanden für diese Zeitspanne in ihre eigene kleine Welt, in der es nur sie beide und die Liebe gab, die sie füreinander empfanden. Alles andere spielte keine Rolle mehr.

Nach ihrer leidenschaftlichen Wiedervereinigung hatte Marek sie zu ihrem Schlaflager zurückgetragen, sie dort fest in seine Arme geschlossen, um zusammen mit ihr einzuschlafen. Sie hatten nicht mehr viel miteinander gesprochen, waren beide ohne Worte darüber eingekommen, dass weder Zukunft noch Vergangenheit augenblicklich eine Rolle spielten. Wenigstens für eine kleine Weile durften sie sich einreden, dass es nichts gab, das zwischen ihnen stand. Keine Sorgen, keine Probleme, keine unausgesprochenen Gefühle.

Erst vor ein paar Minuten war Jenna wieder erwacht, immer noch fest an Marek geschmiegt, mit seinem beruhigenden Herzschlag an ihrem Ohr und dem warmen Gefühl tiefer Zuneigung in ihrer Brust. Sie war wieder zuhause, ohne wahrhaft zuhause zu sein, und das war ein wundervoll beglückender, gleichzeitig aber auch beunruhigender Gedanke.

Marek bewegte sich und nur wenig später fühlte sie seine Lippen auf ihrer Stirn. „Du denkst zu viel", murmelte er schläfrig und drückte sie noch fester an sich, bevor er tief ein- und ausatmete.

„Ich versuche ja, es nicht zu tun", gab sie zurück und folgte mit ihrem Zeigefinger dem Verlauf seines Brustmuskels. „Aber ich glaube, ich bin zu wach dazu. Die vielen kleinen Rädchen in meinem Kopf machen sich einfach selbstständig."

Marek gab einen undefinierbaren Laut von sich und eine seiner Hände schloss sich um ihre, hinderte sie daran, weiter seinen Körper zu ertasten. „Wir sollten wirklich schlafen, wenn wir morgen einigermaßen erholt in den neuen Tag starten wollen", mahnte er sie.

„Ich hatte ja auch nichts anderes vor", log sie mit einem versteckten Grinsen.

„Ich kann dich sehen."

Sie hob den Blick und sah in seine hellen Augen, in denen trotz seines strengen Gesichtsausdrucks ein amüsiertes Funkeln zu finden war.

Sie biss sich verschmitzt auf die Lippen. „Ist doch nichts dabei, wenn sich gute Freunde streicheln", bemerkte sie mit einem angedeuteten Schulterzucken.

Seine Mundwinkel hoben sich. „Ich glaube, wir hätten den Begriff ‚Freunde' vorher genauer definieren müssen."

Sie lachte. „Da ich die Idee, noch nicht über die vergangenen zwei Jahre zu sprechen, weiterhin für gut befinde, sollten wir dieses Wort in Bezug auf uns vielleicht mit einer kleinen Ergänzung versehen."

„Die da wäre?"

„Freunde mit gewissen Vorzügen."

Er zog kritisch die Brauen zusammen. „Vorzügen?", wiederholte er skeptisch.

„Hey, das habe ich mir nicht ausgedacht", verteidigte sie sich. „Das heißt so. Kennst du das nicht?"

„Doch, klar", gab er in einem Ton zurück, der genau das Gegenteil annehmen ließ. „So mit zehn Jahren sollte jeder schon die ein oder andere spezielle Freundschaft gehabt haben."

Jenna sah ihn etwas verschämt an. „Entschuldige, ich hab ganz vergessen, dass du schon so früh aus meiner Welt gerissen wurdest."

„Alles gut", winkte er ab. „Ich bin ein kluges Kerlchen und kann mir schon vorstellen, was mit diesen ‚Vorzügen' gemeint ist."

„Und was hältst du davon?"

„Von Sex?"

Sie schnitt ihm eine Grimasse. „Nein, von der Idee, uns nicht ständig mit diesem Berührungsverbot zu quälen, sondern solche Art von Nähe in Zukunft zuzulassen."

„Du meinst das ernst", stellte er erstaunt fest. „Ich dachte eigentlich, du würdest nach einer kleinen Weile bereuen, was passiert ist, eben weil wir nichts geklärt haben."

„Ich bereue *gar* nichts", gab sie nachdrücklich zurück. „Das war dringend notwendig, damit wir uns nicht ständig streiten. Solche Gefühle und Bedürfnisse kann man nicht ewig in Schach halten. Es musste irgendwann passieren und ich bin froh darüber."

„*Das* habe ich gemerkt", neckte er sie. „Du warst darüber *sehr* ‚froh'."

„Dito", grinste sie und hob den Kopf, stützte ihr Kinn auf seine Brust, um ihn besser ansehen zu können. „Also, was sagst du?" Sie hob nachdrücklich die Brauen.

„Glaubst du wirklich, dass wir nach heute schon so bald wieder Gelegenheit dazu bekommen, uns auf diese Weise zu vergnügen?", überraschte er sie mit einer Gegenfrage.

Sie hob die Schultern. „Keine Ahnung, aber ich finde, es kann nicht schaden, vorher darüber eine Absprache zu treffen." Sie kniff die Augen zusammen. „Dass du nicht gleich begeistert zustimmst, macht mich allerdings stutzig. Wer ist sie und was hat sie, was ich nicht habe?"

„Ich lege mich da doch nicht fest", grinste er sie breit an. „Gebrochene Herzen pflastern meinen Weg hierher. Die Letzte habe ich weinend in Anmanar zurückgelassen."

„Hatte man dich da nicht schon längst in Ketten gelegt?", merkte Jenna schmunzelnd an, obwohl sich in ihrem Herzen ein kleines Fünkchen Angst regte. Zwei Jahre waren eine lange Zeit und sie war zweifellos nur eine von vielen Frauen, die sich schrecklich von diesem unwiderstehlichen Kerl angezogen fühlten.

„Ach Ketten, ich brauche keine freien Hände, um eine Frau glücklich zu machen", prahlte Marek weiter und sie zwickte ihn dafür in die Seite. Strafe musste sein.

Er gab ein tiefes Lachen von sich und fing ihre Hand erneut ein, verschränkte seine Finger mit ihren und sah sie voller Zuneigung an. Sie rutschte ein kleines Stück höher und drückte ihre Lippen auf seine.

„Ich werde sie alle jagen und vernichten", drohte sie und küsste ihn erneut. „Du bist nämlich ganz allein mein."

„Gehört das auch zu den Vorzügen?", wollte er schmunzelnd wissen.

„Zu meinen auf jeden Fall", bestätigte sie und brachte ihn erneut zum Lachen, was seine Brust wundervoll an der ihren vibrieren ließ.

Sie legte ihren Kopf auf seiner Schulter ab, die Stirn gegen seine stoppelige Wange gelehnt, und für eine kleine Weile sprachen sie nicht mehr, genossen nur die Nähe des anderen. Dennoch konnte Jenna sich nicht vollkommen entspannen. Da nagte etwas an ihr.

„Wie viele waren es im Ernst?", fragte sie ganz leise, ohne ihn anzusehen.

Es dauerte eine Weile, bis Marek Luft holte, um zu antworten, und sie versuchte sich für das, was kommen würde, zu wappnen.

„Ich hatte Wichtigeres zu tun, als in der Welt herumzuhuren", überraschte er sie erneut und sie hob nun wieder den Kopf, suchte seinen Blick.

„Aber das waren zwei *Jahre!*", erinnerte sie ihn.

„Nicht alle Männer sind die Sklaven ihrer Triebe, Jenna", ließ er sie wissen und schien über ihr Erstaunen fast verärgert zu sein. „Du kennst mich – ich bin ein Kontrollfreak. Ich lasse mich von niemandem dominieren. Auch nicht von meinen niederen Instinkten."

Jenna versuchte sich ihre Freude über diese Aussage nicht allzu deutlich anmerken zu lassen. Sie hatten zwar nie darüber gesprochen, aber sie nahm es mit der Treue sehr ernst und da sie sich nie offiziell getrennt hatten … hätte sie sich eigentlich auch nicht mit Jamie treffen oder gar einen Kuss mit ihm planen dürfen.

„Bei dir scheint das anders zu sein", bemerkte er.

„Nein", sagte sie rasch und fühlte prompt Hitze in ihre Wangen steigen.

Marek hob eine Augenbraue und sie gab ihre Maskerade auf, bevor er noch etwas Falsches annahm. „Ich habe mich nur einmal mit jemandem verabredet und es ist nichts passiert. Ich war einfach so frustriert und …"

„Jenna, du schuldest mir keine Rechenschaft", unterbrach er sie sanft. „Und wenn du mit zwanzig Männern geschlafen hättest, hätte ich kein Recht darauf, es zu erfahren oder mich gar darüber zu beschweren."

„Das würde dich nicht stören?"

„*Das* habe ich nicht gesagt."

Sie musste lachen, berührte mit ihren Fingern zärtlich sein Kinn und folgte dem Verlauf seines Unterkiefers. „Zwei Jahre *sind* eine lange Zeit und ich bin dennoch froh, dass wir sie nicht so genutzt haben, wie viele andere es wahrscheinlich getan hätten."

Marek hob die Schultern. „Seit Rian bin ich äußerst vorsichtig geworden, was die Befriedigung meiner körperlichen Bedürfnisse angeht. Bevor wir beide uns kennenlernten, habe ich auch schon längere ‚Dürrezeiten' durchgehalten."

Sie hob die Brauen. „Ja? Was ist dein Rekord?"

Er legte den Kopf schräg und dachte kurz nach. „Ich denke vier Jahre!"

„*Vier Jahre*?!" Jenna riss die Augen auf.

„Ohne körperlichen Kontakt zu einem anderen Menschen, *nicht* ohne sexuelle Bedürfnisbefriedigung."

Jennas Gesicht glättete sich wieder. Das war dann doch keine so große Kunst und wenn sie richtig rechnete, konnte sie Marek sogar übertrumpfen.

„Es gibt ja immer noch meine fünf Freunde hier", erklärte er ihr unnötig, hob breit grinsend seine Hand und wackelte mit den Fingern, sodass Jenna ein leises Lachen entwischte.

„Ich muss gestehen, dass ich *diese* fünf Freunde auch sehr gern mag", äußerte sie schmunzelnd und Mareks Blick gewann umgehend an Intensität.

„Meine oder deine?"

Sie tat so, als müsste sie lange darüber nachdenken, was dazu führte, dass der Bakitarer seine Hand an ihrer Seite hinauf zu ihrer Brust wandern ließ. Sein Daumen strich nachdrücklich über ihre Brustwarze, umkreiste diese, sodass sie sich sofort aufrichtete, und Jenna holte stockend Luft, fühlte erneut ein leichtes Ziehen in ihrem Unterleib. Nach den zwei ‚Durstjahren' waren sie wohl beide mehr als ausgehungert.

Sie kümmerte sich nicht länger um die Beantwortung seiner Frage, sondern reckte sich stattdessen und küsste den schönen Mann vor sich innig.

„Deine Lippen mag ich allerdings noch viel lieber", hauchte sie anschließend und er hob die Brauen.

„Ist das eine Aufforderung?"

„Mich zu küssen? Immer!"

„Ich dachte eher an das hier." Er drehte sich, sodass sie neben ihm auf die Decke rutschte und senkte den Kopf, küsste ihren Hals, ihr Schlüsselbein, den Bereich über ihrer linken Brust. Sie holte tief Atem und seine Lippen wanderten weiter, schlossen sich schließlich um ihre Brustwarze, um sanft daran zu saugen.

Jenna seufzte leise, ließ ihre Finger in seine seidigen Locken gleiten und genoss die Liebkosungen seiner Lippen und Zunge mit jeder Faser ihres Seins. Es fühlte sich furchtbar gut an, nicht an die Konsequenzen ihres Handelns zu denken, einfach nur die kurze Zeit in ungestörter Zweisamkeit zu genießen – solange sie das noch konnten.

Seine Hand war nicht untätig geblieben und verschwand nun zwischen ihren Schenkeln, streichelte sie dort mit wachsender Intensität, sodass ihr Becken sich ihm ganz automatisch entgegen hob.

„Warte!", keuchte sie, als er sich bereits über sie schieben wollte, und drückte gegen seine Brust, schob ihn von sich weg, um sich aufsetzen zu können und ihn dazu zu bringen, sich auf den Rücken zu legen. Ihr Herz hämmerte schon wieder in ihrer Brust und ihre eigene Erregung wuchs ungemein an, als sie sich rittlings über ihn kniete und zusätzlich über seinen Schultern abstützte.

Seine Hände bewegten sich zu ihren Schenkeln glitten sanft daran hinauf und wieder hinab, und ließen einen Schauer nach dem anderen über ihren Rücken rieseln.

„So forsch heute?", kam es heiser über Mareks Lippen und sie küsste ihn tief und hungrig, bevor er diese auch noch zu einem breiten Grinsen verziehen konnte.

„Du wirst dich noch wundern", raunte sie ihm zu und biss ihm ganz zart in die Unterlippe. „Ich habe zwei Jahre ohne Sex aufzuarbeiten."

Er wollte etwas sagen, doch drang nur ein lautes Stöhnen aus seiner Kehle, weil Jenna nach seiner Härte griff und auf ihn niedersank, ihn tief in sich aufnahm. Sie schloss die Augen und biss sich auf die Unterlippe, musste sich sehr beherrschen, um sich nicht gleich heftig gegen ihn zu bewegen. Stattdessen nahm sie sich Zeit, ließ die Hüften sanft kreisen, bevor sie sich aufreizend auf und ab zu bewegen begann.

Mareks Augen fixierten ihr Gesicht, seine Wangenmuskeln zuckten unter der Haut und seine Hände umfassten ihre Hüften, drückten sich in ihr Fleisch. Es dauerte nicht lange, bis auch er sein Becken bewegte, es hob, wenn sie auf ihn niedersank und damit ihrer beider Begierde rasant steigerte. Jennas Atmung beschleunigte sich mit ihren Auf- und Abbewegungen. Sie biss sich erneut auf die Lippen und konnte dennoch nicht verhindern, dass ihr eigenes lautes Stöhnen von den Wänden der Ruine widerhallte.

Ihr Unterleib pochte und zuckte und Hitze breitete sich von dort aus in ihrem ganzen Körper aus, während sich ihr Lustempfinden immer weiter steigerte, sich eine nur allzu vertraute, kaum zu ertragende Spannung zwischen ihren Schenkeln aufbaute. Marek hob den Kopf, doch er küsste sie nicht, fing stattdessen eine ihrer Brustwarzen mit den Lippen ein und hielt sie mit den Zähnen fest, um sie mit seiner Zunge zu reizen. Das genügte, um Jennas Unterleib mit heftigen Zuckungen reagieren zu lassen, die schließlich in einen überwältigenden Höhepunkt übergingen.

Die Muskeln ihrer Arme gaben nach und sie sank nach vorn, während Marek sich noch ein paar Mal schnell und hart in sie hineinbewegte, bevor auch er mit einem tiefen Stöhnen seine Erlösung fand. Schwer atmend und in Schweiß gebadet blieb sie auf ihm liegen. Es dauerte eine ganze Weile, bis das wundervolle Ziehen in ihrem Unterleib und das Rauschen ihrer Ohren nachließen und sie wieder die Kraft besaß, zumindest den Kopf zu heben.

Marek, dessen Hände die ganze Zeit träge ihren Rücke gestreichelt hatten, schenkte ihr ein Lächeln, das mit Sicherheit Eisberge schmelzen lassen konnte.

„Ich muss zugeben, dass mir unsere neue Regelung sehr viel besser gefällt als die alte", gab er heiser bekannt.

Sie stieß ein leises Lachen aus. „Mir auch", gestand sie und drückte ihre Lippen auf seine Brust, bevor sie sich zur Seite rollte und dicht an ihn kuschelte. Die Müdigkeit kam nun mit aller Macht zurück und sie schloss die Augen.

„Hoffen wir mal, dass wir auch Zeit finden, sie weiter zu genießen", murmelte Marek an ihrer Stirn und ein kleines Lächeln schob sich auf ihre Lippen, bevor der Schlaf sie gefangen nahm.

Es knisterte und prickelte. Eine Energiequelle versuchte von außen auf sie einzuwirken und riss Jenna ruckartig aus dem Schlaf. Sie stieß ein leises Keuchen aus und wich zurück, weil sich jemand über sie gelehnt hatte. Jemand, den sie sehr gut kannte, wie ihr Verstand beruhigend feststellte.

„Sch-sch", machte Marek und die Anstrengung in seinem Gesicht, die sie erst jetzt bemerkte, nahm zu.

Ihr Blick fiel auf das, was er in seiner Hand hielt und ihr dämmerte recht schnell, was er da tat und was genau das Kribbeln auf ihrer Haut und in ihren Nervenenden erzeugte. Er versuchte die Zauberkraft des Hiklets zu brechen, das sie bisher nicht hatte loswerden können.

„Ist deine Kraft zurück?", wisperte sie.

„Zum Teil", erwiderte er knapp und kniff nun auch noch die Augen zusammen. Das Prickeln wurde stärker und ein Licht glühte in Mareks Hand auf. Seine Bemühungen zeigten Wirkung und Jenna wusste nicht ganz genau, ob sie sich freuen oder besorgt sein sollte, denn sie konnte genau fühlen, wie warm der Kettenanhänger und damit auch Mareks Hand wurde.

„Vielleicht solltest du besser noch ein bisschen warten", schlug sie zaghaft vor, doch er schüttelte sogleich den Kopf, machte verbissen weiter.

„Die Hiklets der Sklavenhändler sind nicht besonders raffiniert", erklärte er angestrengt, „und eher darauf ausgerichtet, die Kräfte des Trägers einzusperren, als mögliche Angriffe von außen abzuwehren. Deswegen konnte ich auch deine Fesseln zerstören, als die Soldaten anfingen zu streiten."

Jenna zuckte erschrocken zusammen, als kleine Lichtblitze aus seiner Hand traten. Mit dem nächsten Atemzug war der Spuk jedoch schon vorbei.

Marek holte tief Luft, öffnete die Augen und schließlich auch seine Hand, von der nun ein wenig Dampf aufstieg. Der Anhänger war in der Mitte zerbrochen, hatte sich zuvor aber in Mareks Handfläche gebrannt und dort einen knallroten, blasigen Abdruck in derselben Form hinterlassen.

Jenna seufzte leise, löste die Kette von ihrem Hals – was ihr in der Tat endlich möglich war – und legte sie beiseite, um behutsam Mareks Hand in die ihre zu nehmen. „Warum machst du nur so was?", tadelte sie ihn und betrachtete die Wunde besorgt.

„Wir mussten das irgendwann loswerden", erklärte er mit einem Schulterzucken. „Und da ich eh testen musste, wie viel von meiner Kraft zurückgekehrt ist, dachte ich mir, ich schlage gleich zwei Mücken mit einer Klappe."

„Anstatt zu schlafen", merkte Jenna an und widerstand dem Drang, über seine fehlerhafte Redewendung breit zu grinsen, nur mit Mühe.

„Ich liege schon seit einer kleinen Weile wach", gestand er ihr und entzog ihr sanft seine Hand. „Es tut mir leid, dass ich dich geweckt habe. Das war eigentlich nicht der Plan."

Jenna sah hinüber zu einem der Fenster und stellte fest, dass es zwar nicht mehr stürmte, aber noch dunkel war. Dennoch konnte sie sich jetzt nicht einfach auf die Seite drehen und weiterschlafen.

„Nicht so schlimm", winkte sie ab und richtete sich auf, um sich zumindest ein Hemd überzuziehen, bevor sie ganz aufstand.

„Oh, doch – wenn du jetzt auch noch aufstehst!", gab Marek mit leichtem Frust in der Stimme zurück.

„Ich komme ja gleich wieder", versprach sie, sah sich kurz zwischen ihren Sachen um und fand schließlich, wonach sie gesucht hatte. Mit der Salbe, die Marek vor ein paar Stunden angefertigt hatte, kehrte sie zu ihrem Schlafplatz zurück und kniete sich vor ihn.

„Flosse her!", kommandierte sie und streckte ihre Hand nach seiner aus.

Er hob eine Augenbraue. „Flosse?", wiederholte er schmunzelnd, kam ihrer Aufforderung jedoch gleich nach.

„Mein Vater hat das immer zu mir gesagt, als ich noch klein war", erklärte sie und begann dabei ganz behutsam, die Salbe auf die Brandwunde aufzutragen. „,Gib Pfötchen' und ,Aus!' haben auch dazu gehört. Ich mochte das, weil mir Tiere eine Zeit lang die besseren Freunde waren. Ich hatte als Kind nicht viele davon."

„Tiere oder Freunde?"

„Letzteres." Sie sah etwas verunsichert von ihrer Arbeit auf, weil ihr gerade erst bewusst wurde, dass sie noch nie mit ihm darüber gesprochen hatte. Die Wärme und das Verständnis in seinen Augen ließen sie jedoch gleich weiterreden.

„Ich war ein eher schüchternes, verträumtes Kind und einige meiner Klassenkameradinnen hielten es für eine bessere Idee, mich zu ärgern oder zu verprügeln, als Freundschaft mit mir zu schließen. Wahrscheinlich habe ich deswegen später Psychologie studiert – um zu verstehen, warum das alles passiert ist."

Sie senkte den Blick und versorgte weiter seine Wunde. „Ich weiß, das ist nichts im Vergleich zu dem, was du als Kind durchmachen musstest, aber ein Leben im rosaroten Wolkenkuckucksheim hatte ich auch nicht."

„So etwas habe ich auch nie angenommen", hörte sie ihn sanft sagen und sah ihn wieder an. Seine Gesichtszüge waren ganz weich und offen, sodass sie die warme Zuneigung, die er ihr entgegenbrachte, fast körperlich fühlen konnte. Es waren nur die Salbe in ihrer einen und seine Finger in der anderen Hand, die sie davon abhielten, ihn innig zu küssen, und so beließ sie es bei einem liebevollen Lächeln.

Sie räusperte sich rasch, weil ihr ihre eigenen Gefühle langsam zu viel wurden und versuchte zu einem anderen, sehr viel wichtigeren Thema zurückzukehren.

„Du hast das Hiklet zerstören können", sagte sie und wies auf die kaputte Kette neben ihrer Decke. „Heißt das, du bist jetzt wieder ganz der Alte?"

„Nein, nicht *ganz*", erwiderte er. „Ich kann nur auf einen Teil meiner Kräfte zugreifen, sonst wäre es mir wahrscheinlich noch viel leichter gefallen, den Zauber zu brechen, und es hätte sicherlich nicht solche Folgen gehabt."

„Aber das heißt auch, dass die anderen Magier langsam wieder auf ihre Kräfte zugreifen können, oder?", hakte sie mit Unbehagen nach.

Er dachte kurz über ihre Frage nach, schüttelte dann aber zögernd den Kopf.

„Ich glaube nicht, dass es allen so geht wie mir", setzte er seiner Geste hinzu. „Es ist dieser Ort ... ich habe das Gefühl, als würde er mich stärken, meine Kräfte in positivem Sinne beeinflussen."

Sie legte das Stück Leder mit der Salbe beiseite und ging kurz in sich. Jetzt, wo er das sagte und das Hiklet endlich beseitigt war, bemerkte sie, dass auch sie sich anders als zuvor fühlte. Befreiter, leichter, energiegeladener, mehr im Lot mit sich selbst. Vielleicht hatte er recht und dieser Ort war nicht nur ein Gebetshaus, sondern auch eine Stätte, in der Magier wieder zu sich finden, ihre Kräfte zentrieren und stärken konnten.

„Warum hat der Fluch Malins diesen Ort nicht beeinflusst?", stellte Jenna die nächste Frage, die ihr durch den Kopf schoss. „*So* weit haben wir uns doch gar nicht von der Ausgrabungsstätte entfernt."

„Nein, aber der Tempel hier ist viel älter als Malins Zauber", erklärte Marek. „Wahrscheinlich ist sein magischer Schutz stärker und ich denke auch nicht, dass Malin seinen Fluch erschaffen hätte, wenn er geglaubt hätte, damit diese alten Gemäuer und ihre Energiefelder zu zerstören. Er soll vor allem in seinen späteren Jahren immer sehr besonnen mit seiner Umwelt umgegangen sein."

„Ich habe ihn gesehen, weißt du?", offenbarte Jenna und fragte sich, warum sie ihm das noch nicht erzählt hatte. „Nicht nur im Torbogen bei der Ausgrabungsstätte, sondern auch danach. Da kamen so viele Bilder auf einmal, in solch schneller Abfolge, dass ich es nicht ertragen konnte. Mein Geist war damit vollkommen überfordert und hat sich gewehrt. Ich hatte keinen Schwächeanfall. Ich habe meine Besinnung verloren, weil mein Verstand nicht mit der Flut an Bildern und Geräuschen klargekommen ist, die so plötzlich über mich hereingebrochen sind."

„Ich weiß", erwiderte Marek zu ihrer Überraschung. „Durch meine Verbindung zu dir konnte ich einen Teil davon ebenfalls sehen – zumindest solange du kein Hiklet trugst. Ist dir dasselbe auch auf dem Plateau passiert, als wir die Burg gesehen haben?"

Sie nickte. „Du hast es auch gesehen?", wiederholte sie perplex. „Am Torbogen?"

„Nicht alles und, wie gesagt, nur als unsere Verbindung noch nicht vom Hiklet blockiert wurde."

„Und was denkst du, ist da mit mir passiert?"

„Der Zauber, den du ausgelöst hast, hatte meines Erachtens zwei Wirkungen. Zum einen, alle magischen Energien in einem bestimmten Radius der Stätte für eine Weile stark einzuschränken und einen Empfang von mentalen Botschaften unmöglich zu machen – was auch unsere Feinde ganz richtig erkannt haben. Und zum anderen, dem Erben Malins, der ihn aktiviert, wichtige Erinnerungen zu übertragen, die mit der Stätte in Verbindung stehen. Niemand anderes außer dir und den Menschen, die mit dir verbunden sind, konnten damit Malins Botschaft empfangen."

„Botschaft?", hakte sie immer noch etwas verwirrt nach.

„Es sind nur ausgewählte Erinnerungen, die dir zugekommen sind", erklärte Marek geduldig, „also vermute ich, dass sie dir etwas sagen sollen."

Jenna gab einen frustrierten Laut von sich. „Na, wunderbar! Ich habe keine einzige von ihnen behalten."

„Selbstverständlich hast du das", gab Marek mit einem aufmunternden Lächeln zurück. „Dein Geist muss nur erst einmal alles verarbeiten und ich bin mir sicher, dass dieser Ort dir dabei helfen wird – jetzt, da das Hiklet weg ist."

Jenna kniff die Augen zusammen. „*Deswegen* wolltest du es mir unbedingt abnehmen, obwohl deine Kräfte noch nicht wieder vollständig zurück sind!"

„*Und* weil ich tatsächlich testen wollte, inwieweit ich schon wieder einsatzfähig bin", ergänzte er.

Jenna lehnte sich ein Stück zurück und versuchte in sich zu gehen, an die Erinnerungen heranzukommen, die sich laut Marek noch in ihr versteckten. Doch so sehr sie sich auch anstrengte, sie kamen nicht wieder.

„Du kannst das nicht erzwingen", behauptete er. „Entspann dich und konzentriere dich nicht zu sehr darauf."

„An was kannst *du* dich denn erinnern?", wollte sie wissen.

Er dachte kurz nach. „Ein paar der Dinge ergänzen sich mit dem, was ich ohnehin schon über Malin in Erfahrung bringen konnte."

„Dann hast du dich schon mit ihm beschäftigt, bevor die *Freien* in Aktion getreten sind?", fragte sie.

„Jenna, ich war ein Zauberlehrling", erinnerte Marek sie schmunzelnd. „Malin ist für uns eine ähnlich wichtige Figur wie Jesus für die Christen. Die ganze Philosophie und Lebensweise der Zauberer richtet sich nach seinem Lebenswerk, nach den Grundregeln, die er für alle festgelegt hat. Jeder Magier strebt danach, ihm möglichst ähnlich zu werden, seine Werte anzunehmen, Magie in seinem Sinne zu benutzen und alle Schüler in seinem Sinne zu unterrichten. Malins Leben und Wirken steht deshalb ganz oben auf dem Lehrplan eines Lehrlings."

„Heißt das, dein Wissen über Malin geht nicht über das hinaus, was dir als Kind beigebracht wurde?", hakte sie spitzfindig nach.

„Das hab ich nicht gesagt", gab er offen zu.

„Also *hast* du noch weiter nachgeforscht."

Er nickte. „Demeon hat mich darauf gebracht, dass die *Freien* vielleicht etwas in Bezug auf Malin und seine Hinterlassenschaften planen."

„Leon hat erzählt, dass du mit dem Mann einen Handel eingegangen bist", ließ Jenna ihn wissen. „Aber Demeon konnte ihm nichts von dem verraten, was ihr besprochen habt, weil er ebenfalls ein Hiklet in Form eines Ringes trug."

„Kein Hiklet, sondern ein Sumbaj", verbesserte Marek sie.

„Was ist der Unterschied?"

„Es handelt sich dabei um einen weitaus stärkeren Zauber, der den Träger einerseits vor magischen Angriffen schützt und es andererseits dem Magier, der ihn hergestellt hat, ermöglicht, den Träger ständig zu überwachen, zu kontrollieren, was er tut und sagt. Seine Kontakte mit anderen Menschen werden unverzüglich gemeldet und der Magier hat die Möglichkeit, auch aus der Ferne auf den Träger einzuwirken, zu verhindern, dass er ausplaudert, was er nicht ausplaudern darf."

„Dann hast *du* dafür gesorgt, dass Leon keine Antworten auf seine Fragen bekommt?" Jenna konnte nicht verhindern, dass in ihrer Stimme ein leichter Vorwurf mitschwang.

„Ich wollte nicht, dass er sich einmischt", verteidigte sich der Krieger. „Ich hatte einen Plan, der zu diesem Zeitpunkt sehr sinnvoll war, und wenn ich Hilfe gebraucht hätte, hätte ich mich schon an jemanden aus der Regierung gewandt."

„Aber nicht an Leon", schloss Jenna etwas frustriert, „weil du dachtest, dass ich noch regelmäßig Kontakt mit ihm habe, und meine Rückkehr nach Falaysia verhindern wolltest."

Marek presste die Lippen zusammen und schwieg, aber auch das bestätigte ihren Verdacht und holte das Gefühl der Enttäuschung zurück, das sie jetzt schon länger nicht mehr befallen hatte. Sie bekämpfte es mit aller Macht und versuchte, sich auf die Dinge zu konzentrieren, die augenblicklich wichtiger waren.

„Was hat Demeon dir über die *Freien* erzählt?"

„Leider nicht so viel, wie ich anfangs gehofft hatte", gestand Marek ihr. „Demeon hasst den Zirkel für das, was er Alentara und ihm angetan hat. Mit Roanar hat er nur zusammengearbeitet, weil der Mann vorgab, ebenfalls aus dieser Organisation ausscheiden zu wollen, und er einen Spitzel brauchte, um den Zirkel während der Ausführung seines eigenen Vorhabens im Auge zu behalten. Auch die Helfer in deiner Welt gaben vor, gegen den Zirkel zu arbeiten. Er konnte damals nicht ahnen, dass diese Leute schon längst mit anderen in Falaysia in Kontakt standen und im Grunde *ihn* ausspionierten. Er hat in deiner Welt nur wenige persönlich kennengelernt und konnte mir keine echten Namen nennen, sonst hättet ihr diese Leute vielleicht sogar auffliegen lassen können."

„Niemand konnte wissen, dass die stellvertretende Chefin des Zirkels hinter allem steckt", seufzte Jenna. „und zu ihr gehören weitaus mehr Leute, als man hätte erahnen können."

„Ich hätte dich gewarnt, wenn ich es gewusst hätte", versicherte Marek ihr.

Sie schenkte ihm ein kleines, verzeihendes Lächeln. „Ich weiß."

Er hielt den Blickkontakt zu ihr und sie fühlte, dass er noch etwas dazu sagen wollte, es vieles gab, das auch an ihm nagte und dringend ausgesprochen werden wollte, doch er verbat es sich, hielt tapfer an ihrer Absprache fest.

„Demeon konnte mir nicht viel über den Zirkel im Ganzen erzählen, aber er konnte mir einiges über Roanar berichten", nahm er den wichtigeren Gesprächsfaden wieder auf. „Er sagte mir, dass der Mann insbesondere an Möglichkeiten interessiert sei, anderen Zauberern die Kräfte zu entziehen und für sich selbst nutzbar zu machen. Er verriet mir auch, dass Roanar ein fanatischer Anhänger Malins sei, ohne dessen Grundsätze richtig zu verstehen. Sein Streben danach, immer mehr Wissen über den Mann anzusammeln und seine eigenen Kräfte zu optimieren, sei beängstigend gewesen. Das alles zusammen hat mich schnell zu dem Schluss kommen lassen, dass Roanar in Lyamar sein muss, eben weil es das Geburtsland und die Heimat Malins war. Hemetions Bücher machen ein paar Aussagen darüber, wo Camilor ungefähr liegt und dass diese Burg Malins Zauberkammer sei und viele seiner Schriften beherbergen muss."

„Aber das hat ihm nicht genügt", setzte Jenna verächtlich hinzu. „Er will nun Malins Geist, seine Erinnerungen, seine Kräfte."

„So sieht es aus", stimmte Marek ihr zu. „Vielleicht ist er aber durch die Schriften Malins, die er sicherlich in der Burg gefunden hat, auch noch auf etwas anderes gestoßen, das noch mehr Macht verspricht als die Kräfte Malins."

„Und was soll das sein?", fragte Jenna mit Unbehagen.

„Malin war nicht nur ein Magier und Eroberer, er war auch ein Forscher, ein Wissenschaftler", erklärte Marek.

„Und er hat sich in seinen letzten Lebensjahren intensiv mit einem bestimmten Thema befasst."

„Mit welchem?"

„Dem Gott Ano und dessen Wirken hier in dieser Welt und damit meine ich nicht nur sein geistiges oder magisches Wirken."

„Was dann?"

„Ano hat mit den N'gushini Kinder gezeugt. Kinder, die dessen göttliche Kraft in sich trugen."

Jenna riss die Augen auf und starrte Marek ungläubig an. „Grundgütiger!", stieß sie aus und Marek nickte bestätigend.

„Bereit für eine kleine Reise in die Legenden und Mythen dieser Welt, die nur ganz wenige kennen?", fragte er mit einem kleinen Schmunzeln und alles, was sie tun konnte, war, stumm zu nicken.

Mythen

Das Bild zeigte eine Gruppe von Menschen, die sich um die Darstellung von Ano sammelten. Viele Details waren nicht zu erkennen, aber es war eindeutig, dass einige von ihnen so etwas wie Listen in den Händen hielten und Anweisungen an die anderen gaben.

„Ano brachte Gefolge aus einer anderen Welt mit nach Lyamar", kommentierte Ilandra weiter die Bilder des Reliefs, während Leon ihr nur stumm und staunend zuhörte. „Sie errichteten inmitten dieses Landes auf einer schwebenden Insel mit dem Namen Jamerea, die Ano zuvor erschaffen hatte, einen Tempel, in dem sich alle Götter, die hier Halt machten, zur Ruhe betten konnten. Viele von ihnen kamen dorthin, um bald wieder weiterzureisen. Einige von ihnen, die sich besonders wohl fühlten und den Einheimischen, die sie versorgten, ihren Dank zeigen wollten, hinterließen hier etwas."

Ihre Augen verengten sich in dem Versuch, die Zeichen über den Darstellungen zu entziffern. „Ein Geschenk … eine Gabe … ich weiß es nicht genau."

„Vielleicht die magischen Begabungen", überlegte Leon.

Ilandra hob die Schultern. „Irgendwann kamen die Götter nicht mehr nach Lyamar und auch Ano blieb länger weg. Seine Diener aber ließ er hier zurück und sie vereinten sich mit den Einheimischen zum Volk der Halamar."

Sie strahlte, da sie *diesen* Namen endlich zu kennen schien, und sah Leon an. „Das waren die Vorfahren der M'atay und ihre Priester nannten sich N'gushini. Wie du selbst gesehen hast, sind noch viele der alten Tempel in Lyamar zu finden und einige sogar fast noch gänzlich erhalten."

„Sind das auch die heiligen Stätten, in denen die ‚Freien' ihre Ausgrabungen machen?", wollte Leon wissen.

„Ja, aber bisher konnten sie nur die finden, die Malin benutzt und neu aufgebaut hat", sagte Ilandra stolz. „Die ganz alten Kräfte, die in Lyamar immer noch wirken, lassen sich nicht so leicht aufspüren. Nur die M'atay wissen, wo die Bauwerke der N'gushini versteckt sind, und keiner von uns wird sie an diese Dämonen verraten."

„Was ist danach passiert?", fragte Leon mit einem Fingerzeig auf das Relief. „Kam Ano gar nicht mehr wieder?"

Auch Ilandra richtete ihren Blick wieder auf die Wand vor ihr. „Doch. Eines Tages erhörte er die Gebete der N'gushini und nahm wieder Kontakt mit ihnen auf ... Diese Geschichte ist identisch mit der, die bei den M'atay weitergegeben wurde. Er erwählte sich einen der Priester und nahm ihn mit sich in die Welt der Götter. Als der Mann wiederkam, konnte er die Kraft der Erde nutzen, um damit Wunder zu vollbringen. Er wurde der erste Skiar. Ano kam alle zehn Jahre wieder, um sich einen

Priester oder eine Priesterin zu holen und sie einige Zeit später mit einer neuen magischen Begabung zurückkehren zu lassen."

Leons Augen verengten sich. „Es ist seltsam, aber … *ich* kenne die Geschichte auch, obwohl ich mir sicher bin, sie weder selbst gelesen noch erzählt bekommen zu haben."

„Dann ist es eine Erinnerung des Zauberers, mit dem du dich verbunden hast", erklärte Ilandra ganz einleuchtend. „Ich bin mir sicher, dass auch die Magier in Falaysia diese Legende kennen und an ihre Schüler weitergeben."

„Gut möglich", gab Leon nachdenklich zurück und schürzte die Lippen, während er das nächste Bild betrachtete. „Hier sieht man, wie die Halamar aufgrund ihrer neuen Stärke versuchten, andere Völker zu unterjochen, oder?"

„Ja, und Ano bestrafte sie dafür", setzte Ilandra die Geschichte fort. „Wenn sie ihre Kräfte zu lange und zu stark einsetzten, wurden sie von diesen getötet und am Ende verließ er sie für immer …"

„… da ein endlos währender Krieg zwischen allen Völkern ausgebrochen war", konnte auch Leon fortfahren. „Die N'gushini hatten Angst, ausgelöscht zu werden und versuchten Ano zu erreichen, um ihn um Hilfe zu bitten. In Jala-Manera bauten sie ein Tor, das sie mit Hilfe der Elemente öffnen konnten, und versuchten damit, die Welt der Götter zu betreten."

„Es gelang ihnen auch, aber diese waren darüber so erzürnt, dass sie in unsere Welt drangen und selbst Krieg gegen die Völker führten. Sie hätten wahrscheinlich alle vernichtet, wenn Ano nicht eingeschritten wäre und die anderen Götter beschwichtigt hätte."

Leon nickte und sein Geist formte neue Gedanken, die ihm fremd und doch vertraut waren.

„Er war aber immer noch zornig und verschwand wieder", sprach er aus, was sich aus seinen neuen Erinnerungen erschließen ließ, „ohne den Völkern dabei zu helfen, die zerstörte Welt zu retten. Überall gab es Hungersnöte, Krankheit und Tod und die Menschen machten die magisch Begabten für all das verantwortlich. Sie wurden gehasst und vertrieben, mussten sich in die Berge Lyamars zurückziehen."

Seine Augen erfassten das nächste Bild. „Wer ist das?", fragte er und wies auf eine Gestalt, über der gleich mehrere Symbole schwebten. Hier halfen ihm Narians Erinnerungen nicht mehr weiter.

Ilandras Augen weiteten sich und sie stieß einen freudigen Laut der Überraschung aus. „Berengash! Es hat ihn also wirklich gegeben!"

Leon sah sie fragend an, weil auch dieser Name ihm nichts sagte.

„Er gehörte zu den N'gushini", erklärte die M'atay mit anhaltender Begeisterung, „und war derjenige, der Ano wieder gnädig stimmte. So besagt es zumindest eine Legende, die dem Rest der Welt gern verschwiegen wird. Überall heißt es, dass Ano plötzlich Mitleid mit den Völkern dieser Welt hatte und ihnen deswegen eine Hälfte seines Herzens gab, um wieder Frieden und Glück in ihre Leben zu bringen. Aber in dieser anderen Geschichte und hier, in den Bildern und Schriftzeichen, wird behauptet, dass es allein Berengash war, der Ano zurückholte, dass *seine* Heldentat den Gott des Lichts dazu bewog, uns Cardasol zu schenken."

Zu Leons Überraschung sah sich Ilandra verstohlen um und beugte sich dann vor, um ihm ihre nächsten Worte zuzuflüstern: „Es wird auch behauptet, dass es nicht nur seine Tat war, die Ano umstimmte, sondern dass dieser etwas erkannte, was allen anderen verborgen blieb: Anos Blut floss durch Berengashs Adern."

Leon riss verblüfft die Augen auf. „Er war sein Sohn?!"

„So behauptet es zumindest die Legende, die niemand weitererzählen darf", bestätigte Ilandra. „Und die auch hier niedergeschrieben wurde."

„Warum ist das geheim?"

„Weil es noch andere Geschichten über diesen Mann gibt, die besagen, dass *er* derjenige war, der vielen Zauberern in dieser Welt als der ‚Abtrünnige' bekannt ist."

„Derjenige, der das Tor in die Unterwelt öffnete und die Dämonen auf Falaysia losließ?", hakte Leon erstaunt nach. „War das nicht Malin?"

„Nein", widersprach Ilandra ihm. „Malin wurde ebenfalls von denen, die ihn nicht mögen, als Verräter betitelt, weil er diese Welt mit einem Bruchstück Cardasols verließ und erst nach langer Zeit mit fremden Königen und deren Soldaten zurückkehrte – aber das Tor zur Unterwelt wurde schon vor sehr viel längerer Zeit geöffnet. Und damals soll es Berengash gewesen sein."

„Aus reiner Bosheit?", hakte Leon mit einem kritischen Stirnrunzeln nach.

Ilandra nickte. „Es heißt, er war unsterblich und wurde später der erbittertste Feind Malins, gegen den dieser zusammen mit seinen Anhängern lange Zeit kämpfen musste, bis er endlich besiegt war."

Leon runzelte die Stirn. Sein Blick wanderte erneut über die Bilder des Reliefs. „Aber das wird hier nicht bestätigt."

„Nein, ganz und gar nicht", stimmte die M'atay ihm zu. „Berengash ist hier ein Held und er ... er scheint sich mit einer Frau verbunden zu haben, noch bevor er Cardasol erhielt. Hier!" Sie wies auf eine Szene, in der die beiden ein leuchtendes Objekt aus dem Himmel entgegennahmen. „Sie haben das Herz *zusammen* erhalten und damit endlich für Frieden gesorgt."

Ihre Finger stoppten, weil an dieser Stelle ein großes Stück Gestein aus der Wand gebrochen worden war. Leon meinte an einigen Bereichen Spuren eines Werkzeugs zu erkennen. Anscheinend hatte hier jemand etwas vertuschen wollen und nicht einmal Malins Magie hatte das Relief vor diesem Eingriff schützen können. Die nächsten Bilder zeigten einen weiteren Krieg – dieses Mal zwischen Zauberern.

„Ich denke, das hier *ist* der Kampf zwischen Malin und Berengash", überlegte Ilandra.

„Und wer ist das an Malins Seite?" Leon wies auf eine Figur, die eindeutig erneut eine Frau darstellte.

Ilandra antwortete nicht sofort. Ihre Augen waren auf die Zeichen über der Frau gerichtet und füllten sich mit Entsetzen. „Das ... das kann nicht sein."

„Was? Ilandra?" Er berührte sie an der Schulter, weil sie nicht auf ihn reagierte.

„Das ist *sie*!", stieß sie voller Hass aus. „Morana."

Leon konnte mit dem Namen nichts anfangen, doch dem Gesichtsausdruck der M'atay nach zu urteilen, musste sie eine furchtbare Person gewesen sein.

„Wer ist sie?", hakte er nach.

„Uns wurde erzählt, sie sei ein Lehrling Berengashs und später seine rechte Hand gewesen", erklärte Ilandra schließlich, „aber wenn man diesen Bildern glauben kann, stand sie auf *Malins* Seite und hat gegen Berengash gekämpft. Und das andere Zeichen über ihr ... es steht für Blutrache. Die Zauberer, die in Lyamar wüteten und die M'atay später fast vernichteten ... ihre Flaggen und die Rüstungen ihrer Soldaten trugen genau dieses Zeichen! Das weiß ich, weil unsere Schamanen dieses Wissen von Generation zu Generation weitergegeben haben. Aber sie haben auch immer erzählt, dass Berengash der größte Feind unseres Volkes war, dass *er* es war, der uns das antat und Malin uns am Ende gerettet hat. Wenn Morana jedoch einst an seiner Seite stand ..."

„Sie war seine Schwester", ertönte eine matte Stimme hinter ihnen und sie beide fuhren heftig zusammen.

Benjamin stand im Eingang zum Gebetsraum. Er sah immer noch sehr müde und erschöpft aus, hielt sich aber wacker auf den Beinen, als er langsam auf sie zukam.

„Woher weißt du das?", fragte Leon verblüfft.

„Ich habe es gesehen, aber jetzt erst verstanden", erklärte der Junge knapp. „Deswegen bin ich allerdings nicht hier und eure Fragen müssen erst mal warten."

„Warum?"

„Weil Kilian gerade durchdreht."

„Was?!" Leon machte einen entsetzen Schritt auf ihn zu und auch Ilandra setzte sich unmittelbar in Bewegung. Benjamin stellte sich ihnen jedoch in den Weg.

„Nicht wie ihr denkt", sagte er rasch. „Er ist aus dem Schlaf gefahren und hat schon wieder über heftige Kopfschmerzen geklagt. Er hat gestöhnt und konnte nicht mehr still liegen bleiben und dann hat er sich die Hände auf die

Schläfen gepresst und geschrien, er würde es nicht mehr aushalten. Er ist weggerannt."

„Wohin?", fragte Leon besorgt.

„Keine Ahnung. Raus aus der Höhle. Silas wollte ihm folgen, aber die Krieger haben ihn nicht gelassen. Einer ist stattdessen selbst hinter ihm her, doch ich befürchte, dass die ganze Sache dadurch nur schlimmer wird."

Leon lief einfach los. Jetzt war rasches Handeln notwendig. Was immer auch in ihren Freund gefahren war – normal war das nicht mehr!

„Malin gilt bis heute als guter Mensch, als ein Magier, der weise und besonnen war und diese Welt mehr als nur einmal gerettet hat", hallte Mareks Stimme durch das alte Gebäude. „Aber das Leben hat mir gezeigt, dass es kaum Menschen gibt, die *nur* gut sind. Jeder hat seine dunklen Seiten und tut manchmal Dinge, die nur seinen eigenen selbstsüchtigen Zwecken dienen."

Er griff nach einem Stück Brot, das sie zusammen mit etwas Trockenfleisch und gerade erst gepflücktem Obst aus dem umliegenden Dschungel auf einem Tuch zwischen sich ausgebreitet hatten. Frühstück á la Wildnis.

Marek ihr bereits verschiedene in Falaysia und Lyamar herumgeisternde Versionen von Anos ‚Wirken' in dieser Welt, Cardasol und den vielen Kriegen auf den beiden Kontinenten erzählt. Nach einer Weile hatten sie beide festgestellt, dass sie furchtbar hungrig und eigentlich nur in der Lage waren, weiter über diese ganzen furchtbar interessanten Dinge zu sprechen, wenn sich ihre Mägen wenigstens ein kleines bisschen füllten.

„Insbesondere Magier haben schon immer das starke Bedürfnis verspürt, die Grenzen ihrer Kräfte auszureizen, Wege zu finden, noch stärker, noch mächtiger zu werden", fuhr er fort. „Malin war da aus meiner Sicht nicht anders, schließlich brachte er die fremden Könige aus deiner Welt nach Falaysia – angeblich, um für Ruhe und Ordnung zu sorgen, die wilden Länder zu zivilisieren. Wenn du mich fragst, wollte er sie nur einnehmen und unter seine Kontrolle bringen. Aber auch das war ihm auf Dauer nicht genug. Er wollte auch seine eigenen magischen Grenzen überschreiten."

„Heißt es nicht, er hätte sich irgendwann aus dem politischen Geschehen zurückgezogen?", warf Jenna ein, als Marek sich sein Stück Brot in den Mund schob und zumindest für einen kurzen Moment nicht weitersprechen konnte. „Hierher nach Lyamar? Dass er seine letzten Lebensabende damit verbrachte, seine Seele zu reinigen und in Einklang mit der Natur zu leben?"

„Wo hascht du dasch denn her?", nuschelte Marek.

„Aus der Bibliothek des Zirkels in meiner Welt", verriet sie ihm mit leichtem Zögern und achtete dabei auf jede Regung in seinem Gesicht. Er machte keinen überraschten oder gar echauffierten Eindruck, sondern kaute gelassen weiter und griff schließlich nach einem Stück Fleisch.

„Leon hat mir schon vor längerer Zeit erzählt, dass der Mann, der deiner Tante und deinem Bruder und damit auch uns anderen vor zwei Jahren half, das Oberhaupt des Zirkels deiner Welt ist", verkündete er, was sie sich schon allein zusammengereimt hatte.

Nur so hatte sich erklären lassen, dass Marek nicht schon vor ein paar Tagen vollkommen ausgeflippt war, als sie von den Geschehnissen in ihrer Welt berichtet hatte. Er hatte nur dagesessen und sich alles stillschweigend angehört und eigentlich hatte sie ihn schon längst noch einmal darauf ansprechen wollen. Sie war nur nicht dazu gekommen.

„Im Gegensatz zu der Vereinigung hier sorgt der Zirkel dort drüben tatsächlich für Recht und Ordnung", beteuerte sie und versuchte alle anderen Informationen über Peter so gut wie möglich vor Marek zu verbergen. Glücklicherweise war sie gerade in dieser Sache etwas geübter, weil sie auch vor Benjamin einige Erinnerungen und Gedanken versteckt hatte. „Und ihre Bibliothek ist einfach nur wundervoll."

„Warum hast du dich dort über Malin informiert?", fragte Marek stirnrunzelnd.

„Weil ich schon kurz nach meiner Ankunft in meiner Heimat darauf aufmerksam wurde, dass meine Familie irgendwas mit ihm zu tun hat. Außerdem hat Benjamin mir ein paar interessante Sachen über diesen Zauberer erzählt und mich neugierig gemacht. Davon abgesehen kann ich alten Bibliotheken ohnehin nicht widerstehen."

Marek sah sie noch ein paar Herzschläge lang grübelnd an, dann hob er die Schultern. „Wie dem auch sei – ich glaube diesen verherrlichenden Berichten nicht mehr. Es gab in Hemetions Notizen und auch in einigen der Bücher aus Alentaras Schloss einige Hinweise, die darauf schließen lassen, dass er im Hintergrund Nachforschungen betrieb, die niemandem etwas nutzten außer ihm selbst. Und weil er nicht wollte, dass jemand davon erfuhr und schlecht über ihn dachte, hielt er diese möglichst geheim."

„Was für Hinweise?", wollte sie wissen.

„Er war bekannt dafür, dass er jedwedes Bauwerk aus alten Zeiten selbst besichtigen musste, alte Schriften und Gegenstände sammelte und immer wieder viel Zeit in den antiken Tempeln Lyamars verbrachte – bevor er sich dort zur Ruhe setzte. Zudem musste sich jeder magisch Begabte bei ihm persönlich vorstellen, auch wenn er nicht dem Zirkel beitreten oder gar ein Lehrling werden wollte. Die Leute wurden von ihm und seinen engsten Beratern getestet und es wurde genau vermerkt, welche Begabung sie haben und aus welcher Familie sie stammen. Hemetion merkte in seinen Berichten an, dass Malin über manche Familien detailliert Buch führte. Er besaß unzählige Stammbäume von Zauberern und versuchte deren Abstammung, so weit wie möglich zurückzuverfolgen."

„Der Zirkel hat diese Art der Buchführung fortgesetzt", merkte Jenna nachdenklich an. „Auch in deren Bibliothek gibt es eine große Menge an Stammbäumen."

„Selbstverständlich", setzte Marek bitter hinzu. „Der Mann konnte ja nicht *alles* allein machen und er war zu Lebzeiten so mächtig, dass niemand ihn jemals hinterfragt hat, niemand den Grund für all das zu erfahren verlangte. Man hat einfach getan, was er wollte, und war glücklich damit."

„Und was wollte er?"

„Die Blutlinien der Götter aufspüren."

Jenna hatte sich gerade ein Stück Banane in den Mund stecken wollen, hielt nun aber inne. „Um was zu tun?"

„Vielleicht hatte er dasselbe vor wie die *Freien*."

„Du meinst, er wollte den Erben der Götter – wenn es die denn gegeben hat – ihre sicherlich sehr speziellen Kräfte rauben?"

„Ganz genau", bestätigte Marek. „Und ich denke, dass er damit Erfolg gehabt hat. Immerhin soll er um die vierhundert Jahre alt geworden sein – was selbst für einen Zauberer sehr ungewöhnlich ist – und es gibt ein paar Textstellen in Hemetions Büchern, die den Verdacht aufkommen lassen, dass er irgendwann alle vier Elemente beherrschte, obwohl er nur mit einer Veranlagung zur Nutzung von *dreien* auf die Welt kam. Er soll in späteren Jahren dazu in der Lage gewesen sein, kleine Wunder zu vollbringen. Seine Kräfte waren unvergleichlich, fast unermesslich..."

„... wie die eines Gottes", beendete Jenna seinen Satz. „Kein Wunder, dass die *Freien* sich diese einverleiben wollen."

„Das wird ihnen nicht möglich sein", gab Marek zu bedenken, „denn ich glaube eigentlich nicht, dass eine derartige Energie über all die Jahre irgendwo vollständig erhalten geblieben ist – nicht ohne einen lebenden Träger und Malin wollte mit Sicherheit nicht, dass jemand anderes jemals so mächtig wird wie er. Insbesondere wenn er sich am Ende vielleicht doch noch mal besonnen und geändert hat. Aber es würde auch schon genügen, wenn sie ‚nur' an sein Wissen herankommen."

„Weil sie dadurch erfahren würden, welche Familien immer noch dieses göttliche Blut in sich tragen und wie man sich die Kräfte dieser Personen holt", knüpfte Jenna an seine Worte an. „Denkst du dasselbe wie ich?"

„Dass die magisch Begabten, die in den Ausgrabungsstätten tätig sind, auch aus *diesem* Grund hergeholt wurden und nur ‚Durchgefallenen' sind?", erriet er ganz richtig. „Gut möglich. Das würde aber bedeuten, dass die *Freien* bereits einen Teil von Malins Wissen besitze und die Tests anwenden können, die er entwickelt hat, um die göttlichen von den normalen magischen Kräften eines Menschen zu unterscheiden."

„Immerhin haben sie seine alte Burg in Beschlag genommen", erinnerte Jenna ihn. „Und du hattest ja schon vermutet, dass es dort noch Spuren von Malins Herumwerkeln gibt. Hattest du das alles schon die ganze Zeit im Kopf? Diese Theorie über ihre Pläne?"

„Teilweise", gab er zu, „aber sie hat sich während meiner Reise hierher und durch die neuen Informationen von euch noch weiterentwickelt und verfestigt. Dennoch passen ein paar Sachen da nicht rein."

„Welche zum Beispiel?"

„Wozu braucht Roanar Hilfe aus deiner Welt? Malin war die meiste Zeit seines Lebens hier und hat wahrscheinlich auch den größten Teil seines Wissens irgendwo hier festgehalten. Die Verbündeten von früher zu kontaktieren und herzuholen, sorgt nur dafür, dass sich noch mehr Leute darum streiten, wer am Ende der Anführer ist und ein Anrecht auf diese göttlichen Kräfte hat."

Das waren gute Einwände, die sich derzeit nicht entkräften ließen.

„Und dann die Ausgrabungen …", fuhr er fort. „Sie haben Camilor längst gefunden und die meisten der alten Ruinen sind derart zerfallen, dass dort mit Sicherheit nichts Brauchbares mehr zu finden ist."

„Nun ja, Zauberer können ihr Wissen ja auch auf Objekten speichern, soweit ich informiert bin", warf Jenna ein. „Und immerhin scheinen die Ruinen, die von den

Freien untersucht werden, mit einem bösartigen Fluch belegt worden zu sein – was bedeutet, dass Malin sie aus irgendeinem Grund vor dem Zugriff anderer Magier schützen wollte."

„Das ist wahr, aber ich werde trotzdem das Gefühl nicht los, dass es bei den Ausgrabungen um etwas anderes geht, nicht um Malin direkt. Vielleicht eher um etwas, das er bei seinen eigenen Nachforschungen entdeckt hat."

„Einen Gott?", schlug Jenna schmunzelnd vor, doch Marek nahm sie ernst, schien wahrlich darüber nachzudenken.

„Wer weiß ..."

„Oder die Grabstätte eines Gottes?", fügte sie nun schon etwas ernsthafter hinzu.

„Dann müssten es aber gleich mehrere sein, weil sie ja an verschiedenen Orten Ausgrabungen machen und ich denke nicht, dass Lyamar der Friedhof der Götter ist."

„Glaubst du es? Dass es *echte* Götter waren, die vor langer Zeit hierherkamen?"

Er schüttelte den Kopf. „Aber es waren auf jeden Fall sehr mächtige Kreaturen mit seltsamen Kräften, die uns am Ende die Magie bescherten."

Jenna kratzte sich nachdenklich unter dem Ohr. „Wenn es in meiner Welt ebenfalls magisch Begabte gibt, müssen sie auch dort gewesen sein und ihre Kräfte weitergegeben haben."

„Das denke ich auch", gab Marek ganz offen zu, „aber es hilft uns nicht weiter, um das Problem *hier* zu lösen."

„Vielleicht doch", widersprach Jenna ihm. „Vielleicht ist das der Grund, aus dem Roanar weiterhin mit Madeleine und ihren Anhängern zusammenarbeitet. Sie könnte Informationen gesammelt haben, an die er sonst nicht herankommen würde. Und Malin war oft in meiner Welt, hat dort sogar Nachkommen hinterlassen. Vielleicht hat er auch dort nach den Blutlinien der Götter gesucht."

Marek sah sie verdutzt an und es dauerte einen Augenblick, bis er ihre Idee verarbeitet hatte und wieder etwas sagen konnte.

„Du hast recht", gab er nachdenklich zu. „Das würde gut in meine Theorie passen und viele Dinge klarer machen. Nur können wir hier nicht herausfinden, was Madeleine mit ihrer Gruppe drüben macht."

„*Wir* nicht, aber meine Tante, Peter und der Rest des Zirkels!", behauptete sie enthusiastisch. „Und sie könnte mir im Anschluss berichten, was sie erfahren hat."

„Das ist schwer möglich, ohne dass Roanar es bemerkt. Und ich glaube auch nicht …" Er hielt plötzlich inne, stieß ein leises Keuchen aus und kniff die Augen zusammen. Ein Schmerzenslaut folgte und Jenna berührte ihn besorgt am Arm.

„Marek! Was ist los?!"

Seine Lider flogen wieder auf und das Entsetzen, das in seine Augen geschrieben stand, ließ ihr Herz stolpern.

„Sie tun etwas! Etwas Großes, Gefährliches!", stieß er atemlos aus.

„Wer?!"

„Roanar und seine Anhänger! Ihre Magie … sie … sie tun es zusammen … sie zerstören einen alten Zauber!"

„Wo?"

Marek konnte nicht mehr antworten. Er krümmte sich zusammen, presste beide Hände auf seine Schläfen und fing an zu schreien, so schrecklich, dass Jenna das Blut in den Adern gefror und sich ihre Brust zusammenzog. Dann fühlte sie es auch: Das Kribbeln, Knistern, Brennen, das weit in der Ferne zu sein schien, aber sich dennoch in ihren Geist bohrte, ihren ganzen Körper innerlich in Flammen aufgehen und sie in sein Schreien einfallen ließ.

Ausgeliefert

Draußen schien mit einem Mal das ganze Dorf auf den Beinen zu sein. Kinder weinten, Männer wie Frauen eilten hin und her und einige von ihnen bewaffneten sich sogar. Leon blieb etwas perplex stehen, denn mit einem solchen Chaos hatte er nicht gerechnet, ging es doch nur um *einen* Mann, der durchgedreht war.

Es dauerte viel zu lange, bis ihm bewusst wurde, dass Kilian allein nicht der Auslöser für die Unruhe war. Viele der M'atay pressten sich immer wieder mit schmerzverzerrten Gesichtern die Hände auf die Schläfen und einige gingen sogar in die Knie und schrien, so wie auch Kilian es getan haben sollte.

Ein gequältes Stöhnen hinter ihm ließ Leon herumfahren und gerade rechtzeitig nach Ilandra greifen, die sonst mit Sicherheit gestürzt wäre. Sie klammerte sich an seinen Arm und dem Druck ihrer Finger nach zu urteilen, mussten ihre Schmerzen immens sein.

„Was … was ist hier los?!", stieß Leon entsetzt aus, obwohl ihm klar war, dass er so schnell keine Antwort auf seine Frage erhalten würde.

Doch er irrte sich.

„Vor der Höhle …", vernahm er Benjamins angestrengte Stimme und der Junge taumelte zu ihm hinüber, eindeutig ebenfalls von dem Schmerz befallen, der so viele Menschen in seinem Bann hatte. „Magie…"

Leon packte zu, hielt nun auch Benjamin auf den Beinen und sah sich dabei Hilfe suchend um. Sein Blick blieb an zwei Menschen hängen, die geradewegs auf ihn zugeeilt kam, und er atmete erleichtert auf. Sheza war die erste, die bei ihm war und ihm Benjamin abnahm. Enario erreichte ihn als nächster.

„Was bei den Dämonen aus der Unterwelt geht hier vor sich?!", stieß der dunkelhäutige Krieger alarmiert aus.

„Ich habe keine Ahnung", musste Leon gestehen. „Wo ist Silas?"

„Vor der Hütte!" Enario wies auf eine zusammengekrümmte Gestalt und Leon runzelte die Stirn. Sein Blick flog gehetzt über die vielen Leidenden, aber auch die, die helfend zugriffen. Diese waren weitaus weniger.

„Das betrifft nur magisch Begabte", kam es verblüfft über seine Lippen. „Was immer auch passiert – es zielt auf genau diese Gruppe von Menschen ab!"

„Aber wo kommt es her?", fragte Sheza besorgt. „Wer tut das?"

Leon schluckte schwer, denn diese Frage ließ sich schnell beantworten und es konnte nur eines bedeuten: Die *Freien* hatten sie irgendwie gefunden.

Eine Bewegung an einem der Höhlenausgänge zog schnell Leons Aufmerksamkeit auf sich. Kilian war wieder da und er schien vollkommen von seinem Leid befreit worden zu sein, lief aufrecht und entschlossen auf ihn zu.

Leon wurde ganz anders zumute, denn irgendetwas an seinem Kameraden war seltsam, ließ ihn fast fremd erscheinen. Es dauerte nicht lange, bis er wusste, was es war. Kilian bewegte sich wie ein Roboter, sein Gesicht war ausdruckslos, seine Haltung fast steif, genauso wie seine Bewegungen. Als er näher heran war, musste Leon feststellen, dass seine Augen blicklos ins Leere starrten, obwohl sie sich auf ihr Ziel gerichtet hatten. Und dass er selbst das Ziel war, machte Leon noch nervöser, als er ohnehin schon war, schließlich war er nur ein Gast und hatte hier nichts zu sagen.

Kilian blieb direkt vor ihm stehen und in dem Moment, in dem er sich nicht mehr bewegte, schien der Zauber, der die magisch Begabten quälte, nachzulassen. Einige von ihnen sanken keuchend zu Boden, andere richteten sich stattdessen mit zitternden Armen wieder auf.

„Du bist es wirklich", stellte Kilian emotionslos fest. „Also ist es wahr: Marek und Jenna sind hier in Lyamar."

Leon blinzelte verwirrt, starrte in Kilians glasige Augen und schüttelte den Kopf. Das konnte doch nicht sein...

„Du weißt immer noch nicht viel über Magie, nicht wahr?", fragte Kilian. „Wie weit sie gehen kann, was sie einem ermöglicht ... Haben die Zauberer bei euch daheim vergessen, euch darüber aufzuklären? Wie nachlässig."

„Was ist mit ihm los?", fragte Sheza irritiert und berührte den jungen Mann am Arm.

„Ich ... ich glaube, Kilian ist nicht mehr da", stammelte Leon und der Schrecken seiner eigenen Worte fuhr ihm tief in die Glieder.

„Na, na, so ganz stimmt das nicht", verbesserte dieser ihn. „Er schläft nur ein bisschen und macht es mir möglich, mit euch zu sprechen und zu verhandeln, ohne dass mir einer von euch gefährlich werden könnte."

Die Rädchen in Leons Kopf begannen sich endlich zu bewegen, fügten alles, was er in den letzten Minuten wahrgenommen und gehört hatte, zu einer sinnvollen Erklärung zusammen.

„Roanar!", stieß er aus und versuchte dabei verzweifelt, ruhig zu bleiben, die wachsende Panik nicht weiter in seinen Verstand dringen zu lassen.

„Sehr gut!", lobte Kilian ihn monoton und ein Raunen ging durch die Menge, die sich unbemerkt von Leon um sie herum gebildet hatte. Einige der M'atay wichen ängstlich zurück und machten dadurch Platz für Silas, der sich taumelnd an ihnen vorbei schob.

„Nein, nein, nein!", kam es dem jungen Mann gequält über die Lippen. „Kilian!"

Enario hielt ihn fest, verhinderte, dass er sich auf seinen Freund warf. „Er ist nicht tot", redete der Krieger beruhigend auf ihn ein. „Ihm geht es gut. Er ist nur nicht geistig anwesend."

„Was habt ihr mit ihm gemacht, ihr Wahnsinnigen?!", rief Silas aufgewühlt. „Wenn ihr ihm auch nur irgendein Haar krümmt ..."

„Ihm wird nichts passieren, solange ihr tut, was ich euch sage!", unterbrach Kilian ihn laut, ohne dabei seinen Blick von Leons Gesicht abzuwenden. „Ich bin hier, um zu verhandeln, nicht um unschuldige Menschen einfach so zu töten."

Eine weitere Person schob sich durch die Menge, wandte sich mit großer Sorge in den Augen an Kilian. Es war Wiranja und in ihrer Stimme lag ein leichtes Flehen, dass Ilandra dazu veranlasste, sich neben Leon vollkommen anzuspannen. Allem Anschein nach machte Wiranja Roanar ein Angebot, das der anderen M'atay überhaupt nicht gefiel. Leon konnte sich auch schon vorstellen, was das war, er war nur überrascht, als Kilian ebenfalls in der Sprache der M'atay antwortete, weiterhin niemand anderen ansehend außer Leon.

„Sie bietet mir an, euch auszuliefern", übersetzte er im Anschluss für ihn und seine Freunde. „Sie meint, sie kann euch überwältigen."

„Das kann sie nicht!", antwortete Ilandra anstelle von Leon. „Ich habe das alleinige Recht zu bestimmen, wer hierbleibt und wer nicht."

„Das dachte ich mir schon", erwiderte Kilian und wandte sich nun ihr zu, während Leon verwirrt von einem zum anderen sah. „Denn du bist die Maladay, die mächtigste Schamanin der in Lyamar ansässigen M'atay – was du deinen neuen Freunden mit Sicherheit nicht verraten hast. Aber es freut mich, dich kennenzulernen."

Wiranja begann leise und in einem etwas jammernden Tonfall auf Ilandra einzureden, schwieg jedoch umgehend, als diese streng die Hand hob.

„Du wirst deine Zauberer nehmen und gehen", sagte Ilandra zu Kilian, „und unseren Freund hierlassen. Nur dann werden wir euch verschonen. Nur dann werde ich dir nicht zeigen, wozu ich fähig bin."

„Ich *weiß*, wozu du fähig bist", gab Kilian zurück, „aber ich weiß auch, wozu *nicht*! Wir sind in einer Überzahl hier angerückt und haben den Schutzzauber um die Höhlen herum erheblich schwächen können. Du und alle anderen magisch Begabten, ihr habt gefühlt, welche Kräfte wir zusammen entwickeln können und ich sage dir: Unterschätze uns nicht. Wir können den Schutzschild zum Einsturz bringen und danach wird uns niemand davon abhalten, uns alle zu holen, die wir noch für unsere weiteren Vorhaben brauchen. Also überlege dir gut, was du tust."

„Was genau wollt ihr?!", mischte sich Leon wieder in das Gespräch ein, weil er es einfach nicht mehr aushielt, nichts zu tun und für Roanars Zwecke benutzt zu werden. „Du hast gesagt, du willst verhandeln. Worüber?"

Kilians glasige Augen richteten sich wieder auf ihn. „Oh, es ist ganz einfach. Ihr gebt mir, was ich brauche, und wir ziehen uns wieder zurück."

„Und was genau *brauchst* du?", fragte Leon mit großem Unbehagen.

„Ihn." Er wies auf Benjamin, der prompt entsetzt nach Luft schnappte.

Leons Herzschlag setzte kurz aus, nur um darauf noch viel schneller loszurasen, während er einen großen Schritt zur Seite machte, um sich schützend vor den Jungen zu stellen.

„Auf keinen Fall!", platzte es aus ihm heraus. „Er ist noch ein Kind und vollkommen unschuldig! Was willst du mit ihm?"

„Es geht nicht um ihn direkt, sondern um das, was er mir verschaffen kann."

„Jenna!", kam es etwas atemlos über Leons Lippen.

Das Kopfschütteln war nur minimal, aber Leon nahm es trotzdem wahr.

„Sie ist auch nur Mittel zum Zweck", schloss er geschwind. „Du willst Marek."

„Tot oder lebendig", stimmte Kilian ihm zu. „Lebendig ist mir unter den gegebenen Umständen allerdings lieber. *Niemand* muss sterben, wenn ich bekomme, was ich will. Aber sollte das nicht passieren, wird nicht nur euer Freund hier einen grausamen Tod finden, sondern auch alle anderen, die für uns nicht von Nutzen sind."

Leons Gedanken überschlugen sich. Er konnte Kilian unmöglich sterben lassen und das Risiko, dass Roanar nicht nur bluffte, sondern tatsächlich die Macht hatte, alle hier anwesenden M'atay gefangen zu nehmen oder gar zu töten, war zu hoch, um es einzugehen.

„*Ich* komme zu euch", schlug er aus Mangel an Alternativen vor. „Jenna liegt viel an mir und ich kann sie ebenfalls kontaktieren, weil wir über längere Zeit immer wieder eine Verbindung zueinander aufgebaut haben."

„Nein!", erwiderte Kilian zu seinem Ärger. „Ich brauche den Jungen!"

„Aber es macht doch keinen Unterschied, ob ..."

„ICH BRAUCHE DEN JUNGEN!", rief Kilian laut in den Raum und fast zur gleichen Zeit ging ein Energieschub durch die Höhle, der selbst in Leons Schläfen ein unangenehmes Kribbeln erzeugte.

Die magisch Begabten erwischte es jedoch sehr viel schlimmer, denn sie schrien laut auf, pressten erneut ihre Hände auf die Schläfen und gingen in die Knie. Die Schmerzen mussten kaum auszuhalten sein, denn einige wanden sich am Boden und begannen sogar zu weinen, darunter auch Benjamin.

„Aufhören! Aufhören!", brüllte Leon verzweifelt, doch erst als Bennys schrille Stimme durch die Höhle hallte, ließ der Zauber nach.

„Ich tue es! Ich mach's!", hatte er gewimmert und Leon starrte ihn voller Entsetzen an, hielt ihn am Arm fest, als er schluchzend auf die Beine kam.

„Nicht!", stieß der Junge aus und schob seine Hand weg, wankte damit ungehindert auf Kilian zu, der sofort seinen Arm ergriff.

„Gut", sagte Roanar mit der Stimme ihres Freundes, während Leon verzweifelt nach einem Weg suchte, Benjamin wieder zu befreien. „Wenn uns jemand folgt und versucht uns aufzuhalten, werden wir euch alle töten!"

„Stopp!", stieß Leon aus, als sich der Mann schon umdrehte und Benjamin vorwärts schob. Kilian sah ihn über seine Schulter ausdruckslos an und Leon schloss zu ihm auf. „Ich komme mit. Nehmt mich auch als Geisel."

Das war vielleicht der schlechteste Plan, den Leon jemals gehabt hatte, aber er konnte das Kind in dieser Situation nicht allein lassen. Gemeinsam in Gefangenschaft zu geraten, war immer besser, als sich allein gelassen und vollkommen hilflos zu fühlen. Benjamin brauchte dringend moralische Unterstützung, sonst brach er vollkommen zusammen.

„Zwei Geiseln sind besser als eine", setzte er hinzu, weil Roanar noch zögerte. „Das musst auch du erkennen."

„Du warst mal ein Soldat in der königlichen Armee, Leon", erwiderte Kilian nun. „Du hast mitgeholfen, Demeon und Alentara zu vernichten. Wäre es nicht ausgesprochen dumm von mir, jemanden mitzunehmen, der so wehrhaft ist wie du?"

„Nur wenn du ein normaler Mensch wärst, der von normalen Soldaten umgeben wird", gab Leon zurück. „und auch dann wärt ihr in der Überzahl und ich keine Gefahr für euch. Ich bin nicht Marek."

Kilian musterte ihn eingehend und Leons Anspannung wuchs, doch schließlich kam das erlösende Nicken.

Hinter ihm wurde Protest laut und Leon sah kurz hinüber zu seinen Freunden, die von Ilandra und ein paar anderen M'atay festgehalten wurden. Er versuchte ihnen mit einem Blick zu sagen, dass sie sich zurückhalten sollten und er genau wusste, was er tat, auch wenn das nicht der Wahrheit entsprach. Wichtig war nur, dass sie nichts Unvernünftiges taten und Kilian mit ihnen beiden erst einmal gehen ließen. Für klärende Worte war keine Zeit und Leon bezweifelte auch, dass Roanar einen kurzen Austausch zulassen würde. Gegenwärtig mussten sie sich dem Willen des Zauberers beugen. Dennoch sprach Leon sich innerlich zu, dass er seine Hoffnung nicht verlieren durfte. Sie waren schon aus schlimmeren Situationen herausgekommen. Ihnen würde noch etwas einfallen und Jenna und Marek waren weiterhin auf freiem Fuß – das war eindeutig aus den Worten Roanars hervorgegangen.

Der Weg hinaus aus dem Höhlensystem war kein langer und die *Freien* hielten sich in der Nähe des Eingangs auf. Es war eine Gruppe von ungefähr zwölf Mann, jedoch sah der Großteil davon nach Soldaten aus, die einen schützenden Kreis um fünf Männer mit langen Roben gebildet hatten. Diese fünf saßen am Boden, die Köpfe gesenkt, als wären sie in ein Gebet vertieft, machten dabei aber einen hochkonzentrierten, sehr angespannten Eindruck.

Leon spürte, dass Benjamins Angst wuchs, je näher sie diesen Männern kamen. Aus seiner Sicht zu Recht, aber das durfte der Junge nicht merken, und als er verunsichert und ängstlich seinen Blick suchte, gelang es Leon sogar, ihm ein aufmunterndes Lächeln zu schenken.

„Wir überstehen das schon", flüsterte er ihm zu. „Ganz gleich, was passiert, wir bleiben zusammen. Den anderen fällt bestimmt etwas ein, um uns wieder zu befreien, selbst wenn es erst einmal nicht danach aussieht."

Benjamin nickte, aber ihm war anzusehen, dass er Leons Worten noch nicht so recht glauben konnte. Seine Augen richteten sich wieder nach vorne und Leon tat es ihm nach, gerade rechtzeitig, um mitzuverfolgen, wie einer der Zauberer aufstand und sich ihnen zuwandte. Zunächst war nicht viel von seinem Gesicht zu erkennen, weil die Kapuze einen dunklen Schatten darauf warf, doch als die Soldaten zur Seite traten und der Mann sich ihnen näherte, griff er nach den Rändern seiner Kapuze und zog sie nach hinten.

Leon blieb ruckartig stehen. Er hatte vergessen, dass der Kampf in Tichuan vor zwei Jahren deutliche Spuren in Roanars Gesicht und seinem kahlen Schädel hinterlassen hatte. Tiefe Narben unterschiedlichster Größe zogen sich über die Haut und machten es schwer, den Zauberer von damals wiederzuerkennen. Zudem war in den Augen des Mannes so viel Hass zu finden, dass dies allein genügte, um Leons Zuversicht sehr schnell schrumpfen zulassen. Hass war gefährlich, denn er machte die Menschen, die ihn fühlten, unberechenbar.

„Wie schön, euch nun mit meinen eigenen Augen sehen zu können", begrüßte der Magier sie mit einem überaus seltsamen Gesichtsausdruck und Leon vernahm ein entsetztes Keuchen neben sich.

Kilian taumelte zur Seite, als hätte ihn jemand von sich gestoßen, wurde jedoch von zwei Soldaten aufgefangen, die ihm umgehend die Arme auf den Rücken drehten. Anscheinend brauchte Roanar ihn jetzt nicht mehr.

„Was ... was ist passiert?", stammelte der Fischer vollkommen durcheinander, während er gefesselt wurde. „Wer seid ihr? Was soll das? Lasst mich los!"

Roanar sah nur kurz in dessen Richtung und Kilian verdrehte die Augen, fiel in sich zusammen wie eine Marionette, der man die Schnüre, die sie leiteten, zerschnitten hatte.

Leon schnappte nach Luft, doch Roanar war schneller als er. „Ich habe ihn nur ausgeschaltet, nicht getötet", verriet er ihm. „Keine Sorge, auch für ihn habe ich noch Verwendung."

Er trat noch näher heran und musterte Leon abfällig. „Ich muss zugeben, dass dein Mut mich überrascht hat. So ganz allein, ohne Marek und Jenna ... in dir schlummert wohl auch ein kleiner Held."

Er legte den Kopf schräg und schürzte die Lippen. „Aber ob dir das bekommen wird ..."

Leon verkniff sich jeglichen Kommentar. Er wollte den Mann auf keinen Fall reizen und solange er keinen Plan für ihr weiteres Vorgehen hatte, war es besser, sich still zu verhalten.

Roanar machte ein Schritt zur Seite und betrachtete nun Benjamin eingehend.

„Du bist also Jennas kleiner Bruder", stellte er fest. „Ich habe auch schon von *dir* gehört, dass du anderen Leuten gerne Ärger machst. Das scheint in der Familie zu liegen." Er schob seine Zunge in die Wange und musterte ihn weiter. „Aber ich denke, dass ich dich ganz gut in den Griff bekommen werde. Hier ist allerdings nicht der richtige Ort, um unser Kennenlernen zu vertiefen."

Roanar wandte sich zu den anderen Zauberern um, die sich darauf wie ein Mann erhoben und auseinander traten.

Mit angehaltenem Atem konnte Leon beobachten, wie die Luft zwischen ihnen zu flimmern begann und sich etwas bildete, das aussah wie ein flüssiger Spiegel aus den verschiedensten Farben.

„Fesselt ihnen die Hände", befahl Roanar seinen Soldaten und die Männer setzten den Befehl unverzüglich in die Tat um. Leon wehrte sich nicht dagegen und schüttelte stumm den Kopf, als Benjamin sich ein bisschen sträubte. Der Junge sah ihn verwirrt an, fügte sich aber seinem Schicksal.

„Gut", sagte Roanar zufrieden. „Folgt mir!"

Der Zauberer ging zügig auf den Spiegel zu und verschwand mit einem lauten Knistern in ihm. Leon zögerte nur kurz, dann schloss er die Augen und folgte dem Mann. Etwas zog ihn nach vorne und kurzzeitig hatte er das Gefühl zu schweben. Mit dem nächsten Wimpernschlag befand sich auch schon wieder harter Boden unter seinen Füßen und er musste ein paar stolpernde Schritte machen, um durch seinen eigenen Vorwärtsdrall nicht das Gleichgewicht zu verlieren. Staunend sah er sich um.

Sie waren nicht mehr mitten im Dschungel, sondern in der großen Halle eines Gebäudes aus Stein. Die Decke war weit über ihnen und zwischen den hohen, schmalen Fenstern schmückten prachtvolle Wandteppiche die grauen Wände. In der Mitte der Halle befand sich eine lange Tafel, in deren Zentrum ein Zeichen eingraviert war, das Leon mittlerweile nicht mehr unbekannt war. Es war das Zeichen Malins und das konnte nur bedeuten, dass Roanar sie direkt nach Camilor gebracht hatte!

Leon drehte sich um und registrierte jetzt erst, dass nicht alle aus der Gruppe ihrer Feinde mit ihnen gekommen waren. Lediglich einer der Zauberer und vier Soldaten, von denen zwei Kilian trugen, waren ihnen gefolgt. Er wusste genau, dass dies kein gutes Zeichen war.

„Kommt! Setzt euch!", forderte Roanar Benjamin und ihn auf. „Das, was ihr gleich tun werdet, wird euch anstrengen und wir wollen ja nicht, dass ihr stürzt und euch dabei verletzt." Er wies hinüber zur Tafel und zog einen der Stühle zurück.

„Wo sind die anderen deiner Leute?", fragte Benjamin mit hörbarem Misstrauen in der Stimme, obwohl er der Aufforderung des Zauberers nachkam und sich auf den Stuhl vor ihm setzte.

„Ich habe noch nicht, wonach ich verlangte", antwortete Roanar kühl und wies Leon dabei den Stuhl neben Benjamin zu. „Also bleiben sie noch vor Ort, um sicherzustellen, dass mich niemand hintergeht."

Benjamins Zweifel an der Aussage des Mannes sprachen nur allzu deutlich aus seiner Mimik, doch er kniff tapfer die Lippen zusammen und schwieg lieber. Augenblicklich konnten sie beide nichts tun, um sicherzustellen, dass auch Roanar sich an seinen Teil der Abmachung hielt. Hier in der Burg konnten sie ja noch nicht einmal sehen, was bei den M'atay geschah, und Leon musste zugeben, dass auch seine eigene Nervosität aus diesem Grund beständig wuchs.

„Wir werden jetzt Folgendes machen", ergriff Roanar erneut das Wort und stellte sich dabei direkt vor Benjamin. „Du öffnest deinen Geist für mich und suchst anschließend den Kontakt zu deiner Schwester, sodass ich persönlich mit ihr sprechen kann. Andernfalls …"

Er gab einem der Soldaten, die mit ihnen gekommen waren, ein Zeichen und in der nächsten Sekunde hatte der auch schon Leon gepackt und drückte ihm einen Dolch an die Kehle.

„… wird der gute Leon zur Ader gelassen", beendete Roanar seinen Satz fast genüsslich. „Und glaube mir, es gibt nichts, was ich lieber täte. Wir haben da noch eine kleine Rechnung offen."

Benjamins Entsetzen war groß und in seinen Augen wuchs die Verzweiflung, die sich auch langsam in Leon ausbreitete. „Ich … ich mache doch, was du sagst!", stieß der Junge mit wackeliger Stimme aus. „Bitte, lass ihn in Ruhe!"

Roanar nickte dem Soldaten zu und dessen Griff um Leons Kopf wurde auf der Stelle lockerer. Das Messer bewegte sich allerdings nicht von seinem Hals weg.

‚Alles gut', versuchte Leon Benjamin trotzdem mit einem Blick zu sagen, doch der Junge machte nicht den Eindruck, als würde er ihm noch glauben.

„Was muss ich tun?", brachte er mit zitterndem Kinn und Tränen in den Augen heraus.

„Erst einmal nicht viel", erwiderte Roanar mit sichtbarer Vorfreude und legte seine Fingerspitzen an Benjamins Schläfen. „Entspann dich einfach nur."

Der Junge atmete stockend ein, schloss die Augen und senkte die Schultern. Er schien sich die größte Mühe zu geben, Roanar zufriedenzustellen, dennoch verschwand das kleine Lächeln, das die Lippen des Zauberers getragen hatten, recht schnell und eine tiefe Falte entstand zwischen dessen Brauen. Er presste angestrengt die Lippen zusammen, sodass sie nur noch eine dünne Linie bildeten, und sein Oberkörper bewegte sich vor Anstrengung vor und zurück.

Nur einen Herzschlag später taumelte er keuchend rückwärts, das Gesicht schmerzverzerrt, die Augen weit geöffnet. „Das ... das ...", stammelte er und schüttelte sich. „Dieser Teufel!"

„Ich ... ich habe nichts gemacht!", verteidigte sich Benjamin panisch, während der andere Zauberer heraneilte und Roanar zu stützen versuchte. Der schlug jedoch seine Hand weg, schnaufte vor Wut und näherte sich Leon, der sich sofort in seinem Stuhl zurücklehnte.

„Was ist passiert?", wollte der andere Magier wissen, aber Roanar antwortete ihm nicht, griff stattdessen in den Kragen von Benjamins Hemd und holte zu Leons Erstaunen einen Anhänger daraus hervor. Für einen Moment starrte der Zauberer diesen verkniffen an, schüttelte dann aber mit finsterer Miene den Kopf und ließ es wieder los. Seine vor Wut funkelnden Augen richteten sich auf Leon und mit dem nächsten Atemzug kam er auf ihn zu, wies den Soldaten neben Leon an, das Feld zu räumen.

„Du kannst ebenfalls einen Kontakt zu Jenna aufnehmen, hast du gesagt", bedrängte er Leon und der nickte nur stumm.

„Gut!"

Er zuckte zusammen, als Roanar auch ihm die Finger auf die Schläfen presste, so fest, dass es wehtat, aber er wagte nicht, sich dagegen zu wehren, hielt stattdessen still und versuchte das zu tun, was der Zauberer zuvor Benjamin befohlen hatte. Seinen Geist öffnen. Entspannen. Tief ein- und ausatmen. Er fühlte, wie Roanars Energie nach ihm griff, von seinen Fingern in seine Schläfen drang und ... stoppte. Etwas hielt sie auf, umschloss Leons Geist und schirmte ihn von jeglichem Zugriff ab. Das Prickeln wurde stärker. Leon konnte Roanars Wut fühlen, seinen eisernen Willen, den Schirm zu zerstören, seine große Kraft ... aber er kam nicht durch. Stattdessen begann der Schutzschild selbst zu vibrieren, dehnte sich aus und Roanar fuhr mit einem Aufschrei zurück.

Nicht nur Schmerz war aus seiner Stimme herauszuhören, sondern auch Zorn. Großer Zorn. Mit einem Tritt beförderte er einen der leeren Stühle durch den Raum, stieß den zur Hilfe eilenden Zauberer mit solcher Kraft von sich weg, dass dieser in den Tisch stürzte, und schrie sich erneut seinen Frust von der Seele.

„DIESE MISSGEBURT! DIESER DÄMON IN MENSCHENGESTALT! ICH WERDE IHN TÖTEN! ICH WERDE IHN ZERFETZEN!"

Ein weiterer Stuhl flog durch den Raum und zerbrach krachend an der Wand.

Roanar kam zu ihnen zurück, schnaufend wie ein wild gewordener Stier.

„Ihr habt mich reinlegen wollen!", beschuldigte er Leon, der immer noch nicht begriff, was vor sich ging. „Das wird euch teuer zu stehen kommen!"

„Wir haben gar nichts getan!", verteidigte sich Leon, weil ihm der Blick Roanars auf Kilian nicht entgangen war. „Wir wissen ja noch nicht einmal, was passiert ist! Wieso funktioniert es nicht?"

Roanar hielt inne, musterte ihn schwer atmend. Seine Augen verengten sich. „Jemand hat einen Schutzzauber um euren Geist gelegt", erklärte er mit schneidender Stimme. „Einen außerordentlich starken, den ich nicht durchbrechen kann. Er blockt jedwede Energie, die versucht, von außen einzudringen, ab."

„Das kann nicht sein", kam es Leon verblüfft über die Lippen, obwohl er wusste, dass es der Wahrheit entsprach. Er hatte es selbst gefühlt. „Marek hat den Zauber aufgelöst, den Kychona ..."

„Kychona?" Roanar lachte unecht. „Nein. Ihren Zauber hätte ich durchdrungen. Dieser hier ist sehr viel mächtiger, weil er von *allen* Elementen erzeugt wurde. Und es gibt nur *eine* Person, die die Fähigkeiten hat, so etwas zu kreieren."

„Marek", wisperte Benjamin entgeistert. „Wann ... wann soll er das gemacht haben?"

„Irgendwann, als ihr geschlafen habt oder durch etwas anderes abgelenkt wart", erklärte Roanar und schien ihnen endlich zu glauben. Er schüttelte frustriert den Kopf, straffte dann jedoch entschlossen die Schultern. „Aber wenn er denkt, dass mich das aufhält, irrt er sich."

Er wandte sich Benjamin zu und sah ihn mit steinerner Miene an. „Wir machen es jetzt anders. Du kontaktierst deine Schwester und lässt *sie* auf deinen Verstand zugreifen, denn ich bin mir sicher, dass Marek *diese* Verbindung nicht ausgeschlossen hat. Ich will mit ihr persönlich sprechen und ich will, dass sie sieht, was hier passiert!"

Benjamin sah ängstlich zu Leon hinüber und der wusste ganz genau, was ihm Bauchschmerzen bereitete: Die Formulierung Roanars sprach Bände. Etwas würde gleich in Camilor passieren. Etwas Schreckliches, das Jenna so sehr unter Druck setzte, dass sie sich Roanars Willen fügen *musste*. Und wenn das geschah, waren sie alle verloren.

Ultimatum

Jennas Kopf schmerzte immer noch ein wenig, obwohl das Brennen und Prickeln schon seit einiger Zeit vorüber war. Vielleicht lag das aber auch an ihrer inneren Anspannung, die nicht mehr nachlassen wollte – auch nicht, als sie Marek bereits wieder sehen konnte. Etwas war nicht in Ordnung und ein belastendes Gefühl tief in ihrer Brust sagte ihr, dass alles bald schon noch sehr viel schlimmer werden würde.

„Es ist niemand in der Nähe!", rief Marek ihr zu, während er die Anhöhe erklomm. „Ich habe jetzt in jeder Richtung nachgesehen. Wir sind immer noch auf weiter Strecke allein."

„Aber wo kam das dann her?", brachte sie verstört heraus.

Der Krieger blieb vor ihr stehen, sah aber nicht sie an, sondern hinüber zu den Mauern der alten Tempelanlage. Sie wandte sich ebenfalls um, fühlte ihr Unbehagen sogleich wachsen. „Du meinst, vom Inneren der Ruine?"

„Ich vermute es", gestand er mit sorgenschwerem Blick. „Immerhin war ja auch schon zuvor zu spüren, dass dort eine starke Magie wirksam ist."

„Aber es hat wieder aufgehört", überlegte sie. „Hat die Ruine uns vielleicht für irgendwas bestraft?"

Marek sah sie an und seine Mundwinkel zuckten kurz nach oben. „Unzüchtiges Verhalten?", schlug er nicht ganz ernst vor. Immerhin hatte *er* seinen Humor noch nicht verloren.

„Wir haben über Malin gesprochen", erinnerte sie ihn. „Vielleicht war das nicht in Ordnung."

Er schüttelte den Kopf. „Es gibt keinen Zauber, der überprüft, was man *sagt,* und erst bei Fehlverhalten wirksam wird."

„Aber du hast doch auch überprüft, was Demeon von sich gibt."

„Ja, *ich* war das. Als Person. Ich hatte durch Magie eine Verbindung zu ihm und konnte im rechten Augenblick reagieren."

„Und wenn das hier auch der Fall war?"

„Nein", sagte Marek, ohne Zweifel in der Stimme. „Der Zauber hier ist uralt … niemand lebt solange."

Jenna seufzte frustriert. Sie hasste es, vor einem Rätsel zu stehen, das unlösbar erschien.

„Und jetzt?", wandte sie sich unschlüssig an ihren Begleiter. „Können wir da wieder reingehen, ohne dass uns etwas passiert? Wir brauchen unsere Sachen."

„Ich denke schon", gab Marek zurück. „Der Spuk war ja schon vorbei, als wir noch drinnen waren. Aber zur Sicherheit kann ich ja allein reingehen und die Sachen rausholen."

„Ich kann das auch machen", wehrte sie sich dagegen, dass der Krieger sie ständig zu schützen versuchte, aber er lief schon mit einer abwinkenden Geste los.

Sie folgte ihm dennoch zögernd und betrat zumindest den Vorhof des Tempels, um schließlich irritiert stehen zu bleiben. Etwas war anders als zuvor. Die Mauern, das

Gebäude selbst ... es erschien ihr mit einem Mal so ... gewöhnlich. Sie richtete ihren Blick gen Himmel, versuchte sich zu entspannen und ihrer Umwelt mental zu öffnen. Der Urwald, die Luft um sie herum, all das Leben, das sich in der Welt tummelte – sie konnte es fühlen, ungehindert, jedwede Energie, die es neben der ihren gab.

„Marek!", rief sie alarmiert, denn plötzlich war ihr glasklar, *was* sich verändert hatte.

Es polterte im Inneren des Tempels und kurz darauf stürzte der Krieger besorgt aus dem Ausgang.

„Was ist passiert?", stieß er aus und sah sich um, die Hand am Knauf seines Schwertes.

„Er ist weg!", stieß sie aufgeregt aus. „Der Schutzschild! Er ist verschwunden!"

Mit gerunzelter Stirn sah auch er hinauf zum Himmel und seine Augen weiteten sich. „Du hast recht!", kam es schockiert über seine Lippen. „Das war kein Angriff mit Magie auf *uns*, sondern auf den Tempel!"

„Aber du warst doch davon überzeugt, dass die *Freien* nichts von seiner Existenz wissen", warf sie ein. „Und niemand ist hier. Müssten die Zauberer dann nicht hier anrücken, um nachzusehen, ob sie erfolgreich waren?"

Marek zog nachdenklich die Brauen zusammen und sah sich ein weiteres Mal unschlüssig um. Auch sein sonst so flinker Verstand schien mit diesem Rätsel überfordert zu sein. Erst nach einer kleinen Weile glättete sich seine Stirn und ein Hauch von Erkenntnis fand sich auf seinen Zügen ein.

„Zwillingsorte ...", hörte sie ihn murmeln, doch sie konnte nicht darauf reagieren, weil sich erneut etwas in ihrem Energiefeld regte. Jemand tastete nach ihr, ließ ihre Kopfhaut prickeln. Jemand Vertrautes!

Jenna griff ohne nachzudenken zu, stellte den Kontakt mit ihrem Bruder her und konnte umgehend fühlen, wie verzweifelt er war. Ihrer Freude über die Verbindung schlugen Angst und Hilflosigkeit entgegen und zwar mit solcher Macht, dass sie entsetzt keuchte und zurückwankte.

„Jenna!", stieß Marek aus und war eilends an ihrer Seite, um sie zu stützen, nicht nur physisch, sondern auch mental.

Benjamin zog an ihr, öffnete all seine Sinne für sie, trotz des leichten Widerstandes, der in ihm zu finden war, und Jenna befand sich plötzlich in einer großen Halle, stand jemandem gegenüber, der ihr Herz stolpern und wild lospoltern ließ. Ihr wurde heiß und kalt zur selben Zeit und Panik machte sich in ihr breit.

Leon und Benjamin … sie befanden sich in der Gewalt des Feindes! Beide trugen Fesseln und da waren vier Soldaten und ein weiterer Zauberer neben Roanar.

‚Ganz ruhig!', drängte sich Marek weiter in ihren Geist. ‚Wir dürfen uns keine Panik erlauben.'

Sie spürte, dass auch er mit Angst und Sorge zu kämpfen hatte, diese Gefühle jedoch innerhalb von Sekunden unter Kontrolle brachte.

Atmen!, befahl sie sich selbst. *Ein und aus. Ruhig. Ganz ruhig. Sonst kannst du deinem Bruder und Leon nicht helfen.*

„Ist sie da?", wandte sich Roanar mit schneidender Stimme an Benjamin und sein schrecklich vernarbtes Gesicht kam näher, während ihr Bruder beklommen nickte.

‚Ich hab solche Angst', hörte sie Benjamin in ihrem Kopf. ‚Ich wollte das nicht … bitte helft uns!'

Eine Welle der Ruhe breitete sich in ihrem Inneren aus und übertrug sich auch auf ihren Bruder, der hörbar tief ausatmete.

„Jenna?", fragte Roanar und seine Augen verengten sich.

„Ich kann dich hören", antwortete sie mit Benjamins Stimme. Sie wusste nicht genau, wie Marek das machte, aber ihr Bruder wurde immer ruhiger, fast schläfrig, bekam kaum noch etwas von seiner Umwelt mit.

„Na, wie wundervoll", merkte der Zauberer mit einem falschen Lächeln an. „Ist er bei dir?"

„Wer?"

„Stell dich nicht so dumm! Du weißt genau, von wem ich spreche. Immerhin seid ihr ja auch zusammen meinen Leuten entkommen. Ich kann mir kaum vorstellen, dass er dich allein durch den Dschungel irren lässt."

„Was willst du von mir?", fragte Jenna, ohne auf seinen Kommentar einzugehen.

„Nun, da ihr sicherlich nicht nach Lyamar gesegelt seid, um euch die Vergessene Welt anzusehen, kann ich wohl davon ausgehen, dass ihr meinetwegen hier seid", führte Roanar aus und bewegte sich dabei ein Stück von ihr weg, die Hände auf dem Rücken verschränkt. „Wir waren nicht gerade Freunde, als wir uns das letzte Mal sahen und Mareks Verhalten in den letzten zwei Jahren hat mir deutlich gezeigt, dass er mir nicht die Hand zum Frieden reichen wird. Er hat viele Mitglieder des Zirkels grausam getötet. Wusstest du das?"

Jenna reagierte nicht auf seine Frage. „Komm zum Punkt!", forderte sie ihn auf und war sich dabei gar nicht sicher, ob die Formulierung von ihr oder Marek gekommen war. Gegenwärtig war es recht schwierig, ihr Bewusstsein von dem seinen zu unterscheiden.

„Ich mache es dir ganz einfach", versprach Roanar und kam wieder näher. „Du erfüllst meine Forderungen und ich lasse Leon und deinen Bruder am Leben."

„Am Leben?", wiederholte Jenna. „Du willst sie nicht wieder freigeben?"

„Ich empfinde bereits *das* als großzügiges Angebot, bedenkt man eure dreiste Invasion in mein Reich!", schnappte Roanar.

„Du hast meinen Bruder entführt!", stieß Jenna erbost aus. „Und du hattest dasselbe mit mir vor!"

„Madeleine hat das getan – nicht ich", verbesserte der Zauberer sie.

„Ihr arbeitet doch zusammen!", wusste Jenna.

„Und wer sagt, dass wir euch nach Falaysia gebracht hätten?", konterte Roanar. „Ihr seid freiwillig in diese Welt gereist und habt euch in alles eingemischt – also seid ihr auch selbst an eurem Unglück schuld!"

Jenna wollte etwas darauf erwidern, doch Marek zog an ihrem Geist, drängte sie zurück.

„Was *sind* deine Forderungen?", fragte er an ihrer Stelle.

„Du kommst nach Camilor und bringst nicht nur Marek, sondern auch dein Teilstück von Cardasol mit", erklärte Roanar. „Und erzähl mir nicht, dass du es nicht bei dir hast, sonst wäre es dir wohl kaum gelungen nach Falaysia zu reisen."

Er sah sie verächtlich an und wartete noch einen Moment auf Widerspruch, bevor er weitersprach: „Dann lasst ihr euch jeder ein Hiklet anlegen und gebt das Amulett in meine Obhut. Alles Weitere besprechen wir im Anschluss. Falls du denkst, dass ich Marek töten will, Jenna – das habe ich nicht vor, denn ich kann ihn noch ganz gut für ein paar Dinge gebrauchen."

Jennas Brust hatte sich derweil zusammengezogen und ihre Ängste wuchsen. Das Amulett war weg und sie kamen unmöglich schnell genug wieder an es heran, um Roanars Forderung zu erfüllen.

„Du zögerst?", fragte der Mann mit einem gefährlichen Lauern in der Stimme. „Vielleicht sollte ich dir klarmachen, wie ernst mir das alles ist. Du hast noch mehr Freunde hier in Lyamar, nicht wahr?"

Sie schluckte schwer, sah sich mit Benjamins Augen in der Halle um. Auf einer Bank lag Kilian, außer Gefecht gesetzt, aber sonst konnte sie niemanden aus ihrer Gruppe entdecken.

„Nein, *hier* sind sie nicht", reagierte Roanar mit einem abfälligen Lachen auf ihren suchenden Blick. „Derzeit halten sie sich in einem Höhlensystem unter einem kleinen Berg im Dschungel auf, das die N'gushini vor langer Zeit zum Schutz vor den Mächten der Natur erschaffen haben. Es war mit einem starken Zauber belegt, aber dank Malin ist es uns gelungen, diesen zu zerstören. Was hältst du davon, wenn wir die Höhle einstürzen lassen?"

„Nein!", stieß Jenna entsetzt aus.

„Keine Sorge, viele der magisch Begabten haben meine Leute schon längst herausgebracht, aber deine Freunde kämpfen noch mit einer kleinen Gruppe um die, die übrig sind."

„Was?!", hörte sie Leon rufen und ihr Freund war auf den Beinen, wollte sich auf den Zauberer zubewegen. Eine Chance, an ihn heranzukommen, hatte er nicht, denn zwei der anwesenden Soldaten packten ihn geschwind an den Armen.

„Du Verräter!", stieß er dennoch voller Wut aus. „Hast du gar kein Ehrgefühl?!"

Roanar sah ihn verächtlich an. „Ehre bringt mich nicht an mein Ziel! Und dein Verhalten zeigt mir, dass deine Freunde meine Gnade gar nicht verdient haben!"

Er wandte sich um und gab dem anderen Zauberer einen Wink. Der Mann nickte und ... verschwand durch einen seltsam aussehenden ... Spiegel?

„NEIN!", schrien Leon und Jenna wie aus einem Munde, doch Roanar begegnete ihnen nur mit einem kalten Lächeln.

„Vielleicht nimmst du mich ja *jetzt* ernst", sagte der bösartige Mann zu ihr. „Denk daran, dass sowohl dein Bruder als auch noch zwei deiner Freunde hier bei mir sind."

„Hör nicht auf ihn!", rief Leon ihr zu und wehrte sich dabei gegen den festen Griff der Soldaten. „Er wird dich hintergehen, so wie er es bei uns getan hat! Du kannst ihm nicht trauen! Und er wird uns nicht so schnell etwas tun, weil er uns als Druckmittel braucht! Komm nicht hierher!"

Roanars Gesichtsausdruck verfinsterte sich und Jennas Herz begann wieder schneller zu schlagen, als er sich zu ihrem Freund umwandte.

„Druck ist ein gutes Stichwort! Vielleicht sollten wir den noch ein bisschen erhöhen", äußerte er und griff unter seinen Mantel.

„Nein, das ist nicht nötig!", rief Jenna schnell. „Ich werde tun, was du sagst!"

Roanar warf ihr einen kalten Blick über die Schulter zu. „Das ist schön", sagte er, drehte sich zu Leon und stieß mit irgendwas nach ihm.

Sie bekam für einen langen Moment keine Luft mehr und etwas riss an ihrem Herzen, zog ihre Brust zusammen. Zwar konnte sie nicht gleich sehen, was diese Bestie getan hatte, aber Leon krümmte sich mit aufgerissenen Augen zusammen und der Schmerzenslaut, der aus seiner Kehle kam, ließ eine eisige Kälte durch ihre Knochen ziehen.

Roanar drehte sich zu ihr um, hob einen blutverschmierten Dolch auf ihre Augenhöhe und ließ den Albtraum damit zur bitteren Realität werden. Ihr Freund sank in sich zusammen, das Gesicht schmerzverzerrt, und die Soldaten ließen ihn mit ausdrucksloser Miene zu Boden gleiten, während Jenna nach Fassung rang. Sie wollte toben, weinen und schreien, tat jedoch nichts davon, starrte nur Leon an, der langsam seine Besinnung zu verlieren schien.

„Keine Sorge, ich habe keine lebenswichtigen Organe verletzt", verkündete Roanar, zückte ein Leinentuch und wischte damit sorgsam seine Waffe ab. „Er wird daran nicht sterben – zumindest nicht, wenn man seine Wunde in den nächsten zwei Stunden behandelt und die Blutung stoppt. Ich gebe dir genau diese zwei Stunden Zeit, um hier zu meinen genannten Bedingungen zu erscheinen. Wenn du es nicht tust, sorge ich dafür, dass er verblutet. Und falls diese Drohung nicht ausreicht: Ich werde auch nicht davor zurückschrecken, deinem Bruder etwas anzutun, um den Druck noch weiter zu erhöhen. Marek hat zwar seinen Geist geschützt, aber sein Körper ist genauso verletzlich wie der Leons. Überleg dir also gut, was du tust."

Jenna sagte nichts darauf. Sie konnte nicht, war zu geschockt, um überhaupt klar denken zu können. Es war Marek, der die Führung übernahm.

„Keine Sorge – wir sehen uns bald", ließ er Benjamin sagen und sandte dabei auch ihrem Bruder eine Botschaft: ‚Wir holen euch da raus. Leon wird *nicht* sterben. Bewahre Ruhe! Die Situation ist nicht so aussichtslos, wie sie gerade erscheinen mag. Denk daran, wie schnell sich das Blatt für die Sklavenhändler am Strand gedreht hat.'

Vorsichtig zog er sich zurück, nahm Jenna mit sich, ohne dass sie etwas dagegen unternahm. Es vergingen ein paar Sekunden, bis sie sich bewusst wurde, dass sie wieder zurück in ihrem eigenen Körper war und im Hof der alten Tempelanlage stand. Ihre Beine waren weich wie Gummi und für einen Augenblick hatte sie das Gefühl, unter der Last ihrer eigenen Emotionen zusammenzubrechen. Sie gab ein Schluchzen von sich und die Tränen kamen, ohne dass sie etwas dagegen unternehmen konnte.

Marek schloss sie rasch in seine Arme und es dauerte einen Moment, bis sie überhaupt die Kraft hatte, sich an ihm festzuhalten. Sie wollte nicht so schwach sein, aber ihre Verzweiflung und der Schrecken über das, was sie gerade eben gesehen hatte, waren so groß, dass sie erst einmal nichts anderes tun konnte, als zu weinen und zu schluchzen.

„Er wird nicht sterben", konnte sie Marek bewegt in ihr Ohr flüstern hören. „Wir werden ihn retten. Beide. Und deinem Bruder wird er mit Sicherheit nichts antun. Er weiß, dass er ein Nachfahre Malins und damit sehr wertvoll für ihn ist. Deswegen hat er auch Leon verletzt und nicht ihn."

„Er darf ... darf nicht sterben", schluchzte Jenna. „Er wird ... doch Vater ..."

„Wir heilen ihn, sobald wir dort sind", versprach Marek.

„Aber Cardasol ..."

„Dafür brauchen wir das Amulett nicht. Wir können das auch so – wir beide zusammen."

„Und ... wenn Roanar das nicht ... zulässt?"

Marek schob sie ein Stück von sich weg und umfasste ihr Gesicht mit beiden Händen. „Jenna, wir werden nicht als Gefangene in die Burg kommen, sondern als ihre Befreier. Roanar tut vielleicht so, als sei er mächtiger als jemals zuvor, aber das ist alles Schein. Es ist derselbe Mann, den wir in Tichuan besiegt und vertrieben haben. Das werden wir wieder tun!"

Sie atmete stockend ein, bekam ihre negativen Gefühle allmählich wieder unter Kontrolle. „Aber wir waren damals nicht allein", warf sie ein.

Marek schenkte ihr ein aufmunterndes Lächeln. „Das sind wir auch jetzt nicht."

Sie zog verständnislos die Brauen zusammen.

„Ilandra ist eine kluge und mächtige Frau – das habe ich dir schon zuvor gesagt", erklärte er. „Ich bin mir sicher, dass Roanars Leute sie und ihre M'atay nicht auslöschen konnten. Sie wird uns helfen, wenn ich sie darum bitte."

„Aber wir haben nur zwei Stunden Zeit", erinnerte Jenna ihn mit dünner Stimme. „Wie sollen wir sie rechtzeitig erreichen *und* auch noch einen Plan entwickeln, wie wir in Camilor eindringen und alle retten?"

„Zwillingsorte", sagte Marek mit einem kleinen Lächeln und verwirrte sie damit vollends, obgleich sie sich daran erinnern konnte, dass er das schon gesagt hatte, bevor der Kontakt zu Benjamin zustande gekommen war.

„Durch Roanars Äußerungen weiß ich jetzt, dass ich mit meiner Vermutung recht hatte", führte Marek weiter aus und bewegte sich auf den kleinen Tempel zu.

Jenna folgte ihm stirnrunzelnd, wischte sich dabei die Tränen von den Wangen, die endlich versiegt waren.

„Der Zauber, den wir gefühlt haben, kam von ihm und seinen Männern", erklärte er weiter. „Allerdings haben sie nicht *diesen* Tempel angegriffen, sondern das Höhlensystem, in dem sich unsere Freunde versteckten."

Jenna blinzelte verwirrt. „Und wir haben das bis hierher gefühlt?"

„Nicht direkt. Wir haben es gefühlt, weil beide Orte magisch miteinander verbunden sind. So etwas nennt man unter den Zauberern Zwillingsorte. Es ist wie bei uns beiden: Wenn einem von uns etwas zustößt, würde es den anderen auch betreffen, wenn er nicht rechtzeitig loslässt. Nur haben Orte keinen Willen und damit keine Möglichkeit, ihre Verbindung zu kappen."

Er blieb in der Mitte des Raumes stehen und sah sich suchend um.

„Wonach hältst du Ausschau?", wollte Jenna wissen.

„Nach einem Portal", gab Marek zurück. „Das ist die einzige magische Verbindung, die Räume haben können."

„Aber hat Roanar nicht den Zauber an beiden Orten aufgehoben?", fragte Jenna, sah sich dabei jedoch ebenfalls schon gründlich um.

„Den Schutzzauber – ja", gab Marek zurück. „Aber ein Portal zu zerstören ist weitaus schwieriger, wenn nicht sogar unmöglich. Zudem glaube ich nicht, dass er von dessen Existenz wusste."

Er hielt inne, verengte die Augen und lief zielstrebig auf eine der Wände des Gebäudes zu. Erst bei genauerem Hinsehen erkannte auch Jenna, was er entdeckt hatte: Das Efeu, das sich über die Wand rankte, ließ einen Bereich dort deutlich aus. Einen Bereich, der beinahe die Form eines Torbogens hatte. Ihr Herz begann schneller zu klopfen und ein Hauch von neuer Hoffnung regte sich in einem kleinen Eckchen ihres Verstandes.

Marek war schon dabei, die Wand abzutasten und ging anschließend davor in die Hocke, um mit den Händen den dort abgelagerten Sand beiseite zu wischen. Tatsächlich waren am Boden Zeichen in den Stein geritzt worden. Zeichen, die ihr langsam vertraut waren: Wasser, Feuer, Luft.

Marek sah zu ihr hinauf. „Ich denke, wir wissen, wie das funktioniert."

Sie nickte, konnte aber nichts dagegen tun, dass sich ihre Sorgen und Ängste auch mit dieser hilfreichen Entdeckung nicht verflüchtigten. „Roanar hat doch aber gesagt, dass er das Höhlensystem einstürzen lässt – betrifft das nicht auch das Portal auf der anderen Seite?"

„Der Ort, an dem das Portal entstanden ist, wird der einzige sein, der davon nicht betroffen ist", erwiderte Marek voller Zuversicht. „Und genau dort werden wir Ilandra und die anderen finden."

Sie schluckte schwer, bemühte sich redlich, ihm zu glauben. „Okay – nehmen wir mal an, es bringt uns in der Tat dorthin und wir finden die anderen – was machen wir danach?", fragte sie angespannt.

Marek erhob sich und ließ sich auch von ihren Zweifeln nicht verunsichern. „Dann denken wir uns in aller Schnelle einen guten Plan aus, wie wir Benjamin, Leon und Kilian befreien", sagte er schlicht.

„Die Zeit läuft uns davon", merkte sie mit dünner Stimme an.

„Nicht wenn wir die Abkürzungen der N'gushini benutzen", setzte Marek dagegen. „Mittlerweile vermute ich, dass es ein richtiges Netz dieser magischen Wege hier in Lyamar gibt, das von Malin ergänzt wurde, um möglichst schnell von Ort zu Ort reisen zu können. Und ich wette, dass es auch ein Portal gibt, das uns sehr nahe an die Burg heran, wenn nicht sogar in sie hineinbringt. Camilor war Malins Hauptsitz und Dreh- und Angelpunkt seines Wirkens. Dort *muss* so etwas sein."

„Roanar hat doch genau so etwas benutzt, um seine Helfer zurück zum Höhlensystem zu schicken", fiel Jenna ein.

Marek schüttelte den Kopf. „Nein, das war ein Portal, das er selbst geschaffen hat – instabil und nicht länger als ein paar Stunden nutzbar. Die Magier von heute sind nicht mehr dazu in der Lage, solch starke, für die Ewigkeit angelegte Zauber herzustellen. Und gerade *weil* er ein eigenes befristetes Portal erschaffen hat, gehe ich davon aus, dass er das von Malin bisher nicht finden konnte. Das ist ein großer Vorteil für uns und macht es uns vielleicht möglich, ihn in seinem eigenen Reich zu besiegen."

„Glaubst du das wirklich?", vergewisserte sie sich, weil sie noch nicht so ganz überzeugt war, dass die Sache gut für sie ausgehen würde.

„Ja, das tue ich", sagte er mit fester Stimme. „Wir werden ihn schlagen und unsere Freunde retten. Das verspreche ich dir!"

Es dauerte einen Augenblick, bis sie seinen Worten glauben konnte, letztendlich nickte sie jedoch und straffte die Schultern. Sie war bereit, zu kämpfen. Mit allen Mitteln, die sie hatte und an die sie noch herankam. Koste es, was es wolle.

4

Die Außenwelt machte sich als erstes mit einem Piepen bemerkbar, hell und regelmäßig. Beständig. Melina versuchte es erst auszublenden, sich wieder in die Dunkelheit fallen zu lassen, in der sie schon seit einer ganzen Weile schwebte, ausgeglichen und zufrieden, doch es gelang ihr nicht länger. In ihren Geist kam Regung und auch ihre restlichen Sinne traten wieder in Aktion. Da waren noch andere Geräusche, Stimmen in der Ferne, ihr eigenes Atmen … Es war hell um sie herum, das konnte sie bereits hinter ihren geschlossenen Lidern erkennen, und sie lag auf etwas Weichem unter einer Decke.

Sie runzelte die Stirn und öffnete zaghaft die Augen, schloss sie gleich wieder, weil das Licht zu grell war und öffnete sie dann aber tapfer. Weiße Wände, ein Krankenhausbett zu ihrer linken Seite und zur ihrer rechten … Peter!

Sein Gesicht erhellte sich, als er bemerkte, dass sie ihn ansah, und große Erleichterung zeigte sich in seinen Zügen.

„Gott sei Dank!", stieß er aus, erhob sich von dem Stuhl, auf dem er gerade noch gesessen hatte und war mit einem Schritt bei ihr, um ihre Hand zu ergreifen. „Ich dachte schon, du wachst nie mehr auf!"

Melina blinzelte verwirrt und sah sich erneut um. Sie war in einem Krankenhaus und hatte keine Ahnung, wie sie dorthin gekommen war. Das letzte, woran sie sich erinnern konnte, war, dass sie gemeinsam mit Peter, Madeleine und deren Anhängern vor dem Tor unterhalb der Kirchenruine gestanden hatte und gezwungen worden war, das Element Erde zu aktivieren. Danach füllte nur noch Schwärze ihre Gedankenwelt.

„Was ...", sie räusperte sich, weil ihre Stimme so krächzte, „... was ist passiert?"

„Woran kannst du dich denn noch erinnern?", fragte Peter behutsam und half ihr dabei, sich aufzusetzen.

Melina berichtete ihm von den letzten Bildern, die ihr Verstand noch aufrufen konnte, während er ihr fürsorglich ein zusätzliches Kissen vom anderen Bett in den Rücken stopfte. Dabei nickte er ein paar Mal, zog den Stuhl dichter an sie heran und ließ sich darauf nieder.

„Ich hatte die Ruine von meinen Männern umstellen lassen, nachdem Madeleine mit dir darin verschwunden war", klärte er sie nun auf. „Mein Plan war es eigentlich, nur darauf zu warten, dass sie dir das Sumbaj abnimmt, damit du helfen kannst, das Tor zu öffnen, und dann zuzuschlagen, aber ... sie war darauf vorbereitet und hatte selbst ein paar Mann draußen versteckt, die meine Leute angriffen."

Ganz dunkel erinnerte sich Melina daran, den Lärm draußen durch die Tunnel gehört zu haben. Sie sah wieder Madeleines Gesicht vor sich, fühlte, wie sie versuchte in ihren Verstand zu dringen, um sie dazu zu zwingen, das letzte Schmuckstück im Torbogen zu aktivieren und zeitgleich ihr Energiefeld mit dem des Tores zu verbinden.

„Ihr gelang es, sowohl mich, als auch dich mit der Kraft des Tores festzuhalten", fuhr Peter fort, „aber dann …" Er schüttelte den Kopf, atmete, bewegt von den Erinnerungen, stockend ein. „Es gab eine starke Entladung und Blitze, die zwischen dir und dem Tor hin und her sprangen und du … du hattest eine Art Anfall. Dein ganzer Körper wurde durchgeschüttelt und deine Augen waren weiß, während du immer wieder ein paar Worte in einer Sprache von dir gegeben hast, die keiner hier kennt."

Melina sah ihn verblüfft an. *Daran* konnte sie sich allerdings nicht erinnern.

„Madeleine und zwei ihrer Männer sind jeweils von einem dieser Blitze getroffen worden und hingen für eine Weile in ihnen fest", erzählte Peter weiter. „Ich hatte mich rechtzeitig auf den Boden geworfen und die beiden anderen fielen einfach so in sich zusammen, als hätte man sie niedergeschlagen. Als alles vorbei war, bin ich aufgestanden und zu dir geeilt. Niemand außer mir war noch bei Bewusstsein und ich dachte für einen Moment, dass ihr alle tot seid. Aber ihr wart nur besinnungslos."

„Heißt das …"

„… dass wir Madeleine endlich in Gewahrsam haben?", beendete er ihre Frage ganz richtig. „Ja – aber … sie ist nicht ansprechbar. Sie liegt seit dem Vorfall im Koma wie auch ihre Komplizen und … du."

„Wie lange ist das her?", brachte Melina etwas atemlos hervor.

Peter sah sie ernst an. „Drei Tage."

Es war nicht ganz so lang, wie sie befürchtet hatte, aber lang genug, um ihre Sorgen wachsen zu lassen.

„Jenna und Benjamin?"

„Wir konnten weiterhin keinen Kontakt mit ihnen herstellen", antwortete er ehrlich, „aber wir konnten ein paar Dinge bei Madeleine sicherstellen, die mich vermuten lassen, dass es ihnen gut geht."

„Was für Dinge?"

„Kannst du dich daran erinnern, dass sie und ihre Leute Taschen für ihre Reise dabeihatten?"

Nach kurzem Nachdenken nickte Melina.

„Darin waren nicht nur Überlebensausrüstungen und Waffen", erklärte Peter ihr, „sondern auch alte Pergamente, ein paar Bücher und in Madeleines Fall ein Notizblock. Sie hatte dort die wichtigsten Punkte aus ihrem Austausch mit Roanar vermerkt und unter anderem war dort die Anmerkung zu finden, dass Benjamin den Sklavenhändlern entkommen konnte und höchstwahrscheinlich mit seiner Schwester und Marek zusammengetroffen ist."

Melina schloss die Augen und atmete erleichtert auf. Endlich mal gute Nachrichten!

„Mein Sohn und deine Nichte sind ein unschlagbares Team", setzte Peter mit einem milden Lächeln hinzu. „Und sie sind jetzt wieder zusammen. Es wird sicherlich nicht mehr lange dauern, bis sie Kontakt zu uns aufnehmen – und selbst wenn nicht, heißt das nicht, dass sie in Schwierigkeiten sind, sondern dass sie es einfach nicht können, weil der Feind sie vielleicht sonst bemerkt."

„Ja", stimmte Melina ihm mit neuer Hoffnung zu, „dennoch sollten wir auch hier weiterhin versuchen, sie zu unterstützen und nicht faul herumliegen."

Sie sah an sich hinab und registrierte jetzt erst, dass sie eines dieser hässlichen Krankenhaushemden trug und darunter nackt war. So konnte sie kaum vor Peter aufstehen. Sie brauchte ihre Sachen.

„Nicht so schnell", mahnte er sie mit einem leisen Lachen und streckte die Hände vor, um sie davon abzuhalten, aus dem Bett zu steigen.

Nötig war das nicht, denn mit ihrem suchenden Blick durch das Zimmer war ihr siedend heiß eingefallen, dass sie zuletzt nicht nur Kleider am Leib getragen hatte. Sie erstarrte und sah Peter entsetzt an.

„Wer … wer hat mich umgezogen?!", stieß sie angespannt aus.

„Ich denke, die Krankenschwestern hier, aber …"

„Wo sind meine Sachen?"

„Im Schrank, aber …"

Melina lehnte sich nach vorn, um nun doch aufzustehen, Peter hielt sie jedoch fest.

„Die Kette ist nicht hier", sagte er sanft und sie hielt erneut inne. „Als ich in der Höhle nach dir gesehen habe, hing sie aus deinem Ausschnitt, Melina. Und sie … sie leuchtete. Nicht so wie die Bruchstücke Cardasols, sondern silbrig. Ich habe sie dir abgenommen und das Licht ist prompt erloschen."

„Wo ist sie jetzt?", gelang es Melina mit einigermaßen fester Stimme herauszubringen.

„Dort, wo sie auch schon vorher war", gab Peter lächelnd zurück. Wie auf ein geheimes Stichwort hin, klopfte es an der Tür und Paul trat ein.

„Ich hab dir versehentlich Milch in den Kaffee getan", verkündete ihr Schwager, seinen Blick konzentriert auf die beiden dampfenden Becher in seinen Händen gerichtet, um nichts zu verschütten. „Ich hoffe, du hast keine Laktoseintoleranz, sonst hole ich dir noch einen und trinke den zweiten selbst."

Paul stellte beide Getränke auf einen kleinen Tisch, an dem ein weiterer Stuhl stand, und sah dann erst auf. Melinas Anblick ließ ihn erschrocken nach Luft schnappen und einen Schritt zurück machen.

„Du bist wach!", hauchte er fassungslos.

„Wir haben uns immer mit dem Wache halten abgewechselt", erklärte ihr Peter und in Melinas Brust wurde es ganz warm.

Paul kam zu ihr hinüber, trat an die andere Seite ihres Bettes und kämpfte sichtbar mit seiner Beherrschung. „Du hast uns einen ganz schönen Schrecken eingejagt", brachte er mit belegter Stimme hervor. „Dich in dieser Situation auch noch zu verlieren ... ich kann und will mir das gar nicht ausmalen."

„Ich bin ja wieder da", tröstete sie ihn und streckte ihre Hand nach ihm aus, die er sofort ergriff. „Gib mir ein paar Stunden und ich stehe wieder kampfbereit in den Startlöchern."

„Mehr als ein *paar* Stunden sollten es schon sein", ermahnte Peter sie. „Wir wissen immer noch nicht genau, was dir in der Höhle zugestoßen ist, und können von daher auch nicht die Auswirkungen einschätzen. Die Ärzte sagen zwar, dass sich dein Kreislauf vollkommen stabilisiert hat und du keine bleibenden Schäden davongetragen hast, aber sie wissen ja auch nicht, dass sie es hier mit Magie zu tun haben. Und du lagst vier Tage im Koma."

„Eben", stimmte sie ihm zu. „Ich habe vier Tage *verschlafen*!"

„Du solltest das nicht auf die leichte Schulter nehmen", mischte sich nun auch Paul ein. „Als sie dich hier einlieferten, sahst du wirklich schlimm aus und was haben Jenna und Benjamin davon, wenn du schon morgen oder noch früher erneut zusammenbrichst?"

Melina öffnete den Mund, um etwas entgegenzusetzen, doch jetzt gerade fielen ihr keine guten Argumente ein. Wenn sie ehrlich war, fühlte sie selbst ganz genau, wie müde und erschöpft sie trotz ihres Vier-Tage-Schlafs immer noch war. Dennoch war sie nicht gewillt, unverzüglich zurück in den Ruhemodus zu verfallen.

„Was ist mit der Kette?", wandte sie sich mit gesenkter Stimme an Peter. „Warum hast du sie Paul gegeben?"

„Weil ich denke, dass niemand sie bei ihm suchen wird", gab ihr Freund geradeheraus bekannt. „Er steht offiziell nicht mit dem Zirkel in Kontakt und besitzt keinerlei magische Begabung und wenn Madeleine noch Komplizen in dieser Welt hat – wovon ich leider ausgehe – werden sie nicht darauf kommen, dass er irgendetwas für den Zirkel Wichtiges bei sich trägt."

„Bei sich?", wiederholte sie.

Paul legte lächelnd eine Hand auf seine Brust und sie verstand. Die Logik hatte etwas für sich – das musste sie zugeben – nichtsdestotrotz verspürte sie einen starken Drang, die Kette wieder an sich zu nehmen, sie ... zu fühlen? Seltsam. Dabei war sie gar kein Teilstück Cardasols.

„Peter ... die Worte, die ich gesprochen habe, als ich diesen Anfall hatte ...", wandte sie sich erneut an ihren Freund. „Kannst du dich noch an sie erinnern?"

Peter verzog das Gesicht. „Leidlich. Wie gesagt: Es war eine mir unbekannte Sprache. Irgendwas wie ‚solon do...dor ... noch was mit I. Ilja...“

„Iljanor?“

„Kann sein. So nannte auch Madeleine den Anhänger, den Benjamin mit nach Falaysia nahm, oder?“

Sie nickte nachdenklich und sah Paul an. „Hast du gerade was gespürt?“

„Ich?“ Er wies erstaunt auf sich selbst. „Was soll ich denn gespürt haben?“

Sie antwortete nicht, sondern beugte sich stattdessen vor und legte ihre Hand auf seine Brust. Sie konnte den Anhänger sofort fühlen, atmete einmal tief durch und sagte klar und deutlich „Iljanor“. Wie schon zuvor ging ein leichtes Vibrieren durch das Schmuckstück und Paul zuckte erschrocken zusammen.

„*Jetzt* hab ich was gefühlt!“, stieß er mit großen Augen aus.

„Das ist auch in der Höhle vor dem Tor passiert“, erklärte Melina. „Ich kann mich wieder erinnern! Madeleine hat das fehlende Amulett erwähnt und zusammen mit der Magie des Tores hat das die Reaktion mit den Blitzen ausgelöst. Ich ... ich hab auch was gesehen. Bilder aus einer Vergangenheit, die nicht zu mir gehört.“

„Was genau war es?“, hakte Peter gespannt nach.

Sie kniff die Augen zusammen, strengte sich wirklich an, konnte die Bilder jedoch nicht wieder aufrufen, auch nicht mit ihrer Hand auf der Kette, die eine gewisse, langsam schwächer werdende Wärme abgab.

„Ich weiß es nicht“, gestand sie frustriert und ließ den Anhänger wieder los, weil sie spürte, dass der Zauber verflogen war. „Es ging alles so schnell und meine Erinnerungen sind nur … Fragmente."

Peter biss sich nachdenklich auf die Unterlippe. „Wir müssen ein bisschen Geduld haben. Vielleicht füllen sich die Lücken ja noch und wir wissen jetzt zumindest schon mal, dass es ein Wort gibt, das eine Reaktion bei dem Kettenanhänger auslöst – die im Zusammenspiel mit anderer Magie durchaus sehr heftig ausfallen kann."

„Ich verstehe das nicht", mischte sich Paul ein. „Hattet ihr nicht spekuliert, dass der Kettenanhänger nur das *Wissen* Malins gespeichert hat? Wieso besitzt er jetzt eine derartige Zauberkraft?"

Peter verzog grübelnd die Lippen. „Nun, auch Erinnerungen müssen mit einem Zauber auf die jeweiligen Objekte gebracht werden", erklärte er. „Also besitzt er allein schon deswegen eine gewisse Magie. Gleichwohl habe auch ich nicht damit gerechnet, dass derartige Kräfte in ihm schlummern. Zudem auch noch deutlich aggressive. Sie haben unsere Feinde innerhalb von Sekunden ausgeschaltet und ich bin mir sicher, dass es auch mich erwischt hätte, wenn ich den Blitzen nicht so schnell ausgewichen wäre."

„Aggressive Kräfte …", wiederholte Melina nachdenklich. „Vielleicht war das eine Art Schutzzauber?"

„Der zuvor nicht gewirkt hat?" Peter sah sie zweifelnd an.

„Zuvor befanden wir uns ja auch nicht in unmittelbarer Nähe zum Tor", merkte sie an.

Peter strich sich nachdenklich über das Kinn. „Hm. Du hast recht. Vielleicht hat Malin verhindern wollen, dass die Kette nach Falaysia gebracht wird und die Aktivität des Tors hat den Schutzzauber ausgelöst."

Melina nickte. Das war die bisher logischste Erklärung für alles und passte zu dem Geheimniskrämer Malin.

„Wir sollten das vielleicht noch mal in der Nähe des Tores testen", schlug sie vor und Peter bedachte sie mit einem sanften Lächeln.

„Aber nicht heute", erwiderte er, „und ganz bestimmt nicht ohne besondere Vorsichtsmaßnahmen. Ich will nicht, dass noch mal so etwas Unberechenbares passiert und jemandem etwas zustößt."

Sie seufzte frustriert. „Wie lange willst du mich denn noch hierbehalten?", fragte sie mit Bangen.

„Zumindest noch heute und die kommende Nacht", kündigte er an. „Morgen früh wirst du noch mal gründlich durchgecheckt und anschließend wird entschieden, ob du schon nach Hause kannst oder nicht."

Damit konnte sie leben, dennoch war sie mit der ganzen Situation nicht so richtig zufrieden.

„Den Kettenanhänger wollt ihr mir nicht zufälligerweise dalassen, oder?", fragte sie nur halbwegs scherzhaft.

Peter reagierte mit einem leisen Lachen und erhob sich. „Ruh dich aus und versuche wieder zu Kräften zu kommen", riet er ihr liebevoll.

„Ich kann hier aber nicht tatenlos herumliegen", beschwerte sie sich und meinte das dieses Mal vollkommen ernst.

Peter überraschte sie mit einem verständnisvollen Nicken. Er lief wortlos hinüber zu dem anderen Stuhl im Raum, auf dem eine schwarze Sporttasche stand. Nachdem er sie geöffnet und etwas daraus hervorgeholt hatte, kehrte er zu ihrem Bett zurück und legte einen Notizblock und zwei Bücher in ihren Schoß.

„Sind das ...", begann sie.

„Ein paar von Madeleines Sachen, ja", bestätigte er. „Ich habe mir schon einiges davon kopiert und werde mit Paul zusammen weiter daran arbeiten, aber ich denke, es kann nicht schaden, wenn du das ebenfalls tust. Im Team waren wir schon immer stärker als allein."

Sie sah ihn dankbar an und ergriff seine Hand, als er sich schon wieder von ihr abwenden wollte, um zu gehen. „Ich ..." Sie druckste ein wenig herum, weil sie nach den Worten suchte, die sie schon seit einer kleinen Weile hatte loswerden wollen. „Es tut mir leid."

Peter zog verständnislos die Brauen zusammen.

„Der ganze Ärger ...", wurde sie genauer, „... das wäre alles nicht passiert, wenn ich achtsamer gewesen wäre."

„Du konntest nichts von dem Portal in der Bibliothek wissen", beruhigte er sie. „Und im Grunde war es gut, dass du dort warst, weil wir sonst nie davon erfahren hätten. Madeleine hatte bestimmt noch andere üble Pläne und nun liegt sie im Koma und kann uns erst einmal nicht mehr schaden. Das ist doch eher ein Erfolg als eine Sache, für die man sich entschuldigen muss."

Seine Worte und sein warmes Lächeln beruhigten ihr Gewissen tatsächlich, allerdings noch nicht vollständig.

„Ich habe dich verraten", brachte sie nur ganz leise hervor. „Weil ich Jenna und Benjamin beschützen wollte."

„Melina", sagte er voller Verständnis und legte seine andere Hand über ihre, die immer noch seine Finger umklammerte. „Du liebst deine Familie und würdest alles in deiner Macht Stehende tun, um sie zu retten. Das kann dir niemand zum Vorwurf machen. Ganz im Gegenteil: Eine solche Liebe ist unglaublich wertvoll, weil sie im Endeffekt die größte Kraft ist, die man besitzen kann. Es mag sein, dass man sie in diesem Fall für etwas Schlechtes missbraucht hat, aber ich bin mir sicher, dass das Gute, das ihr entspringt, sehr viel mächtiger und größer sein wird als alles Negative, das man bisher aus ihr herausgeholt hat. Gräme dich nicht. Ich bin dir nicht böse und ich denke immer noch, dass du eine der besten Verbündeten bist, die ich je hatte. Ich kann und werde auf deine weitere Hilfe nicht verzichten."

Er drückte ihre Hand und erst dann konnte Melina ihn wieder loslassen.

„Danke!", sagte sie leise und er nickte ihr mit einem kleinen Lächeln zu, bevor er zusammen mit Paul das Zimmer verließ.

Ende von Band 2

Wie es weitergeht, erfährt man im dritten Band der Reihe.

Aktuelle Informationen über die Autorin und ihre Bücher findet man auf

http://www.inalinger.de